KB052368

묘

꿈

김종일 장편소설

황금가지

차례

세상에 신성한 것이 있다면 그것은 사람의 몸이다.

—월트 휘트먼

프롤로그

모든 것은 그날 밤 시작되었다.

"영화감독 양정모 씨 되시죠?"

사내는 두둑한 서류 봉투를 들고 내 앞에 서 있었다. 아마도 그 속에는 시나리오 공모에서 탈락했거나 영화사에서 거절당한 자작 시나리오가 들어 있을 터였다. 내가 시나리오 작가 겸 영화감독으로 이름이 알려진 후로 시나리오 작가 지망생들이 찾아와 시나리오를 쥐어 주고 가는 일이 더러 있었다. 막 자동차 문을 열려던 나는 한동안 멈추어 서서 그를 바라보았다. 170센티미터 남짓한 키에 약간 덩치가 있는, 평범한 이십 대 후반의 사내였다. 작은 눈과 두드러진 입술 탓에 고집스러워 보이는 인상이었다. 왼쪽 뺨에 검버섯 같은 얼룩이 몇 점 앉아 있는 게 눈에 띄긴 했다. 한데 근래 유행하는 뻗친 머리와 청록빛이 나는 선글라스 스타일의 안경에 가죽 재킷, 신세대 취향의 하늘색 세로줄 셔츠와 배색을 맞춘 바

지 등을 봐서는 글을 쓸 것 같지도 않은 행색이었다. 어쩌면 사내
는 느닷없이 호주머니에서 망치를 꺼내 내 머리를 강타하고는 지
갑을 털 수도 있고, 클로로포름이 담긴 손수건으로 내 입을 틀어
막고 납치해 거금을 요구할 수도 있을 터였다. 더구나 장소가 어
둠침침한 영화사 건물 지하 주차장인 데다 자정이 가까운 시간이
라 인적도 드물어 내 망상은 얼마든지 현실로 나타날 수 있었다.
그러나 사내는 나에게 불순한 용무는 없는 모양이었다.

그는 내가 "그런……데요?"라고 어눌하게 대답하자마자, 쇠망
치나 손수건 대신 들고 있던 서류 봉투를 내게 내밀었다. 사람은
누가 물건을 내밀면 반사적으로 받아 들게 되어 있다. 그때 나 역
시 그랬다. 지금 생각해 보면 사내도 그 사실을 간파하고 있었던
것 같다. 사내가 내민 서류 봉투를 아무런 사고 과정 없이 받아 들
고 나는 '이걸 어쩌라고?' 하는 의미로 그를 쳐다보았다. 그러나
그는 꾸벅 목례를 하고는 어떤 부탁이나 부연 설명도 없이 사라져
버렸다. 정확히 말하면, 주차되어 있던 자신의 자동차에 잽싸게 올
라 시동을 걸고는 주차장을 빠져나갔다. 연보라색에 가까운 파스
텔 색조의 액센트였다. 6727……. 나는 뺑소니 사고라도 목격한
듯 사내의 자동차 번호를 외고 있었다. 왠지 그래야 할 것 같았다.

나는 떨떠름한 기분으로 차에 올라 사내의 서류 봉투를 조수석
에 던져 두었다.

공들여 준비하던 새 영화가 제작비 때문에 난항을 거듭하다 막
엎어진 참이어서 기분이 울적했다. 그 일에 골몰하며 운전하느라,
나는 사내의 서류 봉투 따위는 이내 잊어 버렸다. 한데 내가 사는
아파트에 도착해 조수석을 보았을 때 서류 봉투는 온데간데없었

다. 이상한 일이었다. 분명 조수석에 던져 두었던 서류 봉투가 어디로 사라졌단 말인가. 서류 봉투는 어쩌면 정체불명의 생명체일지도 몰랐다. 사내는 숙주이고, 새로운 숙주에 그 생명체를 번식시키기 위해 서류 봉투로 가장한 그것을 내게 내밀었는지도 몰랐다. 사내의 뺨에 앉아 있던 검버섯 같은 얼룩이 그 생명체의 숙주라는 표시일지도……. 생각이 거기까지 미쳤을 때, 나는 피식 웃었다. 영화계에 발을 들여놓은 후 지금까지 공포물만 쓰고 감독하다 보니, 일상의 갖가지 사건들이 가지를 쳐 나가 과대망상에 빠지곤 했다. 그러나 그 서류 봉투의 행방을 캐고 있을 만큼 나는 한가하지 않았다. 나는 아내에게 영화가 엎어졌다는 소식을 전했고, 격려의 의미로 아내가 차려 준 술상을 앞에 두고 소주 두 병 반을 비운 뒤 잠이 들었다. 다음 날 숙취와 함께 일어났을 때에는 이미 사내의 서류 봉투에 대해 완전히 잊고 있었다.

그로부터 사흘 후 사내의 서류 봉투는 다시 나를 찾아왔다.

서류 봉투는 사내가 건넸던 그 모습 그대로 내 작업실 책상 위에 놓여 있었다. 서류 봉투에는 아무런 글씨도 씌어 있지 않았고, 봉투 입구는 풀로 견고하게 봉해져 있었다. 봉투를 뜯어 볼까 하다가 꺼림칙한 기분이 들어 다시 내려놓았다. 이게 어떻게 내 작업실 책상까지 왔을까. 나는 밖으로 나가 주방에서 열무김치를 담그고 있던 아내에게 물었다.

"책상 위의 서류 봉투 웬 건지 알아?"

아내는 열무를 버무리며 무심히 대답했다.

"당신 거 아냐? 당신 자동차 청소하다 조수석 밑에 떨어져 있기에 갖다 놨지."

그랬다. 서류 봉투는 그저 조수석 밑에 떨어져 있었을 뿐이다. 그게 왜 그날은 눈에 띄지 않았을까. 나는 다시금 피식 웃으며 작업실로 돌아왔다. 그리고 좀 더 여유 있는 마음으로 서류 봉투를 집어 들었다. 그냥 쓰레기통에 버릴까 했지만, 내용물이 궁금한 건 사실이었다. 나는 나이프로 서류 봉투를 열고 내용물을 꺼냈다. 그 봉투를 열지 않았다면 어떻게 되었을까. 그 후로 일어난 모든 사건들이 안 일어나지는 않았을까. 그렇게 될 수만 있다면, 아니, 그 후에 일어난 모든 사건을 지워 버릴 수만 있다면, 나는 내 영혼이라도 기꺼이 팔아 치울 것이다. 그러나 돌이킬 수 없다. 판도라의 상자는 이미 열려 버렸다.

예상했던 대로 내용물은 평범한 습작 원고 같았다.

겉장은 하얗게 비어 있었다. 겉장을 넘기자, 아래와 같은 부제 아래 제목만 덩그러니 중앙에 씌어 있었다.

김종일 장편소설
몸

'몸……?

이상하게도 단순하기 짝이 없는 '몸'이라는 커다란 글자 하나가 눈에 들어와 박히며 아찔한 충격을 주었다. 그 충격으로 소름이 돋고 온몸의 신경세포가 잘디잘게 떨었다. 그 다음 장을 펼치니, 월트 휘트먼의 경구가 또 한 쪽을 차지하고 있었다.

세상에 신성한 것이 있다면 그것은 사람의 몸이다.

——월트 휘트먼

그리고 그 다음 쪽에 이르러서야 소설은 시작되었다. 그랬다. 그것은 시나리오가 아니라 소설이었다. 영화감독에게 소설을 건네다니. 혹시 그가 번지수를 잘못 찾은 건 아닐까. 그러나 그는 분명 나에게 '영화감독'이라는 호칭을 붙였다. 도대체 무슨 꿍꿍이일까. 어쩌면 나에게 자기 소설을 읽고 시나리오로 각색해 영화화해 달라는 무언의 부탁일지도 몰랐다.

혼란으로 탁해지는 머릿속을 애써 부여잡으며 나는 다음 장을 넘겼다.

깨어날 수 없는, 헤어날 수 없는 악몽의 시작이었다.

눈

나는 평범하다.

한번 보고 돌아서면 잊어버릴 별 특징 없는 얼굴부터 지극히 표준적인 체구와 눈에 띄지 않는 옷차림에 이르기까지, 나는 '평범' 두 글자를 이마에 써 붙였다 해도 과장이 아닐 만큼 평범하다. 다만 내가 다른 사람과 다른 게 있다면, 눈 하나가 없다는 것이다.

정확히 말하자면 나에게는 오른쪽 눈이 없다.

내가 중3이 되던 어느 봄날, 내 오른쪽 눈은 어이없이 사라져버렸다.

도서관에 가던 길이었다.

실력고사가 하루 앞으로 다가와 있었고, 나는 첫날 치르는 과목조차 시험 공부를 끝내지 못한 상태였다. 오전 열시에 도서관 입구에서 친구와 만나기로 했더랬다. 늦잠을 잔 나는 흘러내리는 가방 끈을 연신 추켜올리며 서둘러 걸었다. 길가에 죽 늘어선 벚꽃

나무에서 꽃잎들이 하얀 은어 떼처럼 쏟아져 내리고 있었다.

도서관을 얼마쯤 남겨 두고 나는 갈림길에 섰다.

양쪽 어디로 가든 도서관으로 갈 수 있었지만, 한쪽은 ㄱ자로 돌아가야 하는 대로였고, 한쪽은 도서관과 일직선으로 통하지만 대낮에도 으슥한 샛길이었다. 이미 열시가 넘은 시간이었기에 나는 샛길을 택했다. 반쯤 왔을 때 샛길 옆으로 가지를 친 작은 골목과, 쓰레기가 뒹구는 그 골목에서 담배를 피우고 있는 불량스러운 서넛의 패거리가 눈에 들어왔다. 그들과 눈이 마주친 나는 행여 그들이 시비나 걸어 오지 않을까 싶은 불안감에 얼른 눈을 피하고 걸음을 빨리 하려 했다. 그때 패거리의 위협적인 고함소리가 내 어깨를 붙들었다.

"야!"

운이 좋지 않았다. 나는 그냥 지나치려 했다.

"야! 야, 이 씹할놈아."

날이 선 패거리의 욕지거리에 나의 다리는 얼어붙었다. 패거리는 나를 노려보고 있었다. 하나같이 번뜩이는 도끼눈이었다. 먹이를 발견한 하이에나 떼처럼 그들은 도끼눈을 희번덕거리며 나에게 슬금슬금 다가왔다.

"네가 방금 우릴 꼬나봤냐?"

패거리 중 가장 눈빛이 날카로운 세모 눈이 주머니칼을 꺼내 들고 날을 퉁겼다가 접었다가 하며 물었을 때 나는 아무런 대답도 할 수 없었다. 그저 다리가 후들거려 이대로 쓰러져 버리지는 않을까 하는 생각뿐이었다.

"주둥이에 좆 박아 놨냐? 꼬나봤냐고 이 씹할놈아."

세모 눈이 나의 가슴팍을 밀쳤다. 나는 헉 소리를 내며 뒤로 주춤주춤 밀려났다.

"눈깔을 확 도려내 벌라. 누굴 꼬나봐. 안 그래도 좆나 열 받는데……."

나는 뭘 잘못했는지는 모르지만, 제발 한 번만 봐 달라는 애원의 의미로 간절히 그들을 올려다보았다.

"어? 이 씹새끼가 또 노려보네?"

순간, 나의 눈에 '번쩍' 카메라 플래시가 터졌다.

나는 눈을 감싸 쥐고 허리를 숙였다.

그런 의미가 아니었다고, 그저 한 번만 봐 달라는 의미였다고 변명하기에는 이미 늦었다. 설혹 그렇게 변명했다 해도 소용없는 일이었는지도 모른다. 다음 순간 주먹질과 발길질이 나를 향해 우르르 달려들었다. 나는 주먹질과 발길질들을 몸으로 받아 내며 그저 제발 이 순간이 빨리 지나가기만을 바랐다. 그러나 정말 운이 좋지 않았다. 견디다 못한 내가 땅바닥에 허물어지던 순간, 패거리 중 누군가가 나의 오른쪽 관자놀이를 거세게 걷어찼다.

눈앞에서 거대한 폭죽이 터졌다.

나는 비명을 질렀다. 한번도 느껴 보지 못했던 고통이 오른쪽 눈 속에서 일었다.

나의 오른쪽 눈알이 원래 자리를 이탈해 밖으로 튀어나왔다. 눈알 뒤쪽으로 연결된 신경근(神經筋)들은 투두둑 끊어져 버렸고, 나의 오른쪽 눈알은 구슬처럼 땅바닥에 굴렀다.

"씹할, 뭐야? 이 새끼 눈깔 빠졌어!"

"내 눈! 내 누운!"

나는 미친 듯이 비명을 질렀고, 놀란 패거리는 주춤거리다 줄행
랑을 놓았다. 솔직히 그날 운은 최악이었다. 나의 불행은 거기서
끝나지 않았다. 다급하게 자리를 뜨던 패거리의 발바닥 하나가 땅
바닥에 뒹굴던 나의 오른쪽 눈알을 밟아 버린 것이다.

　나는 들었다. 내 오른쪽 눈알이 툭 터지는 소리를.

　나는 빌고 빌었다.

　내 오른쪽 눈에 일어난 일들이 모두 꿈이기를. 병원 수술대 위
에서 빙빙 도는 수술대 조명을 바라보며 나는 수도 없이 빌었다.

　나는 오른쪽 눈을 중심으로 친친 감겨 있는 붕대를 만져 보았
다. 차가웠다. 어머니는 내게 괜찮을 거라고, 금방 나을 거라고 말
했지만, 전혀 괜찮지 않을 거라는 걸 나는 알 수 있었다. 네 오른
쪽 눈이 영원히 사라져 버렸다고, 이제 너는 평생을 오른쪽 눈 없
이 살아야 한다고, 어머니의 눈은 말하고 있었다. 그러나 아직 나
는 알지 못했다. 그 후로 나에게, 나의 오른쪽 눈에 일어날 일들에
대해서는.

　나의 오른쪽 눈이 사라진 지 이 주가 흘렀다.

　나는 차츰 눈 하나로 세상을 보는 데에 익숙해져 가고 있었다.
다만 그 일이 일어난 후로 나는 사람들의 눈이 두려웠다.

　밤이면 꿈을 꾸었다.

　골목길을 걷고 있었고, 어둠 속에서 도끼눈을 한 눈들이 나에게
슬금슬금 다가와 나의 남은 눈마저 집어삼켰다.

　또는 붕어가 되어 도둑고양이에 의해 눈알이 파헤쳐지는 꿈도

꾸었다. 나는 어릴 적 동네 앞 냇가에서 붕어 낚시를 한 적이 있었다. 잡은 붕어를 세숫대야에 담고 물을 채워 놓았는데, 다음 날 세숫대야를 들여다보니 붕어의 한쪽 눈이 도둑고양이에 의해 파헤쳐져 있었다. 눈알이 파헤쳐진 그 새빨간 빈 자리.

그래서 매일 새벽 비명을 지르며 잠에서 깨곤 했다. 다시 잠들기가 두려워 침대에서 일어나 앉아 창 밖을 내다보면, 창 너머로 바람에 흔들리는 플라타너스 가지가 보였다. 그 광경을 보고 있노라면, 어찌된 일인지 자꾸만 가슴 밑동에서 불길한 예감이 솟아올랐다.

내가 병원에 입원한 지 한 달이 되었을 때 나를 진찰한 의사는 말했다. 오른쪽 눈과 연결되어 있던 신경근들이 끊어지며 생긴 상처가 거의 아물었다고. 어머니는 희망이 없는 줄 알면서도 다시금 의사에게 물었다.

"눈은 정말 이식 수술을 할 수 없는 건가요?"

의사는 고개만 저을 뿐이었다.

"안타깝습니다만, 안구는 다른 신체 기관과 달라 한번 파손되면 다른 걸로 이식할 수가 없어요. 간이나 콩팥 같은 내장과는 다르거든요."

나는 어머니가 우는 걸 가끔 보았다. 저 어린것이 이제 평생을 외눈박이로 살아야 하느냐고 어머니는 가슴을 치며 눈물을 흘렸다. 그러나 정작 나의 눈에서는 눈물이 나지 않았다.

아버지는 나의 눈을 앗아간 패거리를 잡고자 백방으로 노력했다. 아버지는 나에게 묻고 또 물었다. 놈들의 얼굴이 기억나지 않느냐고. 그러나 아무리 생각해도 그들의 얼굴을 기억해 낼 수가 없었다. 다만 살기를 띤 그들의 눈초리들만이 또렷하게 기억났다. 나는 두려웠다. 패거리의 얼굴을 기억해 내라고 닦달하는 아버지의 눈을 보는 것조차 두려웠다. 아버지의 눈은 분노로 가득 차 충혈되어 있었다.

신경근의 상처가 아물자, 나는 의안 이식 수술을 받았다.

수술에 들어가기 며칠 전, 어딘가 불안해 보이는 눈을 가진 의사는 어머니에게 말했다.

"과거에는 실리콘으로 만든 딱딱한 안구 크기의 대치물(代置物)을 넣고, 그 앞부분에 단추같이 생긴 의안을 착용했습니다. 의안이 잘 맞으면, 정상과 구분이 힘들 정도로 아주 자연스러워요. 하지만 이 방법은 안구가 원래 눈처럼 같이 움직여 주지 않고, 비교적 무겁기 때문에 오래 되면 눈 주위 조직이 늘어져 아래로 처지는 등의 단점이 있었습니다. 그리고 의안을 안와에 강제로 끼워 맞춘 거기 때문에 몸의 세포조직이 의안을 거부해 종종 빠져나오는 경우가 있었지요."

의사의 설명을 듣는 동안, 나는 오른쪽 눈알이 있던 자리인 안와에 실리콘의 대치물이 비집고 들어오는 이물감을 생생하게 느꼈다. 팔뚝에 소름이 돋았다. 다행히 내가 받을 수술은 과거의 그것과는 조금 달랐다. 의사가 제시한 수술 방법은 눈알의 크기에 해당하는 산호 재질로 된 안와 충전물을 삽입하는 것이었다.

수술을 받기 위해 내가 다시금 수술대 위에 누웠을 때 의사는 충혈된 눈으로 나를 내려다보며 마취 주사를 놓았다. 불안해하는 나에게 의사는 괜찮다고, 하나 둘 셋 숫자를 세라고 말했지만, 사실 내가 보기에는 그가 더 불안해 보였다.

숫자를 세던 나의 전신에 마취 기운이 퍼지고 내가 완전히 마취에 들자, 수술이 시작되었다.

하이드록시아파타이트라는 물질로 이루어진 안와 충전물이 나의 오른쪽 눈이 있던 자리에 삽입되었다. 원칙대로라면, 안와 충전물을 삽입할 때 눈알을 움직이는 근육인 외안근을 안와 충전물에 부착해야 했다. 그러나 나의 경우 외안근이 손상된 상태라 외안근을 안와 충전물에 부착시킬 수 없었다. 만일 외안근만 살아 있었다면, 나는 외안근의 움직임에 따라 의안을 움직일 수도 있었을 것이다. 이 안와 충전물의 표면에 뚫린 수많은 작은 구멍으로 내 눈 주위의 섬유 혈관 조직이 조금씩 침투해 들어갔고, 마침내 안와 충전물과 눈알 주위 조직이 하나의 조직이 되었다. 그렇게 되기까지 여섯 달 가까이 걸렸다.

수술의 경과는 비교적 좋았다.

의안 이식 수술을 받은 지 여섯 달째 되던 날, 의사는 2차 수술 전에 혈관 조직이 자라 들어간 정도를 알아보기 위해 나에게 '골 주사 검사'와 '핵자기 공명 촬영'이라는 이름도 해괴한 검사를 받게 했다. 내 혈관 조직은 아주 정상적으로 산호 충전물에 침투해 있다고 했다. 2차 수술은 안와 충전물에 구멍을 뚫어 구멍에 작은 티타늄 팩을 삽입하여 의안과 맞물리게 하는 것이라고 했다. 이것은 눈이 움직일 때 의안도 같이 움직일 수 있게 하는 것이었지만, 나의 경우 안구 충전물을 움직일 수가 없었기에 별 효과는 없었다. 2차 수술이 끝나고 일 주일이 지난 후, 의안이 티타늄 팩과 잘 맞물리도록 의안을 교정했다.

이로써 의안 이식 수술이 모두 끝났다.

집에 돌아온 나는 내 방으로 들어가 나의 오른쪽 눈에 끼워진 의안을 거울에 비추어 보았다.

왼쪽 눈과 똑같이 만들어졌기에 언뜻 보아 의안은 감쪽같았다. 그러나 잠들기 전, 콘택트렌즈를 빼듯 새끼손가락으로 눈꺼풀을 추켜 올리고 다른 손으로 의안의 끝부분을 힘주어 앞으로 당기자, 의안은 힘없이 빠졌다. 그리고 그 자리에는 가운데에 구멍이 뚫린 흉측한 안구 충전물이 자리하고 있었다. 다시금 그 어린 날의 붕어가 떠올랐다. 소름이 돋았다. 저 흉물스러운 걸 뽑아 버리고 싶었다. 차라리 오른쪽 눈이 텅 빈 상태로 살아가는 게 나을 것 같았다. 그러나 나는 눈을 질끈 감았을 뿐이다. 그것 외에는 다른 어떤 행동도 할 수 없었다. 의사가 일러 준 대로 나는 내 눈동자와 똑같이 생긴 의안을 식염수가 담긴 유리병에 넣었다. 유리병 속에 들어간 의안이 나를 물끄러미 바라보는 듯한 느낌이 들었다.

그리고 불을 끄기 직전, 나는 분명 보았다. 유리병에 담겨 있던 의안이 꿈틀거리는 것을.

그 일이 일어난 지 여덟 달 만에 학교에 갔다.

소문이란 그 무엇보다 빨라서 같은 반의 모든 아이들이 일어난 일을 알고 있었다.

처음 교실 문을 열던 순간, 나는 나에게 쏠리는 수많은 눈들을, 그 눈이 담고 있는 의미를 느낄 수 있었다. 호기심, 안쓰러움, 경멸……. 그들과 눈이 마주친 찰나의 순간에도 분명 느낄 수 있었다. 직접적으로 그 사건에 대해 묻는 아이는 없었다. 그러나 그 눈들은 끊임없이 집요하게 나를, 나의 오른쪽 눈을 주시하고 있었다. 나에게는 그들의 눈밖에 보이지 않았다.

한 번 휘둘러보기만 해도 나는 그 눈들이 몇 개라는 것까지 알 수 있었다.

한 교실에서 여든여섯 개의 눈들이 나를 주시하고 있었다. 수업 시간이 되자, 나를 주시하는 눈은 여든여덟 개로 늘어났다. 번들 거리는 흰자와 흰자에 가지를 뻗어 나간 붉은 실핏줄들, 그리고 그 중앙에 자리 잡은, 일식 때의 태양 같은 동공들…… 그 눈들 은 나를 곁눈질하며 수군거렸다. 나는 그 눈들이 무서웠다. 슬금 슬금 다가와 나의 남은 눈마저 뽑아 갈 것 같았다. 눈을 질끈 감아 도 그 눈들은 사라지지 않았다.

수업이 끝나고 쉬는 시간이 되자, 눈들은 좀 더 대담하게 나를, 없어진 나의 오른쪽 눈을 바라보았다. 나는 화장실로 몸을 피했 다. 그러나 화장실에도 눈은 있었다. 복도에도, 운동장에도 어디 를 가든 나를, 나의 오른쪽 눈을 바라보는 눈은 있었다.

하루를 온통 그 시선들에 휘둘리며 보냈다.

집으로 돌아오는 나의 이마에서는 식은땀이 흘렀고, 고정된 오 른쪽 의안과 달리 나의 왼쪽 눈은 쉴새없이 좌우를 살피며 나를 바라보는 눈들을 경계했다. 집으로 돌아온 나를 여섯 개의 눈이 맞았다. 엄마라 불리는 눈에게 나는 말했다. 눈들이, 나를 보는 눈들이 무섭다고, 무서워서 학교에 못 가겠다고. 그러나 눈은 말 했다.

"네가 아직 적응이 안 돼서 그래. 좀 참고 다녀 봐."

그렇게 말하는 엄마의 눈초차도 실은 나를 뚫어져라 응시하고 있었다.

며칠 후, 나의 눈에는 알 수 없는 변화가 일어났다.

수업이 끝난 후 나는 청소를 하며 나를 바라보는 눈들과 씨름하고 있었다.

담임이라 불리는 눈은 청소에서 열외시켜 주겠다고 했지만 나는 청소를 자청했다. 눈은 몇 번을 만류하다 안 되자, 나의 고집에 못 이기는 척 청소를 허락했다. 돌아서는 나의 등에 대고 담임 눈이 하는 말을 나는 들었다.

"눈깔 병신이 고집은……."

교실 청소가 끝난 뒤 나는 속이 좋지 않았다. 내가 화장실 변기 위에 앉아 있을 때, 화장실 밖에서 눈들이 수군거리는 소리가 들렸다.

"야, 너 그 새끼 눈깔 봤냐?"

"누구?"

"아, 있잖어, 그 개 눈."

"어."

"소름 끼치지 않냐? 아까 그 새끼랑 눈이 딱 마주쳤는데 그 개 눈에서 빛이 나는 거야. 플래시 반짝이는 것처럼."

"뻥 까고 있네, 새끼."

그리고 그 눈들은 화장실 안에서 나오던 나와, 나의 오른쪽 눈과 딱 마주쳤다.

눈들이 휘둥그레지며 그 자리에 얼어붙었다. 잠시 시간이 흐른 후에야 눈들은 허둥지둥 자리를 떴다. 의아했다. 아무리 내가 들으면 안 될 말을 하다 들켰다 해도 그렇게 놀랄 이유는 없었다. 나는 손을 씻으러 세면대 앞에 섰다가 무심코 벽에 걸린 거울을 바라보았다. 그제야 나는 그들이 그렇게 놀란 이유를 알 수 있었다. 나의 왼쪽 눈은 별다른 변화가 없었다. 그러나 그 반대편 의안의 눈동자는 위로 치켜 올라가 흰자를 번뜩이며 살기를 띠고 나를 노려보고 있었다.

나는 떨리는 손으로 치켜 올라간 나의 의안을 끄집어 내렸다.

물론 그럴 수도 있는 일이었다. 눈꺼풀이 오르내리다 서서히 의안이 위로 치켜 올라갈 수도 있었다. 그러나 그 눈은 의안을 눈 속에 담고 있는 내가 보기에도 소름이 돋는 살기등등한 도끼눈이었다.

집으로 돌아온 나는 거울을 보며 나의 오른쪽 눈에 끼워진 의안을 자세히 들여다보았다.

아까처럼 이상한 기미는 보이지 않았다. 행여 의안이 어떤 초자연적인 힘으로 독자적인 생명력을 가지게 된 건 아닐까 했던 내일말의 의심은 기우였다. 의안은 그대로 그 자리에 부착되어 있었고, 내가 새끼손가락으로 끄집어내자 순순히 빠졌다. 나는 의안을 집게손가락으로 쥐고 어루만져 보았다. 차가웠다.

나는 머리를 가로저었다. 아닐 거라고, 이깟 모형물이 무슨 생명이 있으며, 무슨 힘이 있겠냐고. 나는 잠시나마 들었던 의심을 부정하며 유리병에 의안을 담았다. 그러면서도 행여 지난번처럼 의안이 꿈틀거리는 착각이 일지는 않을까 유리병 속의 의안을 뚫어지게 응시했다. 그러나 역시 그대로였다. 의안은 액체가 담긴 유리병 속에 담긴 까닭에 실제보다 좀 더 크게 보이기는 했지만 아무 움직임도 없었다. 나는 피식 웃으며 샤워를 하려고 욕실로 들어갔다. 나는 욕실에서 뜨거운 물로 씻으며 잠시나마 눈에 대한 모든 강박관념들을 잊어 버렸다. 실로 오랜만에 기분이 좋았다. 콧노래까지 흘러나올 정도였다. 물에 젖은 머리를 털며 욕실을 나와 나는 내 방으로 돌아왔다.

서랍에서 건조기를 꺼내어 머리를 말리며 거울을 보니, 분명 유리병 속에 들어 있어야 할 나의 의안이 내 오른쪽 눈에 끼워져 있었다.

분명 나는 샤워하러 가기 전에 의안을 빼서 유리병에 담가 두었다. 그런데 다시금 나의 오른쪽 눈에 끼워져 있다니. 나는 당황하여 어찌할 바를 몰랐다. 착각이겠지, 착각이겠지, 착각이겠지…… . 나는 머리를 거세게 흔들었다. 그리고 거울 속에 비친 의안을 노려보았다. 의안도 나를 노려보는 듯했다. 나에게 의안 수술을 해 준 의사가 부모님에게 이렇게 말한 적이 있었다.

"사람들은 대개 의안으로 개 눈을 쓴다고 알고 있는데, 사실 개 눈은 어떤 경우에도 안 쓰입니다. 만일 그걸 의안으로 쓴다면, 사람의 안구와 크기부터 다른 데다 안와에 이식될 경우 며칠도 못 가 금세 부패하고 말겠지요. 수천 년 전부터 2차 대전무렵까지 의안은 유리로 만들었는데, 요즘은 보통 '사기'라고 부르는 특수 세라믹으로 만듭니다. 물론 고도로 숙련된 의안 제조사가 아드님의 눈과 똑같은 의안을 만들어 주기 때문에 원래 눈하고 안 맞지 않을까 걱정하지 않으셔도 될 겁니다."

원래 눈하고 안 맞지 않을까 하는 걱정은 안 해도 된다고? 그 잘난 사기인지, 특수 세라믹인지로 만든 눈깔이 이렇게 제멋대로 움직이는데? 나는 코웃음을 쳤다. 그러나 두려웠다. 다른 사람의 눈보다 나의 의안에 대한 두려움이 커져 갔다. 나는 잠자리에 들기 전 의안을 빼내어 유리병에 담갔다. 그리고 확실하게 하기 위해 이번에는 더 이상 잠기지 않을 때까지 힘주어 유리병 뚜껑을 잠갔다.

그날 밤도 나는 꿈을 꾸었다.

골목길을 걷고 있었고, 어둠 속에서 도끼눈을 한 눈들이 나에게 슬금슬금 다가왔다. 그리고 말했다.

"네가 방금 우릴 꼬나봤냐?"

패거리 중 가장 눈빛이 날카로운 세모 눈이 주머니칼을 꺼내 들고 날을 퉁겼다가 접었다가 하며 물었을 때 나는 아무런 대답도 하지 못했다. 그저 또다시 나에게 이런 일이 일어났다는 것만으로도 죽고 싶을 뿐이었다.

"주둥이에 좆 박아 봤냐? 꼬나봤냐고 이 씹할놈아."

세모 눈이 나의 가슴팍을 밀쳤다. 나는 헉 소리를 내며 뒤로 주춤주춤 밀려났다.

"눈깔을 확 도려내 벌라. 누굴 꼬나봐. 안 그래도 좆나 열 받는데……."

나는 뭘 잘못했는지는 모르지만, 이번에는 제발 한 번만 봐 달라는 애원의 의미로 간절히 그들을 올려다보았다.

"어? 이 씹새끼가 또 노려……."

그러나 세모 눈은 말을 채 끝내지 못했다. 나의 의안이 내 눈에서 퉁겨져 나가 세모 눈의 눈동자를 꿰뚫었다. 빨간 피가 솟구치고, 세모 눈은 눈을 감싸 쥐며 비명을 질렀다. 나는 들었다. 세모 눈의 눈알이 툭 터지는 소리를.

꿈에서 깨어났을 때 나의 온몸은 땀으로 젖어 있었다.

잠시 멍한 눈으로 천장을 바라보던 나는 정신이 들자, 반사적으로 유리병이 놓인 탁자 위를 돌아보았다. 없었다. 유리병 속은 텅 비어 있었다. 나는 오른쪽 눈을 만져 보았다. 의안은 내 오른쪽 눈에 끼워져 있었다. 나는 화가 났다. 누군가 또는 알 수 없는 무언가가 장난을 치고 있는 게 틀림없었다. 나는 손가락 끝으로 의안을 눈에서 끄집어내려고 했다. 그러나 그럴 수 없었다. 갑자기 격심한 통증이 오른쪽 눈에 느껴졌다. 나는 비명을 질렀다. 의안에 고통이 느껴지다니. 나는 이해할 수 없었다. 벌떡 일어나 거울을 들여다보았다.

실핏줄.

가는 실핏줄들이 나의 의안에 빨간 가지를 뻗고 있었다.

나의 오른쪽 눈에 CT라 불리는 컴퓨터 단층촬영과 MRI라 불리는 자기공명 영상 검사 그리고 SPECT라는 촬영기를 이용한 핵의학 단층촬영이 이루어졌다. 나는 검사 전 여덟 시간 동안 어떤 음식도 먹지 못한 상태였고 검사 절차도 복잡했기에 모든 절차가 끝났을 때 기진맥진해 있었다. 며칠 후 검사 결과를 확인하러 갔을 때 의사는 어안이 벙벙한 표정이었다.

진단실 형광등이 밝혀진 벽에는 나의 눈을 촬영한 CT며 MRI 사진 등이 어지럽게 걸려 있었다. 의사는 그 사진들을 처음 보는 사람처럼 한동안 들여다보다 한참 후에야 나와 어머니를 향해 입을 열었다.

"아…… 이거 어떻게 말씀드려야 할지……. 음…… 솔직히 의사 생활 이십 년에 이런 경우는 처음 봅니다. 의안에 혈관이 침투한다는 것은 도저히 의학적으로 불가능한 일인데…… 하이드록시아파타이트야 사람 뼈하고 구조가 유사해서 혈관 침투가 가능하다지만, 세라믹으로 된 의안에 혈관이 침투한다는 건 도저히 불가능한데, 보시다시피 혈관이 의안과 연결되어 있습니다. 더 놀라운 건 MRI 촬영 결관데…… 이걸 한번 보시죠."

의사는 나의 머리를 측면에서 촬영한 시상면 MRI 촬영 사진을 가리켰다.

"원래 아드님의 경우 눈을 움직이는 외안근이 안구가 탈출되던 순간 끊어져 버렸죠. 워낙 외안근의 손상 정도가 심했기 때문에 저희들이 의안 이식을 하면서도 안와 충전물과 외안근을 잇지 않았어요. 한데……."

의사는 한 번 마른침을 삼키고 말을 이었다.

"보시다시피 현재 그 외안근이 안와 충전물과 연결되어 있습니다."

의학 상식이 전무한 내가 보기에도 안와 충전물과 외안근이 연결된 것이 뚜렷했다.

"현재로서는 저희가 딱히 무슨 해결 방법을 제시해 드릴 수가 없습니다. 워낙 특이한 사례라서……. 우선은 별다른 통증이 없다면 얼마간 더 지켜보기로 하죠. 아드님의 눈이 더 긍정적인 방향으로 진행되고 있는지도 모르니까요."

의사는 그렇게 결론 내렸다. 나와 어머니는 병원에서 나와 한동안 쏟아지는 햇볕을 맞으면서도 정신을 차리지 못했다. 그러나 의사의 말대로 좀 더 지켜보는 수밖에 별다른 방도는 없었다.

그러나 나의 눈이 더 긍정적인 방향으로 진행되고 있는지도 모른다던 의사의 추측이 틀렸다는 게 밝혀지는 데에는 오랜 시간이 걸리지 않았다.

내가 어머니와 병원에서 나와 택시를 잡으려 할 때 외할머니에게서 전화가 왔다.

"뭐? 아빠가 쓰러져? 언제? 그래서 지금 어딘데?"

어머니는 놀란 얼굴로 전화를 끊고 나에게 말했다.

"외할아버지가 쓰러지셨댄다. 엄마 거기 좀 갔다 갈 테니까 너 먼저 집에 가 있어!"

어머니는 나에게 택시비를 주고는 부랴부랴 택시를 타고 떠났다. 나는 혼자가 되었다. 택시를 잡으려고 했지만, 십 분이 지나도록 택시는 잡히지 않았다. 결국 오랜만에 혼자 거리를 걸어 보기로 했다. 외할아버지 걱정이 안 되는 건 아니었다. 그러나 심장이 약해 몇 년 전부터 이따금 쓰러지는 일이 있었고, 평소 친손자만 귀여워하고 외손자인 나에게는 한 줌의 애정도 베풀지 않았던 외할아버지였기에 크게 걱정이 되지는 않았다. 게다가 나에게는 그 무엇보다도 나의 오른쪽 눈에 일어나고 있는 알 수 없는 일들이 더 중요했다.

햇볕이 정말 좋았다.

잠시나마 모든 걸 잊을 만큼. 햇살이 부드럽게 나의 목덜미를 어루만졌고, 나는 기분 좋은 따뜻함을 느끼며 걸었다. 거리는 평화로웠고 여유 있어 보였다. 저만치 공사를 하고 있는 건물에서 들려 오는, 뭔가를 자르는 기계톱 소리마저 듣기에 좋았다. 갑자기 나의 눈에 일어났고, 일어나고 있는 모든 일들이 비현실적으로 느껴졌다. 사실은 없는 일, 잠깐 동안의 가위눌림은 아니었나 생각될 정도였다. 상점의 진열장 유리에 비추어진 나의 눈은, 나의 의안은 전혀 부자연스러워 보이지 않았다. 오른쪽이 보이지 않는다는 사실만 빼면.

나를 주시하는 눈들도 없었다. 모두들 나의 눈이 아닌 다른 어딘가를 응시하며 걷고 있었다. 나는 여느 때와 다른 경쾌한 걸음으로 보도블록을 밟으며 앞으로 나아갔다.

커다란 어느 건물의 모퉁이를 끼고 돌자, 햇살이 나에게 정면으로 쏟아졌다. 눈이 부셨다. 그래서 손을 올려 차양을 만들어 눈을 가렸다. 한데 손 그림자가 있는데도 눈은 여전히 부셨다. 게다가 그 눈부심은 점점 심해졌다. 도저히 믿기 힘든 일이 일어나고 있었다. 나의 의안이 끼워진 나의 오른쪽 눈도 눈부심을 느끼기 시작한 것이다. 믿든 안 믿든, 누가 뭐라 하든 그건 사실이었다. 눈부심은 나의 온전한 눈에서 의안이 끼워진 오른쪽 눈으로 옮아가 거대한 빛 덩어리로 응집되었다. 빛은 나의 오른쪽 눈을 삼켰다. 아니, 오른쪽 눈이 빛 그 자체로 화했다.

확!

빛 덩이가 눈앞으로 점점이 터져 나갔다. 빛이 점점 명멸하며 시야가 새카맣게 어두워졌다. 그리고 나의 눈에, 나의 오른쪽 눈에 뭔가가 어른거리기 시작했다. 그것은 조금씩 나에게 다가왔다. 점점 가까워지면서 그것의 형체가 나의 오른쪽 눈에 잡히기 시작했다. 그것은 눈이었다.

나는, 나의 오른쪽 눈은 똑똑히 보았다.

그 눈. 그 눈은 그날 그 골목에서 나에게 슬금슬금 다가와 "네가 방금 우릴 꼬나봤냐?"고 묻던 그 세모 눈이었다. 어두웠던 주변이 밝아지면서 주변의 모든 영상들이 일그러지고, 뒤틀리고, 소용돌이치기 시작한 와중에 오로지 그 눈만이 분명하게 나의 오른쪽 눈에 보였다.

세모 눈은 불과 이십 미터 앞에서 나에게 다가오고 있었다. 오른쪽 눈알이 진동하는 것이 느껴졌다. 나의 오른쪽 눈은 집요하게 노려보고 있었다. 눈은 분노하고 있었다. 단말마의 경련을 하는 환자의 몸처럼, 나의 눈이 미친 듯이 요동하기 시작했다.

나와 세모 눈의 거리가 십 미터로 좁혀졌을 때까지도 세모 눈은 나의 눈을 알아보지 못했다. 나의 오른쪽 눈의 요동이 정점에 이른 순간, 나의 시선을 느낀 세모 눈이 비로소 나를 쳐다보았다. 나와 눈이 마주치자 세모 눈은 그 자리에 얼어붙었다. 눈이 점점 커지고 있었다. 공포. 나는 그토록 공포에 질린 눈을 본 적이 없었다. 세모 눈의 눈에 돋아난 실핏줄이 툭툭 불거지고, 눈동자는 한없이 부풀어 올랐다.

투욱.

나는 보았다. 세모 눈이 툭 튀어나오는 것을. 세모 눈의 눈알이 원래의 자리를 이탈해 밖으로 쏟아져 나오는 것을.

일 미터 길이 남짓한 철근이 나와 세모 눈의 머리 위에 공사 중이던 건물에서 떨어져 내렸다. 철근은 견고하게 쳐 있던 안전망 틈새를 날렵하게 통과해 비스듬히 떨어지면서 바로 아래 서 있던 세모 눈의 정수리를 꿰뚫었고, 세모 눈의 뇌를 꿰뚫었고, 끄트머리로 세모 눈의 눈알을 밖으로 밀고 나왔다.

세모 눈의 눈을 뚫고 나온 철근의 끄트머리에 걸린 세모 눈의 눈알에서 피가 뚝뚝 떨어졌다.

세모 눈은 바위에 내동댕이쳐진 개구리처럼 선 자리에서 입을 쩍 벌리고, 온몸을 부르르 경련했다. 남은 한 눈으로, 공포로 가득 찬 그 눈으로 나를 바라보며 세모 눈은 힘없이 그 자리에 고꾸라졌다. 철근 끝에 걸린 세모 눈의 눈알이 가장 먼저 보도블록 위에 닿았다.

나는 들었다. 세모 눈의 눈알이 툭 터지는 소리를.

"사람이 맞았어!"

머리 위의 건물에서 작업 중이던 인부 하나가 놀라 소리쳤다. 쓰러진 세모 눈의 주위로 사람들이 우르르 몰려들었을 때 이미 세모 눈은 심장이 멎어 있었다.

나는 주춤주춤 뒷걸음질치다 전력 질주로 그곳에서 벗어났다.

우연이야. 정말 어쩌다 저렇게 된 거야. 그럴 거야. 우연일 뿐이야. 아냐. 아닐지도 몰라. 어쩌면 이 눈 때문인지도 몰라. 이 눈 때문에 이 모든 일들이 일어난 건지도 몰라. 나는 속으로 미친 듯이 부르짖었다. 숨이 턱까지 차올라 더 이상 뛸 수 없는 지경에 이르러서야 나는 달리기를 멈추고 허리를 숙여 가쁜 숨을 내쉬었다. 분명 세모 눈을 보았을 때만 해도 보였던 나의 오른쪽 눈은 이제 보이지 않았다. 도대체 무슨 일이야. 왜 이런 일들이 일어나는 거야, 씹할. 나는 속으로 부르짖다 어느 순간 멈칫 독백을 멈추었다.

바로 앞 상점 진열장에 비추어진 나의 눈이, 나의 얼굴이 만면에 웃음을 담고 있는 걸 발견했기 때문이다.

눈웃음.

나의 눈은 웃고 있었다.

그것도 오른쪽 눈만. 놀람으로 가득 찬 나의 왼쪽 눈과 득의에 찬 나의 오른쪽 눈. 그 두 눈의 부조화가 하나의 얼굴에서 비롯된 것이라는 이유로 나는 기겁했다.

그러나 한편으로 나는 만족감을 느끼고 있었다. 부정하고 싶었지만, 사실이었다. 막혀 있던 것이 뚫리는 후련함과 바라 왔던 것이 이루어지는 성취감이 나의 오른쪽 눈으로부터 솟구쳐 나와 나른한 약기운처럼 온몸에 서서히 퍼져 나갔다. 집에 도착했을 때 나의 마음은 다시금 평온을 되찾고 있었다. 그러나 그 평온도 오래 가지는 않았다.

눈은 진동하고 있었다.

미세하게, 잠든 내가 깨닫지 못할 만큼. 그 진동은 점점 심해졌고, 눈은 또다시 뭔가를 원하며 꿈틀거리고 있었다. 그러나 나는 여전히 편안히 잠들어 있는 상태였다. 두 눈을 감고. 그와 달리 나의 오른쪽 눈은 깨어 있었다. 눈은 기다렸다. 내가 깊이 잠들기를. 내가 완전히 잠들자, 나의 얼굴에서 유일하게 깨어 있는 오른쪽 눈이 나의 눈꺼풀을 서서히 밀어 올렸다. 잠들어 있는 나의 얼굴에서 오른쪽 눈만이 뜨였고, 왼쪽 눈은 여전히 감겨 있었다.

눈은 조심스럽게 사방을 휘둘러보았다. 문제 될 게 아무것도 없다는 것을 파악하자, 나의 눈은 위로 치켜 올라가며 간교하고 잔인한 빛을 띠었다. 나의 눈은 조용히 몸을 일으켰다. 나는 몽유병자처럼 잠이 든 채 자리에서 일어났다. 그리고 조용히 방문 손잡이를 비틀어 밀고 밖으로 나왔다. 집 안은 어둡고 고요했다. 어머니는 친정에서 아직 돌아오지 않았고 아버지는 안방에 잠들어 있었다. 나의 눈은 아파트 현관 문을 열고 밖으로 나왔다. 엘리베이터는 나를 아래층으로 내려 보냈다. 중간에 술에 잔뜩 취한 남자 하나를 마주쳤지만, 그는 오른쪽 눈만을 뜨고 있는 나의 얼굴을 보지 못했다. 아파트를 나온 나의 눈은 차분하게 걸어갔다. 어디로 가야 할지 눈은 알고 있었다. 가야 할 길이 훤히 보였다.

밤거리를 눈은 걸었다.

눈은 눈을 볼 수 있었다. 나의 눈을 그렇게 만든 도끼눈들을. 나에게 맨 처음 시비를 걸어 왔던 세모 눈은 철근에 뚫렸지만, 아직도 네 개의 눈이 남아 있었다. 수고를 덜어 주기 위해서인지 그 네 개의 눈들은 함께 있었다. 나의 눈이 걷고 있는 밤거리에서 걸어서 십 분밖에 걸리지 않는 병원 옥상이었다. 눈은 그리로 향했다. 서두를 필요는 없었다.

내가 병원 엘리베이터에 올랐을 때 옥상에서는 나의 눈을 짓밟았던 두 명의 패거리들이 야경을 바라보며 담배를 피우고 있었다.

"야, 좆나 겁나지 않냐? 경식이 그 새끼가 그렇게 죽을 줄 진짜 몰랐다. 철근이 머리에 박히면서 아예 눈깔을 뚫고 나왔다잖아. 어, 끔찍해. 방금 밑에서 절하면서도 난 경식이 새끼 그렇게 된 게 자꾸 떠올라서 죽겠더라. 근데…… 뭐 생각나는 거 없냐?"

"너도 그 생각 했냐? 그, 전에 밟다가 눈깔 빠진 새끼?"

"어. 자꾸 그 새끼가 생각나. 그 새끼도 눈깔 튀어나왔잖아. 경식이 죽은 게 그 새끼랑 뭔 관계 있나 싶고, 괜히 겁나는 거야."

"까지 마, 새끼야. 너두 좆나 새가슴이다. 우연의 일치란 것도 모르냐? 담배나 하나 더 줘 봐."

그 순간, 나의 눈이 살짝 열려 있던 옥상의 철문을 열었다.

끼이익.

네 개의 눈이 나의 눈을 돌아보았다. 네 개의 눈은 나의 눈을 보자마자 그 자리에서 굳어 버렸다. 눈들이 물고 있던 담배들이 그 자리에서 툭 떨어졌다. 담배가 콘크리트 바닥에 부딪히며 빨간 불똥을 몇 점 퉁겨 냈다. 놈들의 입이 들썩거렸다. 그러나 아무런 말도 새어 나오지 않았다. 네 개의 눈과 연결된 시신경을 통해 나의 눈에 대한 정보가 놈들의 두뇌에 전달되었고, 곧바로 놈들의 교감신경들이 흥분하기 시작했다. 교감신경의 말단에서 에피네프린이라는 호르몬이 과다하게 분비되며 놈들의 혈관을 수축시켰고, 혈압을 상승시켰고, 심장 박동을 빠르게 했다. 나의 눈은 네 개의 눈을 향해 서서히 다가갔다. 나의 눈이 다가갈수록 놈들의 교감신경에서 에피네프린이 솟구쳤다. 네 개의 눈은 점점 혈관이 부풀어오르며 붉게 충혈되기 시작했다. 교감신경의 극단적인 흥분은 에피네프린의 과다한 분비를 불러오고 결국 심장마비나 안구 돌출에 이르게 한다는 사실을 나의 눈은 알고 있었다.

"끄으으윽."

놈들의 입에서 거품과 함께 신음소리가 쥐어짜 내졌다. 이마의 핏줄이 두드러지고, 네 개의 눈가에서 부풀어 오른 혈관이 어느 순간 툭툭 터졌다. 네 개의 눈에서 피눈물이 흘렀다. 네 개의 동공이 커다랗게 부풀어 올랐다.

투두두욱.

네 개의 눈알이 밖으로 완전히 튀어나오며 나의 얼굴에 핏방울이 흩뿌려졌다. 눈알이 있던 자리에서 피가 쏟아지며 놈들의 육신

은 힘없이 바닥에 고꾸라졌다. 그와 함께 나도 쓰러졌다. 애초에
나는 의식이 없었지만, 나를 움직이게 했던 나의 눈도 나와 함께
잠시 휴식에 들어갔다.

그러나 그것이 끝은 아니었다.

눈은 점점 부풀어 오르고 있었다.

안와 충전물로 나의 눈구멍에 삽입된 하이드록시아파타이트가
육화(肉化)되어 가고 있었다. 거기에 뚫린 미세한 구멍 사이사이
로 침투해 들어간 나의 혈관들로부터 양질의 자양분들이 공급되
었다.

그러는 동안 나는 긴긴 잠에 빠져 있었다.

눈이 빠져나간 후 처음으로 맛보는 단잠이었다. 꿈도 꾸지 않았
다. 더 이상 악몽은 없었다. 전신을 부드럽게 매만지는 산들바람
같은 나른한 따스함이 나를 평화롭게 했다.

"수술을 할 수는 없는 상탭니다."

나를 진찰한 의사가 어머니에게 말했다.

"아니, 애 눈이 저렇게 됐는데, 수술을 할 수 없다뇨?"

"문제는…… 눈에 약간의 자극만 가도 아드님이 극도의 거부
반응을 보인다는 겁니다. 국소마취는 물론이고, 전신마취까지 했
는데도 마찬가집니다. 게다가 신경들이 기형적으로 우측 의안에
몰려 있습니다. 무슨 이유인지는 정밀검사를 해 봐야 알겠지만,
지금 자칫 잘못 건드렸다가는 생명이 위험할 수도……."

"도대체 당신들 애를 살리려는 사람들이에요, 죽이려는 사람들
이에요? 두고 보잘 땐 언제고, 애가 저 지경이 됐는데……. 그나

저나 애가 왜 의식불명인 거죠?"

"글쎄…… 쇼크로 인한 일시적인 의식불명 같습니다."

"일시적인? 일시적이란 소리가 나와요, 지금? 벌써 사흘째 저 지경이라고요. 사흘째…… 식물인간도 아닌데 멀쩡하던 애가 왜 안 깨어나느냐고요."

"저희로서는 기다려 보자는 말씀밖에 드릴 수 없군요. 죄송합니다."

그러나 나는 그들의 말을 듣지 못했다. 혹은 듣지 않았다. 그 어떤 소리도 나의 평화를 깰 수 없었다.

천천히 나는 시간을 거슬러 올라갔다. 내가 지나온 모든 시간을 거슬러 올라갔다. 눈이 사라지던 날의 기억들과 성장하며 누구나 겪었을 법한 경험들이 희미하게 떠올랐다가 스쳐 지나며 아스라이 사라져 갔다. 나는 어린아이가 되었고, 아기가 되었고, 뱃속의 태아가 되었고, 마침내는 아무것도 아닌 무(無)의 바다에 도달했다. 살아 있다는 개념도 없고, 죽어 있다는 개념도 존재하지 않는 무형의 세계였다. 부드러운 태초의 미풍과 잔물결과 아름다운 미명이 번지고 있었다. 나는 나이면서 내가 아닌, 살아 있으면서 동시에 죽어 있는, 존재이면서 동시에 비존재인 상태로 그 세계를 부드럽게 유영하기 시작했다.

나의 신체는 날로 여위어 갔다.

반면에 나의 오른쪽 의안은 점점 부풀어 올랐다.

국내에서 가장 유능하다는 전문 의료진들이 의안 제거 수술을 몇 차례 시도했으나, 그럴 때마다 나의 신체는 극도의 거부반응으로 수술을 단호하게 거부했다. 의안을 제거할라치면 심장박동이 최고조에 올랐다가 일순에 뚝 떨어지며 금방이라도 숨이 끊어질 것 같은 반응을 보였다. 수술을 포기하면 언제 그랬냐는 듯 나와 나의 눈은 평온을 되찾고 다시 평화로운 의식불명에 빠졌다.

"자, 이번엔 전대미문의 상태에 빠져 있는 환자를 보도록 하죠. 이 환자는 팔 개월 전 안구 탈출 사고로 의안 시술을 받았습니다. 안와 충전물로 하이드록시아파타이트가 삽입되었고, 외안근이 손상된 상태라 외안근과 안와 충전물은 시술시 연결되지 않았습니다. 한데 칠 개월이 지났을 때부터 이상 징후가 발견되었습니다. 여기 CT며 MRI에서 볼 수 있듯 외안근과 안와 충전물이 연결이 되었고, 세라믹으로 이루어진 의안에 혈관이 침투해 연결되었습니다."

"노카르디아증(노카르디아라는 균이 피부나 호흡을 통해 몸에 들어와 병을 유발하여 혈액을 타고 다른 장기나 뇌로 퍼지는 곰팡이병)의 일종 아닌가요?"

"아뇨. 현재로서는 그 어떤 검사에서도 노카르디아가 검출되지 않았습니다. 거기다 더 놀라운 건 안와에 삽입된 하이드록시아파타이드가 점점 비대해지고 있다는 사실입니다. 현재 안와보다 거대해져서 밖으로 반쯤 돌출되어 있는 상태입니다. 흥미로운 건 이걸 제거하려 하면 환자가 극도의 거부반응을 보인다는 사실입니다."

"원래 거부반응은 이식 수술 후에 나타나지 않나요?"

"그렇죠. 한데 이 환자의 경우엔 환자가 원인불명의 기면(嗜眠)에 빠지면서부터 하이드록시아파타이드가 비대해지기 시작했고, 그걸 제거하려고 할 때 거부반응을 보이는 희귀한 경우죠. 거기다

보시죠. 돌출된 의안에 그려진 사기질의 눈동자가 미세하지만 끊임없이 움직이고 있습니다."

밤은 더디게 찾아왔다.

나의 오른쪽 눈은 내내 기다렸다. 이제 때가 왔다. 병실의 조명이 꺼지자, 나의 눈은 나를 위해 준비해 온 작업을 시작했다. 이제 나는 세상의 그 어떤 시선에서도 자유로울 수 있을 것이다. 반쯤 밖으로 돌출된 의안과 하이드록시아파타이드 덩어리가 어느 순간 밖으로 구물구물 불거져 나왔다. 그리고 눈은 하이드록시아파타이드와 연결된 혈관과 외안근으로부터 공급되는 양분을 천천히 흡수하며, 나를 오랫동안 바라보았다.

병실 문이 열리고, 당직 간호원이 나의 상태를 살피러 들어온다.

나의 몸 위에는 담요가 덮여 있다. 간호원이 살그머니 담요를 들춘다.

간호원은 비명을 지르는 모양이다. 그리고 풀썩 주저앉는다. 침대 곁에 놓여 있던 나는 간호원을 의아한 눈으로 바라본다. 간호원은 나를 발견하자, 미친 듯이 비명을 지른다. 그러나 그 비명은 나에게 들리지 않는다. 나는 그저 비명을 지르는 간호원의 입만 바라볼 뿐이다. 잠시 후, 기다시피 병실을 나간 간호원이 당직 레지던트들과 의사를 이끌고 나타난 걸 나는 바라본다. 그리고 나는 본다.

이제는 겨우 형체만 알아볼 수 있는 나의 거무튀튀한 껍데기를. 그 형체의 자양분으로 생물학적 변이를 한 나의 아름다운 육신을. 거울에 비추어진 나를 바라보는 나는 만족스럽다.

자양분을 받아 조직이 웅크린 어린아이만큼 커진 하이드록시 아파타이드에 뚫린 구멍 사이사이로 아직 껍데기의 혈관들이 무수히 이어져 있기는 하지만, 그 몸뚱이 한가운데에 안전하게 자리 잡은 눈동자로 나는 모든 사물을 볼 수 있다. 이제는 나와 저 껍질을 잇고 있는 탯줄 같은 신경근들을 모두 끊어도 될 성싶다. 비명을 지르는 듯 입을 쩍쩍 벌리고 나를 겁에 질려 바라보고 있는 눈들을 이제 나는 바라본다.

그리고 이제 나는 안다. 저 눈들이 전혀 두렵지 않다는 것을.

입

내가 다이어트를 시작한다고 했을 때, 성공하리라 믿는 사람은 아무도 없었다.

당연한 일이었다. 나 역시 믿지 않았으니까. 키 157센티미터에 몸무게 84킬로그램이라는 신체 조건과 운동을 싫어하는 천성은 다이어트 성공에 확신을 가질 만한 그 어떤 희망도 저버리게 하는 데 충분했다. 게다가 서른두 살이라는, 신체의 획기적인 변화를 기대하기엔 이미 많은 게 굳어져 버린 나이도 그런 절망에 큰 몫을 담당했다.

물론 서점의 여성·건강 코너에만 가 봐도 다이어트에 관한 책은 무수히 많았다. 『살! 굶지 말고 빼라』 『34인치에서 24인치로 가는 지름길』 『살에게 말을 거는 다이어트』 『○○○의 80일간의 걷기 다이어트』 『먹으면서 빼는 녹차 다이어트』 『행복으로 가는 자기최면 다이어트』 『1주일에 1kg 빠지는 특효 다이어트』 『체질을 알면 다이어트가 즐겁다』『최후의 다이어트』『더 이상의 다이어트는 없다』『반창고 다이어트』『테이프 다이어트』『스즈키식 먹어야 살이 빠진다』등 무수한 다이어트 관련 책들이 빼곡했고, 대부분의 다이어트 책의 저자들은 비만의 구렁텅이에 빠져 절망 속에 허우적대다 심기일전하여 30킬로그램 이상 감량하는 데에 성공한 다이어트 베테랑들이었다. 그들은 하나같이 다이어트에 성공하면 세상이 축복과 환희로 가득 차는 신비로운 체험을 할 수 있다고 역설하고 있었고, 자신의 체험과 학자들의 연구 결과 등을 예로 들어 가며 비만이 세상에서 왜 없어져야 하는 암적인 현상인지 설명했다. 인터넷에 들어가 봐도 마찬가지였다. 다이어트 고객을 확보하기 위한 '너…… 뚱뚱하니?', '쫙 빼자! 비키니 이벤트' 따위의 배너가 무수히 많았고, 하나면 클릭해도 다이어트 실내화, 다이어트 매트, 다이어트 CD, 다이어트 볼, 다이어트 슬라이드, 다이어트 디지털 매직 후프, 다이어트 웨어, 홍삼 다이어트, 다이어트 벨트, 다이어트 밴드, 다이어트 파이버, 다이어트 땀복, 진슬림 다이어트 등 무수한 다이어트 식품들과 다이어트 용품들을 볼 수 있었다.

　하지만 서른이 되어 허리 사이즈가 34인치에 이르러서도 사실 나는 다이어트의 필요성을 전혀 느끼지 않았다. 뱃살이 1그램만 늘어도 세상의 종말이 머지않은 듯 호들갑을 떨어 대는 밀라깽이 룸메이트나, 늦은 밤 내가 사는 오피스텔 앞의 초등학교 운동장을 돌고 있는 여편네들은 바보라고 생각했다. 지금 내가 입에 집어넣는 햄버거의 열량이 몇 칼로리인지, 라면 한 그릇을 먹으면 얼마 동안 줄넘기를 해야 그 열량이 체지방으로 가지 않는지, 일일이 계산하지 않고 살아도 세상살이는 충분히 피곤했다.

워낙 나돌아다니길 좋아하지 않는 성격에 영화 시나리오 작업을 하다 보니, 골방에 틀어박혀서 작업을 시작하면 한 달이고 두 달이고 두문불출하기 일쑤여서 사람 접할 기회도 거의 없었다. 초고속 인터넷이 보급되면서부터는 인터넷 홈쇼핑만 이용해도 따로 쇼핑 나갈 필요가 없었다. 따라서 결혼도 안 한 처녀 허리 사이즈가 34인치라고 해도, 또는 키 157센티미터에 몸무게 84킬로그램이라고 해서 사는 데에 지장은 전혀 없었다.

만일에 그를 만나지 않았더라면 아마도 그건 지금도 마찬가지였을 것이다.

"우, 짜증나. 웬일이야. 나 요즘 왜 이러니. 며칠 방심했더니 살이 또 불었어."

그날도 룸메이트는 체중계에서 내려서며 또 툴툴댔다. 나는 들은 체 만 체 노트북의 자판을 두드렸다. 제작사가 요구한 시나리오 수정을 사흘 안에 끝내야 했다. 여주인공의 비중을 좀 더 늘리라는 것이었다. 정확히 말하면 애초에 신인 배우를 기용하기로 했던 여주인공 역에 인기 여배우가 각별한 관심을 보이자, 그 배역의 비중을 높이고 캐릭터를 좀 더 미끈하고 세련된 여자로 수정하라는 것이었다. 애초에 내가 설정한 그녀는 퉁퉁한 몸매에 머리를 북북 긁으면 우수수 비듬 떨어질 듯한 털털한 캐릭터였다. 그러나 그 배역을 탐낸다는 여배우는 성형 수술로 다져진 조각 같은 얼굴에, 몸의 모든 살과 근육이 증발하고 뼈와 가죽만 남은 듯한 마른 몸매인데도 가슴만은 유독 풍만해서 공식석상에 가슴 팬 드레스를 즐겨 입고 나타나며, 인터뷰를 할 때 내뱉는 한 마디 한 마디마다 텅 빈 머릿속이 훤히 들여다보이는, 한마디로 내 시나리오상의 그녀와는 천양지차인 여자였다. 그런 여자를 내 시나리오에 끌어들여야 한다니. 시나리오의 내용이 그녀의 캐릭터에 의존하는 부분이 많아서 캐릭터를 바꾸자면 기존의 시나리오를 거의 모두 뒤집어야 할 판이었다.

"아무래도 체중계를 바꿀까 봐. 얘가 요즘 정상이 아닌 거 같아."

내가 들은 체 만 체하자, 룸메이트가 좀 더 목청을 높여 말하곤 나를 흘끔 돌아보았다. 그녀는 자신의 한 마디 한 마디에 누군가가 관심을 보이고 대꾸해 주어야 삶의 보람을 느끼는 여자였다.

"몇 킬로나 늘었는데? 한 십 킬로 불었냐?"

마지못해 응수를 해 주니, 그녀는 얼굴을 과장스레 찡그리며 손을 휘휘 저었다.

"언니는 끔찍한 소리 하고 있어! 누구 죽는 꼴 보려고 그러니? 0.5 킬로 늘었어. 겨우 이틀 사이에. 어유, 오늘 진규 씨 만나는 날인데 끼는 옷도 못 입고 나가겠네."

그러면서 그녀는 소파에 주저앉아, 세상의 모든 고민을 짊어진 표정으로 1센티미터도 안 되는 자신의 뱃가죽을 쥐고 흔들었다.

"진규는 또 누구야? 며칠 전까지 만나던 태진인지, 태진안지는 어떡하고?"

"태진이야 그냥 즐기려고 만나는 거고, 진규 씨는 심각하게 만나는 거야. 비전이 있거든."

"도대체 몇이냐. 인제 서너 명만 채우면 백 명 되지 않아? 그렇게 이놈 저놈하고 자고 다니면 나중에 네 남편한테 미안하지 않겠냐?"

"저놈의 도덕책…… 또 시작이야. 다 즐기면서 사는 거지. 어차피 죽으면 썩어 없어질 몸뚱이 아냐?"

"죽으면 썩어 없어질 몸뚱이에 그렇게 집착하는 건 또 뭔데……."

"어유, 또 막 짜증 나려고 그래. 나 나갈래."

구시렁대며 현관을 나서던 룸메이트가 물었다.

"언니, 나 떡볶이 사 올 건데 먹을래?"

"……."

"먹을 거야, 안 먹을 거야? 빨리 얘기해."

"찐 계란하고 튀김 몇 개 넣어 달라고 그래."

고등학교 때까지만 해도 나는 내 룸메이트처럼 말라깽이였다. 별명이 '막대기'였으니, 말 다했다. 가슴도 안 자라서 고3 때까지 75A 사이즈 브라를 입었고, 다른 아이들처럼 살이 트거나 하는 일도 없었다. 고등학교를 졸업할 때까지 내 몸무게는 46킬로그램이었다. 내 부모가 그다지 살이 찌는 체질이 아니었고, 그래서 그런지 두 언니와 남동생도 마른 편이었다. 따라서 내가 비쩍 마른 것도 이상할 건 없었다. 그런데 대학에 들어가면서 모든 게 바뀌었다.

이상하게도 그 전까지 구미를 당기지 않았던 모든 음식들이 점점 내 식욕을 자극하기 시작한 것이다. 물론 그 전에도 갈치 튀김과 김치 볶음을 유난히 좋아하기는 했지만, 먹는다는 것 자체에는 그다지 흥미가 없었다. 세 끼를 꼭 먹어야 온전한 생활을 할 수 있는 인간의 생리에 회의적이었고, 고등학교 때까지는 하루에 한두 끼만 먹었다. 입시를 준비하는 중에는 정말 뭘 먹는 시간이 그렇게 소모적으로 느껴질 수 없었다.

그런데 대학 입학과 동시에 감추어져 있던 식욕이 서서히 고개를 들기 시작했다. 부연 김이 피어 오르는 밥알 한 알 한 알이 입 안에서 씹히는 맛이 그렇게 좋을 수 없었고, 계란을 얹어 끓인 뜨끈한 라면 국물이 입속을 맴돌다 식도를 타고 넘어가는 맛이 그렇게 얼큰할 수 없었다. 호두가 듬뿍 들어간 아이스크림이 혀로 녹아드는 맛이 그렇게 달콤할 수 없었고, 매콤한 핫칠리 소스가 뿌려진 피자가 쫄깃한 피자 치즈와 함께 혀에 감겨드는 맛이 그렇게 맛깔스러울 수가 없었다.

고등학교 때 류시림이라는 친구가 있었다. 그때까지 눈썹 한번 밀지 않는 숙맥에 전혀 꾸밀 줄도 몰랐던, 게다가 몸매까지 '통'이었던 친구였다. 졸업하고 일 년 후 거리를 걷던 어느 날, 나는 세련된 화장에 첨단 유행을 달리는 옷차림의 늘씬한 모델과 마주쳤다. 정말 모델이라고 부르기에 손색이 없었다. 한데 그 모델이 나를 부르며 손짓까지 하는 것이었다. 삼십 초가 넘는 탐색 끝에 나는 비로소 그녀가 고등학교 때의 그 류시림이라는 걸 알아차렸다. 다이어트와 지방 흡입술과 화장술과 새 패션으로 류시림은 전혀 새로운 류시림이 되어 있었다.

그 류시림처럼 고등학교 때까지 나의 흥미를 끌지 못했던 모든 음식들이 돌연 예상치 못했던 매력으로 변모해 나에게 다가와 나를 유혹했던 것이다. 거리를 걷다 고깃집에서 풍겨 나오는 갈비 냄새만 맡아도 이내 군침이 침샘에서 솟구쳤고, 정기 공연 연습 중인 동아리 모임에서 누군가 지나가는 말로 된장찌개가 먹고 싶다고 하면, 먹음직스러운 두부와 파, 그리고 입이 벌어진 바지락이 얹혀 보글거리는 된장찌개가 떠올라 당장이라도 된장찌개로 이름난 학교 앞 평양 할머니 백반집을 향해 뛰쳐나가고 싶은 충동을 느낄 정도였다.

그러한 갑작스러운 식욕의 근원은 나도 모를 일이었다.

시골집에 내려가 어머니나 아버지에게 물어봐도 별다른 해답은 없었다.

"글쎄다. 난 니 뱄을 때나 뭐가 그렇게 먹고 싶었는디……."

"키 클라고 그런 거 아녀? 니 작은삼촌은 군대 가서도 키 컸는디, 아마 그때 뭐가 글케 먹고 싶었다 그러제?"

그러나 나는 임신을 하지도 않았고, 불어난 식욕으로 키가 크지도 않았다.

그저 놀라운 속도로 몸이 불었을 뿐이다.

살이 쪄 본 사람은 안다. 걸을 때마다 느껴지는 뱃살의 출렁임이 그 시작이라는 것을. 뛰기라도 하면 두 가슴과 뱃살이 풍랑을 만난 고깃배들처럼 이러저리 출렁이느라 난리였다. 여름이 되면서 양 허벅지 살이 서로 쓸리며 땀으로 불쾌하게 젖어 들었고, 살여기저기가 트면서 흉한 자국들을 남겼다. 여름이면 조금만 걸어도 땀으로 온몸이 젖어 들었고, 양말을 신을 때에도 불어난 뱃살 때문에 어려움을 겪어야 했다. 고등학교 때 친구들을 만나기라도 하면 다들 놀라는 눈치였고, 더러는 "너 왜 그렇게 불었니? 몸매 관리 좀 해야겠다."며, 조언을 하는 친구도 있었다. 옷 사이즈도 44 사이즈가 55 사이즈가 되고, 55는 이내 66이 되었다. 그리고 66은 끝내 77, 88까지 치달았다. 사람들은 더 이상 나를 기억할 때 다른 특징을 떠올리지 않았다. 그들이 나를 기억하기에 가장 좋은 나의 요소는 바로 뚱뚱함 하나뿐이었다.

하지만 그뿐이었다. 그 정도는 아무래도 괜찮았다. 시쳇말로 먹고사는 데에는 아무런 지장이 없었으니까.

그러나 룸메이트가 몸무게에 대해 툴툴대다 떡볶이를 사러 나간 그날부터 상황이 달라졌다. 그날 그를 만났기 때문이다.

떡볶이를 사 온다던 룸메이트는 밤 아홉 시가 넘고 자정이 가까워 오도록 아무 소식이 없었다. 휴대 전화를 걸어 봤지만, 고객 전화기가 꺼져 있다는 안내문만 흘러나올 뿐이었다. 도중에 남자 친구의 전화를 받고 그를 만나러 갔겠거니 싶으면서도 왠지 불안했다. 아니나다를까, 자정이 넘어서야 인근 파출소에서 전화가 걸려왔다. 패싸움이었다. 중고교 시절 속칭 '노는 애들'과 어울렸던 전력이 있는 룸메이트는 더러 그때의 '성깔'이 나오는 때가 있었다. 그날도 그랬다. 파출소에 가 보니, 룸메이트는 입술이 터지고 얼굴 여기저기에 손톱 자국이 선명한 몰골이었다. 전말은 이러했다. 룸메이트가 떡볶이를 사러 오피스텔 건너편 노점에 들렀을 때 기껏해야 고등학교 1학년 정도밖에 안 되어 보이는 계집애들이 담배를 '꼬나물고' 룸메이트에게 불을 빌리자고 했단다. 발끈한 룸메이트는 '대가리 피' 운운하며 욕 반 훈계 반으로 계집애들을 타일렀지만, 결국 날아온 건 뉘우침의 사과가 아니라 떡볶이 접시였단다. 그래서 그 애들과 3대 1로 싸움이 붙었다는 얘기였다. 룸메이트 너머에는 그녀 못지않게 너절한 몰골의 계집애들이 여전히 눈을 부라리며 씩씩대고 있었다. 그러나 파출소에 들어갔을 때 정작 가장 먼저 눈에 들어온 건 룸메이트나 그 애들이 아니었다.

그들 사이에 한 남자가 서 있었는데, 솔직히 이런 말 한다는 게 우스운 일이긴 하지만, 그를 보며 나는 사람에게서 빛이 난다는, 그 전까지는 그저 헛소리로 생각해 왔던 얘기를 실감하게 되었다. 정말 그에게서는 빛이 났다. 나중에야 그 남자가 싸움이 일어난 현장에 있었고, 싸움을 말리다 파출소까지 따라와 룸메이트를 변호해 주었다는 걸 알게 되었다.

"요즘 애들이 그렇죠, 뭐. 근데…… 만만치 않던걸요?"

파출소를 나오며 그는 여전히 가슴 부근에 빨간 떡 하나가 말라 비틀어져 붙어 있는 룸메이트를 바라보며 미소 지었다. 아름다운 미소였다. 언뜻 보면 영화배우 정준호를 닮은 얼굴이었다. 그날 밤 그와 나와 룸메이트는 실내 포장마차에서 소주와 오징어회를 먹었다. 오징어회는 신선했고 기본 안주로 나온 미역국도 꽤 맛깔스러웠지만, 그날은 왠지 안주에 젓가락이 가지 않았다. 그날 참 많은 얘기를 했다. 그는 사려 깊은 눈빛으로 대화하는 나를 지켜봐 주었고, 재치 있고 호감이 가는 응수로 나를 즐겁게 했다. 물론 중간중간에 룸메이트가 끼어들어 대화의 물을 흐려 놓기는 했다. 예컨대 그와 내가 소설가 이외수를 얘기하면, 룸메이트가 끼어들어 그가 대마초로 감방에 들어갔던 전력을 끄집어내는 식이었다. 하지만 아무래도 좋았다. 그는 룸메이트의 그런 참견에도 사려 깊게 응수해 주었고, 나와 룸메이트로 하여금 정말 편안한 느낌을 갖게 했다.

"앞으로 다시 만났으면 좋겠습니다."

헤어지는 자리에서 휴대 전화 번호를 물으며 그가 그렇게 말했을 때 나는 하마터면 "저두요!"라고 소리칠 뻔했다. 나는 그에게 휴대 전화 번호는 물론, 집 전화와 내 주민등록번호까지 알려 주고픈 강한 욕구를 느낄 만큼 그를 신뢰하고 있었다. 그가 요구했다면 나는 그에게 내 신용카드까지 빌려 주었을지도 모를 일이다. 만난 지 단 두 시간 만에. 하지만 나는 그날 처음으로 '첫눈에 반한다'는 믿지 못할 헛소리를 몸소 체험하게 되었다.

당연한 얘기지만, 그로 인해 앞으로 벌어질 일들에 대해서는 전혀 알지 못한 상태였다.

그날 이후로 나는 그에게 빠졌다.

시나리오를 수정하는 순간순간마다 그의 얼굴이 떠올랐고, 시나리오 속의 남자 주인공은 점점 그를 닮아 갔다. 그의 말투와 그의 행동. 그리고 시나리오에는 표현하지 못했지만, 시나리오를 수정하며 나는 남자 주인공이 그의 목소리를 내기를 바랄 정도였다. 결국 사흘 만에 시나리오 수정을 마쳐서 제작사에 들고 갔을 때에는 이런 소리까지 들었다.

"아니, 여주인공 캐릭터 수정해 오라니까, 애매한 남자 주인공만 잔뜩 갈아엎어 왔어?"

그렇지만 오케이 사인이 떨어졌다. 제작사 측에서는 밋밋했던 인물들에 훨씬 피와 살이 붙은 것 같다며 만족스러워 했다. 시나리오 일이 잘 풀린 것도 왠지 그를 만나서인 것처럼 생각할 만큼 나는 그에게 빠져 있었다.

그 또한 나에게 호감을 갖고 있는 것 같았다.

세 번째 만남에 그는 자신의 친구를 대동하고 나왔다. 그리고 그에게 나를 사귀고 있는 여자 친구라고 자연스럽게 소개했다. 그의 친구도 자연스럽게 나를 그의 여자 친구로 대했다. 너무 빨리 진전되는 건 아닌가 싶어 당황스러웠지만 불쾌하지는 않았다. 그만큼 그가 마음에 들었으니까.

"이거, 자랑이 대단하기에 궁금했는데, 듣던 대로 건강 미인이시네요."

그의 친구는 호탕하게 웃으며 그렇게 말했다. 그도 나를 흐뭇한 얼굴로 바라보며 미소 지었다. 다시금 저릿한 감정의 동요가 일었다. 그의 미소를 볼 때마다 느껴지는 저릿함. 그와 헤어져 돌아올 때면 그 저릿함은 설렘으로 바뀌었고, 가슴속에 새겨진 그 미소의 잔상은 잠자리에서도 눈앞을 떠나지 않았다.

그와의 만남은 계속 이어졌다. 그는 지금까지 만나 본 그 어떤 남자와도 달랐다. 그는 내가 바라는 게 뭔지 알았고, 내가 바라는 행동만 했다. 하지만 나에게 잘 보이기 위해 그런다는 기분은 전혀 들지 않을 만큼 자연스러웠다.

"「수요일엔 빨간 장미를」이라는 노래 들어 봤어요? 한번 들어 봐요. 이렇게 시작하는 건데……."

그와 만난 수요일 밤, 공원에서 나에게 「수요일엔 빨간 장미를」을 불러 주며 그가 장미 한 다발을 내밀었을 때도 그런 그의 행동이 그렇게 사랑스러울 수 없었다. 나는 노래를 불러 주는 그의 입에 키스하고 싶다는 충동을 가까스로 참아 내야 했다.

첫 키스는 그가 나를 데리고 간 '라이트 하우스'라는 작은 술집에서 했다.

등대를 연상시키는 실내 장식 디자인에 어두운 실내 조명, 그리고 오래된 나무 마룻바닥에 통나무 탁자가 놓여 있고, 탁자마다 등대 모양의 양초가 밝혀져 있는 곳이었다. 실내에는 올드 팝송이 사분음표를 하늘거리며 나른하게 흘러 다녔고, 그와 내가 앉은 탁자 옆 벽에는 어느 무명 화가가 수채화로 다시 그린「그랑 블뢰」 포스터가 붙어 있었다.

"오늘 꼭 주고 싶은 게 있어요."

그러면서 그가 내 옆으로 다가와 앉았을 때 나는 그가 나에게 키스하리라는 것을 알았다. 가까이에서 보니, 그의 입술은 크고 도톰했다. 그리고 미끈하게 윤기가 흘렀다. 그의 입술이 다가와 내 입술을 덮었을 때 머릿속에서 수많은 폭죽이 터졌다.

그날 밤 그와 나는 모텔에 들어갔다. 같이 있고 싶었다. 사실 나는 그때까지 처녀였다. 남자를 사귀어 본 적이 없으니, 경험이 있을 리 없었다. 그 또한 무척 떨었다. 탁자에 앉아 포도주 한 잔을 마시고, 번갈아 샤워한 후 우리는 자연스럽게 키스를 하며 함께 누웠다. 떨리는 손으로 나는 그에게 몸을 열었다. 그러나 그는 거기서 멈추었다. 그리고 나를 꼭 안아 주며 속삭였다.

"지켜 주고 싶어요."

그렇게 우리는 서로를 안은 자세로 하룻밤을 보냈다. 그의 고른 숨소리에 귀 기울이며 나는 밤을 지새웠다. 이대로 지구가 멸망하더라도 유감은 없을 것 같았다.

어쩌면 거기서 지구가 멸망하는 쪽이 차라리 나을 뻔했다. 그 다음 날 모텔을 나와 헤어진 이후로 그는 내게 연락하지 않았다. 전화를 해도 받지 않았다. 일하는 광고 회사에 전화를 걸어 봐도 외근 중이라는 말뿐 통화를 할 수 없었다. 그의 연락을 기다리다 지친 나는 그가 일하고 있다는 광고 회사 앞까지 찾아가 건물의 출입구가 보이는 건너편 커피숍에서 그를 기다렸다. 그를 기다리는 두 시간 동안 나는 두 잔의 헤이즐너트와 한 병의 맥주를 마셨다. 맥주 한 병을 더 시키려고 할 때 그가 회사 건물 밖으로 나왔다. 분명 그였다.

나는 허둥지둥 계산을 하고 커피숍 밖으로 나왔다. 그는 주차장 쪽으로 걸어갔다. 횡단보도의 신호등은 빨간 불이었지만 나는 신호를 기다릴 여유가 없었다. 나는 빠른 걸음으로 횡단보도를 건넜다. 자동차 몇 대가 비껴 지나가며 신경질적으로 경적을 울리고, 차창 밖으로 욕을 하는 사람도 있었지만 개의치 않았다. 도로를 거의 건넜을 때 그가 나를 돌아보았다. 그러나 그는 전혀 모르는 사람을 본 듯 무표정하게 고개를 돌리고 주차장으로 걸어 들어갔다. 그의 이름을 불렀지만, 그는 돌아보지 않았다. 나는 필사적으로 달려가 막 차에 오르는 그를 붙들었다.

"대체 무슨 일이에요?"

그는 마지못해 동작을 멈추고 나를 바라보다 입을 열었다.

"누구신데 이러죠?"

그의 입에서 나오는 말투는 지극히 사무적이었다. 나에게 「수요일엔 빨간 장미를」을 불러 주었던, 나를 지켜 주겠다던 때와는 완전히 달랐다. 당황스럽다 못해 황당했다.

"지금 장난하는 거예요?"

그렇게 묻자, 그는 갑자기 안색을 확 바꾸며 나에게 말했다.

"장난이 아니거든요. 저는 댁하고 볼일이 없어요."

그리고 그는 차에 올랐다. 거세게 차문이 닫혔다. 빵! 차문이 닫히는 소리가, 그가 나의 엉덩이를 걸어차는 소리로 들렸다. 끝으로 차 유리창이 스륵 열리더니 그가 나를 바라보며 말했다.

"야, 내가 웬만하면 얘기 안 하려고 그랬는데, 너랑 다니면 쪽 팔려. 그것도 좋나 쪽팔려. 그리고 솔직히 네가 싫어. 내가 지금까지 계집애들 몇을 먹었는 줄 아냐? 수십이야. 근데 솔직히 먹고 싶은 삘이 안 땡기는 건 니가 첨이야. 왠 줄 알어? 씹할, 몸매가 통짜잖아. 통짜도 완전히 드럼통. 그게 세탁기지, 여자 몸매냐? 그날도 내가 왜 너 안 먹은 줄 아냐?"

거기까지 말하고 그는 침을 찍 뱉었다. 그의 입에서 튀어나온 가래침이 주차장 기둥 벽에 연체동물처럼 들러붙어 구물구물 흘러내렸다.

"지켜 주고 싶어? 좆 까. 까놓고 말해서 너 벗겨 놓고 보니까 그게 안 서더라. 그 비곗덩어리 위에 올라탈 마음이 어디 나야 말이지."

그런 말을 거리낌 없이 내뱉는 그의 입은 예전 내 가슴을 저릿하게 하며 아름다운 미소를 짓던 입이 아니었다. 악의와 경멸로 뒤틀린 그 입은 입이 아니라, 안주 접시 위에 오른 닭똥집처럼 보였다.

"난 네가 날…… 좋아하는 줄 알았는데……."

나는 그런 그에게 내가 듣기에도 바보 같은 말을 웅얼거리고 있었다.

"하, 너 바보 아니냐? 내가 뭐가 아쉬워서 너 같은 비계를 좋아하겠냐. 사실은 내가 친구 놈과 내기를 했거든. 저번에 같이 나온 놈 있지? 그놈이 그날 그러는 거야, 너 화장실 간 사이에. 원래 너 같은 돼지들도 다 섹스 경험은 있는 거라고. 난 아니라고 했지. 그래서 내기를 했어. 네가 처녀가 아니면 내가 친구 놈한테 십만 원을 주고, 처녀면 친구 놈이 십만 원을 주기로. 나도 그게 참 궁금했거든. 너 같은 애도 남자 경험이 있을까. 그래서 너를 만난 거고, 네 비위 다 맞춰 준 거야. 근데 어쩌냐? 널 벗겨 놓고 보니까 도저히 먹을 맘이 안 나는 거야. 그래서 다음 날 친구 놈한테 가서 그랬지. 그냥 십만 원 줄 테니까 너나 따먹어라."

그리고 차는 출발했다. 주차장을 나가려던 차는 잠깐 멈추었고, 그가 얼굴을 내밀고 확인 사살을 했다.

"마지막으로 충고 하나 할까? 웬만하면 살 빼. 다이어트라고 못 들어 봤냐? 평생 돼지로 살래?"

다리가 후들거리고, 배신감과 치욕감으로 눈물이 줄줄 흘러내렸다.

아파트로 돌아와 입고 있던 옷들을 모두 벗어 버리고, 욕실로 들어가 거울 앞에 섰다. 그리고 나는 지금까지 모르고 살아 왔던 사실과 마주쳤다.

나는 그의 말대로 비곗덩어리였다. 욕실 거울을 통해 바라본 내 몸은 정말 비곗덩어리로밖에 보이지 않았다. 무게를 견디지 못해 밑으로 축 처진 볼품없는 두 가슴도 비곗덩어리였고, 지방으로 가득 차 부풀어 오른 뱃살도 비곗덩어리였고, 울룩불룩한 허릿살도 비곗덩어리였고, 엉덩이도, 허벅지도, 종아리도 어디 하나 비곗덩어리 아닌 데가 없었다.

나는 그중에서도 가장 두드러지는 뱃살을 움켜쥐었다. 그의 말대로 '비계'가 두둑하게 손 한가득 잡혔다. 나는 그것을 우악스럽게 잡아 흔들었다. 뱃살은 볼썽사납게 출렁거렸다. 나는 샤워기 꼭지를 거칠게 틀었다. 끝까지. 거센 물줄기가 튀어나와 맨살을 때렸다. 샤워기 물줄기가 닿는 곳마다 살이 움푹움푹 패는 광경도 꼴 보기 싫었다. 살을 타고 흘러내리다 발꿈치에 이를 즈음에서는 뜨끈해지는 물줄기에 비계들이 녹아내려 모두 하수구로 흘러내려 간다면 얼마나 좋을까 싶었다.

그날부터 나는 다이어트를 시작했다.

내가 다이어트를 시작한다고 했을 때, 성공하리라 믿는 사람은 아무도 없었다.

당연한 일이었다. 나 역시 믿지 않았으니까. 키 157센티미터에 몸무게 84킬로그램이라는 신체 조건과 운동을 싫어하는 천성은 다이어트 성공에 확신을 가질 만한 그 어떤 희망도 저버리게 하는 데 충분했다. 게다가 서른두 살이라는, 신체의 획기적인 변화를 기대하기엔 이미 많은 게 굳어져 버린 나이도 그런 절망에 큰 몫을 담당했다.

"언니, 도대체 뭔 일이래? 언니가 먹을 걸 거부하고? 사람이 안 하던 짓 하면 오래 못 산다는데……."

룸메이트의 이죽거림에도 대꾸하고픈 마음이 없었다. 나는 그저 살을 빼고 싶었다. 몸에 들러붙은 비계들이 다 떨어져 나갈 때까지.

주변에서는 홍삼 다이어트니, 다시마 다이어트니, 사과 다이어트니, 요구르트 다이어트니, 두부 다이어트니 하는 갖가지 식이요법을 이용한 다이어트를 추천했지만, 나는 그저 물과 최소한의 밥 한 끼를 제외하고는 아무것도 입에 대지 않는 방식을 택했다.

모든 게 다 그놈의 식욕 때문에 시작되었으니까. 모든 비계들이 그놈의 식욕 때문에 내 몸에 들러붙은 것이었으니까.

일 주일을 물과 하루 한 끼 밥 한 술로 버텼다. 사흘이 지나자, 극심한 공복감으로 속이 쓰리고 손이 떨리고 식은땀이 흘렀다.

"언니, 보기보다 독하다? 먹어. 다이어트고 뭐고 먹고 봐야지. 얼굴이 반쪽이야."

룸메이트의 충고도 귀에 들어오지 않았다. 다만 룸메이트가 밥을 먹을 때마다 코로 스며 들어와 입 안 가득 군침이 고이게 만드는 밥 냄새와 찌개 냄새와 반찬 냄새가 미치도록 견디기 어려웠다. 그러나 나는 그럴 때마다 보리차를 마시고 욕실에 들어가 샤워를 했다.

일 주일이 지나자, 온몸의 물기가 다 증발한 것처럼 느껴졌다. 걸을 때마다 바삭바삭 소리가 나는 것도 같았다. 몇 분이 멀다 하고 물을 들이마셨는데도 그랬다. 입술은 바싹 말라 말 한마디 하기도 힘들었고, 목소리는 갈라져 나왔다. 물잔을 들 때마다 손은 수전증 환자처럼 부들부들 떨렸다.

"언니! 고집 피우지 말고 좀 먹어! 그러다 진짜 병원에 실려 가려고 그래?"

룸메이트가 자못 심각하게 소리쳤지만, 역시 귀에 들어오지 않았다. 청력까지도 약해진 것 같았다.

악몽 같은 일 주일이 지나고 나는 다시금 욕실 거울 앞에 벌거벗고 섰다.

그러나 달라진 건 아무것도 없었다. 비계들은 여전히 내 온몸을 뒤덮고 있었고, 영양 부족 때문인지 탄력까지 잃어 더 더욱 볼썽사나워져 있었다.

그날 밤 자다가 나는 참을 수 없는 공복감에 눈을 떴다.

한 번만이라도, 한 번만이라도 포만감이 느껴지도록 음식을 먹고 싶었다. 나는 일어나 거실로 비슬비슬 나갔다. 냉장고를 여니, 놀랍게도 갖은 음식들로 가득했다.

보글거리는 된장찌개와 지글거리는 불고기와 상추쌈과 물방울 맺힌 풋고추와 과일이 얹힌 생크림 케이크와 노릇노릇한 닭튀김…… . 나는 미친 듯이 음식을 거머쥐고 입에 밀어 넣었다. 그러나 음식들은 입속에 들어오는 족족 공갈빵처럼 픽픽 사그라졌다. 결국 목구멍으로 넘어가는 건 하나도 없었다. 닭다리 하나를 통째로 밀어 넣어도 마찬가지였다. 뭐가 잘못되어 있었다. 이 많은 음식들이 입에 들어가는데도 목구멍으로 넘어가는 건 아무것도 없다니 모를 일이었다. 그때 옆에서 인기척이 났다. 룸메이트였다. 언제 나왔는지 룸메이트는 나를 밀어내고 냉장고의 갖은 음식들을 한 아름 꺼내어 식탁 위에 차곡차곡 올려놓더니, 정말 맛있게 먹어 치우기 시작했다. 냠냠 음식 씹는 소리가 그렇게도 부러울 수 없었다. 나는 멍하니 그런 룸메이트의 모습을 바라보았다. 어떻게 저렇게 먹는데 한 줌도 안 되는 허리를 유지할 수 있을까. 어떻게 저렇게 먹는데 젓가락 같은 팔뚝을 유지할 수 있을까. 그런 생각을 하면서 나는 룸메이트에게 다가갔다. 그녀는 싱긋 웃으며 앉으라고 하면서 자기 옆 의자를 툭툭 쳤다. 그 자리를 보다 언뜻 룸메이트의 옆구리를 보았는데 뭔가가 흘러나오고 있었다. 눈여겨 들여다보니 그녀의 옆구리에는 주먹만 한 구멍이 뚫려 있었고, 거기에서 그녀가 먹은 음식들이 믹서로 갈아 만든 죽처럼 줄줄 흘러나오고 있었다.

비명을 지르며 눈을 떴을 때는 새벽이었다. 밖은 조용했다. 허기와 갈증 때문에 견딜 수가 없었다. 나는 주방으로 나가 냉장고를 열었다. 꿈에서처럼 갖은 음식들은 아니었지만, 식욕을 자극하는 데에는 부족함이 없는 음식들이 들어 있었다. 나는 허겁지겁 그것들을 꺼내어 식탁 위에 차렸다. 몽땅 꺼내 놓고 나니 식탁이 거의 가득 찼다. 입 안에 군침이 솟구치며 참을 수 없는 식욕이 치밀었다. 저것들을 먹어 치우지 않고서는 도저히 못 배길 것만 같았다. 나는 식탁 의자에 앉지도 못하고 선 자세로 슬라이스 치즈부터 포장을 벗겼다. 손이 떨려서 비닐 포장 벗기기가 어려웠다. 겨우 비닐 포장을 벗기자마자, 나는 치즈를 통째로 입에 밀어 넣었다. 달콤함과 행복감이 동시에 밀려들었다. 정신 없이 먹어 치웠다. 남은 닭튀김 조각, 총각김치와 날어묵, 콩자반과 밥, 사과와 포도, 미숫가루와 참치 캔에 이르기까지 나의 입은 꾸역꾸역 식탁 위에 올려진 음식들을 순서도 없이 집어삼켰다. 식탁 위의 모든 음식을 먹어 치우고 나서야 나는 배가 터질 듯한 포만감을 느꼈다. 정말 행복했다. 다이어트든 비계든 상관없었다. 일 주일 만에 음식을 실컷 먹어 치운 것만으로도 충분히 행복했다.

그러나 그 순간뿐이었다.

잠시 후 나는 속이 울렁거리며 갑작스레 욕지기를 느꼈다. 그리고 욕실에 들어가기가 무섭게 변기 속에 먹은 걸 모두 토해 내고 말았다.

"꿰에에엑……."

나의 입은 내가 듣기에도 역겨운 소리를 냈다. 어릴 적 그런 소리를 들은 적이 있었다. 옆집에서였다. 호기심에 그 집 대문을 열고 들어갔을 때 사람들이 뭔가를 빙 둘러싸고 서 있었다. 소리는 가까이 갈수록 더 요란해졌다. 마침내 사람들 틈을 비집고 들어갔을 때 거기에는 집돼지 한 마리가 누워 있었다. 먹을 딴 상처가 입처럼 벌어져 있었다. 그리고 그 상처를 통해 검붉은 피와 역겨운 비명소리가 흘러나오고 있었다. 그런 소리를 내며, 나는 허겁지겁 먹어 댔던 모든 걸 토해 냈다.

겨우 몸을 일으키고 눈물을 찔끔거리다 거울을 보니, 거기에는 정말 돼지 같은 입을 가진 역겨운 얼굴이 있었다. 입 주변에는 음식 찌꺼기인지 구토물 찌꺼기인지 구별할 수 없는 것들이 다닥다닥 붙어 있었다. 나 자신에 대한 혐오감과 치욕감으로 나는 몸을 떨었다.

악몽 같은 나날이 계속되었다.

며칠간의 피 말리는 다이어트와 한밤중의 폭식, 그리고 구토. 다이어트, 폭식, 구토, 다이어트, 폭식, 구토…… 뫼비우스의 띠처럼 그것들은 되풀이되었다. 그 밖에 나는 그 어떤 생산적인 일도 하지 못했다. 생산적인 일이라고는 오로지 폭식 후 소화되다만 토사물을 입 밖으로 생산해 내는 것뿐이었다. 다이어트를 하는 중에는 온몸의 힘이 빠져 움직이고 싶지도 않았고, 움직이기도 힘들었다. 그리고 폭식과 구토를 한 다음 날이면 속쓰림과 내 자신에 대한 증오로 자학에 빠져 하루를 보냈다. 단 한 줄의 시나리오도 쓰지 못했다.

그러나 그 와중에도 식욕은 끊임없이 일어나 참기 어려운 충동이 되어 나를 괴롭혔다. 식욕이란 게 형체가 있다면 그걸 꺼내 발기발기 물어뜯고 찢어발기고 싶었다. 다이어트를 하는 동안 식욕은 끊임없이 부풀어 오르는 풍선처럼 부풀어 올라 며칠 후면 끝내 나는 그 식욕에 굴복하고 말았다.

폭식과 구토가 유난히 지독했던 밤 이튿날 아침이었다.

도저히 속쓰림을 참기 어려웠다. 룸메이트가 있었다면 위장약이라도 사다 달라고 부탁했을 텐데, 그날따라 룸메이트도 외박하고 들어오지 않았다. 전날 데이트가 있다면서 밖에 나가서는 친구 집에서 자고 온다고 했던 것이다. 나는 하는 수 없이 맥없는 몸을 이끌고 비실비실 밖으로 나왔다. 그나마 오피스텔 앞 약국은 셔터가 내려가 있었다. 포기하고 집으로 돌아갈까 아니면 오백 미터쯤 걸어가야 나오는 대형 약국까지 갈까 망설이다 속쓰림이 너무 심해 약국까지 걸어가기로 했다. 지름길을 택해 후미진 골목을 걷던 나는 대학가 주변 여관촌에 들어섰다. 그리고 남자와 함께 여관에서 나오는 룸메이트를 보았다. 그럼 그렇지. 그런데 그녀와 팔짱을 끼고 있는 남자는 바로 그였다. 한동안의 혼란 끝에야 나는 애초 그가 관심을 뒀던 사람이 내가 아니라 룸메이트였다는 걸 알았고, 그가 나에게 했던 어이없는 행동들을 이해할 수 있었다. 갑자기 오른쪽 빗장뼈 아래에 격심한 통증이 일었다. 속에서 뭔가 꿈틀대며 튀어나오려는 듯한 느낌이었다. 눈물이 나도록 아팠다. 나는 바닥에 주저앉았다. 통증은 십 분은 족히 지나서야 가라앉았다. 이마에 맺힌 식은땀의 서늘함이 느껴졌다.

겨우 자리에서 일어나 비틀거리며 걷는데 다시금 식욕이 일었다. 걷잡을 수 없는 식욕이었다. 나는 도로변에서 어묵을 팔고 있는 노점상으로 다가가 어묵을 집어 들고 미친 듯이 집어삼켰다.

"처녀, 천천히 먹어. 체하겠네."

노점상 주인 노파가 딱하다는 듯 말했지만 귀에 들어오지 않았다. 온 신경이 입으로 쏠려 있었다. 맛있었다. 어묵이 너무 뜨거워 입천장이 벗겨지며 생긴 허물이 입속에서 어묵과 함께 뒤섞이는 게 느껴졌지만, 상관없었다. 솔직히 허물도 맛있었다.

오피스텔로 돌아온 나는 또다시 구토를 했다. 그 어느 때보다 많은 양이었다. 구토가 멈추었을 때는 내장까지 완전히 밖으로 쏟아 낸 듯한 느낌이 들었다. 울렁거리는 속을 진정시키며 소파에 앉아 있는데, 룸메이트가 돌아왔다.

"언니, 이것 좀 먹어 봐. 약사가 그러는데, 다이어트 땜에 영양 부족할 땐 이게 최고래."

룸메이트가 내려놓은 것은 '파이버네트'라는 건강 보조 식품이었다. 캡슐이 든 플라스틱 통 표면에는 전혀 운동을 안 해도 무방할 금발의 날씬한 미녀가 아령을 들고 있는 사진이 인쇄되어 있었다. 나는 그 통을 들고 뚜껑을 열었다.

그리고 그 안에 들어 있던 캡슐들을 몽땅 입 안에 털어 넣고 우걱우걱 씹기 시작했다.

"언니! 왜 이래? 진짜 미쳤어?"

룸메이트가 나를 뜯어말리며 소리쳤다. 나는 그녀를 거세게 밀어냈다. 그녀가 뒤로 벌렁 넘어지며 탁자 모서리에 머리를 세게 찧었다. 룸메이트는 비명을 지르며 머리를 감싸 쥐었다. 나는 가까스로 캡슐들을 몽땅 집어삼키고 그녀에게 소리쳤다.

"그래, 나 미친 거 이제 알았어? 나 미쳤어! 미쳤으니, 너랑 어제 여관 갔던 새끼 좋아했지. 미치지 않고서야 나 같은 돼지는 비곗덩어리로 취급하는 그런 새끼, 내가 남자 경험 있는지 없는지 친구 새끼랑 내기나 하면서 갖고 노는 그런 새낄 좋아했겠니?"

입에서 말도 안 되는 소리들이 터진 봇물처럼 흘러나왔다. 또다시 빗장뼈 아래의 통증이 욕지기와 함께 치밀었다. 나는 욕실로 달려가 집어삼킨 모든 걸 변기 속에 토해 냈다. 고개를 들어 세면대 앞의 거울을 보았을 때 거기에는 여전히 역겨운 몰골의 추물이 서 있었다. 저 입. 끊임없이 먹는 걸 처넣고 우물거려야 직성이 풀리는 저 주둥이. 저걸 없애 버리고 싶었다.

"언니! 문 열어! 뭔가 오해가 있나 본데, 문 좀 열고 얘기 좀 해! 나한테까지 정말 이럴 거야?"

룸메이트가 욕실 문을 두들겼다. 나는 왈칵 문을 열었다.

"언니, 정말 오해야, 나 그 사람 만난 적 없어. 어제 남자랑 여관 갔던 건 맞아. 맞는데, 진짜 그 사람은 아니었어. 정말 하늘에 맹세코……."

"너 진짜 사람 비참하게 할래? 정말 죽고 싶게 할래?"

"……."

"나가! 여기 내 집이야. 너 원래 지난 학기까지만 있기로 한 거 아니었어?"

내 말에 룸메이트는 충격을 받은 듯 입술을 몇 번 들썩이더니, 말없이 제 방으로 걸어가 거세게 방문을 열어젖히고, 장롱 위에서 여행 가방을 내려 옷가지를 쑤셔 담았다.

"나머지 살림들은 며칠 있다 가져갈게. 됐지? 지난 학기까지만 있기로 했던 거 내가 깜박 잊고 있었네? 알려 줘서 정말 고마워."

룸메이트는 나를 노려보며 말했다. 차가운 목소리였다.

"참, 가기 전에 하나 알려 줄까? 언니가 좋아했다던 미친 새끼, 그 새끼가 그러더라. 언니랑 모텔 간 게 지금까지도 악몽이래. 언니 알몸만 생각하면 지금도 그게 섰다가도 줄어서 안 선대."

그리고 현관 문이 거세게 닫혔다.

한동안 나는 욕실 문턱 앞에 멍하니 서 있었다. 목이 근질거려 만져 보니 피였다. 꽉 다문 입술이, 앞니에 꽉 짓눌린 입술이 터져 피가 흐르고 있었다. 저 입. 저 주둥아리. 저걸 없애야 한다는 생각만이 새하얘진 머릿속을 가득 메웠다.

나는 방으로 들어가 화장대 서랍을 뒤졌다. 맨 밑 잡동사니를 넣어 두는 서랍에서 반짇고리가 나왔다. 나는 거기서 흰 실이 귀에 끼워져 있는 바늘을 집어 들고는 다시 욕실로 터벅터벅 걸어갔다.

다시 욕실 거울 앞에 선 나는 바늘로 입술을 꿰매기 시작했다.

배가 고프다.

뭔가 먹고 싶어 견딜 수 없다. 눈을 뜬다. 시계는 6시 24분을 가리키고 있다. 어둑어둑한 게 지금이 아침인지 저녁인지 구별되지도 않는다. 며칠을 혼수 상태로 헤매었는지도 기억나지 않는다. 그저 배가 고플 뿐이다. 겨우 일어나 앉는다. 턱을 타고 뭔가 흘러내린다. 만져 보니 진물이다. 입술을 꿰맨 상처가 덧나서 흐르는 모양이다. 상관없다. 오로지 뭔가 먹고 싶을 뿐이다. 며칠 동안 그 어떤 양분도 섭취하지 못한 몸에 힘이 들어가지 않아 방문을 여는 데에도 초인적인 정신력을 발휘해야 한다. 식은땀이 이마에 맺힌다.

배가 고프다.

실로 꿰매어진 사이사이로 부풀어 오른 입술이 가끔씩 욱신거린다. 꿰매던 날처럼 고통스럽지는 않다. 입술을 툭 뚫고 바늘이 낸 구멍을 따라 실이 슥 통과하는 고통은 지금 생각해도 정말 온몸에 소름이 돋는다. 물을 빨아들이기 위해 입술 왼쪽 끝에 최소한의 틈만을 남겨 두고 입술을 완전히 꿰매었을 때는 입술 전체를 빨갛게 달구어진 인두로 지지고 있는 느낌이었다. 실이 통과한 구멍마다 피가 배어 나와 줄줄 흘렀다. 바느질은 비교적 견고하고 촘촘했다. 학교 가사 시간에 배운 쓰레기 같은 지식들 중에 일생을 두고 써먹은 거라곤 그게 처음이었다.

배가 고프다.

오른쪽 빗장뼈 아래의 통증도 많이 가라앉아 있다. 입술을 꿰맨 후 마지막으로 기억나는 건 까무러칠 만큼 격렬한 빗장뼈 아래의 통증이었다. 몇 년 전 급성 맹장을 앓았던 때보다 몇 배는 심했다. 거울에 비춰 보니, 난데없는 상처가 빗장뼈 아래에 나 있었다. 맹수가 날카로운 발톱으로 깊이 파헤치기라도 한 것 같았다. 길이가 오 센티미터는 되어 보였다. 빨간 속살까지 드러나 있었다. 그런데 어찌 된 영문인지 피는 흐르지 않았다. 도대체 언제 무엇에 다쳐 생긴 상처인지 도무지 기억나지 않았다. 다이어트를 하는 동안 거의 제정신인 날이 없었으니, 뭔가에 다치고도 몰랐을 수 있다. 내 친구 하나는 고등학교 때 시험을 앞두고 공부를 하다가 자기도 모르는 사이에 팔뚝을 뭔가에 심하게 베였는데도 전혀 그 사실을 깨닫지 못하고 시험을 봤다. 팔뚝에서 흐르는 피를 본 친구들이 그 사실을 알려 주었을 때에야 그 친구는 자신의 팔뚝에 상처가 생긴 걸 알아차렸다. 그럴 수도 있었을 것이다. 하지만 의식조차 못하기에는 빗장뼈 아래에 생긴 상처가 너무 깊었다. 그리고 너무 아팠다. 하지만 병원에 간다든가 약국에 간다든가 하는 조치를 취하기조차 버거웠다. 내가 할 수 있는 거라곤 기다시피 침실로 들어가 침대에 고꾸라지는 것뿐이었다.

혼수상태 속에서도 통증은 계속되었다.

나는 온갖 음식들이 걸게 진열된 고급 뷔페에 서 있었다. 손에는 빈 접시가 들려 있었다. 어떤 걸 먼저 접시에 담아야 할지 망설여졌다. 즐거운 망설임이었다. 윤기가 자르르 흐르는 잡채를 담고도 싶었고, 알맞게 덩어리진 하얀 밥 위에 신선한 생선회가 얹힌 회초밥을 담고도 싶었고, 빨간 양념으로 버무려진 게장을 담고도 싶었고, 아삭아삭 씹히는 야채와 오독오독 씹히는 땅콩과 사각사각 씹히는 과일이 소스로 한데 버무려진 샐러드를 담고도 싶었다.

한데 어느 순간 내가 든 접시에 담겨 있는 것은 새빨간 혀를 낼름거리는, 살아 있는 뱀 한 마리였다. 머리 모양이 세모인 걸 보니 독사 같았다. 독사는 나를 올려다보며 뾰족한 이빨을 드러냈다. 이빨에서 독이 흘러나와 뚝뚝 떨어졌다. 접시를 내던지고 싶었지만 꼼짝도 할 수 없었다. 비명을 질렀지만, 입이 꿰매져 있어 소리가 밖으로 새어 나오지도 않았다. 도움을 청하기 위해 주위를 둘러보니, 모두들 접시에 가득 담긴 음식을 아귀처럼 먹어 치우느라 정신없었다. 그러나 음식을 먹어 치우는 사람들은 하나같이 모델처럼 군살 한 점 없이 날씬했다. 자세히 들여다보니, 그들의 목에는 구멍이 하나씩 뻥 뚫려 있어 삼킨 음식들이 줄줄 새어 나오고 있었다. 그 순간 갑자기 내가 든 음식 접시 위의 독사가 뛰어올라 꿰매진 내 입 틈새로 파고들었다. 독사는 미끈거리는 몸을 뒤틀며 내 목구멍을 타고 내려가 목구멍 어딘가에 이빨을 박았다. 그리고 이빨을 박아 넣은 자리에 잘근잘근 구멍을 내고 파고들었다. 다시금 오른쪽 빗장뼈 아래가 아파 오기 시작했다. 빗장뼈 아래의 피부가 꿈틀댔다. 나는 입을 크게 벌렸다. 입술을 꿰매고 있던 실이 더러는 툭툭 끊어지고, 더러는 끝까지 버텨 입술 살이 너덜거리게 만들었다.

"끄어어……."

입에서 소리가 나오는 순간, 독사가 오른쪽 빗장뼈 아래를 뚫고 밖으로 대가리를 내밀었다.

꿈은 거기에서 끝났다.

냉장고를 연다. 냉장고는 텅 비어 있다. 입술을 꿰맨 직후 냉장고에 있던 모든 음식들을 쓸어내 쓰레기통에 버렸던 기억이 난다. 텅 빈 냉장고 귀퉁이에 내용물이 절반쯤 남은 생수통이 보인다. 나는 생수통을 집어 들고 뚜껑을 열어 입에 물을 들이붓는다. 그러나 물은 거의 다 입 밖으로 쏟아진다. 입이 꿰매져 있는 것이다. 빨대가 있어야 한다. 냉장고 문 위쪽 계란을 놓아 두는 칸에 빨대가 있다. 나는 꿰맨 입술 가장자리에 남겨 두었던 틈새에 빨대를 끼우고 생수통의 물을 빨아들인다. 시원한 물이 입속으로 스며든다. 하지만 부족하다. 여전히 배가 고프다.

빗장뼈 오른쪽 아래에서 근육의 씰룩임이, 꿈틀대는 식욕이 느껴진다.

나는 입고 있던 원피스 어깨끈을 내린다. 뭔가 있다. 나는 욕실로 가서 거울을 본다. 그것은 오른쪽 빗장뼈 바로 아래에 있다. 며칠 전 생긴 상처가 아물지 않고 오히려 더 커진 모양이다. 사실 커졌다는 표현은 적합하지 않다. 상처가 다른 것으로 변했다는 게 더 정확하다. 처음 보는 것이지만, 실은 늘 보아 오던 것이다. 그것은 입이다.

입이 어떻게 빗장뼈 아래에 생겼을까. 나는 잠시 생각한다. 입이 있기 위해서는 두개골이 있어야 하고, 두개골과 연결된 턱이 있어야 한다. 물론 성게나 지렁이처럼 두개골과 턱뼈가 없이도 입이 있는 동물도 있긴 하다. 하지만 그건 어디까지나 뼈가 없는 동물의 경우다. 뼈가 있는 동물은 모두 두개골과 턱뼈 사이에 괄약근으로 이루어진 입이 존재한다. 하지만 아무리 봐도 내 빗장뼈 아래 생긴 구멍은 입이다. 뚜렷하지는 않지만, 윗입술과 아랫입술도 구분이 될 정도다.

나는 떨리는 손가락을 빗장뼈 아래의 입에 갖다 댄다. 입이 꿈틀거리며 벌어진다. 빨간 입속이 드러난다. 입속에는 놀랍게도 자잘하지만 날카로운 이까지 나 있다. 혀와 그 밖에 기관은 보이지 않지만 침과 비슷한 액체까지 입가로 흘러나온다. 입에 손가락이 닿을 즈음 갑자기 입이 앞으로 쭉 내밀어져 손가락을 깨문다. 비명을 지르며 손가락을 빼 보지만, 빗장뼈 아래의 입은 내 손가락 끝을 악착같이 물고 떨어지지 않는다.

배가 고프다.

내 살이라도 뜯어먹을 수 있을 것 같다. 아닌 게 아니라, 빗장뼈 아래의 입은 끝내 내 손가락 끝의 살점을 한 마디 가까이 뜯어내고야 만다. 하얀 손가락뼈가 드러난다. 손가락 끝이 감전된 것 같다. 다른 손으로 물린 손가락 끝을 만지고 있노라니, 피가 배어 나와 욕실 바닥에 뚝뚝 떨어지기 시작한다. 한편으로는 빗장뼈 아래의 입이 손가락에서 뜯어낸 살점을 아귀아귀 씹어 댄다. 입이 살점을 삼키자, 살점이 입과 연결된 기관을 통해 식도로 넘어간다.

배가 더 고프다.

고기 맛을 보고 나니 배고픔이 더하다. 손가락 살점이 떨어져 나간 것쯤은 아무것도 아니다. 하지만 먹을 게 없다. 허기로 미쳐 버릴 것만 같다. 나는 맥없이 터벅터벅 거실로 걸어가 소파 위에 쓰러진다. 배고픔을 잠시 잊기 위해 탁자 위에 놓여 있던 텔레비전 리모컨의 전원 버튼을 겨우 누른다. 텔레비전에서는 쇼핑 호스트들이 새로 출시된 다이어트 상품을 광고하고 있다.

"그동안 우후죽순처럼 출시된 다이어트 상품들은 많았습니다. 하지만 이 상품처럼 많은 분들이 효과를 보시고 또 만족하신 다이어트 식품은 결코 많지 않다는 걸 이 자리에서 자신 있게 말씀드리고 싶습니다."

"아니, 그렇게 자신하시는 건 뭔가 있기 때문이 아닌가요?"

"네, 정확하게 맞추셨습니다. 여러분, 놀라지 마십시오. 이 다시마 다이어트만으로 무려 18킬로그램 감량에 성공하신 분께서 지금 이 스튜디오에 나와 계십니다."

"십팔 킬로그램이라면 거금을 들여서 단식원에 들어가서서 고생고생하셔도 결코 빼기 어려울 양인데요."

"네, 그렇습니다. 하지만 이분은 단 석 달간의 다시마 다이어트 식품 복용만으로 무려 18킬로그램을 감량하는 데에 성공하신 분입니다. 자, 여러분, 이분을 박수로 맞아 주시기 바랍니다."

쇼핑 호스트들의 과장 섞인 말이 떨어질 때마다 보수를 받고 방청하는 방청객들의 호들갑스러운 감탄사들이 터져 나온다. 이십

대 후반의 날씬한 여자가 몸매를 드러내는 민소매 원피스 차림으로 스튜디오에 등장하자 과장기 어린 감탄사들은 더욱 커진다. 나는 소파에 엎드린 채 저 여자들의 주둥이를 모두 내 입처럼 꿰매 버리고 싶은 충동을 느낀다. 채널을 돌리거나 아예 텔레비전을 꺼 버리고 싶지만, 리모컨이 탁자 밑으로 떨어져 손이 닿질 않는다.

배가 고프다.

쇼핑 호스트들이 다시마 다이어트의 성공 고객의 허리 사이즈를 줄자로 재며 이전에 그녀가 입었던 바지 사이즈와 비교하며 더욱더 호들갑을 떨어 댈 때 초인종이 울린다. 문이 잠겨 있었던가. 모르겠다. 며칠 전 룸메이트가 집을 나간 후로 현관 근처에도 가 본 적이 없다. 현관문 손잡이가 돌려지며 문이 열린다. 룸메이트다.

"문도 안 잠그고 뭐 하는 거야."

룸메이트는 현관을 들어서며 또 툴툴댄다. 아직은 소파 위에 엎드려 있는 나를 발견하지 못한 모양이다. 불을 켜지 말라고 말하고 싶지만, 입이 꿰매어져 있어 말을 할 수 없다.

룸메이트는 불을 켠다. 그리고 나에게 다가온다.

"어이구, 폐인 다 됐구먼. 아직까지도 그 일루 삐쳤냐. 내가 성격이 좋으니 다시 왔지. 여기 디비져서 뭐⋯⋯!"

룸메이트가 갑자기 말을 멈춘다. 그녀가 들고 있던 비닐봉지가 바닥에 툭 떨어진다. 비닐봉지에서 빠져나온 붕어빵들이 바닥에 나뒹군다. 그녀는 주춤주춤 뒤로 물러나며 겁먹은 목소리로 웅얼댄다.

"어⋯⋯ 엄마아. 언니 입이 그게 뭐, 뭐야. 입이 왜 그래?"

배가 고프다.

갑자기 식욕이 돋는다. 어디서 그런 힘이 나왔는지 모를 일이다. 나는 갑자기 소파에서 퉁겨 일어선다. 빗장뼈 아래의 입이 연신 꿈틀댄다. 입가로 흘러나오는 침이 느껴진다. 옷을 헤집고 빗장뼈 아래의 입이 모습을 드러내자 룸메이트의 눈이 거의 뒤집힌다.

"꺄아아……."

그러나 룸메이트의 비명은 금세 멎는다. 있는 힘껏 후려친 내 손등에 맞은 얼굴의 충격이 큰 모양이다. 독사에게 포위된 개구리는 몸을 움직이지 못한다고 한다. 독사의 눈초리에 이미 모든 감각기관이 마비되어 버리기 때문이란다. 룸메이트는 내 입을 본 것만으로 모든 감각기관이 마비되기라도 한 걸까.

그렇다면 다행이다. 감각기관이 마비되어 꼼짝 못하는 개구리는 독사가 한 입에 집어삼키기에 더없이 좋은 먹이다. 입을 쩍 벌리고 턱을 달싹거릴 뿐 꿈쩍도 못하고 있는 룸메이트 역시 마찬가지일지도 모른다.

나는 지금 너무 배가 고프기 때문이다.

"언니! 이, 이러지 마. 응? 제, 제발……."

굳어진 자세로 룸메이트는 더듬거리며 말한다. 그러나 이미 내 모든 이성은 빗장뼈 아래 입의 지배를 받고 있다. 이러면 안 된다는 이성의 제어도 걷잡을 수 없는 입의 식욕에 의해 무색해져 버린다. 굳어 가는 이성의 끝자락에 엉뚱한 생각 한 점이 매달려 대롱거린다. 남미의 어딘가에 사는 식인 풍습이 있다던 어느 원주민들. 그들은 사람을 잡아먹을 때 고기에 함유된 영양분만을 먹는

것이 아니라고 생각한다고 한다. 자신들이 먹어 치우는 자의 지력
(智力)과 전투력과 체력까지도 자신들의 것으로 흡수한다고 믿는
다는 것이다. 그럴 수도 있다. 룸메이트를 먹어 치운다면 정말 내
가 저런 몸매를 가질 수 있을까. 겨우 한 줌도 되지 않는 얇은 뱃
살과 가는 팔뚝과 두 뼘밖에 되지 않는 잘록한 허리를 가질 수 있
을까. 그럴지도 모른다.

　생각은 거기까지다. 입이 모든 이성을 완전히 마비시켜 버린다.
　입은 룸메이트에게 달려든다. 룸메이트가 뒤로 고꾸라진다. 입
은 본능적으로 룸메이트의 목을 날카로운 이빨로 물어뜯는다. 생
각했던 것보다 입의 완력은 거세다. 우둑거리며 본래의 자리를 이
탈하는 룸메이트의 목뼈와 끊어지는 골수가 느껴진다. 입은 여느
육식동물과 같이 내 온몸을 미친 듯이 흔들어 룸메이트의 힘줄과
기도를 툭툭 끊고 잘라 놓는다.

　"컥, 꺼어어억!"

　룸메이트는 미친 듯이 몸을 허우적댄다. 그러나 입은 안다. 그
게 오래 가지 못한다는 것을. 입은 태곳적부터 무수한 먹이의 숨
통을 끊었던 육식동물의 본능으로 먹이의 목을 끈질기게 물고 늘
어진다. 숨통이 끊기면 먹이는 얌전해질 것이고, 무력한 고깃덩어
리가 될 것이다.

　"네, 제가 이렇게 말씀드리면 이 방송을 보시는 분들 중에 '어
떻게 그 짧은 기간에 그런 체중 감량이 가능하냐.' 의심하시는 분
들이 계실지도 모르겠는데요. 하지만 이건 분명 제가 직접 체험한
일이고, 그 사실을 이 다시마 다이어트 복용 이전과 이후의 사진
들이 충분히 증명해 주리라고 믿습니다."

텔레비전의 초대 손님이 다이어트 성공담을 늘어놓는다.

먹이의 몸에서 부들부들 경련이 인다. 먹이가 힘없이 발을 구른다. 바닥이 투욱투욱 울린다.

"여러분, 요즘 얼마나 좋은 세상입니까. 좋은 옷에 좋은 음식들, 이루 말할 수 없이 많은데요. 불어나는 체중 때문에 망설이셨던 모든 분들께 이 다시마 다이어트를 권해 드리고 싶습니다. 마음껏 드시고, 마음껏 입으십시오. 다시마 다이어트와 함께라면 얼마든지 좋은 음식, 맛난 음식 드시면서 체중 감량에 성공하실 수 있습니다."

숨이 넘어가는 먹이의 얼굴이 정면으로 보인다. 먹이의 주둥이에서 피거품이 새어 나온다. 먹이가 두 번인가 단말마의 경련을 일으킨다. 그리고 마지막 긴 숨을 끝으로 축 늘어진다. 사냥이 마무리된다.

입은 먹이의 목 동맥에서 지하수처럼 콸콸 솟구치는 피부터 쭉쭉 빨아들이며 먹어 치운다. 뜨끈한 피가 입에서 식도로 이어지는 불명의 기관을 따라 넘어간다. 식도가 게걸스럽게 피를 꿀꺽꿀꺽 삼킨다.

"자, 이제 답은 나왔습니다. 여러분, 오늘 소개해 드린 다시마 다이어트와 함께 도전하십시오. 그리고 만족하십시오. 이런 기회, 이런 가격, 딱 오늘 이 시간까지만입니다. 오늘이 지나면 언제 다시 이런 할인된 가격에 10개월 무이자라는 조건에 다시 찾아뵐지 장담을 드릴 수가 없습니다."

여전히 텔레비전에서는 홈쇼핑의 쇼핑 호스트가 다이어트 상품을 홍보하느라 열변을 토하고 있다.

어지간히 먹이의 피를 들이마신 입이 먹이의 복부 쪽으로 내려가 연한 뱃살을 뜯어낸다. 드러난 먹이의 뱃속에는 누런 지방들이 끼여 있다. 이렇게 마른 몸에도 지방은 끼여 있다. 지방은 열량만 높아 다이어트에는 하등의 도움이 되지 못한다. 손톱을 세워 먹이의 지방을 긁어낸다. 물컹대는 그것들을 긁어내자 복부의 빨간 근육질이 드러난다. 입 안에 군침이 가득 돈다. 근육을 뜯어 물 때마다 입 안 가득 스며드는 피 맛이 신선하다.

포만감은 식후 30분에야 나타난다고 한다.

정신없이 먹이를 뜯어먹고 나서야 비로소 배고픔이 자취를 감춘다. 뱃속에 가득 들어찬 고깃덩이들 때문에 움직이기가 거북할 정도의 포만감이 비로소 든다.

포식을 마친 내 입 앞에, 나뭇가지 같은 뼈에 걸레 같은 살점이 붙어 너덜거리는 덩어리들이 나뒹굴고 있다. 한 시간 전까지만 해도 독립된 개체로 활동하고, 좋은 옷에 좋은 집, 좋은 먹이를 찾아다니고, 늘어난 뱃살을 걱정하고, 남자와 섹스를 즐기고, 핑크 빛 미래의 축복을 꿈꾸었던 유기체다. 이제 볼썽사나운 덩어리들이 되어 나뒹구는 꼴이 우습다.

나는 덩어리를 뜯어먹으며 하루를 보낸다.

그러나 여전히 배가 고프다. 배가 고파 견딜 수 없다.

이제 살점도 얼마 남지 않은 저 덩어리에서는 벌써부터 악취가 난다. 파리가 꼬이고, 언제 알을 깠는지 여기저기서 구더기들이 꾸물거리며 썩어 들어가는 살을 파먹고 있다. 냉장고에 넣어 두고 먹을걸 잘못했다는 후회가 든다. 마비된 이성은 저 덩어리도 고기일 뿐이라는 것조차 잠시 잊고 있었다.

덩어리들을 치워야겠다는 생각보다 뭔가 더 먹고 싶다는 식욕이 앞선다.

더 먹고 싶다. 배가 고프다.

그때, 어디선가 「내가 만일」의 선율이 울리기 시작한다.

먹이를 먹어 치우느라 정신이 없었지만, 그동안 몇 번인가 휴대전화가 울렸던 것 같기도 하다. 두리번대다 보니, 선율의 근원지는 한때 룸메이트였던 덩어리의 핸드백이다. 핸드백을 열고 휴대전화를 꺼낸다. 낯익은 번호가 찍혀 있다. 그다. 전화를 받으니 다짜고짜 그의 목소리가 들려온다.

"도대체 왜 그렇게 전화를 안 받아? 전화도 없고……. 얼마나 걱정했는 줄 알아? 그 돼지네 들어간다더니, 아직도 거기 있어?"

"……."

"왜 말이 없어? 아직도 거기 있냐고."

"음……."

입술이 여전히 꿰매어져 있지만, 입술을 열지 않아도 입 밖으로 나오는 대답을 나도 모르게 하고 있다.

"목소리가 왜 그래? 감기 걸렸어?"

"음."

"보고 싶은데, 내가 데리러 갈까? 지금 거기 혼자 있어?"

"어."

"알았어. 튀어갈 테니까 조금만 기다려. 거기서 우리 한번 하자고."

전화를 끊으며, 나는 인간 수컷이란 게 얼마나 단순한 종인지 실감한다. 분명치 않은 대답만으로 나를 룸메이트로 착각하고 데리러 온다는 저 어리석음을 보라. 나는 자리에서 일어나 다용도실 문을 열고 뒤적거린다. 수컷은 단순하지만, 그만큼 신체적인 면에 있어서는 제압하기 어려운 법이다. 그다지 마땅한 게 없다. 한참 뒤적인 후에야 룸메이트가 어깨 단련용으로 사서 처박아 둔 강철 봉을 발견한다. 가운데가 용수철로 되어 있어 휘기는 하지만, 기습한다면 새로운 먹이를 제압하는 데에 유용할 수도 있을 것이다.

나는 아파트 안의 불을 모두 끈다. 그리고 현관문을 약간 열어 두고 그 옆에 선다. 실내는 어둡다. 사냥하기에 더할 나위 없이 좋은 조건이다.

삼십 분이 지나자 초인종이 울린다. 나는 강철봉으로 후려칠 태세를 갖추고 현관문 옆에 바짝 붙어 선다. 초인종에 대한 응답이 없자 현관문이 슬그머니 열린다. 그다.

"뭐야. 문도 열어 놓고, 불도 다 끄고……. 이 냄새는 또 뭐야."

그가 완전히 현관 안으로 들어섰을 때, 나는 살며시 현관문을 닫는다. 소리가 새어 나가야 이로울 게 없다. 현관문이 닫히는 소리에 그가 뒤돌아보려는 순간, 나는 있는 힘껏 그의 머리를 향해 강철봉을 휘두른다.

"억!"

그가 불의의 습격에 뒤통수를 감싸 쥐고 허리를 숙인다. 그러나 치명타가 되기에는 실린 힘이 약했던 모양이다.

"어떤 새끼야. 씹할……."

내가 두 번째 일격을 가하기 위해 강철봉을 다시금 치켜 들 때 그가 갑자기 나를 향해 덤벼든다. 그와 나는 현관문 옆 벽에 한 번 강하게 부딪혔다가 거실 쪽으로 방향을 틀어 한 덩어리가 된 채

허공에 떠오른다. 그리고 화장대 모서리에 부딪혔다가 바닥에 처박힌다. 화장대 위의 화장품들이 우수수 바닥에 쏟아진다. 강철봉은 내 손을 벗어나 저만치 날아간다. 옆구리가 화장대 모서리에 강하게 부딪혔는지 숨도 쉬기 버거울 만큼 고통스럽다.

"이 미친 새끼가 뒈지려고……."

내 위에 올라탄 그가 얼굴도 보이지 않는 상태에서 마구잡이로 나를 향해 주먹을 휘두른다. 입술이 터진다. 눈앞에 카메라 플래시가 번쩍번쩍 터진다. 정신을 차릴 수 없다. 그때 내 빗장뼈 아래의 입이 그의 주먹을 있는 힘껏 깨문다.

"으아아아……."

그는 다른 손으로 내 가슴을 내리치며 입으로부터 주먹을 떼어내려 발버둥치지만, 입은 그의 주먹을 놓아주지 않는다. 나는 더듬더듬 손을 뻗는다. 나뒹구는 화장품들이 손에 잡힌다. 그중에 스킨로션으로 짐작되는 기다란 병을 집는다. 그리고 그의 머리를 향해 있는 힘껏 휘두른다.

빡!

그가 내 위로 쓰러진다. 스킨로션 병이 깨어지며 파편들이 내위로 떨어진다. 나는 고개를 돌린다. 스킨로션 향이 요란하게 코를 찌른다. 그는 묵직하게 나를 짓누르고 있다. 정신을 완전히 잃은 모양이다. 그 와중에도 내 빗장뼈 아래의 입은 아귀처럼 그의 주먹에 붙은 살점들을 뜯어먹느라 정신이 없다. 하지만 그를 먹어치우기 전에 해야 할 일이 있다. 나는 입으로부터 그의 주먹을 가까스로 떼어 낸다. 이미 약지와 새끼손가락 부분은 잘려 나가고 없다. 그를 밀어내고 일어나 앉는다. 그의 목에 손을 대어 본다.

아직 맥박은 뛰고 있다. 나는 이런 소란으로 인한 주변의 동요가 없는지 귀 기울인다. 그러나 아무런 일도 일어나지 않는다. 오피스텔 입주자들은 다른 사람의 사생활에는 전혀 관여하지 않는다. 자신들의 생활에 지장이 될 법한 소란에나 마지못해 반응할 뿐 그 밖에는 완전히 무관심하다. 그게 지금은 오히려 다행이다. 나는 방 안에 들어가 서랍을 뒤져 청테이프를 찾아내어 그의 팔과 다리를 묶고 신문지를 뭉쳐 그의 입 안에 쑤셔 넣고 입을 봉한다.

그가 서서히 눈을 뜬다.

한동안 멍한 눈으로 여기가 어딘지, 자신이 여기에 왜 와 있는지 생각하는 눈치다. 나는 불을 켠다. 그는 눈을 찌푸린다. 유리병의 파편들이 박힌 머리도 쑤시는 모양이다. 나는 바닥에 누워 있는 그의 양 옆구리 사이에 발을 딛고 그의 위에 선다. 그가 놀란다. 휘둥그레진 눈에 뭔가 말하려는지 입이 들썩인다. 그러나 입을 청테이프로 단단히 봉해 둔 탓에 말은 새어 나오지 못한다.

나는 그의 앞에서 서서히 옷을 벗는다. 그동안 달라진 내 모습을 그에게 보여 주고 싶다. 정말 꼭 보여 주고 싶다. 내 몸에는 이제 그가 그렇게 비웃었던 '비계'가 단 한 점도 남아 있지 않다. 달라진 건 또 있다. 몸 여기저기에 생겨난 입들. 옆구리에도 하나가 생겨났고, 윗배에는 한 뼘은 족히 될 크기의 입이 생겨나 있다. 그 입들은 쉴 새 없이 나의 이성을 지배하며 강렬한 식욕으로 뻐끔거린다.

그의 눈이 휘둥그레진다. 나의 입은 그의 입술을 덮는다. 청테이프가 그의 입을 덮고 있지만, 그의 입술은 충분히 느낄 수 있다. 예전 '라이트 하우스'에서의 느낌 그대로다. 하지만 더 이상 머릿속에서 푹죽이 터지지는 않는다. 그와의 키스는 그저 몸 여기저기에서 쉴새없이 꿈틀거리는 입들의 식욕을 더 자극할 뿐이다. 그는 콧소리로 막힌 비명을 질러 댄다. 산 채로 입들에게 집어삼켜지는 기분이 그리 유쾌하지는 않을 것이다. 그러나 언제나 약육강식의 법칙은 냉혹한 법이다. 숨통이 끊어지고 나면 고통도 없다. 그 후로는 자신이 고깃덩이가 된 것조차 느끼지 못할 것이다.

배가 고프다. 그의 피를, 그의 고기를 먹고 싶다.

입들은 성급한 식욕에 그의 숨통이 끊어지기도 전에 그의 팔이며 다리, 가슴살, 뱃살까지도 물어뜯는다. 확실히 암컷보다는 고기가 질기다.

나는 벽에 몸을 기대고 쭈그리고 앉아 있다.

고개를 숙이고 있는 탓에 윗배에 생긴 입이 정면으로 보인다. 커다란 입이 쉴 새 없이 괄약근을 꿈틀대며 고기를 원하고 있다. 이제 더 이상은 입들의 식욕을 감당할 수 없을 것 같다. 한때 나의 룸메이트였고, 내가 사랑한 그였던 덩어리들이 구더기와 함께 썩어 가는 이 오피스텔에서 나가 다른 먹이들을 먹어 치우더라도 입들은 끊임없이 더 먹고자 쉴 새 없이 꿈틀댈 것이다. 끊임없는 식욕으로 꿈틀대는 그 입들이 안쓰럽고 측은하다. 나는 윗배에 난 입을 바라보며 그 안에 생겨난 이빨들의 개수를 센다. 윗입술 뒤에 열두 개, 아랫입술 뒤에 열한 개. 막 하나의 이빨이 또 돋아나고 있는 중이다. 그 입 너머로 붉은 내장들이 언뜻언뜻 보인다. 예전에 우습게 여겼던 데이비드 크로넨버그의 「비디오드롬」이, 공포 시나리오를 쓰며 참고차 읽었던 어느 일본 작가의 호러 소설이 떠오른다. 고마쓰 사쿄였던가? 아마 맞을 것이다. 자신의 고기를 차근차근 잘라 먹는 사이코의 얘기. 제목은 정확히 기억나지 않지만,「난폭한 입」이었던가「흉폭한 입」이었던가 그럴 것이다. 영화를 보며, 책을 읽으며 코웃음쳤던 유치한 상상력의 산물들이 지금 내 앞에 육화되어 끝없는 식욕으로 꿈틀대고 있다.

이윽고 윗배에 생긴 입이 고개 숙인 내 머리를 향해 쭉 내밀어진다. 그리고 드리워진 머리카락부터 야금야금 집어삼킨다. 나는 피하지 않는다. 피하고 싶은 마음은 없다. 오히려 신체 구조의 한계로 입에 모든 걸 맡기는 수밖에 없다는 것이 유감일 뿐이다. 입은 입속으로 흘러든 머리카락을 이빨로 물고 괄약근을 오물거려 조금씩조금씩 내 머리를 집어삼킨다. 모근 부분에 이르자 입은 거세게 머리를 끌어당긴다. 강하고 집요한 힘이다. 목뼈가 우둑거린다. 입이 더 거세게 물어 당기자 마침내 목뼈가 부러지는 소리가 난다. 이제야 입이 머리를 집어삼키기에 용이해진다. 몇 번 물어 흔들면 목의 가죽이야 쉽게 뜯겨질 것이다. 나는 입속으로 뜯겨 들어오는 머릿가죽의 맛을 천천히 음미한다.

나는 맛있다. 참 맛있다.

얼굴.

이제 끝이다.

나는 잡고 있던 옥상 난간 끝을 놓는다. 몸이 아래로 기울면서 콘크리트로 된 난간 모서리에서 발끝이 떨어져 나간다. 바람이 분다. 중력은 나를 아래로, 아래로 끌어당기고, 나는 건물 아래를 향해 떨어져 내린다.

내 몸이 30층 아래 로비의 유리로 된 천장을 뚫고 바닥에 떨어지기까지 걸리는 시간은 길어야 오륙 초일 것이다. 가속도가 붙은 내 몸은 유리를 뚫고 대리석으로 된 바닥에 처박히며 조각날 테고, 두개골이 파열되거나 뇌가 밖으로 터져 나오거나 목뼈가 박살나면서 즉사할 것이다. 그리고 이 얼굴도 뭉개지며 알아볼 수 없게 될 것이다.

대학 시절 광주 항쟁 사진전을 보고 나서 잠을 이루지 못했던 적이 있다.

누군가의 무지막지한 곤봉에 난타당해 형체도 없이 뭉개진 사람의 머리 사진이었다. 붉은 핏덩이들로, 아스팔트 위에 터져 나온 머릿속 내용물과 겨우 알아볼 수 있는 턱뼈가 머리의 전부였다. 한때 얼굴이었을 가죽은 머리와 완전히 분리되어 정수리 즈음에서 나뒹굴고 있었다. 내 얼굴 역시 그렇게 될지 모른다. 두렵지 않은 건 아니다. 그러나 그렇게 해서라도 이 구차한 삶을 마감하는 게 내 마지막 바람이다.

바닥이 점점 가까워 온다. 머리카락이 거칠게 날린다. 나는 눈을 질끈 감는다.

이렇게 된 건 다 그년 때문이다.

그년을 처음 만난 건 고등학교에 입학하고 나서 그 이튿날이었다.

반 배정을 받고 자리에 앉은 나는 창 너머를 바라보며, 고등학교 생활도 중학교 때와 다름없이 따분할 것이라는 생각에 벌써부터 지겨움을 느끼고 있었다. 그런 나와 달리 다른 계집애들은 벌써부터 안면을 트고 밝은 낯으로 참새 떼처럼 재잘대며 귀를 따갑게 했다. 하나같이 젖비린내가 났다. 저런 계집애들 머릿속에 든 거야 뻔했다. 서태지와 아이들, 미팅, 남자 친구, 도서관에서 마주치는 또래 남자애들, 생리대, 첫 키스……. 생각만 해도 지루했다.

중학교 때 그랬듯이 고등학교에 입학해서도 교실 여기저기서 아이들의 시선은 나에게로 쏠렸다.

아무리 여고라고는 하지만, 눈에 띄게 예쁜 애는 스포트라이트를 받게 되어 있는 법이었다. 스포트라이트. 그랬다. 딱 스포트라이트라는 표현이 걸맞았다. 창포처럼 빛나며 결결이 하늘거리는 머릿결과 모난 부분 없이 매끄러운 얼굴형과 아기 때 피부 그대로인 듯한 흰 살결, 긴 속눈썹과 크고 맑은 눈 위로 알맞게 그어진 쌍꺼풀, 날렵한 콧날 끝으로 동그란 구슬이 맺힌 듯한 콧방울과 알맞은 길이의 인중, 말랑하게 도드라진 입술과 미소 지을 때마다 살짝 말려 올라가는 입술 끝, 그리고 이 모든 이목구비의 흠잡을 데 없는 조화.

"우리 딸은 나중에 미스 코리아 내보내야 돼."

"고 녀석 곱게도 생겼다. 나중에 탤런트 시켜두 되겠어."

"난 요놈 내 며느리로 침 발라 놨어. 딴 놈들은 군침 흘리지 말라고 그래."

어릴 때부터 그런 말들을 귀에 젖도록 들을 만큼 나의 얼굴은 고왔다. 그래서 초등학교 때부터 이미 나는 그런 선망의 시선을 받는 데에 익숙했다. 이따금 성가실 때도 있긴 했지만, 미모 때문에 타인의 시선을 받는 일은 솔직히 기분 좋은 일이었다.

정말이지 아름다운 얼굴로 태어난다는 건 세상을 살기에 최적의 조건을 타고나는 셈이었다.

세상은 예쁜 여자에게 한없이 관대했다. 엄마 손을 잡고 거리를 걷다가 그저 예쁘게 생겼다는 이유로 낯모르는 아저씨나 할아버지로부터 사탕이나 과자를 얻어먹는 일이 어린 마음에는 마냥 황송하기만 했는데, 초등학교에 입학하면서부터는 나에게 내밀어지는 각종 특혜에 점점 익숙해졌고, 나중에는 그걸 이용하게 되었다. 이를테면 이런 식이었다.

학교 미술 시간 준비물을 가져오지 않았다. 나는 가방을 뒤적이다 난처해하는 얼굴로 중얼거린다.

"어머, 어떡해? 미술 준비물을 안 가져왔어."

그러면서 울먹이는 시늉을 하면 이내 교실의 많은 시선들이 나에게 쏠린다. 담임은 엄하고, 준비물을 안 가져오면 인정사정없이 손바닥을 맞게 된다. 곧바로 여기저기서 자기가 준비해 온 준비물들을 내미는 손길들이 있다. 나는 괜찮다고 마다하면서도 그 중 가장 마음에 드는 미술 도구들을 못 이기는 척 챙긴다. 그러면 내 손길에 선택된 미술 도구의 주인은 담임에게 손바닥 혈관이 터지도록 맞으면서도 내 손바닥을 지켜 줬다는 영웅 심리로 나를 감지덕지한 표정으로 바라보며 어설픈 미소를 짓는 것이다. 사실 그렇게까지 하지 않아도 된다. 담임은 숙제나 준비물을 가져오지 않은 아이들 중 내가 끼여 있으면 오늘만은 그냥 넘어가겠다고 얼버무리며 앉으라고 하거나, 어쩔 수 없이 손바닥을 때리게 되어도 나를 다른 아이들과는 구별될 만큼 약하게 때리곤 했던 것이다.

여고에 입학했을 즈음 나는 선망의 시선을 받는 데에 익숙했을 뿐 아니라, 사람들의 시선을 받으면서도 전혀 그 시선을 의식하지 않는 듯 보이게 하는 행동거지를 터득하고 있었다. 나를 바라보는 시선들과 눈을 마주칠 필요는 없다. 그저 하얀 손가락 끝으로 흘러내린 머리칼을 하얀 귀 뒤로 쓸어 넘기며, 무심히 창 밖을 하염없이 바라보는 것이다. 나의 그런 행동을 보며 사람들은 대개 내가 내 미모에 걸맞게 깊은 사색에 잠겨 있다고 넘겨짚었다.

물론 그런 행동을 하며 내가 뭔가 깊은 사색에 잠길 리는 만무했다. 나는 그저 그런 행동을 하는 나를 바라보는 시선들을 온몸으로 기분 좋게 의식하고 있을 뿐 기실 머릿속에는 아무런 생각도 없었다.

그날도 그랬다. 나는 창 밖을 바라보며 나를 바라보는 시선들을 느꼈고, 그 시선에 담긴 선망들을 손끝으로 툭툭 건드리며 즐기고 있었다.

여덟시가 조금 넘은 아침이었고, 내 옆자리는 아직 비어 있었다. 사실 거기에 누가 앉든 별 상관은 없었다. 좌석은 번호 순서대로 배치되어 있었고, 25번이었던 나는 26번과 같이 앉게 되어 있었다.

그러다 일순, 바로 옆에서 굉장히 불쾌한 느낌이 전해져 왔다.

어릴 때 붕어빵을 먹다 뭔가 딱딱한 걸 우둑 씹은 적이 있었다. 입 안에 들어 있던 것을 모두 손 위에 뱉어 냈을 때, 씹히다 만 붕어빵 속에서 튀어나온 것은 며칠 동안 흔들리면서도 빠지지 않던 내 송곳니였다. 그런데 그게 왜 그렇게 소름이 돋고 불쾌하던지.

고등학교 입학 후 처음 교실에 앉아 있던 그날 아침, 내 바로 옆에서 그 느낌이 되살아났다. 나는 힐끗 옆을 곁눈질했다. 내 바로 옆자리에 년이 앉아 있었다. 그 불쾌한 느낌의 주인공은 바로 년이었다.

한순간 나는 무척 놀랐다.

그도 그럴 것이 년은 정말이지 눈에 띄게 못생긴 얼굴이었다.

뻣뻣하고 숱 없는 머리칼에 감자가 들어박힌 듯 툭 튀어나온 이마며 쑥 들어간 작은 눈과 눈 주변에 잔뜩 몰려 있는 지방들, 낮은 들창코에 콧날보다 더 튀어나온 잇몸과 앞니, 붉게 상기된 피부와 벌어진 모공들, 그 사이사이로 주둥이를 내밀고 있는 여드름들, 그리고 이 모든 요소들의 부조화로, 얼굴이라기보다는 몰골이라는 표현이 더 잘 어울리는 얼굴이었다.

그 얼굴로 년은 소리도 없이 교실에 들어와 내 옆자리에 앉아도 되냐는 물음도 없이 앉아 있는 것이다. 물론 자기 자리니까 짝에게 앉아도 되느냐고 물을 것까진 없었다. 그러나 그 순간에는 그렇게 내 옆에 앉은 그년의 행동이 무척이나 무례하고 불쾌하게 여겨졌고, 그 불쾌감을 년에게 전하고 싶었다. 하지만 참았다. 어쨌든 입학 첫날인 것이다.

나는 창 밖을 여전히 쳐다보는 척하며, 이따금 무심한 듯 곁눈질로 년을 흘끔거렸다. 년은 전과목 교과서 및 공책, 참고서를 총망라해 담은 듯 복어 배처럼 불룩한 가방에서 수십 권은 족히 되어 보이는 교과서와 공책을 끄집어내 책상 속에 구겨 넣었다. 그러나 그 많은 책들은 반도 채 들어가지 않았다. 결국 년은 책상 속에 들어가지 않는 책들을 다시 가방 속에 넣고, 가방을 책상 옆의 가방걸이에 걸었다. 가방의 무게에 눌려 일순 책상다리 한쪽이 번쩍 들리며 책상이 기우뚱하는 것 같았다. 필통을 꺼낸 년은 필통 속에서 껌인지 스티커 자국인지 모를 시커먼 뭔가가 덕지덕지 들러붙어 있는 지저분한 샤프를 꺼내 빠른 동작으로 샤프 꼭지를 딱딱딱 눌러 샤프심을 내밀었다. 그러나 샤프심이 떨어졌는지, 수십 번이나 요란하게 샤프 꼭지를 눌렀는데도 샤프 끝으로 샤프심은 나오지 않았다. 그때 년이 비로소 나를 바라보았다. 그 끔찍한 몰골로. 설상가상으로 년의 미간은 다운증후군 환자처럼 멀찌감치 벌어져 있었다. 정면으로 보니 년의 몰골은 더 끔찍했다. 년은 잠시 망설이는 듯하더니, 툭 튀어나온 입술을 벌려 나에게 말했다.

"미안한데, 샤프심 있니?"

순간 나는 악취를 맡은 듯한 착각이 들었다. 그리고 얼굴 본 지 채 삼 분도 안 된 나에게 그런 몰골의 년이 그런 부탁을 한다는 게 왠지 어이없었다. 나는 년의 얼굴도 보지 않고 비꼬는 투로 말꼬리를 올려 대답했다.

"너 줄 건 없는데?"

나는 나의 그 말에 년의 기분이 팍 상하길 바랐다. 그리고 다시는 그런 부탁을 하지 않기를 바랐다. 아니, 다시는 나에게 말 한마디 붙이지 않길 바랐다. 그러나 년은 다시금 나에게 물었다. 이번에는 그 흉한 입가에 미소까지 담고서였다. 미소를 머금은 년의 얼굴은 찌부러진 오이지 같았다.

"에이, 그러지 말고 하나만 줘."

이번에는 정말 화가 치밀었다. 에이, 그러지 말고 하나만 줘? 마치 몸뻬 바지를 끼워 입은 시골 여편네가 슬리퍼 직직 끌고 시장에 나가 콩나물 500원어치를 사며 한 줌만 더 달라고 할 때와 같은 말투였다. 한순간 나는 콩나물 한 줌 때문에 시골 여편네들과 옥신각신 하는 콩나물 장사가 된 기분이었다. 나는 년의 얼굴을 잠시 쏘아보았다. 그리고 가까이 다가가 년의 귓가에 조용히 속삭였다.

"네깟 게 뭔데, 나한테 이래라저래라야?"

그리고 조용히 자리에서 일어나 멍해 있는 년을 뒤로 하고 여유 있게 화장실로 향했다.

하지만 그때만 해도 나는 그게 년과 나의 질기고 질긴 빌어먹을 악연의 시작임을 알지 못했다.

장미에 가시가 달렸다고 뭐라 하는 사람은 없다.

나 또한 장미라면 날카로운 가시쯤은 당연히 품고 있어야 한다고 생각한다. '얼굴값'이란 말이 괜히 생긴 건 아닐 것이다.

그리고 내 주변의 사람들도 그런 나의 사고방식에 이의를 품지 않았다.

그년을 만날 즈음에도 그랬다.

고등학교 1학년생에 지나지 않았지만, 기초 화장만 살짝하고 밖에 나가면 여드름투성이 사내애부터 나이 지긋한 노인네들까지 흘끔거리지 않는 남자가 없었고, 더러는 뒤를 따라왔다. 고등학교에 들어가고 얼마 되지 않아 인근 남학교에는 내가 굳이 애쓰지 않았는데도 자연스럽게 내 이름이 알려졌고, 등하굣길에는 많은 남학생들의 시선이 나에게 쏠렸다. 더러 교문 너머로 나를 보러 오는 녀석들도 있었고, 대놓고 사귀자고 하거나, 얼굴을 붉히며 『펜팔 대백과』 따위의 책 나부랭이에서 베껴 쓴 편지를 내미는 녀석들도 있었다. 버스 정류장에서 이따금 마주치던 한 녀석은 어느 저녁 하굣길에 정류장에서 나를 기다리다 달려와 제법 나와 비슷하게 그려 낸 초상화를 받아 달라며 내밀기도 했다.

그러나 나는 그들에게 별 반응을 보이지 않았다. 감흥이 없었기에 반응이 있을 리 없었다. 나는 그저 그들이 내 미모에 바치는 헌정(獻呈)들을 받으며, 긍정도 부정도 아닌 애매한 미소를 지어 보이면 그만이었다. 그러면 그들은 나와 사귀어 보려는 자신들의 시도가 성공했다고 오인하거나, 그저 성공은 하지 않았지만 앞으로 얼마든지 긍정적인 가능성이 있다고 믿어 버리고는 더욱 가슴 설레하는 것이었다.

년을 만나고서도 그런 일들은 변함이 없었고, 그 후로도 마찬가지였다.

한데 년이 내 인생에 끼어들면서 모든 게 뒤틀리기 시작했다. 약삭빠른 뱀처럼 년은 아주 천천히 나의 모든 것들을 잠식해 왔고, 나는 그 사실을 뻔히 알면서도 년의 계략에 말려들었다.

그날 그렇게 년에게 창피를 준 후 나는 년이 다시는 내게 말을 걸지 않으리라고 확신했다. 사실 지극히 평범한 수준의 자존심을 가진 사람이라면 그래야 마땅했다. 그러나 년은 달랐다. 내가 다시 자리로 돌아왔을 때 년의 표정은 아주 태연했다. 어떠한 감정의 동요도 보이지 않았다. 년은 그저 얼굴에 난 곪은 여드름을, 때 낀 손톱으로 터뜨리고 있을 뿐이었다. 내가 옆에 앉자 년은 다시 내게 물었다.

"미안한데, 거울 좀 있니?"

다음 날 학교에 가서 내 사물함을 열었을 때 사물함 속에는 규격 봉투에 담긴, 년이 내게 보낸 편지가 들어 있었다. 편지의 내용은 정말 쓰레기 같았다.

은지에게

안녕? 나 지인이야. 네 짝꿍. 너는 어떻게 생각하는지 모르지만, 난 너를 만나서 참 기뻐. 너랑 짝꿍이 된 것도 우리가 큰 인연이 있어서 그렇게 된 거라 생각하고……. 불가에서는 겁(劫)이라는 시간 단위가 있대. 그건 한마디로 우주가 한 번 생성되었다가 소멸되기까지의 시간을 이르는데, 전생에 몇 만 겁의 인연을 거쳐야 비로소 한 번의 스침을 가질 수 있대. 우리는 짝꿍으로 같이 생활하게 됐으니, 전생에 얼마나 많은 인연이 있었겠니. 나는 정말 이게 큰 인연이라 믿고 싶어. 앞으로 정말 친하게 지내자, 우리. 알았지?

너의 짝꿍 지인이가

우리? 겁? 전생의 인연? 개소리였다. 허탈한 웃음이 피식 새어 나오면서도 이상하게 가슴 한편에는 불쾌한 전류 같은 게 한 줄기 지릿 흘렀다. 나는 편지를 들고 년에게 걸어갔다. 그리고 년이 보는 앞에서 조용히 편지를 스웃스웃 수십 조각으로 찢었다. 나는 년에게 내가 년과 친해지고 싶은 생각이 전혀 없음을 보여 주고 싶었다. 그래서 년이 내 근처에 얼씬도 하지 않기를 바랐다.

그러나 년은 내 거부 반응에는 아랑곳하지 않았다.

오히려 그 거부반응을 즐기기라도 하는 게 아닌가 싶을 정도였다. 정성스레 포장한 싸구려 일기장이나 앨범 따위를 내밀기도 했고, 내 도시락을 대신 싸 오기도 했다. 내가 선물을 내동댕이치고 짓밟으면 그게 저와 나의 우정의 증표라도 되는 양 소중한 물건 다루듯 조심스레 거두어 갔고, 도시락을 내팽개치면 밥풀 하나하나를 남기지 않고 다 다시 담아 갔다. 그럴 때 년의 눈빛은 비굴함으로 가득 차 있었지만, 한편으로는 왠지 모를 귀기(鬼氣) 같은 것이 흘렀다. 나는 그럴수록 년이 더 더욱 싫었고 죽이고 싶도록 미웠다.

"야, 더 이상 말하기도 싫고 너한테 이런 얘기 한다는 것도 우습지만, 제발 내 앞에서 꺼져 줄래? 난 진짜 네가 싫거든?"

참다 못한 내가 넌을 화장실 뒤로 불러 그렇게 말했지만, 넌은 배시시 웃을 뿐이었다. 그러고는 말했다.

"은지 네가 그래두 난 네 맘 다 알아. 누구보다 여리고 착하다는 거, 그리고 언젠가 하나뿐인 내 짝이 될 거라는 거……."

기가 막혔다. 맘 같아서는 가슴을 열어 넌에 대한 내 혐오감을 눈앞에 보여 주고 싶었다.

"알아? 뭘 아는데? 다 안다면서 내가 누구보다 널 싫어하는 건 모르니? 정말 모르는 거야, 아님 모르는 척 내숭 떠는 거야?"

나는 돌아서려다 한마디 덧붙였다.

"그리고 눈이 있으면 거울 좀 보고 얘기해. 너 같은 추물이 나하고 어울린다는 생각이 드는지……."

살다 보면 누구나 인정하기 싫지만 인정할 수밖에 없는 일을 겪게 마련이다.

고등학교에 들어와 처음으로 체육 수업이 든 날이었다.

쉬는 시간에 아이들은 체육복으로 갈아입기 위해 교복을 벗었다. 나도 넌도 교복 블라우스를 풀었고 치마를 벗었다. 관심을 두고 싶지는 않았지만, 나는 넌의 몸이 넌의 몰골만큼이나 끔찍할 것이라고, 때로 얼룩져 있거나 지방질로 울룩불룩하거나 반점이나 피부 질환들로 온몸이 뒤덮여 있으리라고 생각했다. 하지만 예상과는 달리 넌은 놀랍도록 균형이 잘 잡힌 몸매에 매끄러운 피부를 가지고 있었다. 그리고 언뜻 보였다. 넌의 옆구리에 나 있는 반달 모양의 흉터.

나랑 같았다. 다섯 살 때 사촌 오빠랑 개천에서 미꾸라지를 잡다 넘어졌는데, 그때 개천바닥에 비죽 튀어나와 있던 병 조각이 내 옆구리에 꽤 큰 상처를 냈고, 그 상처는 십 년이 지나도록 내 오른쪽 옆구리에 반달 모양의 흉터로 남아 있었다. 그런데 년에게도 나와 같은 위치에 같은 모양의 흉터가 있었던 것이다. 다만 다른 건 년의 흉터는 나와 달리 왼쪽 옆구리에 자리 잡고 있다는 것뿐이었다.

물론 그저 우연의 일치였을 뿐이고 나 역시 그렇게 생각하며 잊어 버리려 했지만, 년이 나와 너무 비슷한 흉터를 가지고 있다는 사실만으로도 내내 찜찜했고, 결국 나는 거기에 신경을 쓴 나머지 뜀틀을 넘다 팔목을 삐끗하는 바람에 며칠을 팔에 붕대를 두르고 고생해야 했다.

고등학교에 들어오고 한 달 후에 신체 검사를 받았다.

다른 건 몰라도 그 또래의 여자 애들은 체중과 가슴둘레에 굉장히 민감하다. 나 역시 그 부분에 꽤 신경을 썼고, 누가 보아도 손색없는 몸매였는데도 식이요법을 병행한 다이어트와 가슴을 예쁘게 모아 주는 운동을 하고 있던 중이었다. 시력 검사가 끝나고 체중 검사를 받게 되었다. 계집애들은 1번부터 꺅꺅 비명을 질러 대며 호들갑이었다. 체중계가 이상하다는 둥, 2킬로그램만 줄여 달라는 둥, 변비 때문에 원래 체중보다 훨씬 많이 나왔다는 둥. 하지만 나는 자신 있게 체중계에 올랐다.

"25번, 44.7!"

눈금을 읽은 선생이 내 체중을 읽었다. 여기저기서 "와!" 하는 탄성들이 터져 나왔다. 다음에 년이 체중계에 올랐다. 나는 체중을 잰 아이들이 대기하는 자리로 걸어가다 멈칫했다.

"26번, 44.7!"

년은 나와 소수점 자리까지 체중이 같았다.

그 다음은 키였다.

키 역시 여고생들에게 예민한 부분이었다. 사실 키순으로 정한 번호라 나와 년의 키가 비슷한 건 당연했다. 한데 내 차례가 가까워질수록 자꾸만 입술이 말라 들어가며 불안해졌다. 계집애들은 최대한 키를 키우기 위해 허리를 곧추세우고 목을 뺐다. 몇몇 아이들은 슬그머니 뒤꿈치를 들다 정수리를 수평자로 얻어맞기도 했다. 번호가 20번이 넘자 오금이 저려 오기 시작했다. 괜한 걱정일 것이다. 년과 내 체중이 같은 건 우연의 일치였을 뿐이다. 21번, 22번, 23번, 24번…… 내 차례에 이르러서야 비로소 나는 불안감을 잠재우는 데에 성공했다. 괜한 걱정을 왜 하고 있단 말인가. 우연의 일치는 한 번으로 족하다. 나는 피식 웃으며 발판 위에 올라섰다. 정수리에 수평자가 닿고 체육 선생이 눈금을 읽었다.

"163.5!"

중3 때보다 5센티미터가 넘게 자라 있었다. 성장점을 자극하는 운동을 꾸준히 계속하고 있으니, 고등학교를 졸업하기 전에 170센티미터 고지를 넘을 수도 있을 것이다. 내 뒤를 이어 년이 발판 위에 올라섰다. 나는 쳐다보지도 않았지만 내심 체육 선생의 목소리에 귀 기울이고 있었다.

"165.3!"

그럼 그렇지. 역시 기우였다. 나는 다시금 피식 웃음을 터뜨렸다. 한데 갑자기 체육 선생이 발판에서 내려서는 년을 붙들었다.

"잠깐, 잠깐만, 내가 눈금을 잘못 읽은 거 같다. 다시 올라가 봐."

년이 다시 발판 위에 올라섰다. 기분이 묘해지며 얼굴에서 핏기가 가시는 게 느껴졌다.

"그럼 그렇지. 서기! 정정한다. 163.5!"

책상과 바닥과 계집애들이 핑 돌며 나에게 달려들었다. 양호실 침대 위에서 눈을 뜬 나는 그날 하루를 거기 누워 보냈다. 표현할 수 없는 거부감이 끈끈한 몸뚱이를 뒤틀며 머릿속을 느릿느릿 헤집고 다녔다.

그 후로 학교 생활은 악몽 같았다.

년은 나와 짝이 된 것과 나와 같은 위치에 같은 모양의 흉터가 있는 것과 체중과 키가 같은, 나로서는 굉장히 불쾌하기 짝이 없는 우연의 일치가 마치 운명적인 인연이라도 되는 듯 크고 성스럽기까지 한 의미를 부여하고 있는 듯했다. 년 앞에서 표현할 수는 없었지만, 나를 바라보는 년의 추한 얼굴을 볼 때마다 목덜미에 치 떨리는 전율이 흘러내렸다.

년은 어딜 가나 나를 따라다녔고, 나와 친한 척했고, 다른 아이들에게도 나와 친하다는 걸 보여 주기 위해 애썼다. 나는 거부했고, 아이들 보는 앞에서 망신을 주기도 하고, 아무도 보지 않는 데에서는 년의 따귀를 때리기도 했지만, 년은 막무가내였다.

내가 제게 하는 행동, 말, 거부 반응을 모두 벽처럼 막아 퉁겨 내고, 년은 제가 내게 하고 싶은 행동만 했다. 말도 통하지 않고 엉겨붙는, 싫은 인간을 겪어 본 사람은 나의 고통을 조금이나마 이해할 것이다. 나는 년을 완전히 나로부터 떨어뜨리고 싶었다.

솔직히 말하자면, 다시는 그 몰골을 보지 않게 되길 바랐다.

그래서 벚꽃이 떨어지던 그해 4월 말 음모를 꾸몄다.

중학교 때부터 나를 끔찍이 좋아하는 사내 녀석이 하나 있었다.

손인빈이라는 녀석이었는데, 어릴 때부터 농구를 해서 그런지 중학교 때 이미 키가 180센티미터가 넘었고, 지금 생각해 보면 원빈과 송승헌을 합쳐 놓은 듯한 얼굴이었다. 게다가 코끝을 찡긋하며 짓는 미소가 여학생들의 마음을 온통 뒤흔들기로 유명했다. 물론 본인은 아무 생각 없이 짓는 것이었지만.

1그램의 군살도 없는 듯한 단단한 근육질의 웃통을 벗어젖히고 땀과 먼지 범벅이 되어 농구를 하던 녀석이 수돗가에서 수돗물로 등멱을 감다 예의 미소를 지으며 물에 젖은 머리칼을 뒤흔들 때, 떨어져 나가는 물방울들이 햇살에 반사되며 강렬한 빛을 퉁겨 낼 때면 그걸 바라보는 내 마음도 흔들릴 때가 가끔 있었다.

중학교 농구부로 활동할 때부터 이미 '인빈 사랑'이라는 이름도 유치한 팬 클럽이 있었던 것만 보아도 녀석의 인기가 어느 정도였는지 알 수 있다. 지나가는 걸 보면 절로 고개가 돌아가도록 잘생긴 사내 녀석들이 대개 그렇듯이 녀석도 머릿속은 허허공공(虛虛空空)이었다. 그런 녀석이고 보니, 예쁘기로 이름난 내 얼굴만 보고 나를 좋아하지 않을 리 없었다. 녀석은 그 빈 머릿속에서 여자를 구슬리는 온갖 방법을 쥐어짜 내어 내 환심을 사려 애썼는데, 내 환심을 사는 데에 번번이 실패한 건 당연한 일이었다. 나는 그토록 잘생기기로 소문난 녀석이 나를 향해 펼치는 구애와 그걸 바라보는 주위의 선망을 속으로 은근히 즐겼지만 화답하지는 않았다.

그러나 녀석은 단순한 만큼 끈기만은 누구 못지않았고, 나와 같은 고등학교로 진학해 끈덕지게 내 뒤를 따랐다. 그날도 그랬다. 학교를 마치고 집으로 돌아가는 나의 앞을 녀석이 가로막았다. 교문 바로 앞이었고, 무수한 애들의 눈이 지켜보고 있었다.

"잠깐 얘기 좀 해."

"무슨 얘길 해? 난 너랑 할 얘기 없어."

"그러지 말고, 한 번만 조용히 내 얘기 좀 들어 봐."

"알았어. 그럼 해 봐."

"여기서는 곤란하고……."

그래서 나를 데리고 간 곳이 기껏 '마릴린 먼로'라는 커피숍이었다. 녀석은 내 앞에 앉아 주머니에서 담배부터 꺼내어 물었다. 말보로 레드였다. 담배가 자기에겐 굉장히 익숙한 기호품이란 걸 증명하려는 듯 녀석은 코로 연기를 뿜고 난 후 입을 열었다.

"우리 사귀자."

기껏 나온다는 소리가 결국 그거였다. 우리 사귀자. 녀석은 머릿속에 들어 있는 백 마디도 안 되는 단어들 중에 가장 비중이 큰 말을 방금 꺼낸 것이다.

"그거에 대한 대답은 오래전에 벌써 한 걸로 아는데?"

녀석은 내 팔목을 거칠게 잡아당겼다.

"장난 아냐. 난 너를 위해서라면 뭐든 할 각오가 되어 있어!"

녀석의 얼굴에는 정말 조폭 똘마니가 두목 앞에 무릎을 꿇고 목숨을 바치겠노라 맹세할 때와 같은 비장한 각오가 서려 있었다. 그 말을 듣는 순간, 내 마음속에 똬리를 틀고 있던 음모가 슬그머니 고개를 들었다.

"좋아, 네 말대로 할게."

그러자 내 말이 '내 몸을 허락할게.' 라는 의미로라도 들렸는지 녀석의 얼굴은 정복감에서 오는 희열로 가득 찼다.

"너 그 말 진심이지? 정말이지?"

"단, 조건이 있어. 내 부탁 하나만 들어줘야 해."

"뭔데? 뭐든 말만 해 봐."

녀석은 내 부탁이라면 암소 불알이라도 따 올 듯한 기세로 얼굴을 들이밀었다. 나는 녀석에게 미소를 한 번 지어 주고 나지막이 입을 열었다.

약속 장소는 학교에서 5분쯤 떨어진 거리에 있는 공원이었다.

말이 좋아 공원이지, 약수터가 딸린 야트막한 야산 위에 돌무더기를 조잡하게 쌓아 만든 등산로를 타고 올라가면 시민들을 위해 서랍시고 세금을 조금 헐어 벤치와 평행봉, 철봉 따위의 허름한 시설들을 스무 평 남짓한 공터에 비치해 놓은 게 전부였다. 게다가 일 년 전 성적을 비관한 어느 고등학생이 거기 철봉에서 목을 매단 후로 귀신이 나타난다는 소문이 나돌아 밤 열시만 되어도 본드를 불던 중학생들조차 얼씬하지 않는 으슥한 곳이었다.

나는 거기로 년을 불러냈다.

긴히 할 말이 있다는 빌미였다. 물론 나와 친하지 못해서 안달이 난 년이고 보니 흔쾌히 내 미끼를 덥썩 물었다. 나는 또 인빈이 녀석도 거기로 불러냈다. 녀석은 상대가 년이라는 것을 알고 적잖이 실망한 모양이었지만, 이미 숱한 날라리 계집애들과 경험이 있던 터라 그다지 크게 거부하지 않았다. 눈치가 어느 정도 있는 사람이라면 이내 알아챘겠지만, 나는 거기서 녀석으로 하여금 년을 욕보일 셈이었다. 그것도 아주 잔인하고 참혹하게.

공터 주변을 갖은 나무들과 수풀들이 울타리처럼 둘러싸고 있었는데, 나는 년이 앉을 법한 벤치가 잘 보이는 위치에 자리를 잡았다. 나는 거기서 눈엣가시 같은 년이 녀석의 거친 손길에 옷이 찢기고 입술이 터지고 아랫도리가 해지는 걸 보고 싶었다.

시계를 보니 열한시를 넘어서고 있었다. 아직 년도 녀석도 나타나지 않았다.

그때 뒤에서 부스럭거리는 소리가 났다. 수풀을 헤치며 누군가 올라오고 있었다. 아마도 인빈이 녀석이리라. 그러나 나는 "인빈이, 너니?" 따위의 멍청한 소리를 지껄이지는 않았다. 다만 이제 곧 벌어질 구경거리를 위해 다리가 저리는 일이 없도록 수풀 위에 가방을 놓고 그걸 깔고 앉아 다리를 쭉 폈을 뿐이다.

바스락거리던 수풀이 조용해졌다.

아래에서 올라오던 인기척이 사라진 것이다. 잠시 기다려 보았지만 아무 소리도 들리지 않았다.

그때 갑자기 내 입을 뜨끈하고 축축한 뭔가가 틀어막았다.

"흑!"

반사적으로 콧속에서 비명 같은 호흡 한 덩이가 터져 나왔다. 비명이 터져 나오려 했지만 입이 틀어막힌 탓에 나오지 않았다. 손이었다. 내 입을 틀어막은 건 손이었다. 나는 내 입을 거칠게 막고 있는 팔뚝을 떼어 내려고 팔을 버르적거렸다.

"조용해. 소리 지르면 확 죽여 버린다."

인빈이었다. 나는 가까스로 고개를 돌렸다. 인빈이 내 뒤에 서 있었다. 달빛을 받은 녀석의 눈이 이상하게도 희번덕거렸다. 그런 눈빛을 본 적이 있었다. 어릴 때 옆집 개가 광견병에 걸려 거품을 흘리며 사람에게 달려든 적이 있었다. 그 개의 눈빛이었다, 녀석의 눈빛은.

다음 순간 정말 이해할 수 없는 일이 일어났다.

별안간 내 눈앞에서 번뜩 번개가 터졌다. 아랫배가 터져 버리는 듯한 고통이 밀려들었다. 숨이 턱 막히며 쉬어지지 않았다. 나는 아무 말도 못 하고 꺽꺽 하는 소리를 내며 부들부들 떨었다.

"야, 이년아, 넌 오늘 운 좋은 줄 알아. 네깟 게 평생 가도 이런 기회가 있을 줄 알아?"

그런 말을 내뱉고 녀석은 육식동물처럼 나에게 덤벼들었다. 옷이 찢겨 나갔고 입술이 터졌다. 녀석은 미친 것 같았다. 아니 정말 미친 얼굴이었다. 나는 고통 때문에 숨도 쉴 수 없었다. 소용돌이 속으로 빨려 들어간 느낌이었다. 눈앞으로 무수한 파편들이 흔들리며 스쳐 지나가고, 온몸이 수백 조각으로 찢겨 나가는 것 같았다.

정신이 들었을 때 녀석은 가고 없었다. 내 주위에는 아무도 없었다. 나는 구겨진 헝겊 조각처럼 달빛 아래 수풀 속에 나뒹굴고 있었다. 뭔가 일이 잘못되었다. 년은 오지 않았고 녀석은 나를 강간했다. 녀석은 결국 년과 원래 잘 아는 사이거나 그 이상의 사이이고, 그 둘이 나를 가지고 논 건 아닐까. 아니면 녀석이 내 부탁을 빌미로 나를 갖고 싶었던 걸까. 수많은 생각들이 끔찍한 환영처럼 내 머릿속에 회오리쳤지만 결론은 나지 않았다. 무엇보다 넝

마가 된 몸의 고통이 너무 심했다.

그 후로 사흘간 학교에 나가지 않았다.

맞벌이로 식당을 경영하는 내 부모는 나에게 어떤 일이 일어났는지 몰랐고, 관심도 없었다.

학교에 나간 날 교문 앞에서 녀석이 나를 기다리고 서 있었다. 그것도 무슨 일이 있었냐는 듯 천연덕스러운 얼굴을 하고서였다. 나는 녀석을 그냥 지나쳤다. 녀석은 다급하게 따라왔다. 그리고 내 손목을 잡았다. 나는 발작적으로 녀석의 팔을 뿌리쳤다. 만약 그때 내 주변에 칼 비슷한 게 있었다면 나는 분이 풀릴 때까지 녀석의 온몸에 칼날을 휘둘렀을 것이다.

"야…… 네가 원하는 대로 해 줬잖아! 근데 왜 그래?"

기가 막혔다.

"뭐?"

나는 녀석에게 돌아섰다.

"방금 뭐라고 씨부렸니?"

그러나 녀석은 억울하다는 표정이었다.

"네가 원하는 대로 했잖아. 도대체 왜 그래?"

나는 녀석이 도대체 무슨 개 같은 꿍꿍이를 가진 건지 알고 싶었다. 인적이 드문 장소로 가니, 녀석은 예의 멍청한 얼굴로 내 뒤를 따라왔다.

"아까 한 말 다시 해 봐."

나는 차갑게 녀석에게 말했다.

"무슨 말?"

"아까 나한테 그 더러운 주둥이로 씨부린 말!"

녀석은 놀란 얼굴이었다.

"야…… 너 진짜 왜 그래? 난그날 약속대로 했어. 우리가 원래 한 약속이 그거 아니었어?"

"뭐?"

"우리가 약속한 거 말야. 네 짝꿍인지 뭔지 하는 찐따 말야. 걔 덮치라면서? 난 했다고. 너랑 약속한 게 있어서…… 좆나 못생긴 그년 쏠리는 거 꾹 참고 덮쳤는데, 넌 도대체 왜 그래?"

미쳤다.

놈은 정말 미친 게 분명했다. 처음에 난 녀석이 연극을 하는 줄 알았다. 녀석이 년과 원래 잘 아는 사이거나 그 이상의 사이이고, 그 둘이 나를 가지고 노는 줄 알았다. 하지만 놈은 그렇게 잔머리를 굴릴 만큼 똑똑하지 못했다. 그리고 거짓말을 한다고 보기에 놈은 너무 태연했고, 너무 진지했다. 결국 놈이 나를 년으로 알고 강간했다는 결론이었다. 미치고 환장할 노릇이었다. 아무리 얼굴을 식별하기가 어려운 어둠 속이었다지만, 얼굴이 완전히 딴판인 나와 년을 혼동했다는 게 어디 말이나 된단 말인가. 그렇다면 행여 내가 환상이라도 보았단 말인가. 하지만 그 끔찍한 고통은 환상이라고 하기에 너무 생생했다. 게다가 그날 내 옷가지들은 놈의 손길에 완전히 걸레 조각이 되지 않았던가.

자기암시.

망가진 실타래처럼 이성과 감성이 이리저리 뒤엉킨 머릿속에서 '자기암시'라는 말이 떠올랐다. 전에 더럽게 따분한 심리학책에서 읽은 적이 있었다. 취면이나 각성 상태 따위에서 암시를 받은 자가 암시자의 지시나 행위를 무비판적으로 받아들이며 그것이 타인으로부터 전해진 것이라는 생각 없이 자기 자신이 생각해 낸 것처럼 믿고 거의 무비판적으로 어떤 태도를 취하거나 판단을 내리는 게 '암시'라 했다. 그 암시란 걸 남이 할 수도 있지만, 자기 자신이 주는 자극에 반응해 일으킬 때도 있다고 했다. 그게 자기 암시였다. 놈이 나를 너무 좋아한 나머지, 무의식중에 자신의 단순한 두뇌에 어떠한 감각상의 자극을 주어 나를 년으로 믿도록 자기암시한 건 아닐까. 정말 유치한 짜맞춤이었지만, 그렇게 생각하는 수밖에 없었다.

그렇다면 년은, 분명 흔쾌히 그리로 나오겠다던 년은 왜 나타나지 않았을까.

도대체 뭐가 뭔지 알 수 없었다. 나는 멍해 있는 놈을 뒤로하고 학교 건물로 향했다. 상대할 가치도 없는 새끼였다. 뭐, 그렇다고 놈을 강간 혐의로 고소한다든가 하는 따위의 법적 조치를 취할 생각은 없었다.

세상은 예쁜 여자에게 무척 관대하다. 그러나 강간을 당한 예쁜 여자에게 세상은 전혀 관대하지 않다. 뭐 징역 몇 년 정도의 법적 조치는 취해질 것이다. 하지만 그 이상의 것은 아무것도 없다. 오히려 강간을 한 짐승보다는 강간을 당한 여자에게 수많은 질타와 추문과 경멸 들이 쏟아지게 마련이다.

공원에서 데이트를 하다 서넛의 양아치들에게 윤간을 당한 나의 사촌 언니는 용기 있게 고소해서 놈들을 감방에 집어넣는 데 성공했지만, 무성하게 부풀어 나가는 추문과 경멸을 막는 데는 실패했다. 그리고 몇 년 후 그 일을 숨기고 결혼했다가 남편이란 작자에게 죽도록 맞고 이혼당했고, 결국 다량의 수면제를 먹고 자살했다. 세상이 많이 바뀌었다지만, 바뀐 건 쥐뿔도 없었다.

"은지야, 미안해. 그날 외할머니가 돌아가셔서 거기 못 나갔어. 화 많이 났지? 정말정말 미안해. 근데 며칠 동안 왜 결석했니? 내가 얼마나 걱정했는 줄 알아?"

교실 문을 열었을 때 내 옆자리에 앉아 뭔가를 끼적거리고 있던 년은 고개를 들어 나를 보자마자 뛰어와 내 손을 붙들고 말했다. 아주 뻔뻔스럽게. 그날 못 나가서 내게 너무 미안했고, 나의 결석이 너무 걱정스러웠다는 듯. 적어도 나 아닌 다른 애들이 보기에는 그렇게 보였을 것이다. 나는 거칠게 년의 손을 뿌리치고 따귀를 갈겼다.

"은지야, 왜 그래? 너 정말 화 많이 났구나?"

년은 눈물까지 글썽이며 말했다. 울먹이는 년의 얼굴은 정말 진상이었다. 나는 그런 년의 얼굴을 짓이겨 버리고 싶었다. 야구방망이로, 대못이 잔뜩 박힌 각목으로, 자전거 체인으로, 저 몰골을 갈기갈기 찢어 버리고 싶었다. 나를 망쳐 버리기 위해 년이 도대체 어떤 음모를 꾸미고 있는지 몰라도 년이 지금 내 앞에서 연극을 하고 있는 것만은 분명했다.

"씹할년아, 제발 내 앞에서 꺼져 줘. 꺼지란 말이야!"

뜨거운 덩어리가 목구멍을 타고 올라 내 입 밖으로 쏟아졌다. 나는 년의 머리채를 움켜쥐고 뒤흔들었고, 년을 넘어뜨린 후 발로 밟았다. 아이들이 나를 붙들고 말렸지만 나는 미친 듯이 년에게 달려들어 년을 때리고 밟았다. 그러나 분은 풀리지 않았다.

그 후로 정말 견딜 수 없는 일들이 일어났다.

방과 후였다.

해가 지고 있었고, 나는 교문을 향해 걸어가고 있었다. 그때 뒤에서 누군가 달려오며 소리를 질렀다.

"야, 지인아! 홍지인!"

무척이나 방정맞은 데다 쩍쩍 갈라지기까지 한 목소리. 뒤돌아보니 아니나다를까 우리 반에서 유일하게 년과 친한, 못생긴 데에는 년에 버금가는 김은솔이라는 년이 저만치 달려오고 있었다. 끼리끼리 논다더니. 나는 다시 고개를 돌렸다. 그러나 주변을 흘끗 둘러보아도 년은 보이지 않았다. 저 몰골에 눈깔까지 삐었나. 나는 코웃음을 쳤다.

"야! 야 이년아! 홍지인!"

은솔의 목소리가 바로 내 등 뒤에서 들렸고, 년의 손이 갑자기 내 등을 후려쳤다.

"야, 언니가 부르면 빨랑빨랑 대답을 해야 할 거 아냐?"

년의 말에 내가 뒤돌아보았을 때, 년은 일순 어리둥절한 표정을 지었다. 그러고는 당황하고 난감해하는 표정을 지었다.

"어? 아니네?"

기가 막힐 노릇이었다.

"뭐? 야, 김은솔. 너 방금 나더러 뭐라고 했어?"

내가 캐묻자 은솔은 더 당황한 얼굴이었다.

"아니, 멀리서 보니까 지인이랑 은지 니가 비슷하기에……. 난 네가 지인인 줄 알았어."

"그래? 뭐가 비슷해? 내가 그년이랑 어디가 비슷한데? 날 그년으로 착각할 만큼 어디가 그렇게 비슷한데?"

나는 차가운 말투로 은솔을 추궁했다. 나의 년에 대한 반감을 어느 정도 알고 있었기에 은솔은 연신 미안하다면서 몸둘 바를 몰라 했다. 나는 그때 정말 화가 났다. 나를 그런 몰골을 가진 년과 혼동했다는 사실이…….

그리고 며칠 후 수업 시간이었다.

담임이 가르치는 수학 시간이었고, 칠판에는 앞으로 살아가는 데에 하등의 도움이 되지 않는 수학 문제 나부랭이들이 빽빽이 적혀 있었다. 담임은 임의로 아이들을 불러내 칠판의 문제를 풀게 하는 중이었다. 내 옆자리는 비어 있었다. 년은 그날 결석했다. 병결이었다. 나로서는 아주 기쁜 일이었다. 나는 년이 그날 하루만이 아니라 아주 영원히 결석하기를, 그래서 다시는 년의 흉한 몰골을 볼 수 없게 되기를 바랐다. 그러던 중 정말 이해할 수 없는 일이 일어났다.

"홍지인! 나와서 4번 푸시고……."

담임이 결석한 년을 부른 것이다. 바보 같으니. 아침에 분명 담임은 년의 빈자리를 보고 이유를 물었고, 년과 한 동네에 사는 애가 년이 아파서 결석했다고 대답했다. 아마도 담임이 착각했을 것이다. 그런데 담임은 또 한 번 년을 불렀다.

"홍지인, 뭐 해?"

나는 반사적으로 년의 자리를 돌아보았다. 년의 자리는 분명 비어 있었다. 그럼 이름 자체를 착각한 걸까. 나는 담임에게 눈을 돌렸다. 담임은 나를 바라보고 있었다. 그리고 또 한 번 나를 빤히 쳐다보며 말했다.

"홍지인!"

어이가 없었다. 나를 보며 년의 이름을 부르다니. 한데 더 이해할 수 없는 일이 일어났다. 내 주위의 아이들이 나를 의아한 눈으로 바라보는 것이었다. 년의 '이름'을 부르며 나를 바라보는 담임을 의아하게 봐야 마땅한데, 그들은 오히려 나를 의아한 눈으로 바라보았다. 내 앞자리에 앉은 아이는 나의 손등을 툭 치며 이렇게 말하기까지 했다.

"야, 너잖아. 뭐 해?"

그랬다. 담임과 아이들이 나를 바라보며 '홍지인'이라 부르고 있었다. 나는 '박은지'가 아니었던가? 의아하고 또 의아했다. 지금 내가 홍지인이라면 나, 나 박은지는 어디 간 거지? 의아함은 당혹감으로, 당혹감은 섬뜩함으로 바뀌어 가슴속에서 일렁거렸다. 섬뜩함은 날카로운 갈퀴손으로 나의 가슴속을 북북 헤집으며 결국 깊이 감추어져 있던 내 존재에 대한 공포감을 끄집어냈다. 잔뜩 곪아 부풀어 오른 종기에서 툭 터져 나오는 피고름 같은 공포가 욕지기와 함께 미끈거리는 몸뚱이를 뒤틀며 치밀어 올랐다. 눈앞이 어지럽게 일그러졌다. 얼굴에 핏기가 가시는 게 느껴졌다. 이마에 솟아오른 식은땀 때문에 한기가 느껴졌다. 내가 기억하는 것은 거기까지다.

정신이 들었을 때 나는 이번에도 양호실에 누워 있었다. 양호실에 찾아온 아이들은 수업 중에 내가 갑자기 기절했다고 했고, 담임과 자기들은 결코 나를 '홍지인'이라 부른 적이 없다고 고개를 저었다. 그러나 나는 아이들의 얼굴 그늘에 감추어진 석연치 않은 의문들을 읽을 수 있었다.

그로부터 며칠 후 나는 부모에게 강경하게 다른 학교로 전학을 가겠다고 했고, 부모는 내 부탁을 들어주었다. 그날 담임과 아이들이 집단적인 환각을 일으켜 나를 잠시 홍지인으로 보았든, 아니면 나도 모르는 초자연적인 힘이 있어서 내가 내 얼굴을 홍지인으로 잠시 바꾸었든, 그도 저도 아니면 어떤 정체불명의 이유로 내가 수업 중에 몸속에서 일어난 화학 작용으로 인해 환상을 보았든, 어떤 이유든 간에 나는 더 이상 그 학교를 다니고 싶지 않았다. 사실 년과 관련된 모든 것에서 벗어나고 싶었다. 년을 만난 후로 내 인생은 뭔가 뒤틀리고 엇나가고 있었다.

아니, 다 접어 두고 솔직히 얘기하자면, 나는 년이 무서웠다.

전학을 가던 날, 나는 학교에 남겨져 있던 내 책들과 물건들을 챙기고, 친구들과 선생들에게 인사를 하기 위해 잠시 학교에 들렀다. 년은 나를 보고 아무 말도 하지 않았다. 전학을 가는 나를 붙들지도 않았고, 나에게 편지 나부랭이를 건네지도 않았다. 그저 창 밖만 내다보고 있었다. 모든 볼일을 마치고, 학교 건물에서 나와 교문 쪽으로 걸어 내려가다 나는 어떤 불쾌한 시선을 느끼고 돌아보았다. 창을 통해 년이 나를 물끄러미 내려다보고 있었다. 그 얼굴. 그 불쾌하고 흉측한 몰골이 나를 내려다보고 있었다. 나는 몸서리를 치며 고개를 돌리고 걸음을 빨리했다.

하지만 결코 년으로부터 벗어날 수 없을 것 같은 불길한 예감이 들었고, 결론부터 말하자면, 그 예감은 들어맞았다.

전학을 한 후로 몇 년은 평온했다.

그간 나는 수능을 보고 비교적 괜찮은 서울 소재 대학의 정치외교학과에 진학했고, 두 번에 걸친 휴학을 제외하고는 별 탈 없이 졸업을 할 수 있었다.

대학 생활을 하는 동안에도 나는 여전히 수많은 남자들의 구애를 받았다.

화장술에 기교가 더해지자 나는 나의 얼굴을 더욱 돋보이게 치장할 수 있었고, 거기에 찰랑거리는 긴 생머릿결과 호리병처럼 섹시하게 무르익은 몸매까지 더해지니 내 육신은 더할 수 없이 미끈한 아름다움을 뿜어냈다. 나는 여느 여대생보다 더 자주 거울을 바라보았고 더 피부 관리에 신경 썼다. 나는 대학에서 '킹카'로 알려진 몇몇 남자들과 재미없는 연애를 하기도 했고, 두세 번인가는 재수 없게 임신을 하기도 했다. 물론 "책임지겠다."며 나에게 결혼을 제안하는 골 빈 인간도 있긴 했지만, 나는 중절 수술을 받았다. 갓 스물 넘은 나이에 애 엄마가 되어 펑퍼짐한 궁둥이를 자랑하고 궁색한 살림에 설거지나 하며 주부 습진에나 걸리는 군내 나는 삶에 내 젊음을 탕진하고 싶지 않았다.

졸업 후 나는 꽤 이름난 대기업 신입 사원 모집에 응시해 합격했고, 그 회사의 영업부에서 일하게 되었다.

년을 다시 만난 건 그때였다. 그날은 신입 사원 오리엔테이션이 있는 날이었고, 나는 오랜만에 정장 차림을 하고 회사에 들어섰다. 오리엔테이션 장소는 회사 1층 복도 끝에 있는 강당이었다. 나는 강당을 향해 걸었다. 복도 끝에 거의 다다랐을 즈음 나는 복도 끝에 걸린 전신 거울에 비친 나의 모습을 보았다. 수수한 듯하면서도, 몸에 착 들러붙어 몸매를 드러냄으로써 은근히 도발적인 섹시함도 강조하는 보라색 원피스 정장이었다. 한데 점점 거울에 다가가면 갈수록 뭔가 이상하다는 느낌이 들었다. 불쾌했다. 얼굴이

식별될 즈음에 이르러서야 나는 그 불쾌한 느낌의 이유를 알 수 있었다.

그것은 거울이 아니었다. 복도 끝에는 거울이 있는 게 아니었다. 내가 거울로 잠시 착각한 것은 거의 나와 똑같은 차림을 한 년이었다. 그랬다. 년도 나와 똑같은 보라색 원피스 정장을 입고 있었다. 년은 나를 향해 정면으로 걸어오고 있었다. 아직 년은 나를 알아보지 못한 것 같았다.

솔직히 어디론가 숨고 싶었다. 년과 다시는 마주치고 싶지 않았는데, 이제야 좀 년을 잊을 수 있을 것 같았는데, 다시금 년이 내 삶에 끼어든 것이다. 그러나 나는 어디론가 몸을 숨기지 않았다. 오히려 년에게 다가가면 다가갈수록 갑자기 오기가 생기며 이를 앙다물고 년에게 정면으로 달려들고 싶은 용기가 생기는 것이었다. 먼저 알은척을 한 건 나였다.

"어머, 이게 누구야? 홍지인 맞지? 나야 나, 나 기억 안 나? 박은지."

잠시 생각하는 듯한 표정을 짓던 년은 그제야 반색을 하고 내 손을 잡고 흔들었다.

"은지구나? 너 여기 웬일이야?"

"나 이번에 여기 신입으로 들어오게 되었거든. 넌?"

"어머, 웬일이니? 나도야!"

년은 나의 손을 붙들고 흔들며 몹시 좋아했다. 세월이 흘러 얼굴에 화장기가 돌고 제법 차려입기는 했지만 그 흉한 몰골은 여전했다. 뻣뻣하고 숱 없는 머리칼에 감자가 들어박힌 듯 툭 튀어나온 이마며 쑥 들어간 작은 눈과 눈 주변에 잔뜩 몰려 있는 지방들,

낮은 들창코에 코보다 더 튀어나온 잇몸과 앞니, 붉게 상기된 피부와 벌어진 모공들, 그 사이사이로 주둥이를 내밀고 있는 여드름들, 그리고 이 모든 요소들의 부조화로, 얼굴이라기보다는 몰골이라는 표현이 더 잘 어울리는 얼굴은 여전히 변함이 없었다. 오히려 화장 때문에 피부가 말썽인지 뾰루지 같은 것들이 얼굴 여기저기에 툭툭 불거져 있어 안 그래도 흉한 몰골이 더 흉해 보였다. 그런 년과 하필이면 같은 회사의 입사 동기가 되다니, 정말 말이 안 나올 노릇이었다.

그러나 나는 년 때문에 회사를 그만두거나 하지는 않았다. 전처럼 년을 피해 어디론가 달아나고 싶지는 않았다. 년은 나와 신입사원 수련회에도 같이 갔고, 일하는 부서도 벽 하나를 사이에 두고 있어 수시로 마주쳤다. 같이 자판기 커피를 마시기도 하고, 주말에 만나 영화를 보기도 했다. 더러 나와의 잠자리에 목을 매는 골 빈 녀석을 불러 년과 소개팅을 시켜 주기도 했고, 년과 쇼핑을 하기도 했다. 그렇다고 해서 내 가슴속에 옹이처럼 단단히 박혀 있는 년에 대한 혐오감과 증오심이 사라진 건 아니었다. 아니, 오히려 독기를 품고 똬리를 튼 채 밖으로 튀어나가 년의 숨통을 끊어 놓을 순간만을 기다리고 있었다.

나는 침착하게 때를 기다렸다.

그때를 기다리기 위해서는 년과 친해 둘 필요가 있었다. 나는 년과 바에서 맥주를 마시던 어느 날 이런 말을 하기까지 했다.

"지인아, 우리 고등학교 때 너한테 내가 서운하게 했던 거……아직 맘에 남아 있으면 풀어. 워낙 어리고, 또 예민한 때였잖아. 대신 내가 전에 너한테 못되게 굴었던 것만큼 앞으로 잘해 줄게."

나는 진심처럼 진지하게 넌에게 그렇게 말했고, 넌은 어쩔 줄을 몰라 하며 나에게 몇 번이고 고맙다는 말을 했다. 넌과 나는 웃음을 터뜨렸다. 하지만 나는 여전히 때를 기다리고 있었다. 먹이를 앞에 두고 먹이가 제 공격 반경을 벗어나지 못하게 맴도는 독사처럼. 그러다 보니 넌이 내 공격 반경을 벗어나지나 않을까 조바심이 날 지경이었다.

때는 아주 천천히 찾아왔다.

그 즈음 넌과 나는 서로의 생리 주기까지 알고 있을 정도로 친밀해져 있었다. 넌은 그렇게 느꼈겠지만, 물론 나는 넌과 친밀한 척했을 뿐이다. 넌은 그런 내 속내를 알지 못했다. 여름 휴가가 되자, 마침내 나는 때가 찾아왔다는 걸 직감적으로 알아챘다. 내 몸속의 독기가 이제 오를 대로 올라 넌의 숨통에 이빨을 박아 넣을 순간만을 기다리며 독액을 질금거리고 있었다.

우선 나는 여름 휴가 계획을 짜고 알리바이를 만들었다.

강원도 강릉에 콘도 예약을 해 두었고, 주말을 이용해 사전 답사까지 마쳤다. 넌은 나와 달리 경북 점촌에 있다는 시골 친척집에 가기로 한 모양이었다. 넌은 휴가도 나와 같이 갔으면 하는 눈치였지만, 나는 때를 놓칠 수 없었기에 모른 척했다.

4박 5일의 여름 휴가가 시작되었고, 나는 강원도로 떠나는 대신 넌을 미행했다. 다행히 넌은 혼자 여행을 떠나기로 한 듯했다. 짐을 싸들고 집을 나서는 넌은 혼자였다. 역 앞에 넌이 도착하기 전에 낚아채야 했다. 골목길에서 나는 갑작스럽게 넌의 어깨를 붙들었다.

"지인아!"

"어머, 은지야. 웬일이야?"

년은 강릉으로 떠났어야 할 나를 보고 놀란 눈치였다. 일단 내 차에 년을 태운 뒤 나는 그간 차근차근 준비해 둔 곳을 향해 달리며 하나하나 이유를 설명했다.

"지인아, 정말 미안해. 네가 진짜 내 친구라서 하는 말인데, 나 있지…… 사실은 이번 휴가 때 나 쫓아다니던 그 배 나온 벤처기업 사장하고 여행 가기로 했어. 근데 그 자식이 나 몰래 바람을 피운 거 있지. 너무너무 화가 나고, 열 받아서 그 새끼 갈아치우고, 너랑 대신 여행 가려고……. 우리 외삼촌이 관리하는 별장이 하나 있거든. 거기 경치도 끝내주고 공기도 너무 좋아. 너랑 이번 휴가 같이 보내고 싶은데, 어때, 허락해 줄래?"

둘러댄 게 좀 어설프기는 했지만, 년은 분명 얼씨구나 하고 나와 휴가를 보내겠다고 대답할 게 뻔했고, 나는 그대로 그곳을 향했다. 그런데 아니었다. 년은 의외로 냉담하게 내 제의를 거절했다.

"아니, 미안한데, 나 이번에 점촌에 가서 외삼촌네 담뱃잎 따는 거 거들어 드리기로 한 약속 깰 수가 없거든. 그러니까 역까지만 태워다 주고 내려 줘. 우리 여행은 다음 기회로 미루자. 응?"

일순 나는 당황했다. 년이 내 제의를 단칼에 거절하리란 건 분명 예상 밖이었다. 조곤조곤 년을 설득해 보려 했지만, 년은 단호했다. 혹시 년이 내 계획을 눈치 챈 건 아닐까? 아닐 것이다. 그럴 리 없었다. 년에게 일언반구도 없었던 계획을 년이 눈치 챌 리 없었다. 그렇다면 나에게 사족을 못 쓰던 년이 갑자기 왜 저러는 걸까. 이런저런 생각으로 머릿속이 복잡할 즈음 년이 내려 달라는 역이 다가오고 있었다.

"저기 택시 서는 데에서 세워 줄래?"

년이 말했다.

"그래, 그럼……."

나는 그렇게 대답했지만, 그곳에서 년을 내려 주지 않았다. 나는 년이 내릴 수 없도록 차문을 잠근 뒤 가속 페달을 거세게 밟았다. 년은 당황한 기색이었다.

"은지야! 왜 그래? 저기서 세워 달라니까?"

소리치는 년의 입을, 나는 만일을 위해 준비해 두었던 흡입 마취제를 적신 손수건으로 틀어막았다. 년은 바동거렸지만 이내 축늘어졌다.

누워 있는 년을 향해 나는 천천히 다가갔다. 해가 지고 있었다. 인적이 드문, 지리산 부근의 산간 마을에서도 한참 걸어 들어가야 하는 산비탈의 버려진 농가였다. 전에 어느 재벌 2세와 근처의 별장에 놀러 왔다가 길을 잃고 헤매던 중 발견했는데, 며칠이고 몇달이고 인적이 없어서 일을 치르기에는 더없이 좋은 장소였다. 나는 수목 사이에 대고 타이어의 흔적을 지운 뒤, 차를 수풀 속에 감추었다. 그리고 년을 질질 끌고 버려진 농가로 향했다. 이내 땀으로 온몸이 젖어 들었지만, 나는 무거운 줄을 몰랐다.

바닥 전체에 비닐을 깔아 두었던 터라, 발을 디딜 때마다 버석거리는 소리가 났다. 나는 손에 준비해 온 망치를 들고 있었다. 년은 아직 마취에서 헤어나지 못한 상태였다. 기왕이면 년이 마취에서 깨어나기 전에 일을 끝내고 싶었다. 마침내 년의 머리맡에 선 나는 망치를 치켜 들었다. 년은 흉한 몰골에 입을 쩍 벌리고 마취 상태에 있었다. 저 얼굴. 저 재수 없는 얼굴. 갑자기 그동안 쌓여 있던 울분과 적개심이 년의 얼굴을 향해 쏟아졌다. 나는 년의 얼굴을 망치 끝으로 사정없이 내리쳤다.

빡!

년의 오른쪽 광대뼈가 함몰되며 잠시 후 하얗게 변한 얼굴에서 핏줄기가 괴어 오르기 시작했다. 그 순간 갑자기 년이 눈을 번쩍 떴다. 그러고는 미친 듯이 꽥꽥대며 비명을 질러 대기 시작했다. 당황한 나는 다시금 년의 얼굴을 망치로 내리쳤다.

빡!

망치가 빗나가며 년의 턱을 부수었다. 년의 턱가죽이 벗겨지며 덜렁거렸다. 새하얗게 벗겨진 년의 피부 속에서 새빨간 피가 솟아올랐다. 년의 눈알이 뒤로 넘어가며 흰자위가 희번덕거렸다. 바위 위에 던져진 개구리처럼 년의 온몸이 부들부들 경련했다. 나는 미친 듯이 년의 얼굴을 내리치기 시작했다. 한번은 년의 왼쪽 눈자위에 망치 끝이 박히며 뼈에 걸려 빠져나오지 않았다. 겨우 망치를 빼내었을 때 년의 왼쪽 눈이 있던 자리에서 검붉은 피가 분수처럼 솟구쳐 나왔다. 나는 끝내 망치로 년의 얼굴을 완전히 뭉개 버렸다.

나는 년의 얼굴이 완전히 문드러지고 나서야 망치 하나만으로도 사람의 얼굴을 완전히 뭉개 버릴 수 있다는 걸 깨달았다. 신기한 것은 얼굴이 완전히 온데간데없어졌는데도 년의 몸은 살아서 쉴 새 없이 버둥거리고 있었다는 것이다. 그러나 오래 가지는 않았다. 일 분 정도가 지나자 년은 완전히 조용해졌다. 가끔씩 주인을 잃은 년의 목 동맥에서 울컥울컥 핏줄기가 뿜어져 나올 뿐 년은 완전히 죽어 버렸다.

그렇게 나를 괴롭혔던 년이 고깃덩어리가 되는 순간이었다. 그로써 모든 게 끝났다.

많은 살인자들이 시체 처리를 놓고 수없이 많은 고민을 한다.

그러나 나의 경우 애초에 가장 좋은 계획이 있었기에 고민할 필요가 없었다. 년을 죽이기 전에는 정말 망설여지는 계획이었지만, 막상 죽은 년을 보니 이상하게도 모든 머뭇거림이 사라졌다. 그와 동시에 식욕이 동하기 시작했다.

그 후 2박 3일을 나는 년의 시체를 처리하며 보냈다. 2박 3일 후 년은 완전히 지구상에서 사라졌다. 나는 그동안 그 어떤 살인자도 생각해 내지 못한 시체 처리 방법으로 년을 없앴다. 그렇다. 혹 짐작하는 사람이 있었다면 그 짐작이 맞았을지도 모른다.

나는 년을 먹었다.

나는 년을 완전히 먹어 치웠다. 어떻게 먹었는지 시시콜콜히 밝히고 싶지는 않다. 어차피 지금 와서 그딴 건 전혀 중요한 게 아니니까.

년을 먹어 치우고 나는 곧바로 강원도로 떠났다. 그리고 전에 푼돈으로 매수해 둔 강릉의 콘도 부근에 사는 여자가 나와 비슷한 인상착의로 콘도에 체크인을 해 두었는지 확인했다. 체크인은 잘 되어 있었다. 나는 콘도 주변의 상점에서 덜 마른 오징어를 사며 약간 호들갑을 피워 주인에게 눈도장을 찍었고, 휴가 마지막 날 다시 서울로 돌아왔다. 서울로 돌아온 후 이틀간 나는 아무것도 먹지 않았다. 뱃속에 들어간 년 때문이었다. 그러나 소화불량이나 다른 탈이 나지는 않았다.

년은 실종 처리되었고, 자기 일에 열의라고는 전혀 없어 보이는 경찰 둘이 회사로 찾아와 나에게서 몇 가지 진술을 받아 갔다. 그러나 나를 의심하는 사람은 아무도 없었다. 내가 년을 차에 태우는 걸 본 목격자도 나타나지 않았고, 일을 치른 장소 부근에서 나를 발견한 사람도 없었다. 년의 실종 사건은 그렇게 흐지부지 마무리되었다. 년이 세상에서 사라진 나날은 정말 행복의 연속이었다.

물론 그 행복은 오래 가지 않았다.

년을 먹어 치운 지 두 달이 지난 어느 날 아침이었다.

화장을 하며 출근 준비를 하던 나는 요즘 들어 부쩍 각질이 심해진다는 느낌을 받았다. 아닌 게 아니라, 그랬다. 콧잔등에서 시작된 각질이 눈자위 아래 여기저기서 부스스 일어나고 있었다. 세수를 몇 번 더 하고 화장을 세심히 하자 각질은 곧 사라졌다.

다음 날 일어나서 세안 후 거울을 보았을 때 각질은 더 심해져 있었다. 부스스 일어난 각질들이 볼까지 여기저기 번져 일어나 있었다. 필링으로 세심하게 닦아내어 보았지만 좀처럼 사라지지 않았다. 퇴근 후 나는 피부과를 찾아갔다. 내 얼굴을 진찰한 의사는 자못 심각한 표정으로 진단 결과를 설명했다.

"음…… 지루성 피부염이라고 들어 보신 적 있습니까? 네…… 없으시고…… 비듬이 많다, 또 머리가 가렵다고 오시는 분들 중 상당수가 지루성 피부염이라는 진단을 받습니다. 그만큼 두피의 지루성 피부염은 흔한 피부병입니다. 사람의 피부 표면은 미생물이나 물리적, 화학적 자극으로부터 보호되게끔 얇은 막으로 덮여 있거든요. 이 막이 피부에 이상이 생기게 되면 각질이 불완전하게 형성되거나, 표피 재생 속도가 빨라지면 들떠서 떨어지게 되죠.

이것이 바로 비듬입니다. 비듬 하면 두피에만 생기는 걸로 알고 계신 분이 많으신데, 지루성 피부염은 머리 외에도 피지가 많이 분비되는 부위인 얼굴이나 귀에도 생길 수 있고, 더 심한 경우 가슴이나 등까지 번질 수도 있습니다. 손님 같은 경우는 지루성 피부염이 안면에 생긴 것 같네요. 우선 약물 처방을 해 드릴 테니까, 저녁에 샤워하신 후에 수분 흡수가 잘 되는 스펀지나 수건에 이 약물을 적셔서 피부 전체에 매일 저녁 도포하시면 됩니다. 문지르듯 바르지 마시고 가볍게 쳐 주듯 바르십시오."

의사가 처방해 준 약물을 적셔서 매일 저녁 도포하자, 지루성 피부염인지 뭔지는 한동안 좀 나아지는 듯했다. 그러나 잠깐이었다. 피부염은 점점 심해졌다.

며칠 후 얼굴이 욱신거리는 통증을 느끼며 눈을 뜬 나는 거울을 보고 비명을 질렀다. 오른쪽 광대뼈 부근이 뭔가 묵직한 것에 짓눌린 듯 함몰되어 있었다. 더듬어 보니, 뼈가 부서진 것 같지는 않았다. 다만 뼈 자체가 움푹 들어가 있었다. 하루아침에 광대뼈가 움푹 꺼지다니 이해할 수 없는 일이었다. 그로 인해 완벽한 미모를 자랑했던 내 얼굴에 치명적인 흠이 갔다. 얼굴에 뭔가 일어나고 있었다. 각질도 심해졌다. 처음엔 그저 비늘처럼 들떠서 떨어지던 것들이 점점 두꺼워졌다. 그날부터 나는 회사에 나가지 않았다. 누구에게도 이런 내 얼굴을 보이고 싶지 않았다.

점심을 먹다 나는 뭔가 밥 위로 툭 떨어지는 걸 보았다. 들여다보니 빨간 살점이었다. 내 얼굴에서 살점이 떨어진 것이다. 거울을 보니 살점 떨어져 나간 자리에서 검붉은 피가 배어 나오고 있었다. 그걸 보고 나서야 병원에서 말하는 일반적인 피부 질환이 아니라 알 수 없는 어떤 병이 내 얼굴에 번져 가고 있다는 걸 알았다.

다음 날은 세수를 하던 중 콧날이 떨어져 나갔다. 코는 마치 본드로 살짝 붙여 놓은 모조 코처럼 너무도 힘없이 뚝 떨어져 세면기 위에 널브러졌다. 얼굴을 들었을 때 거울에 비친 내 얼굴은 괴물 그 이상도 그 이하도 아니었다. 눈썹도 뭉텅뭉텅 빠졌고, 앞니가 떨어져 나갔다. 피부 여기저기는 발긋발긋한 반점들로 뒤덮였고, 더러는 종기처럼 곪아 터지기도 했다. 진물이 흐르고 살점들이 뚝뚝 떨어져 나갔다.

일 주일이 지나자 나의 몰골은 인간의 것이 아니었다. 흉측하고 추저분하고 더러운 몰골이었다. 입술이 떨어져 나간 날 나는 밥을 먹다 잘근잘근 씹히는 고깃덩이가 내 입술이라는 걸 알고 그대로 욕실로 뛰어가 변기에 토악질을 해 댔다. 아무리 토악질을 해도 욕지기는 가라앉지 않았다.

그리고 마지막으로 얼굴 가죽이 벗겨졌다. 입술을 씹고 난 후 미친 듯이 세수를 하던 중에 일어난 일이었다. 이마 부근을 발작적으로 문지르는데 갑자기 이마의 살이 아래로 확 벗겨졌다. 나는 그 살을 미친 듯이 잡아뜯었다.

두두둑두둑.

뜯어지는 소리가 나면서 썩어 문드러진 얼굴 가죽이 뜯겨 나갔다. 그리고 거울에 비춰진 몰골은 그 어떤 공포영화의 괴물도 따라오지 못할 만큼 참혹하게 문드러진 시뻘건 핏덩어리였다.

사흘이 지났을 때 얼굴에 또 다른 변화가 생기기 시작했다.

얼굴이 있던 자리에 뿌연 막 같은 껍질이 씌어져 있었다. 자세히 관찰해 보니, 숭숭 뚫린 피부의 모공 여기저기에서 성분을 알 수 없는 미세한 실들이 뿜어져 나온 것이다. 너울거리며 털북숭이처럼 얼굴을 뒤덮은 거무튀튀한 실들은 한동안 점점 길게 자라났고, 차차 씨줄 날줄 뒤엉키며 내 얼굴을 뒤덮었다. 미라처럼. 내 얼굴은 하나의 커다란 고치가 되었다.

눈을 뜰 수도 없고 뭔가를 먹을 수도 없었다. 사실 전혀 시장기가 일지도 않았다. 나는 그저 조용히 누워 잠만 잤다.

온통 어둠뿐이었다. 꿈도 없는 잠이었다.

저만치에서 뭔가가 나에게 다가왔다. 서서히. 뭔지는 정확히 보이지 않고 그저 희미한 형체뿐이었다. 서서히 다가오던 뭔가가 갑자기 내 얼굴을 덮쳤다. 년이었다.

비명을 지르며 눈을 뜬 나는 그 길로 거울을 바라보았다.

그리고 쇳소리로 비명을 질렀다.

년의 얼굴이었다. 뻣뻣하고 숱 없는 머리칼에 감자가 들어박힌 듯 툭 튀어나온 이마며 쑥 들어간 작은 눈과 눈 주변에 잔뜩 몰려 있는 지방들, 낮은 들창코에 코보다 더 튀어나온 잇몸과 앞니, 붉게 상기된 피부와 벌어진 모공들, 그 사이사이로 주둥이를 내밀고 있는 여드름들, 그리고 이 모든 요소들의 부조화로, 얼굴이라기보다는 몰골이라는 표현이 더 잘 어울리는 얼굴, 그 얼굴이었다.

나는 년이 되어 있었다.

그리고 얼굴이 가려워지기 시작했다. 못 견디게 가려웠고, 나는 미친 듯이 얼굴 여기저기를 긁어 댔다. 손톱에 피부 조직이 끼도록 긁었다. 그래도 가려움증은 가시지 않았다. 그로 인해서 몰골은 더 추해졌다.

몇 차례 성형 수술을 받았다.

하지만 허사였다. 똑같은 일들이 다시금 내 얼굴에 일어났고, 고치가 씌워진 후 정신이 들어 보면 프로메테우스의 재생되는 간처럼 년의 얼굴이 내 얼굴을 덮고 있었다. 년의 얼굴로 남은 삶을 산다는 건 나에게 죽음보다 더 큰 형벌이었다.

결국 선택은 자살밖에 없었다.

머리칼이 흩날린다. 죽는 건 무섭지 않다. 다만, 건물 로비 천장 유리 위에 비추어질 내 얼굴을 보기가 두렵다. 년의 얼굴이 되어 버린 내 끔찍한 몰골을 볼 용기가 나지 않는다. 바닥이 점점 가까워 온다.

나는 눈을 질끈 감는다.

불과 오륙 초 정도밖에 되질 않을, 건물 밑으로 떨어지는 시간이 영겁의 시간처럼 길다.

죽는 순간이 눈앞에 오긴 온 모양이다. 그간 살아온 내 지난날이 영화 필름처럼 숨가쁘게 눈앞을 스쳐 지나간다.

어릴 때 가지고 놀던 바비 인형.

중학교 때 사회 시간에 떠들다 교실에서 쫓겨났던 기억. 그때 그 사회 선생이 중얼거리던 말.

"생긴 건 꼭 뭣같이 생긴 게 떠들고 있어."

뒤따라 나온 친구가 등을 다독이며 했던 위로.

"괜찮아. 못생겨도 얼마든지 나중에 잘살 수 있어."

바비 인형의 얼굴을 도려내던 내 면도날.

고등학교 때 친해지고 싶었던 은지라는 애. 그 애의 도도한 미모. 차갑게 던지던 한마디.
"네깟 게 뭔데, 나한테 이래라저래라야?"

밤새워 그 애에게 쓰던 편지. 그 편지를 내 눈앞에서 찢던 그 애의 손가락.

내 입을 틀어막던 우악스런 손.
"야, 이년아, 넌 오늘 운 좋은 줄 알아. 네깟 게 평생 가도 이런 기회가 있을 줄 알어?"
만신창이가 된 나를 내려다보던 은지의 경고.
"씹할년아, 제발 내 앞에서 꺼져 줘. 꺼지란 말이야!"

번번이 퇴짜를 맞은 맞선들. 그런 얼굴로 어떻게 맞선을 보러 나왔냐는 듯 예의 없는 행동으로 일관하던 맞선 상대들.

몇 번에 걸친 성형 수술. 마취 기운 속에 들려오던, 성형외과의가 간호사에게 건네던 농담.
"견적이 안 나온단 말은 이런 면상을 두고 하는 소리야."

성형 수술의 부작용으로 더 일그러진 얼굴. 벽에 내던져져 조각나던 거울. 그 조각을 집어 얼굴에 긋던 내 손길.

자기암시.

망가진 실타래처럼 이성과 감성이 이리저리 뒤엉킨 머릿속에서 '자기암시'라는 말이 떠오른다. 전에 심취했던 심리학 책에서 읽은 적이 있다. 취면이나 각성 상태 따위에서 암시를 받은 자가 암시자의 지시나 행위를 무비판적으로 받아들이며 그것이 타인으로부터 전해진 것이라는 생각 없이 자기 자신이 생각해 낸 것처럼 믿고 거의 무비판적으로 어떤 태도를 취하거나 판단을 내리는 게 '암시'라 한다.

그 암시란 걸 남이 할 수도 있지만, 자기 자신이 주는 자극에 반응해 일으킬 때도 있다고 한다.

그게 무너져 내린 내 인생의 마지막 자기암시였다는 걸 이제야 깨닫는다.

눈을 뜨고 싶은 생각이 든다. 마지막으로 눈을 뜨고 싶다. 그래서 끝내 나는 눈을 뜬다.

떨어져 내리는 내 몸이 유리 위로 비친다. 유리가 참 맑다. 거울처럼 맑다. 얼굴이 거울처럼 맑은 유리에 비추어진다.

내 얼굴이 희미하게 웃는다.

귀

나는 기대하지 않는다.

이 글을 읽는 당신이 지금부터 내가 하려는 이야기를 믿으리라고는.

아마도 당신은 위와 같은 문장으로 시작되는 소설을 수없이 읽었을 것이다. 그건 나도 마찬가지다. 위의 문장을 읽으며 당신은 포의 「검은 고양이」를 떠올렸을지도 모른다. 뭐가 어찌 되었든 상관없다. 나는 그저 지금부터 내가 겪은 이야기를 할 것이며, 내 이야기를 믿든 안 믿든 그건 당신 자유다.

나는 부디 당신이 그들의 존재를 알아차리게 되는 불운이 없이 평범하게 살다 평온히 땅에 묻히길 바랄 뿐이다. 그들의 이야기를 시작하려 하면서 그들의 존재를 알아차리지 말라는 자가당착을 용서하기 바란다. 사실 이런 글을 세상에 남긴다는 것 자체가 있어서는 안 될 일이다. 그러나 이런 글이라도 쓰지 않는다면 나는 정말이지 미쳐 버릴 것이다. 그들이 다가오고 있다. 나는 두렵다. 손이 떨리고 식은땀이 배어 나온다.

나를 진찰한 의사는 '정신적 쇼크로 인한 피해망상'이라 진단 내렸다. 이 정신병원으로 나를 몰아넣은 나의 아내란 여자도 내가 미쳤다고 생각했다. 하지만 나는 미치지 않았다. 미쳐 버릴 것 같고, 미쳐 버리고 싶지만, 미칠 수도 없다. 신경은 온통 서릿발처럼 곤두서서 나에게 스멀스멀 다가오는 그들의 존재를 감지하고 있다. 내가 병실의 침대 밑에 웅크려 얼룩진 연습장에 이 글을 휘갈기고 있는 동안에도 그들은 하이에나 떼처럼 내 주변을 맴돌고 있다. 나는 이 글을 온전히 완성하기 전에 나는 죽을지도 모른다. 하지만 죽더라도 나는 그 순간까지 이 글을 써내려 갈 것이다. 그러지 않고서는 결코 이 두려움을 견뎌 내지 못할 것이다.

모든 것은 그날 저녁 대전발 서울행 고속버스에서 시작되었다.

문상을 다녀오는 길이었다. 살다 보면 생전 듣도 보도 못한 친인척의 장례에 어쩔 수 없이 참석해야 하는 달갑지 않은 일이 꼭 있게 마련인데, 그날이 그랬다. 고속버스 철계단을 오르는 발걸음은 무거웠고, 눈꺼풀은 모래가 한 줌 들어간 듯 껄끄러웠다. 문상을 가기 전날, 이미 나는 몸담고 있는 잡지사 일로 이틀 밤을 꼬박 새운 상태였다. 잡지사에서는 매월 20일경마다 마감을 앞둔 전쟁을 치러야 했다. 겨우 원고를 넘기고 한숨 돌리던 찰나에 걸려 온 어머니의 전화는 이름도 못 들어 본 '고모부'의 장례로 나를 떠밀었다. 그 '고모부'란 사람이 살았다는 대전 외곽으로 내려갈 수밖에 없었다. 그나마도 끌고 다니던 똥차가 접촉 사고로 공장에 들어가 있어 버스를 이용해야 했기에 불편은 더했다.

나는 좌석 등받이에 몸을 파묻으며, 부디 옆자리에 아무도 앉지 않기를, 그래서 서울을 향하는 한 시간 반가량의 시간 동안이라도 모자란 잠을 보충할 수 있기를 바랐다.

출발 시간이 다 되어 운전기사가 운전석에 앉고, 출입문이 닫히며 버스가 후진할 때까지만 해도 내 바람은 이루어질 듯싶었다. 그러나 이내 버스는 멈추었다. 한 사내가 뛰어오고 있었다.

'그냥 출발해. 그냥 출발하라고!'

자못 진지하게 속으로 부르짖었지만, 운전기사가 알아들을 리 없었다. 사내는 올라탔고, 버스는 출발했다. 사내가 손에 든 좌석표와 좌석 번호를 번갈아 두리번거릴 때 나는 눈을 감았다. 사내가 든 좌석표의 번호가 부디 내 옆자리가 아니기를 바랐지만, 아니기를 바랄수록 일은 바람과는 반대로 진행되게 마련이다. 아니나다를까 사내는 내 옆자리에 풀썩 주저앉았다. 땀내가 훅 얼굴에 끼얹어졌다. 숨소리도 유난히 거칠었다. 나는 몸을 창 쪽으로 돌리며, 사내가 바로 눈을 감고 잠에 빠지기를 마지막으로 바랐다.

"저…… 어디까지 가세요?"

대전발 서울행 버스를 타고 어디까지 가느냐고 묻는 작자에게 뭐라고 대답하겠는가. 나는 참을 수 없는 짜증을 느꼈다. 나는 그 작자를 돌아보지도 않고 대답했다.

"서울이오."

여느 사람이라면, 자신의 물음에 대한 나의 반응만으로도 충분히 내게 자신과 대화를 나눌 생각이 전혀 없다는 걸 알아챘을 것이다. 그리고 자존심 상해하며 생면부지의 남남으로 돌아서서 아무 말없이 서울을 향했을 것이다. 그러나 그는 달랐다. 도리어 그는 나의 팔꿈치를 쿡쿡 건드렸다.

"왜요?"

나는 그를 돌아보며 내뱉었다. 내가 듣기에도 짜증이 묻어나는 목소리였다.

"어디까지 가시냐고요."

그제야 나는 남자의 얼굴을 자세히 들여다보았다. 해골에 가죽만 뒤집어씌운 듯한 마른 얼굴에 꾀죄죄한 점퍼 차림이었다. 게다가 눈동자를 이리저리 굴리며 사방을 경계하는 눈초리가 영락없이 탈옥범이나 지명수배자의 것이었다. 침을 자꾸 삼키는지 유난히 도드라진 목뼈가 연신 울럭거렸다.

"서울이라니까요."

"아, 예. 이거…… 귀찮게 해 드려서 죄송합니다. 제가 사실은…… 귀가 먹었거든요."

이건 또 무슨 소린가. 나는 그의 얼굴을 빤히 쳐다보았다. 아마도 귀가 먹었다는 애기가 나왔으니, 자신의 어려운 형편에 대해서도 말이 나올 것이다. 직장에서는 정리해고 당하고, 처자식은 자기만 바라보고 있고, 노모는 몸져 누워 있고, 그러니 돈을 좀 빌려 달라거나, 싸구려 시계나 목걸이 따위를 팔아 달라는 소리가 금방이라도 슬금슬금 나올 것 같았다. 그러나 사내의 얼굴은 사뭇 진지했다.

"귀가 먹었다면서 선생님 말씀하시는 건 어떻게 알아듣나 싶으실 겁니다. 독순술(讀脣術)이라고들 하는데…… 전 선생님 입술 움직임을 보고 말을 알아듣습니다. 제가 일곱 살 때 귀머거리가 되었거든요."

그러나 나는 사내가 일곱 살 때 귀머거리가 되었든 말든, 독순
술이든 독침술이든 관심이 전혀 없었다. 나는 그저 조용히 자고
싶었다. 슬그머니 몸을 다시 창 쪽으로 돌리려는데 사내가 억센
손길로 내 팔뚝을 잡아당겼다.

"선생님, 간곡히 부탁드립니다. 피곤하시더라도 제 얘기를 한
번만 들어 주세요. 당장이라도 제가 어떻게 될지 모르거든요."

장난 같지는 않았다. 영문 모를 일이었지만, 사내의 얼굴과 목
소리에서는 간절함과 다급함이 함께 묻어났다. 그런 그의 진지함
이 어느 정도 나의 짜증을 누그러뜨렸다.

"무슨 일이신데요?"

사내는 그제야 비로소 다소 안도하는 기색이었다. 사내는 침을
한 번 꿀꺽 삼키고 입을 열었다.

"제가 하는 얘기가 선생님한테는 어떻게 들릴지 모르겠습니다.
믿어지지 않을 수도 있고, 미친 소리로 들릴 수도 있을 겁니다. 하
지만 지금 저는 선생님한테 내 얘길 털어놓을 수밖에 없는 처집니
다. 이거…… 어디서부터 얘길 해야 할지……. 제가 귀먹은 게 일
곱 살이라고 말씀드렸죠?"

그리고 그는 이야기를 시작했다.

"그 전까지만 해도 제 인생은 정말 평범했어요. 그 또래 애들처
럼 장난하고, 여자 애들 고무줄 끊고, 냇가에서 멱 감고 물수제비
뜨고, 더러 이웃집 유리창도 깨고, 뭐 그런 평범한 개구쟁이였죠.

저한테는 세 살 터울의 형이 하나 있었어요. 세 살 차이라도, 저

보다는 훨씬 어른스러웠어요. 어떤 때는 형이 아버지처럼 느껴질 때도 있을 정도였거든요. 제가 자란 곳은 충북 청원에 속한 작은 촌동네였는데, 촌동네 사람들이 대개 그렇듯이 제 부모님들도 농사로 살림을 꾸려 갔어요. 농번기면 한낮에 집을 비우는 때가 많았죠. 그럴 때 항상 나를 돌봐 준 건 형이었어요. 밥 챙겨 먹이고, 더러 바깥 구경하러 나갈 땐 사립문 안쪽에 벽돌을 괴어 놓고 나가곤 했는데, 그런 일도 모두 형 몫이었죠. 말 그대로 코흘리개였던 저는 콧물 줄줄 흘려 가며 형의 손을 붙잡고 다니며, 둑의 쓰레기장을 뒤지기도 했고, 병을 주워 엿을 바꿔 먹기도 했어요.

그러다 형이 국민학교에 들어갔는데, 사는 게 진짜 힘든 거예요. 만날 혼자 밥 먹어야지, 챙겨 주는 사람 없지, 매일 어머니가 차려 놓은 점심 밥을 열시도 안 돼서 다 먹고 심심해 우는 게 제 일과였죠.

하루는 울다 지쳐서 방구석을 뒹굴거리다 형이 다니는 초등학교에 큰맘 먹고 놀러 갔죠. 저는 그때 형이 몇 학년 몇 반인 것만 알고 있었는데, 운동장을 얼쩡거리는 걸 어떤 누나들이 보더니 혹시 누구 동생 아니냐며 알아보더군요. 형하고 전 형제치고도 꽤 닮은꼴이었거든요. 맞다고 했더니, 누나들이 빵하고 우유를 사 주더군요. 그때도 어린 맘에 형이 있다는 게 참 좋다, 뭐 그런 생각을 했던 거 같아요.

그러다 저도 일곱 살에 학교를 들어갔어요. 나이가 안 됐지만 생일이 빨랐거든요. 거기다 형 없이 만날 외로워하니, 부모님도 일찍 학교에 넣고 싶으셨을 거예요. 그땐 웬만큼 살아서는 유치원 보내는 건 꿈도 못 꿨거든요.

제가 학교에 들어가면서 아버지는 자전거를 사 주셨죠. 짐자전거보단 작아도 애들 타기엔 너무 큰 거였는데, 형은 금방 타는 법을 배웠어요. 그래서 학교 왔다 갔다 할 때 저를 태우고 다녔죠.

미운 일곱 살이라고들 하죠? 그 즈음에 저는 장난이 엄청 심했어요. 대개 그 나이 땐 형이 동생 괴롭히잖아요. 근데 전 반대였죠. 제가 형을 괴롭혔어요. 그런데도 워낙 천성이 온순하고 어른스러웠던 형은 그걸 다 받아 줬죠.

하루는 길을 가다가 제가 초인종이 있는 집 초인종을 누르고 도망쳤어요. 그때만 해도 초인종 있는 집이 드물었죠. 그런데 정작 뛰쳐나온 주인 아저씨한테 걸린 건 형이었죠. 그런 일이 빈번해서 그간 별러 왔던 건지, 아니면 워낙 성질이 더러웠던 양반인지 몰라도 제가 한 걸 옴팡 뒤집어쓴 형을 정말 우악스럽게도 패더군요. 나중에는 코피까지 터졌으니까요. 어린 마음에 내가 했다고 나섰다가는 나도 맞겠다 싶어서 저는 멀찌감치 떨어져서 구경했는데, 사실 속으로는 형이 맞다가 사실은 자기가 한 게 아니라 저기 있는 동생이 한 짓이라고 실토하면 어쩌나 하는 걱정도 되더군요. 하지만 형은 그 양반한테 풀려날 때까지 변명 한마디 안 하고 맞고만 있더라고요. 돌아오는 길에도 형은 저한테 원망 한마디 안 했어요. 저는 그런 형에게 미안한 생각이 들면서도 한편으로는 왠지 형이 바보 같다는 생각이 들어서 형에게 미안하다는 소리도 안 했어요. 오히려 자꾸 나도 모르게 형을 향해 '병신'이라는 힐난이 튀어나올 것 같아서 한참 내 자신을 억눌러야 했어요. 모르겠어요. 형이 그러면 그럴수록 형이 좀 모자란 것 같고, 그런 형을 더 괴롭혀 주고 싶은 마음이 고개를 쳐들었거든요. 그러다 일이 터진 거죠.

그날 형과 나는 학교 끝나고 같이 자전거를 타고 집에 오는 중이었어요. 형이 4학년이라 항상 좀 늦게 끝나서 저는 운동장에서 개미를 밟아 죽이거나 구슬치기를 하면서 형이 끝나기를 기다리곤 했죠. 그날도 그러다 형이 나와서 같이 자전거를 타고 집에 오는 중이었는데, 늘 지나는 내리막길을 만난 거였어요. 경사가 꽤 가팔라서 페달을 안 밟아도 가속도가 엄청 붙기 때문에 오히려 브레이크를 잡아야 하는 길이었죠.

그날도 내리막길에 접어들면서 가속도가 붙자, 형은 브레이크를 서서히 잡아 가며 속도를 조절하기 시작했죠. 그런데 그때 갑자기 형의 두 눈을 가리고 싶은 충동이 고개를 드는 거였어요. 억제할 수 없을 만큼 강한 충동이었죠. 형이 중심을 잃고 기우뚱거린다는 느낌이 들었을 때 이미 내 두 손은 자전거를 운전하는 형의 두 눈을 가리고 있었어요.

형이 "야! 하지 마!" 뭐 그런 식으로 말을 하면서 브레이크를 잡은 것 같은데, 순간적으로 중심을 잃고 우리는 자전거와 함께 길 한가운데에 나둥그라졌어요. 그렇게만 끝났다면 손바닥이나 무릎 좀 까지고 별일은 없었겠죠.

그런데 그때 마주 오던 트럭이 있었던 거예요. 트럭은 넘어진 우리를 발견하고 급정거를 했고, 타이어 끌리는 소리가 형과 나를 향해 귀청을 찢을 듯 무서운 기세로 다가왔어요. 그 순간 넘어진 형은 저를 보고 있었어요. 저도 형을 봤고⋯⋯. 그리고 생각조차 하기 싫은 일이 터진 거죠."

거기까지 말하고 나서, 사내는 괴로운 듯 한동안 고개를 숙이고 얼굴을 손으로 감싸 쥐고 있었다. 그러고 나서 얼굴을 들었을 때 사내의 눈에는 물기가 서려 있었다.

"트럭이 멈추기는 했어요. 멈췄지만, 앞바퀴 한쪽이 하필 형의 머리를 깔아 뭉개며 멈췄던 거예요. 그 순간 타이어가 제 눈앞에서 터졌어요.

그 요란한 소리가 제 귀청을 찢을 때도 저는 타이어가 터졌다고 생각했어요. 형의 놀란 두 눈이 원래 자리를 이탈해 제 얼굴로 터져 나오던 순간에도 저는 타이어가 터졌다고 생각했어요. 그리고 형의 머리가 타이어에 뭉개지며 시뻘건 핏덩이로 터져 나오던 순간까지도 저는 타이어가 터졌다고 생각했죠. 사실 타이어가 터진 건 아니었어요. 형의 머리가 타이어에 눌리며…… 터진 거죠.

뻥!

사람들이 제 주위를 에워쌀 즈음 저는 비명을 지르고 있었죠. 제 비명에 제가 놀랄 만큼 크고 날카로운 소리였어요. 비명을 지르고, 놀라고, 더러는 구토까지 하는 사람들도 있었죠. 그러다 전기 나가듯 픽 하는 소리가 고막에서 나는가 싶더니 모든 소리가 뚝 그쳤어요. 제가 지르던 비명소리도, 사람들의 외침도, 웅성거림도, 모든 소리들이 '음소거'한 텔레비전처럼 완전히 사라졌어요. 어항 속 금붕어들처럼 입을 뻐끔대며 사람들이 연신 제게 뭐라 말했지만 하나도 안 들렸죠.

그 순간부터 제 귀는 어떤 소리도 들을 수 없게 되었어요. 저도 모를 일이에요. 제가 왜 귀머거리가 되었는지……. 의사들은 고막이 손상되었단 사람도 있었고, 정신적 충격이 너무 커서 무의식적으로 소리를 거부한단 사람도 있더군요. 하지만 제 청력을 되살리는 데 성공한 의사는 없었어요. 뭐, 업보일지도 모르죠. 착한 형

죽게 한 업보. 그렇게 전 '음소거' 된 세상을 살게 된 거죠.

물론 형 죽은 거에 대한 죄책감이 없는 건 아니었어요. 그런데 그보다 더 컸던 건 '그때 그 트럭 바퀴가 형의 머리 위에서 멈춘 게 얼마나 다행인가, 조금만 더 미끄러졌어도 큰일났을 텐데.' 하는 안도감이었어요. 한편으로는 모든 사건이 내 장난기 때문에 일어난 일이란 걸 나 말고 누가 알게 되면 어쩌나 하는 불안감도 있었죠.

아무튼 그런 일이 나 말고 형한테 일어났다는 사실이 마음속 음습한 곳에 자리 잡은 사악한 이기심을 만족시켰고, 비록 귀가 안 들리게 되었을지언정 머리가 터진 것보다는 나은 일이라는 치졸한 안도감이 저를 죄책감에서 해방시켰죠. 물론 지금이야 차라리 형의 자리에 내가 있었더라면 하고 후회하고 있긴 하지만요.

그렇게 몇 년이 흘렀어요.

다행히 아무도 저에게 그날 일에 대해 추궁하지 않았어요. 오히려 형의 터진 머리를 뒤집어써야 했던 저를 위로하고 감싸 주었죠. 저도 그날 일로 무척 큰 상처라도 입은 양 행동했거든요.

사건이 난 한 해 동안 학교를 일 년 쉬고, 그 다음 해부터 특수 학교에 다녔어요. 지금 사용하는 독순술도 그때 배운 거고요. 다행히 선천적인 귀머거리가 아니라서 남들보다 더 빨리 독순술을 익힐 수 있었죠. 학교를 졸업할 즈음에는 귀가 먹었다는 걸 제가 밝히지 않는 한, 아무도 귀머거리란 걸 알아채지 못할 정도였죠.

듣지 못한다는 불편 외에 다른 애로 사항은 없었어요. 오히려 모든 잡음이 사라진 고요 속에 살다 보니, 마음이 차분해지고 평화롭기까지 하더군요. 세상과 동떨어진 평화랄까요. 더러는 그런 평화를 즐기기도 하면서 살았죠. 악다구니 써 가면서 소음 속에 사는 사람들을 보면 되려 안쓰러울 정도였다니까요.

그 평화가 깨진 건 제가 열다섯 살이 되던 핸가, 원래 부양하던 큰아버지 사업이 부도가 나서 거처가 마땅치 않게 된 친할머니가 저도 돌볼 겸 우리 집에 들어와 사시게 되고 이 년이 지나서였을 거예요.

할머니는 그해 여든이 넘으신 연세였는데도 별다른 노환도 없이 정정한 분이었죠. 게다가 형이 죽고 귀까지 먹은 저를 무척이나 귀애하셨죠. 할머니는 사골을 푹 고아 끓인 우거짓국을 자주 해 주셨는데, 그 구수한 맛은 아직도 잊혀지지 않네요.

할머니는 학교를 마치고 돌아온 저에게 사골 우거짓국을 사발 가득 담아 상을 차려 주시고 그걸 먹는 저를 상 너머로 넌지시 바라보시곤 했죠. 그 고즈넉한 분위기가 전 참 좋았어요.

그런데 그날, 여느 때처럼 사골 우거짓국을 먹고 상 너머에 할머니가 앉아 계시던 그날 오후 제 귀에 어떤 미세한 소리가 들리기 시작했어요.

처음에는 환청이 아닌가 싶을 만큼 미미한 소리였어요.

비닐봉지가 바스락거리는 소리 같기도 하고, 가방 같은 게 바닥에 살짝 끌리는 소리 같기도 했어요. 너무 미미했기 때문에 사실 어떤 소리인지 분간할 수 없었죠. 하지만 소리가 들렸다는 것만은 분명했어요. 귀가 먹은 후 몇 년 동안 소리가 들린 건 처음이었거든요. 물론 귀가 먹었기에 다른 감각이 훨씬 예민해진 건 사실이지만, 청각이 감지하는 소리는 단 한 번도 들리지 않았으니까요.

저는 할머니에게 무슨 소리가 들리시지 않냐고 여쭤 봤어요. 할머니는 한동안 귀를 기울이시는 것 같더니, 옆집 개가 짖는 소리 말이냐고 물으시더군요. 옆집에 누가 찾아왔는지 개가 짖어 댄다고. 아니었어요. 저한테 개 짖는 소리는 전혀 들리지도 않았거든요. 그게 아니라고, 그 소리 말고 다른 소리는 안 들리시냐고 재차 여쭈니, 할머니는 그거 말고는 아무 소리도 안 들린다고 하시며, 우리 애기 귀가 이제 나으려고 그러나 보다며 좋아하시더군요.

그 일이 전혀 좋아할 일도, 반길 일도 아니었다는 건 얼마 후에 알게 되었지요."

"그날 저녁 무렵에 소리가 다시 들리기 시작했어요. 이번에는 좀 더 또렷했어요. 하지만, 여전히 무슨 소리인지는 불분명했어요. 아무리 귀 기울여 봐도……. 잠결에 들리는 사람 목소리 같기도 하고 여러 사람들이 낮게 웅성대는 소리 같기도 했어요. 하수구 속에 가득 찬 설치류들이 바글대는 소리 같기도 하고 점액질의 공장 폐수가 구물구물 흘러 내려가는 소리 같기도 했죠. 분명한 건 결코 듣기 좋은 소리는 아니란 거였죠.

소리는 집 주위에서 들려왔어요. 대문 쪽에서 나는가 싶으면, 옆집과 붙은 벽 너머에서 났죠. 잠깐 들리는가 싶으면 금방 사그라져서 종잡을 수 없었죠. 하지만 날이 갈수록 소리는 좀 더 빈번하게 들리고 좀 더 커졌어요.

그리고 좀 더 가까이에서 들렸죠.

소리들은…… 먹이를 포위하고 야금야금 포위망을 좁혀 들어오는 육식동물 떼 같았어요. 결코 서두르거나 조급하게 확 달려들지 않고 점점 강도와 빈도를 높이며 집으로 스멀스멀 기어 들어

왔죠.

소리들이 마당까지 기어들 즈음 저는 무척 불안해졌어요.

집안 식구들 중 누구 하나 그 소리들을 들은 사람이 없었거든요. 아무에게도 안 들리는, 아니 아무도 못 듣는 소리를 저 혼자 듣고 있다고 생각하니 더 불안하고 무서웠죠. 그런 기분 아시죠? 모두가 텔레비전을 보고 있는 대낮에 혼자 낮잠을 자다가 가위에 눌리는 기분. 식구들은 웃고 떠드는데, 그걸 다 들으면서도 몸 하나 까딱할 수 없는 무력감과 두려움. 소리들이 다가옴에 따라 그런 기분이 점점 농도를 더해 갔어요. 그래서 가위 눌린 상태에서 몸을 움직이려 애쓰듯, 소용없는 일인 줄 뻔히 알면서도 그 소리들에 대해 부모님께 말씀을 드렸죠.

물론 반응은 한결같았어요. 우리 새끼가 귀가 다시 들리려나 보다, 남들한테 안 들리는 소리가 다 들리는 걸 보니……. 뭐 그런 정도였죠. 모두들 그걸 대수롭지 않게 여겼어요.

하지만 소리들은 분명 있었어요. 그날 밤 저는 분명히 들었어요. 식구들은 모두 세계 타이틀이 걸린 권투 경기를 보고 있었고, 저는 불안한 마음으로 화면을 보고 있었지만, 신경은 온통 그 소리들이 언제 나타날지에 쏠려 있었죠. 그날 경기가 아마 장정구의 타이틀매치였을 거예요. 구라모치 다다시라는 일본 선수를 맞아 시쳇말로 소나기 펀치를 퍼붓고 있었고, 피가 튀고 눈두덩이 부어오른 구라모치 다다시의 다리에 힘이 풀리는 것과 비례해 부모님도 열광하고 있었어요.

물론 귀가 먹은 저에게 그 모든 광경은 그저 소리를 제거한 무성영화처럼 보일 뿐이었죠. 다만 귀가 먹으면 다른 신경이 굉장히 예민해지는데, 그중에서도 예민해진 후각이 부모님의 몸에서 뿜어져 나오는 동물적인 공격성을 짙은 냄새로 감지하고 있었죠. 그때 방문 너머로 누가 들어오는 소리가 났어요. 돌아보니, 방문은 그대로 닫혀 있더군요. 소리는 멎어 있었고요. 저는 한동안 방문을 바라보다 다시 텔레비전으로 시선을 옮겼어요. 한데 이번에는 천장에서 소리가 슬그머니 얼굴을 들이미는 것이었어요. 천장을 올려다보았을 때는 이미 소리는 사라졌더군요. 그렇게 식구들이 권투 경기에 신경이 쏠려 있는 동안 소리들은 슬쩍 방문을 넘어왔다 슬그머니 꽁무니를 빼기도 하고, 벽면에서 불쑥 얼굴을 내밀었다가 다시금 사라지길 반복했어요.

분명한 소리들이었어요. 하지만 들으면 들을수록 느낌이 왔어요. 일반적인 소리와는 관계 없는 종류의 것들이라는. 그들……이라고 표현하면 웃으실지 모르겠습니다만, 아무튼 '그들'은 아까도 말씀드렸지만, 떼지어 몰려다니는 육식동물들을 연상시켰어요. 왠지는 모르겠지만, 굉장히 불쾌하고 굉장히 소름 끼치는, 게다가 다분히 공격적인 기미까지 느껴지는, 그래서 다시 듣고 싶지 않은 소리들이었거든요. 그 소리들만 들으면 소변이 마려웠어요. 정확히는 오금이 저려 오는 거였죠. 듣고 싶지 않았지만 귀를 막아도 들렸어요. 그렇게 그들은 살아 있는 육식동물 떼처럼 우리 집에 발을 들여놓고 있었죠.

마침내 그들이 방 안으로 들어왔어요. 그리고 식구들 주변을 빙빙 맴돌기 시작했어요. 나에게 다가와 한동안 뭔가를 살피는 듯 맴돌더니, 아버지, 어머니, 그리고 할머니 주변을 차례로 맴돌았어요. 저는 꼼짝도 못하고 그들의 움직임을 감지하고 있었어요.

그리고 그들은 할머니 주변을 감싸고 맴돌기 시작했어요. 슬그머니 할머니의 등 뒤에 나타났다가 할머니의 옆구리를 스치고 지나기도 했죠. 저는 조심스레 다가가 할머니께 그 사실을 귓속말로 말씀드렸어요. 하지만 할머니는 오히려 제가 안쓰럽다는 듯이 머리를 쓰다듬을 뿐이었어요. 저를 쓰다듬는 할머니의 손목을 또 그들이 스쳐 지나갔어요.

할머니가 앓아 누우신 건 그 다음 날 아침부터였어요. 모두들 노환이라고 생각했죠. 하지만 저는 그들 때문이라는 걸 알았어요. 당시 할머니 방은 벽 하나를 두고 제 방과 맞붙어 있었는데, 그들이 연신 할머니 방에서 들려왔거든요. 점점 그들은 기세가 거세어졌고, 어느 땐 육식동물들이 먹이의 신경을 공포심으로 마비시키기 위해 내지르는 듯한 굉음도 들려왔어요. 저는 벽 너머의 그들 때문에 밤에도 잠을 이룰 수 없었어요. 하지만 그렇다고 그들과 함께 있는 할머니께 가서 뭔가를 해 드릴 수 있는 것도 아니었죠. 저는 사실 그들이 나에게도 옮아 붙을까 봐 겁을 집어먹은 상태였거든요.

어떨 때 그들은 사람들의 목소리도 냈어요. 사람들이 와글거리는 소리 같기도 하고, 여러 명이 혼잣말을 중얼대는 소리 같기도 했어요. 실체가 도대체 뭔지, 그들이 왜 나타난 건지, 그들의 목적이 뭔지는 알 수 없었지만, 날이 갈수록 정도를 더해 가는 것만은 분명했죠. 부모님이 할머니를 모시고 병원을 갈 때에도 그들은 집요하게 할머니의 등에 붙어 와글거리고 있었으니까요. 그리고 부모님이 제사 때문에 집을 비운 날 밤 절정에 달했어요.

그날 집에는 저와 할머니뿐이었어요.

할머니는 방에 누워 계셨고, 저는 그들 때문에 잠 못이루고 이불을 뒤집어쓴 채 제 방에 웅크리고 있었어요. 겁이 나서 부모님께 따라가겠다고 졸라 댔지만, 부모님은 한사코 혹시 모르니 너는 남아서 할머니를 돌봐 드려야 한다며 떼어 놓고 가셨어요.

그들은 점점 커졌어요.

저는 귀를 감싸 쥐고 일어나 앉았어요.

뭔가 일이 터질 것 같았어요.

별안간 그동안 들려왔던 모든 소리들이 뒤엉키며 할머니 방에서 소용돌이쳤어요.

어느 순간에 그들은 육식동물들이 사냥한 먹이의 육질을 날카로운 이빨로 찢어 내는 소리도 냈어요.

저는 귀를 감싸 쥐고 비명을 질렀어요.

그들이 귀청을 찢을 듯 굉음을 내던 순간, 폭발하는 소리가 들렸어요.

뻥!

예, 바로 그날 형의 머리가 터지던 순간 들려왔던 소리였죠.

그리고 그들은 사라졌어요.

벽에 귀를 대 보았지만 아무 소리도 들리지 않았어요. 예전의 '음소거' 상태 그대로였죠. 그들이 무슨 짓을 했는지 모를 일이었지만, 뭔가 일이 터진 것만은 분명했어요. 저는 살금살금 방문을 열고 나갔어요. 그리고 할머니의 방 문 앞에 섰어요. 방문 앞에 서긴 했는데 도저히 그 문을 열 엄두가 안 나는 거예요. 방문 너머에 도대체 무엇이 있는지, 할머니에게 어떤 일이 생겼는지, 궁금하면서도 한편으로는 겁이 나서요. 제가 떨고 있다는 것도 용기 내어 손을 방문 손잡이에 갖다 대다 부들거리는 제 손을 보고서야 알았죠. 저는 심호흡을 한 번 했어요. 그리고 할머니의 방문 손잡이를 잡았어요. 차가웠어요. 팔뚝에 소름이 돋았죠.

이를 악물고 저는 할머니 방문을 열었어요.

할머니의 방문을 열어제치는 순간, 온통 피바다가 된 방에서 형의 머리처럼 터져 버린 할머니의 머리가 눈에 들어올 것만 같았어요. 하지만 그건 어디까지나 제 상상이었죠. 정작 제 눈에 들어온 건 눈을 감고 누워 계시는 할머니의 모습이었어요. 한데 이상하게도 할머니는 입을 쩍 벌리고 계셨어요. 얼굴에 혈색도 돌지 않더군요. 창백하다기보단 푸르스름했어요.

'할머니.'

불러도 할머니는 눈을 뜨지 않았어요. 왜 그랬는지, 저는 할머니가 눈을 뜨지 않기를 빌었어요. 할머니가 눈을 뜨면 오히려 저한테 더 무서운 일이 일어날 것 같았거든요.

'할머니.'

다가가서 어깨를 살며시 흔들며 불러 보았지만 마찬가지였어요. 할머니는 숨을 쉬지 않으셨어요. 어디선가 본 대로 코에 손을 대 보고 맥도 짚어 봤지만, 숨결도 맥도 느껴지지 않았어요. 할머니는 돌아가신 거였어요.

상을 치르면서 어른들은 호상(好喪)이라고들 하더군요. 하긴 그렇죠. 내내 정정하시다 며칠 앓고 조용히 돌아가셨으니까요. 물론 제가 겪은 바로는 전혀 아니었지만요. 그때부터 저는 그들의 존재를 확신하게 되었어요. 환청도 아니었고, 귀가 다시 들리려는 징후도 아니었죠. 그들은 그저 저한테만 들리는 사람 잡는 소리였어요. 그 새끼들이 어디서 오고, 왜 저한테만 들리고, 왜 사람 목숨을 뜯어먹는지 저는 몰라요. 알고 싶지도 않고……. 하지만 그렇다고 지랄 맞은 그 소리들이 안 들리는 건 아니었어요. 오히려 그날 이후로는 더 자주, 더 크게 들렸죠.

두 번째로 그들을 접한 건 몇 년 후 거리에서였어요.

멀찌감치 사십 대 후반의 아줌마가 머리에 보따리를 이고 걸어오고 있었죠. 그 아줌마가 가까워짐과 동시에 그들이 아줌마를 뒤따라오는 게 들리는 거예요. 그래요. 그들은, 그 아줌마를 뒤따라오고 있었어요. 워낙 맹렬한 속도여서 제가 주춤주춤 뒤로 꽁무니를 뺄 정도였죠. 마침내 그들이 아줌마의 등을 덮치는 순간, 돌연 그 아줌마가 차도로 내려가 무단횡단을 하는 거예요. 그 아줌마의 표정을 보셨어야 해요. 무슨 넋 나간 사람 같았죠. 외국 애들 영화에서 좀비란 거 나오죠? 죽었다가 되살아나서 사람 먹는 놈들. 꼭 그 표정이었어요. 그런 표정으로 아줌마가 차도로 나가서 차가 오든지 말든지 상관 않고 건너는데, 차들은 난리였죠. 비껴 가면서 욕하고, 경적 울려 대고. 그래도 아줌마는 막무가내더군요. 놈들이 아줌마 몸을 휘감고 맴돌며 요동치고 있었죠. 그러다 용케 중앙선을 넘나 싶었는데, 빵 하는 소리가 나더니 아줌마의 몸이 공중에 붕 떠올랐어요. 마주 오던 승용차에 치인 거죠. 한 오 미터는 족히 날았을 거예요. 금방 구경꾼들 몰려들고, 저도 횡단보도를 건너서 쓰러져 있는 아줌마를 보았는데, 겉으로 보기에는 한 군데 긁힌 자국 없이 깨끗했어요. 다만, 얼굴이 밀가루 뒤집어쓴 것처럼 새하얗고 입은 쩍 벌어져 있더군요. 숨은 끊어진 상태였죠.

그들이 언제 누구를 덮칠지 모르는 일이었죠. 다가오는 속도나 강도도 제멋대로였어요. 십 년 전인가, 저와 맞선을 본 여자한테 서는 정말 날 듯 말듯 미세하게 그들의 소리가 들렸어요. 여자가 목을 매단 건 일 년 후의 일이었지요.

그리고 부모님에게 일이 터졌을 땐 더 심했어요. 그날 저와 부 모님은 교외로 나들이를 나가고 있었어요. 아버님이 차를 몰고, 저는 조수석에 앉고, 어머니는 뒤에 앉아 계셨어요. 그들이 들리 기 시작한 후로 저는 어지간해서는 바깥출입을 꺼렸지만, 그날은 깨끗했어요. 아버지나 어머니한테서도 전혀 그들의 낌새가 느껴 지지 않았고, 주변도 아주 조용했거든요.

약간 망설이다 저는 차에 올랐어요. 아버지는 소싯적에 택시 기 사까지 하셨던, 운전에서는 베테랑이라면 베테랑이셨거든요.

볕도 좋고 바람도 좋은 날이었어요. 2차선 국도로 들어서니 마 음이 정말 평온해지더군요. 저에게는 들리지 않았지만, 아버지는 카스테레오에 김세레나 베스트 앨범을 넣고 들으시면서 핸들을 잡은 손으로 까딱까딱 장단을 맞추고 계셨고, 어머니는 뒷자리에 서 잠이 드셨더군요. 목적지는 얼마 남지 않았고, 그 순간 위험 요 소라고는 아무것도 없었어요.

한데 갑자기 그들이 들리기 시작했어요. 그것도 엄청 빠른 속도 였어요. 그들은 마주 달려오고 있었죠. 그들은 마주 오던 덤프트 럭에 붙어 있었어요. 정확히는 덤프트럭을 운전하는 운전사에게 붙어 있었죠. 저는 아버지에게 경고해 주려고 했어요. 하지만 이 미 덤프트럭은 우리가 탄 차 앞으로 이백 미터도 떨어져 있지 않 은 상태였어요. 그렇다고 중앙선을 침범한 것도 아니어서 아버지 가 위험을 느낄 이유는 전혀 없었죠. 그들…… 저한테만 들리는 그 새끼들만 아니었다면 말이죠. 아버지한테 모든 걸 설명하기엔 너무 여유가 없었어요. 아버지가 그걸 믿어 줄 리도 없었고요. 머뭇거리는 사이, 그들은 한 백 미터 앞까지 다가와 있었어요. 그런 상황에서 제가 뭘 할 수 있겠어요. 억지로라도 브레이크를 밟게 해 차를 멈출 수는 있겠지만 트럭이 들이받으면 끝이죠. 저는 끝내 차문을 열고 차 밖으로 뛰어내렸어요. 도로변 언덕 밑으로 굴러 떨어지면서 얼굴이 찢어져서 마흔 바늘 넘게 꿰매고 팔까지 부러져서 깁스하는 부상을 입었지만, 그땐 다친 줄도 몰랐어요. 그나마 아버지가 속도를 내지 않았기에 살았죠. 물론 운도 따랐고요. 그리고 그 바로 직후에 엄청난 굉음이 들렸어요.

빵!

여태껏 들었던 것 중에 가장 크고 끔찍한 소리였죠. 언덕 위로 버르적거리며 올라와서 보니, 갑작스레 중앙선을 넘은 덤프트럭이 아버지가 몰던 차와 정면충돌해 있더군요. 불과 저한테서 십 미터도 안 되는 거리였어요. 발로 밟은 맥주 깡통처럼 찌그러진 차체 밑으로 피가 줄줄 흘러내리는 것까지 똑똑히 보였으니까요.

그 소리.

빵 하는 그 소리만이 귓속에서 계속 맴돌았어요. 그들이 목숨을 터뜨리는 소리. 다른 소리는 전혀 안 들렸지만 항상 그들이 슬금슬금 다가오는 소리는 소름이 돋을 만큼 생생하게 들렸고, 그들이 생명을 종결짓는 그 소리는 정말 귀청을 산산이 조각낼 듯 엄청난 기세로 귓속으로 파고들곤 했어요. 그날은 그중 제일 심했고요. 부모님도 트럭 운전사도 즉사했죠. 선생님은 제 말을 믿으실 수 있으십니까?"

그는 나에게 물었다. 그러나 나는 선뜻 대답하지 못했다. 사내의 말만 들어서는 분명 헛소리였지만, 그의 표정과 어조는 절박하리만큼 진지했기 때문이다. 어느새 버스는 서울 톨게이트로 접어들고 있었다. 망설임 끝에 '글쎄요.'라고 대답하려는데 갑자기 사내가 얼굴을 일그러뜨리며 내 손을 콱 움켜 쥐었다.

"선생님, 부탁합니다. 절 좀 살려 주세요."

그 전까지 비교적 평온을 유지하던 사내가 갑자기 이성이 흔들리는 모습을 보이기 시작했다.

"지금 저한테 무슨 일이 일어나고 있는 줄 아십니까? 그들이…… 그 개새끼들이 제 주변을 맴돌기 시작했다 이겁니다. 하이에나 떼처럼 슬금슬금. 서두르지도 않고, 도망가면 바로 따라오지도 않아요. 그런데 좀 지나면 이것들이 또 제 주위에 와 있는 거예요. 사람 환장한다니까요. 어딜 가도 절 따라와요. 이제 전 어떡하죠? 어떡해야 저 새끼들을 쫓아 버릴 수 있죠?"

나는 당황했다. 사내는 눈을 이리저리 굴리며 내 손을 붙들고 떨었다. 그런 모습을 본 적이 있었다. 예전에 학생운동을 하다 고문을 받고 불구가 된 외삼촌이 그랬다. 보이지 않는 그림자들에 둘러싸인 듯 팔을 휘휘 저으며 공포에 떨다 외삼촌은 끝내 이부자리에 오줌을 지리곤 했다. 사내는 더 심했다. 발작 직전의 정신병자 같았다.

"그들이 서울까지 절 따라올까요? 못 따라오겠죠? 왜냐하면 전 그들을 들을 수 있거든요. 그들이 달려들면 도망가면 되거든요. 세상 끝까지. 아니면 우주 끝까지 가면 되는 거예요. 안 그래요? 헤헤……."

사내는 히죽댔다. 사내는 이성을 잃어 가고 있었다. 그리고 보이지 않는 사방의 적들을 향해 의기양양하게 소리치기 시작했다.

"개새끼들아, 네놈들이 날 잡을 수 있을 거 같아? 병신…… 개 좆 같은 새끼들아, 평생 쫓아다녀 봐라. 잡을 수 있나…… 헤헤……."

버스 안 승객들의 눈이 모두 사내에게 쏠렸다.

"니미, 버스 혼자 전세 났나…… 아가리를 확 꿰매 버릴까 보다……."

앞쪽에서 돌아보며 제법 살벌한 항의를 하는 청년도 있었다. 그러나 사내는 아랑곳하지 않았다. 그러다 갑자기 웃음을 그쳤다. 사내의 얼굴이 굳어졌다. 그리고 하얘진 안색으로 나에게 물었다.

"선생님, 들리세요? 안 들리세요? 놈들이 저만치 와 있어요."

사내는 버스 뒤편을 가리켰다. 그러나 사내가 가리킨 곳은 빈 좌석이었다.

"야이 개새끼들아, 절루 안 가? 절루 가! 안 가?"

사내는 발길질까지 해 가며 입에 거품을 물었다.

"이런 개 같은 새끼들이 어딜 붙어! 뒈지려고…… 씹할, 안 떨어져? 안 떨어져? 으아아아아……."

사내는 벌떡 자리에서 일어나 미친 듯이 온몸을 양손으로 털어댔다. 보이지 않는 벌을 상대로 퍼포먼스라도 벌이는 듯한 모습이었다.

"형? 형이야? 형, 나 좀 살려 줘. 형, 나 죽어! 이 새끼들이 나한테 붙었어! 뭐? 야, 이 미친 새끼야, 네 대가리 터진 게 내 탓이야? 으아아아…… 들어오지 마! 안 돼! 들어오지 말라고오……."

사내는 귀를 막고 비명을 지르며 내 위로 고꾸라졌다. 입에서 게거품이 흘러나왔다. 목에 선 핏줄이 금방이라도 터질 듯 부풀어 있었다.

"형! 들어오지 마! 혀엉! 제발 들어오지 마! 끄윽……."

그 순간 나는 보았다. 사내의 두 눈이 뒤집히며 충혈되는 것을. 그리고 온 얼굴과 머리의 혈관들이 쭉쭉 부풀어 올라 툭툭 붉어지는 것을.

사내는 관자놀이를 감싸 쥐며 목청이 터져라 외쳤다.

"혀어어엉!"

그 순간 사내의 두 눈알이 나에게 터져 나왔고, 그와 거의 동시에 사내의 머리가 내 눈앞에서 폭발했다.

빵!

그 순간까지 사내의 머리를 구성하고 있던 피부와 근육과 두개골과 뇌수가 단번에 핏덩이로 터져 나와 내 온몸을 뒤덮었다. 그날 내가 마지막으로 기억하는 것은 머리가 터져 버렸는데도 미친 듯이 버둥대는 사내의 수족들이었다.

대뇌 과다 전류.

의사들은 말했다. 사내는 전 세계적으로도 매우 희귀한 '대뇌 과다 전류'라는 현상 때문에 죽었을 뿐이라고.

우리는 의식하지 못하지만, 사람 몸에는 미세한 전류가 늘 흐르고 있다고 했다. 그 전류가 지나치게 신경을 많이 쓸 때, 순간적으로 대뇌에 몰리면서 두개골에 강한 전압을 가해서 대뇌와 두개골이 폭발하는 현상이며, 세계적으로 몇 건이 보고된 적이 있다고 했다. 그리고 그들은 덧붙였다.

지극히 드문 현상이니, 그런 일이 나에게도 일어날 것이라고 불안해할 필요는 없다고.

나도 그들의 말을 믿고 싶었고, 믿으려고 했다.

정확히 말하자면, 사내의 머리가 내 눈앞에서 폭발한 후 한동안은 믿었다.

솔직히 사내의 말을 곧이곧대로 믿은 건 아니었지만, 막상 그런 일이 내 눈앞에서 벌어지고 나니 사내가 죽기 전 말했던 모든 일들이 사실처럼 느껴지긴 했다. 그러나 그때까지만 해도 그런 느낌들은 사실적이고 잔인한 고어(Gore) 영화를 봤을 때의 살 떨리는 혐오감이었을 뿐이다. 적어도 그때까지는 그런 일들이 사내에게 일어난 일들이지, 나와는 전혀 상관 없는 일이었던 것이다.

버스의 많은 승객들이 구토를 하고 기절을 하는 와중에도 나는 비교적 침착했다. 앰뷸런스가 도착하고, 응급실로 실려 가 간호원들이 소독된 솜으로 얼굴과 목 등을 닦아 주는 와중에도 나는 냉정하게 내 귀의 이상 유무부터 확인했다. 그러나 사내처럼 머리가 터지는 광경을 목격한 후 귀가 들리지 않거나, 그가 말하던 '그들'의 소리가 들리지는 않았다.

살다 보니 별일이 다 있구나 싶을 정도였지, 나에게 그 일은 대단한 일이 결코 아니었다.

앞서 이야기했듯 그건 어디까지나 사내의 불행이지 나의 불행은 아니었던 것이다. 신체, 특히 귀에 이상이 없다는 진단을 받은 후 경찰서에 가서 목격한 걸 진술하면서도 나는 목소리 하나 떨리지 않고 담당 형사의 질문에 대답할 수 있었다.

사실 사람이 죽는 광경을 본 건 그때가 처음이었다. 중학교 시절 돌아가신 할아버지를 본 적은 있었다. 그러나 사내의 경우처럼 바로 눈앞에서 신체가, 그것도 머리가 산산이 폭발하면서 죽는 걸 겪은 건 처음이었다.

일 주일이 지나자 나는 예전의 평온을 되찾았다. 술자리에서 농을 섞어 그 경험을 이야기할 정도였다. 그러니까 그들을 처음으로 듣게 된 날, 나는 대학 동창들과 오랜만에 술자리를 가졌고, 고속버스에서 겪은 일들을 얘기했다. 내가 너무 태연히 이야기해서 친구들이 나의 말을 실없는 소리로 오인할 정도였다. 모든 게 실제로 일어난 일이었음을 수긍하게 된 후에도 그들은 그저 농을 던질 뿐이었다.

"야, 진짜 그 사람은 박 터져서 죽었네. 나도 마누라랑 박 터지게 싸우지 말아야지."

"근데 사람 머리 터진 게 진짜 영화에서랑 똑같냐?"

똑같지는 않았다. 오히려 더 비현실적이었다. 가장 선명한 건 뜨뜻미지근한 감촉이었다.

"기념으로 한 덩이 갖다가 냉장고에 넣어 두지 그랬냐."

"야, 그랬다가 마누라가 선진 줄 알고 해장국 끓여 줄라……."

그들의 농담들도 왠지 비현실적이었다.

2차까지 이어진 술자리에서 나는 많은 양의 술을 마셨지만, 그다지 취하지는 않았다. 정말이었다. 그런 날이 있는 법이다. 많이 마실수록 취기는 오히려 달아나는.

술집에서 나왔을 때는 새벽 두 시가 넘은 시간이었고, 친구들은 모두 취해 있었다.

"야, 노래방 가자! 3차는 내가 쏜다!"

한 친구가 호기 좋게 소리쳤으나 나는 더 이상 거기에 함께하고 싶은 생각이 들지 않았다. 노래라기보다는 소음에 가까운 발악을 들으며 내 귀를 혹사시켜야 할 게 뻔했기 때문이다.

"미안, 나 술이 과한 것 같다. 내일 일찍 잡지사 편집 회의도 있고……."

"야, 지난번 대갈빡 폭발 사건 충격이 너무 컸나 보네?"

대학 때부터 이죽거리기가 취미였던 동기 녀석이 신경을 건드렸지만, 나는 그저 웃으며 그들과 헤어졌다.

거기서 내가 사는 아파트 단지까지는 걸어서 십 분이면 넉넉한 거리였다. 인적이 끊어져 가는 밤거리를 나는 혼자 걸었다. 인도의 늘어서 있는 플라타너스 나무가 바람에 으스스 머리채를 떨 때마다 묘하게 소름이 돋는 밤이었다. 일이 분쯤 걸었을 때 나는 누군가 뒤를 따라오고 있다는 느낌이 들었다.

뒤를 돌아보았다. 보이는 건 인도에 나뒹구는 쓰레기들과 이따금씩 미친 속도로 차도를 질주하는 자동차들뿐이었다. 기분 탓인지도 몰랐다. 하긴 워낙 천성이 냉정했기에 망정이지, 심약한 사람이 겪었다면 수개월간 정신과 치료를 받아도 시원찮을 사건을 불과 일 주일 전에 겪지 않았던가. 그때 드러나지 않고 내면에 깊이 감추어져 있던 공포감이 인적이 드문 밤거리에서 불거져 나온 것일 수도 있었다. 나는 다시 잰걸음을 걷기 시작했다. 저 멀리 아파트 단지가 보였다. 집이 머지않았다. 저만치 도둑고양이 한 마리가 어느 건물 앞에 내놓은 오십 리터들이 쓰레기봉투를 뒤지고 있었다. 요즘 들어 부쩍 도시에 도둑고양이들이 많이 눈에 띄었다. 어디서 무얼 주워 먹고 사는지는 몰라도 그것들은 하나같이 고양이가 아니라 고양이의 가죽을 쓴 돼지로 여겨질 만큼 비대했다. 게다가 사람을 전혀 무서워하지 않았다. 내가 쓰레기봉투 곁을 지날 때에도 쓰레기를 뒤지다 잠시 동작을 멈추었을 뿐, 내가 그냥 지나치자 다시 쓰레기봉투를 발톱으로 헤집고 주둥이로 뒤적거리기 시작했다. 와글거리며.

이상했다. 뭔가 와글대는 소리가 쓰레기봉투를 뒤적이는 고양이에게서 들려왔다. 나는 뒤를 돌아보았다. 고양이는 동작을 멈추고 나를 바라보고 있었다. 한데 그 와글거리는 소리는 여전히 그치지 않고 들려왔다. 바로 그 고양이에게서.

고양이는 나를 바라보며 이상한 소리를 냈다. 여러 사람이 낮은 목소리로 수군거리는 소리 같기도 했고, 비닐봉지나 비료 포대 따위가 바닥에 끌리며 부스럭거리는 소리 같기도 했다. 포식자를 경계한 날벌레가 조심스레 우는 소리 같기도 했고, 소리를 잔뜩 줄여둔 텔레비전에서 흘러나오는 소리 같기도 했다.

고양이는 서서히 나에게 다가왔다. 그 이상한 소리를 내며 사뿐사뿐 나에게 다가오는 고양이를 바라보며 나는 마네킹처럼 굳어졌다. 아무런 사고 활동도 할 수 없었다.

"진짜네……. 진짜 있네."

나는 오디션을 보는 신인 배우처럼 어색하고 뻣뻣하게 그 말을 중얼거리고 있었다. 고양이는 내 앞에 와 섰다. 나를 빤히 올려다보며. 누군가 그 모습을 보았다면 그저 굶주린 도둑고양이가 행인에게 먹이를 구걸하는 정도로밖에 이해할 수 없었겠지만, 그건 고양이가 아니었다. '그들'이었다.

갑자기 고양이가 입을 쩍 벌렸다.

"케에에……"

목을 뒤틀며 괴로워하는 고양이의 온몸을 덮고 있던 털이 곤두섰다.

그리고 다음 순간 고양이의 머리가 풍선처럼 부푸는가 싶더니 터졌다.

뻥.

그게 끝이 아니었다. 머리가 핏덩이로 사라진 후에도 버르적거리는 고양이의 몸통에서 빠져나온 그들은 점점 나에게 다가왔다. 여기서 죽을 수 없다는 생각이 비로소 들었다. 나는 이를 악물고 떨어지지 않는 걸음을 떼어 옮기기 시작했다. 그들이 나의 뒤를 쫓는 게 들렸다. 귀를 틀어막았다. 그러나 그들은 사라지지 않았다. 내가 사는 아파트에 들어설 때까지 나는 전력 질주를 했다. 그러나 그들 역시 맹렬한 기세였다. 그들은 간발의 차로 나를 뒤쫓았다. 아파트에 들어서며 계단 모서리에 정강이를 호되게 부딪혔는데도 아픈 줄 몰랐다. 엘리베이터 앞에 이르러 나는 버튼을 미친 듯이 눌러 댔다. 그러나 엘리베이터는 8층에서 움직이지 않고 있었다. 누군가 엘리베이터를 붙들고 있는지도 몰랐다. 또 하나의 엘리베이터는 '수리 중'이라는 팻말이 입구를 가로막고 있었다. 그들이 아파트에 이르러 잠시 맴을 돌고 있었다. 마침내 엘리베이터가 하강하기 시작했다. 7층. 그들은 아파트를 서서히 맴돌며 여유를 부렸다. 6층. 소용없는 일인 줄 알면서도 나는 버튼을 부술 듯 두드렸다. 5층. 아파트를 맴돌던 그들이 180도를 돌아 반대편 출입구에 나타났다. 4층. 어떻게 해야 하나. 그들의 존재를 뻔히 알면서도, 그들이 어떤 일을 저지를지 뻔히 알면서도 어찌 할 방도가 도무지 없었다. 3층. 이마를 흐르는 식은땀이 느껴졌다. 2층. 그들이 조심스럽게 나에게 다가왔다. 1층.

팅!

엘리베이터 열리는 소리가 마치 구세주가 재림하는 소리처럼 느껴졌다. 내가 재빨리 엘리베이터에 오르고 엘리베이터가 올라가기 시작하자, 그들은 닭 쫓던 개처럼 멀어져 갔다. 그제야 겨우 한숨이 나왔다. 위기를 모면했다는 한숨이었다.

우스운 얘기지만, 그때 나는 한 가지를 간과하고 있었다.

그들의 실체가 너무 분명하게 느껴졌던 나머지, 그들이 공간상에 장애를 받는 유형의 존재라고 믿어 버린 것이다. 그랬다. 아내가 아파트 현관 문을 열어 주었을 때도 누가 들어올세라 급히 문을 닫고 자물쇠로 이중, 삼중 잠갔으니까.

"왜 그래? 생전 문단속에는 관심 없던 사람이?"

아내가 의아한 표정으로 말했지만, 그들 때문이라고 할 수는 없었다.

"사람, 요즘 세상이 어떤 세상인데? 눈 감으면 코가 아니라 머리라도 베어 가는 세상이라고……."

그렇게 태연한 척 얼버무렸지만 불안감은 여전했다. 나를 바라보던 아내가 물었다.

"근데 와이셔츠에 그건 뭐야?"

"뭐……?"

"어머, 그거 피 아냐?"

내려다보니 와이셔츠 여기저기 고양이의 혈흔이 묻어 있었다.

"이거……? 이거 골뱅이무침 국물이 튄 거야."

나는 어리둥절해하는 아내를 뒤로 하고 얼른 욕실로 달려가 수도를 틀어 고양이의 혈흔을 지웠다. 그러나 와이셔츠 천에 깊숙이 배어 들어간 혈흔은 좀처럼 지워지지 않았다.

그들에 대한 불안감 역시 혈흔과 마찬가지였다. 침대에 누워서도 한참을 뒤척이며 나는 밖에서 있었던 일이 그저 우연이었다고, 취중에 그 우연을 과대 해석한 거라고, 어떤 이유에서 청신경이 착각을 일으켰을 뿐이라고 생각하며 불안감을 털어 버리고 잠들려고 애썼다. 그러나 불안감은 점점 터지기 직전의 고양이 머리처럼 부풀어 올랐고, 나의 귀는 밖에서 나는 소리들을 향해 활짝 열려 있었다. 두어 시간을 전전반측했지만 다행히 그들은 느껴지지 않았다. 아내가 엷게 코 고는 소리를 들으며 얼핏 잠이 들었던 것도 같았다. 새벽 다섯시도 넘은 시간이었을 것이다.

다시금 그들이 방문 너머에서 맴도는 소리가 들려왔다.

나는 몸을 일으키려 했다. 그러나 몸이 움직이지 않았다. 다만 청신경들만이 활발하게 방문 너머의 소리들을 감지하고 있었다. 그들은 정말 무리를 지어 방문 너머를 맴돌고 있었다. 나는 그들이 부디 방문 너머에서 얼쩡대다 그대로 사라져 주길 바랐다. 그러나 그들은 내 바람과는 반대로 움직였다. 아주 천천히, 사람 환장하게 느릿느릿 방문을 통과해 천천히 나에게로 다가왔다. 다가와 나를 덮치기라도 했으면 차라리 나았을 것이다. 그들은 두 발짝 정도 떨어진 위치에서 계속 맴돌 뿐이었다. 생을 포기한 먹이가 자신들에게 뛰어들기라도 바라는 듯.

나는 아내를 깨우려고 했다. 그러나 몇 센티미터도 되지 않는 아내와의 거리가 그땐 몇 킬로미터는 되어 보였다. 나는 알았다. 사내를 죽음으로 몰아간 것이 그들이며, 이제 나 아니면 아내의 목숨을 끊으려 한다는 것을. 그리고 사내가 그러했듯 어떤 부조리한 불운의 장난으로 내가 그들을 듣게 되었다는 것을.

생각이 거기에 미치자, 극심한 두려움이 고통스럽게 온몸으로 번져 나갔다.

한데 그 와중에도 '그들은 누구를 노리고 있을까?' 하는 의문이 조바심과 함께 떠올랐다. 사내가 말해 주었던 그들에 대한 정보를 헤집어 보았지만 답이 될 만한 건 없었다. 확실한 건 그들이 목숨을 뜯어먹으러 지옥에서 왔다는 것뿐이다. 나는 부디 그들의 표적이 아내이길 빌고 또 빌었다. 그런 상황에 이르면 누구든 목표물이 자신이 아니길 바라게 되는 법이다. 성선설? 그 따위는 남들의 이목이 미치는 범위에서나 효력이 있을 뿐이다. 이런 상황에서는 누구나 자신이 살아 남길 바라는 법이다.

그러나 그들은 좀처럼 움직이지 않았다. 그저 몇 센티미터 떨어진 내 주변에 계속 머물러 있을 뿐이었다.

그때 아내가 갑자기 자리에서 일어났다. 화장실이라도 가는 모양이었다. 절호의 기회였다. 그들이 노리는 게 나인지, 아니면 아내인지를 알 수 있는 절호의 기회. 아내는 더듬거리며 침대에서 내려가 방문 쪽으로 걸어갔다. 그 동작이 어찌나 느린지, 평소 동작의 천 배는 느린 슬로 모션처럼 느껴졌다. 나는 필사적으로 빌고 또 빌었다. 그들이 아내를 따라 이 방을 나가길. 그래서 화장실까지 따라가 아내의 목숨을 뜯어먹기를. 그래서 다시는 돌아오지 않기를.

그러나 그들은 아내가 나간 후에도 그 자리에 그대로 머물러 있었다. 그들이 노리고 있는 건 나였다.

영원 같았던 날이 밝았을 때, 그들은 사라졌다. 나는 비로소 안도의 한숨을 쉬었다. 그저 간밤의 난데없는 가위 눌림이려니 생각했다. 그러나 다시금 밤이 되었을 때 그들은 다시 내 곁으로 찾아들었다.

그러면서도 쉽사리 달려들지도 않고, 몇 걸음 떨어진 위치에 계속해서 머물러 있을 뿐이었다.

나는 아내에게 그 사실을 털어놓았다. 아내는 내 말을 믿지 않았다. 물론 내가 아내였더라도 믿지 않았을 것이다. 아내는 그저 그날 고속버스에서 있었던 일의 충격이 잠재되어 있다가 불안증으로 나타난 것으로 이해했다. 의사도 마찬가지였다. 그러나 겪어 보지 않은 사람은 모른다. 밤마다 몇 걸음 떨어진 위치에서 맴도는 그들의 존재가 얼마나 두렵고 사람을 환장하게 하는지 말이다. 의사들은 그저 그런 불안과 공포 속에서 결국 머리가 터져 죽은 나를 보고, 대뇌 과다 전류인지 뭔지를 또 들먹이면 그걸로 끝일 터였다.

이 정신병원에 입원한 후로 그들은 점점 나에게 가까이 다가왔다. 거의 표시도 나지 않을 만큼 미세한 접근이었지만, 나는 느낄 수 있었다. 그들이 슬금슬금 접근하기 시작하면서 불안감과 공포심은 정도를 더해 갔다. 의사는 발작하는 나를 독방에 밀어 넣고 간호원들은 진정제를 놓아 댔지만, 나를 진정시키는 데에는 실패했다.

그들에 대한 공포가 극에 달해 진정제 주사를 맞지 않고는 잠들

수 없는 지경에 이른 어느 날이었다. 어쩌면 그들에게 생명을 뜯어먹히기 전의 마지막 기회가 될지도 모르는 구원의 손길이 나를 찾은 것은.

"당신이 살아날 수 있는 방법을 알고 있어요."
여자는 나에게 그렇게 나지막이 귀엣말로 말한다. 그리고 조심스레 차를 출발시킨다.
지금도 내 손에는 겁에 질린 채 휘갈겨 썼던 연습장이 들려 있다. 어쩌면 내가 깡소주에 취해 지하도에 주검처럼 나뒹굴고 있을 때 여자가 내 손에 들려 있던 연습장의 내용을 훔쳐보았을지도 모른다.
그들에 대한 공포가 극에 달해 진정제 주사를 맞지 않고는 잠들수 없는 지경에 이른 어느 날, 나는 정신병원을 탈출했다. 저녁 배식을 하기 위해 병동 문을 개방했을 때였다. 어차피 정신병원에서 죽으나, 밖에 나가 죽으나 마찬가지였다. 정신병원에서 진정제에 취해 있어 봐야 언제인가 그들에 의해 머리가 터져 죽으면 그걸로 끝이었다. 의사는 또 대뇌 과다 전류 운운하며 내 사인(死因)을 얼버무릴 테고, 머리가 날아간 내 시체는 의과대학에나 기증되어 칼질이 서툰 의대생들에게 낱낱이 찢겨지고 발겨지면 그뿐이었다.
정신병원을 탈출하는 데에는 성공했지만, 그들로부터는 탈출할 수 없었다. 그들은 나를 따라 정신병원을 기어 나와 매순간 내주위를 맴돌며 나를 미치게 했다. 집으로 돌아가고 싶었다. 그러나 아내는 분명 다시금 나를 정신병원에 처넣을 게 뻔했다. 좀 더감시와 통제가 강화된 곳으로.

나는 기름때 흐르는 구겨진 머리칼과 칡넝쿨처럼 자라난 수염에 때에 절은 옷을 주워 입은 행색으로 지하도 밑을 떠돌며 살게 되었다. 불과 몇 달 전만 해도 지겹지만 정상적인 삶을 살아 가고 있었던 나였다. 빌어먹을……. 지겹지만 잘 돌아가던 내 삶이 사내를 만나면서 완전히 궤도를 이탈해 버린 것이다. 지하도에서 상자와 신문 따위를 덮고, 벽에 언제 터질지 모르는 머리를 기대고, 나는 구걸로 모은 술을 마시기 시작했다. 빈속에 소주를 서너 병은 비워야 비로소 그들에 대한 공포가 흐물흐물 옅어졌다. 그럴 때면 나는 호기 좋게 고함을 지르기도 했다.

"이 개새끼들아, 덤벼! 덤벼 봐! 이, 갈아 마셔도 시원찮을 씹할 새끼들아!"

그들은 나의 고함소리를 듣는 게 분명했다. 분명치는 않지만 나의 고함에 술렁이는 게 느껴지곤 했다. 그러나 숙취 속에 눈을 뜨면 다시 그들의 존재가 두려워졌고, 나는 다시금 맹수 앞의 먹이처럼 공포에 온몸이 경직되었다.

이상한 건 그들이 금세 달려들어 내 목숨을 먹어 치울 듯한 기세로 들려오다가도 다시금 멀어지는 게 반복된다는 것이었다. 차라리 아예 달려들어 내 머리를 터뜨렸다면 사람 미치는 긴장 속에 목숨을 부지할 일도 없었을 것을.

쓰레기 뭉치가 되어 하루하루를 보내던 어느 날, 나는 난생처음으로 그들이 사람 목숨을 물어뜯어 먹어 치우는 소리를 들었다. 내 주변을 맴돌던 그들이 내 옆에 누워 술주정을 부리던 사내 주위로 옮아가 맴돌기 시작했다. 얼마 전까지 벤처기업의 사장이었다는 사내였다. 부도로 회사를 말아먹고 이혼을 당하고 빚쟁이들에게 쫓기다 결국 행려병자가 되었다고 했다. 그들은 서서히 사내 주위를 맴돌다 와락 사내에게 달려들었다. 상자 속에서 벌벌 떨던 내가 그의 얼굴을 덮고 있던 신문지를 들추었을 때 그는 이미 죽어 있었다. 입을 쩍 벌리고.

여자가 내 앞에 나타난 건 끝내 내가 자살을 결심하게 된 그날 저녁때였다.

"당신이 무슨 일을 겪고 있는지, 뭐가 그렇게 당신을 괴롭히는지 다 알아요."

여자는 그렇게 덧붙인다. 여자의 말이 믿어지지 않는다. 하지만 믿고 싶다. 여자의 부드러운 말에 경직되어 있던 마음이 스스로 녹아내리며 눈물이 쏟아지려는 것을 나는 가까스로 참는다. 그리고 여자의 손에서 내 연습장을 빼앗아 들며, 내가 이렇게 된 모든 책임이 여자에게 있기라도 한 듯 신경질적인 고함을 지른다.

"알아? 뭘 알아? 당신이 뭘 아는데? 진짜 아는 게 있으면 한번 말해 봐!"

그러나 여자는 전혀 당황해하는 기색이 없다.

"지금도 그것들이 당신 뒤를 밟고 있다는 거요."

그러고 보니 들린다. 여자가 운전하는 차 뒤를 그들이 뒤따르는 것이 느껴진다. 살인 벌 떼처럼, 박쥐 떼처럼 그들은 내 뒤를 집요하게 밟고 있다.

"사실은 저도 그것들이 들려요."

그리고 그녀는 카오디오의 재생 버튼을 누른다. 카오디오 속에 들어 있던 카세트테이프가 재생되자, 거친 음질과 잡음 속에서 목쉰 노파의 웅얼거리는 목소리가 흘러나오기 시작한다. 무슨 주문 같기도 하고 타령조의 노래 같기도 하다. 한데 가사를 도무지 한 마디도 알아들을 수 없다.

"돌아가신 우리 할머니세요."

놀랍다. 그들이 동요하는 게 느껴진다. 먹이를 노리던 육식동물이 자기보다 더 강한 놈이 나타났을 때 머뭇거리는 것 같다. 그들에게서 혼란이 일어난다. 그들은 날카롭게 경계하는 듯 물러났다가 다가서기를 반복하더니, 서서히 멀어져 간다. 그리고 완전히 사그라진다. 나는 비로소 한숨을 돌린다.

"효과가 오래 가진 못해요. 그냥 겁만 주는 정도니까……."

여자는 일상생활에서 "점심 먹은 게 소화가 안 되네요."라든가 "자고 일어나니 눈이 부었더라고요."라고 말하는 것처럼 아주 덤덤하게 말한다. 그러나 잠시라도 그들이 내 주변에서 사라졌다는 것만으로도 나는 세상을 다 얻은 기분이다. 그들이 주위를 맴돈 후로 내 삶은 그저 한순간 한순간을 넘기는 정도로 전락하고 말았다. 시쳇말로 사는 게 사는 게 아니었다. 죽는 게 나은 삶에서 상대성은 찰나의 시간을 영원처럼 길게 늘인다. 내가 사내를 만나고 그들의 존재를 알게 되고 정신병원에 입원해 있었던 시간은 어쩌면 불과 한 달 정도밖에 안 되었을지도 몰랐다.

"할머니는 무당이셨어요. 근방에서는 아주 영험하기로 이름 난 분이셨죠. 저보다 먼저 그것들의 존재를 아셨고요."

여자의 조곤조곤한 목소리가 자못 진실하게 들린다. 여자가 차라리 정신병원의 주치의를 한다면 치료 효과가 뛰어날 것이라는 생각이 든다.

"그것들은 억울하게 죽음을 당한 후 구천을 맴도는 원한령(怨

恨靈)들이에요. 다른 놈들과 달리 시각적인 형체로 존재하는 게 아니라 청각적인 소리로 존재한다는 게 좀 희한하죠. 원한령들 중에서도 악질이라 거기에 걸려들면 누구나 죽게 되어 있어요. 「전설의 고향」이나 「토요 미스터리」 따위에 나올 법한 얘기지만 어쨌든 사실이죠."

그리고 여자는 계기판 앞에 놓여 있던 담배를 꺼내어 물고 달구어진 시가 잭으로 불을 붙인다.

"한 대 피울래요?"

여자가 내민 담배를 입에 물고 폐부 깊숙이 빨아들인다. 폐 속으로 파고드는 담배 연기가 그렇게 달콤할 수 없다. 뇌 속의 혈관이 오므라들며 긴장이 노곤하게 풀어진다. 졸음이 밀려든다. 그들이 들리기 시작한 후로 제대로 잠을 이룬 적이 없다. 사내를 만난 그날처럼 눈이 뻑뻑하다. 그 와중에도 운전하는 여자의 모습은 아름답다. 여자의 불룩한 가슴에 얼굴을 묻고 어린애처럼 잠들고 싶다는 강한 충동을 애써 누른다.

"제 경우는 그것들이 들리기 시작한 게 일곱 살밖에 안 되었을 때였어요. 광주 항쟁 때 오빠가 군인들의 곤봉에 맞아 머리가 터져 죽었거든요. 그날부터 며칠을 끙끙 앓았는데, 갑자기 그것들이 들리기 시작하더라고요. 그때 할머니가 저를 보시더니 그러셨어요. '우리 애기한테 악질들이 들러붙은 게로구나.'"

차창을 내리고 여자는 담배 연기를 내뿜는다.

"몇 번이고 굿을 하고 애를 썼지만, 그것들은 저 대신 할머니를 데리고 간 후에야 저를 놓아주었죠. 근데 그것들이 들리는 사람들이 또 있다는 걸 알게 되었어요."

차는 교외를 달려 고즈넉한 변두리의 별장으로 접어든다.

"머리가 복잡할 때 가끔 들러서 쉬다 가는 곳이에요."

여자는 내가 따뜻한 목욕과 정갈한 식사를 할 수 있게 해 준 머리를 감고 면도를 하고 깨끗한 옷을 입은 게 얼마 만인지 모르겠다.

"그렇게 씻으니 몰라보겠어요. 쌈박한걸요?"

그렇게 말하고 여자는 싱긋 웃는다. 미소가 맑디맑다.

엘라 피츠제럴드의 음악이 흐르는 별장의 바에서 그녀와 마주 앉아 포도주를 마신다. 이게 죽음 직전의 환상은 아닐까. 어쨌든 상관없다. 세상에 천국이 있다면 바로 여기일 것이며, 세상에 천사가 있다면 바로 여자일 것이다.

"초면에 이런 대접, 이런 분위기…… 이상한 여자라고 생각하진 마세요. 그냥 오래된 동지 같다는 느낌이 들어요. 그런 거 있잖아요. 남들은 전혀 알지 못하는 나만의 고통이라 생각했던 걸 또 겪고 있는 사람을 만났을 때 느껴지는 동질감 같은 거……."

여자의 한 마디 한 마디가 나의 가슴에 무엇보다 강한 진정제의 분말처럼 녹아든다.

"안쓰러워요. 당신의 초췌한 얼굴……."

여자는 눈물을 글썽인다.

"당신…… 우리 오빠를 닮았어요. 클래식 기타를 무척 잘 쳤더랬어요. 로망스, 아들린을 위한 발라드……. 저…… 참 주책없죠? 혼자 북 치고 장구 치고……."

아니라고, 그런 모습이 너무 매력적이라고 말해 주고 싶은데 입이 떨어지지 않는다.

"아까 당신이 살아날 수 있는 방법을 알고 있다고 했죠. 그걸 알려 드……."

여자의 말은 더 이상 이어지지 않는다. 충동적으로 달려든 내 입술이 여자의 입술을 덮었기 때문이다. 여자는 당황한 듯 몸이 경직되더니, 서서히 풀어진다.

침대 위에서 나는 엘라 피츠제럴드의 노래를 들으며 여자와 사랑을 나눈다. 생생하게 되살아난 오감이 몸을 떨며 하나로 뒤엉킨다. 여자와 내가 하나로 뒤엉켜 올라 마침내 먼 허공에서 폭죽이 되어 떨어져 내린다.

여자는 나의 가슴에 머리를 묻고 있다. 땀으로 엉킨 머리카락이 뺨에 붙어 있는 모습이 사랑스럽기 그지없다. 잠이 온다. 내 평생 가장 깊은 잠이 될 것이다.

"자요……?"

여자가 묻는다. 아직 아니라고 대답하려는데, 입이 열리지 않는다.

"잠드는 게 좋을 거예요. 좀 고통스러울 테니까……."

의아하다. 여자의 얼굴을 보니, 좀전까지의 청초한 모습은 온데간데없고 사악하기까지 하다.

"마취제를 약간 넣었어요. 포도주에……. 약효가 좀 느린 놈으로……. 미안해요. 이렇게 할 수밖에 없는 절 이해해 줘요."

여자는 알몸으로 일어나 엘라 피츠제럴드의 노래를 끄고 다른 테이프를 넣고 재생시킨다. 아까 들었던 노파의 웅얼거림이 다시금 들려온다. 그리고 저만치 그들이 들려오기 시작한다.

"참, 아까 잘못 말한 게 있는데 정정할게요. 사실 그것들이 저 대신 할머니를 데려가서 살아난 건 아니에요. 솔직히 말해서 그것들을 떼어 버리려면 방법은 단 하나밖에 없죠. 그것들을 들을 수 있는 또 다른 사람을 내 대신 그것들에게 바치는 거……."

몸이 완전히 굳어서 움직일 수 없다.

그들은 아주 여유 있게, 나에게 다가온다. 이제 그들의 숨결이 느껴질 정도다.

"당신과 몸을 섞어서 내 음기가 충분히 당신에게 전해졌을 거예요. 저것들이 당신을 나로 오인할 만큼. 어차피 죽을 당신이었으니, 당신의 희생으로 내 삶이 좀 더 연장되는 걸 기분 나빠하진 않을 거죠? 이번엔 또 얼마나 갈지 모르겠지만……."

더 이상 여자의 목소리는 들리지 않는다. 이제 그들은 내 귀 바로 앞에까지 다가와 있다.

들린다. 지옥에서 기어 나온 귀(鬼)들이 내 귀를 향해 다가오는 소리가.

나는 두렵다. 나는 부디 당신이 그들의 존재를 알아차리게 되는 불운이 없이 평범하게 살다 평온히 땅에 묻히길 바랄 뿐이다. 그들의 이야기를 모두 털어놓고 나서 그들의 존재를 알아차리지 말라는 자가당착을 용서하기 바란다. 나는 두렵다. 손이 떨리고 식은땀이 배어 나온다.

지금, 그들이 내 귓속으로 들어온다.

귀들이 고막을 찢는다. 아귀처럼 내 신경을 파고든 귀들이 내 머릿속의 모든 것을 송두리째 찢고 발긴다. 머릿속에서 수많은 폭죽이 터진다. 혈관이 부풀어 오르는 게 느껴진다. 입이 쩍 벌어진다.

그리고 마침내 머리가 터지는 게 느껴진다.

머리카락

한 가닥 머리카락조차도 그 그림자를 던진다.

—괴테

내가 가장 먼저 본 아내의 신체 부위는 머리카락이었다. 그리고 가장 매력을 느낀 아내의 신체 부위 역시 머리카락이었다.

나는 그때 병장 휴가를 마치고 귀대하는 중이었고, 부대가 있는 경기도 적성의 객현리로 향하는 버스 안은 한산했다. 나는 맨 뒷좌석에 앉아 있었다. 마음이 무거웠다. 직장인들에게 월요병이란 게 있다면 현역군인에게는 귀대병(歸隊病)이라는 게 있었다. 게다가 대학에 입학하면서부터 사귀어 왔던 애인은 그 휴가를 끝으로 나에게 이별을 고했다. 말이 좋아 이별을 고한 거지, 일방적으로 걷어찬 것이나 다름없었다. 대학 입학과 동시에 캠퍼스 커플이 되어 오 년간이나 애인으로 지내 온 여자였다.

"그 전처럼 네가 좋지 않아. 아니, 솔직히 점점 싫어지고 미워져. 그래서 더 싫어지고 미워지기 전에 여기서 헤어지는 게 서로를 위해 좋겠단 생각을 했어."

휴가 나온 이튿날 커피숍에서 만난 애인은 내 앞에서 학위 논문을 발표하듯 담담하게 이별의 이유를 말했다. 그 담담한 얼굴 위로 기억 속에 간직되어 있던 그녀의 얼굴들이 스쳐 지나갔다. 입학식 날 처음 본 화장기 없는 맨얼굴, 첫 키스를 하던 날의 발갛게 달뜬 얼굴, 그리고 처음으로 같이 자던 날의 각오 어린 얼굴. 훈련소 시절 가장 큰 힘이 되어 주었던 그 얼굴들이 눈앞의 담담한 얼굴 위에 겹쳐졌다가 곧 자리를 잃고 산산이 부서졌다.

"그래, 그랬구나. 네가 그렇다면 어쩔 수 없지, 뭐."

나 역시 맥없이 이별을 받아들였다. 하지만 탁자 위의 담배를 피워 무는 내 손가락은, 행여 그녀가 눈치 채지는 않을까 눈치가 보일 만큼 떨렸다. 하지만 그녀는 두 손에 쥐고 있는 휴대 전화에 시선을 떨어뜨리고 있을 뿐이었다.

"오래 사귄 여자가 갑자기 네가 예전처럼 좋지 않다, 싫어졌다, 어쩌구 하면서 헤어지자 그런다, 그건 다 개소리야. 내가 상병 때까지 사귀던 년이 잘 지내다 갑자기 내용도 없는 편지를 한 통 보냈어. 편지 봉투 속에 뭐가 들어 있었는지 아냐? 사진 한 장 딸랑 들어 있더라. 보니까 그년이 전신사진을 찍어 보냈는데, 어떻게 하고 찍었는지 아냐? 신발을 거꾸로 신고 있더라고! 전화 걸어서 물어봤지, 딴 놈 생겼냐고. 아니래. 죽어도 아니래. 그냥 나 기다리기가 너무 힘들어서 헤어지는 게 낫겠다고 생각했대. 그년 친구 중에 내가 잘 아는 애가 있거든. 걔한테 전화 걸어서 물어봤지. '이런 부탁 하는 거 처음이자 마지막이다, 솔직히 걔 딴 남자 생겼지?' 물어보니까 몇 번 빼더니, 그렇대. 웃기는 게 뭔지 아냐? 그년이 동사무소에서 아르바이트를 했는데, 거기서 일하는 공익이

랑 눈이 맞았댄다. 사람 미치지! 그게 군생활하면서 가장 좋 같았
던 기억이다."

일병 때 같이 탄약고 근무를 서던 분대장이 어느 눈 내리던 새
벽에 해 주었던 연애 실패담이 휴가 내내 귓가를 맴돌며 떨쳐지지
않았다. 폭음과 속쓰림으로 점철된 열흘간의 휴가를 마치고 귀대
할 즈음에는 오 년간의 연애를 접고 난 후의 미련이 숙취와 함께
남아 가슴을 아리게 했다.

그녀가 버스에 오른 것은 부대 앞을 몇 정거장 앞두고서였다.

사실 그녀를 보았다기보다는 그녀의 머리카락을 보았다고 하
는 게 정확할 것이다. 내 눈에 들어온 건 오로지 그녀의 머리카락
이었다. 어둑어둑한 저녁이었고, 버스 안은 실내등이 켜져 있긴
했지만 어두웠다. 그러나 그녀의 머리카락은 또렷한 질감과 양감
으로 내 눈에 들어왔다. 긴 생머리였다. 그녀는 버스 요금을 내느
라 앞차창 쪽을 향해 서 있었다. 버스 운전기사의 옆 차창이 열려
있는 탓에 버스 안으로 들어온 바람이 그녀의 머리카락을 한 올
한 올 훑고 지나갔다.

버스에 오른 그녀의 머리카락을 보았을 때부터 이미 나의 심장
은 본래보다 두 배 이상 빠르게 박동하고 있었다. 간사해라, 사람
의 마음이란. 그녀의 머리카락의 흩날림에 따라 헤어진 애인에 대
한 미련과 숙취는 물줄기에 헹구어지는 샴푸 거품처럼 씻겨 날아
갔다.

내 앞에 앉아라. 내 앞에 앉아라.

나는 마음속으로 그녀의 머리카락을 향해 중얼거렸다. 중학교
때 무명 출판사에서 쏟아져 나오던 각종 미스터리, 심령 백과에

심취해 있을 때 염력과 관련된 글을 읽고 난 후로 나도 모르게 굳어진 버릇이었다. 이를테면 기다리는 버스가 늦어질 때 버스가 나타날 모퉁이를 향해, 나와라, 나와라, 주문을 걸거나, 훈련 후 대대원들이 모인 연병장에서 지원 장교가 볼펜과 수첩을 들고 다니며 포상 휴가 보낼 사병을 선발해 수첩에 소속과 관등성명을 적고 다닐 때 지원 장교를 향해, 내 앞에 멈춰 서라, 내 앞에 멈춰 서 소속과 관등성명을 물어라, 속으로 중얼대는 식이었다. 물론 내게 사람이나 사물을 조정할 만한 초자연적 력이 있을 리 만무했기에 그런 주문이 실현되는 경우는 거의 없었다. 뭔가를 간절히 바라면 이루어진다는 얘기를 신뢰하기에는 내 맘대로 되는 게 너무 없었다.

그러나 그날은 달랐다. 물론 우연의 일치였겠지만.

그녀는 버스 앞쪽를 선호하는 여느 여자들과 달리 버스 뒤쪽으로 걸어와 좌우를 두리번거리더니, 내 앞의 좌석에 주저없이 앉았다. 나는 속으로 쾌재를 부르며 모자를 한 번 눌러 썼다. 긴장했을 때 취하는 이등병 때부터 생긴 습관이었다.

지척에서 본 그녀의 머리카락은 더 매력적이었다.

솔직히 바라보는 것만으로도 황홀했다.

잦은 염색과 드라이로 머리칼 끄트머리가 손상되어 있기 일쑤이거나 형형색색으로 염색되어 있는 여느 여자들의 들쑤셔진 머릿결과는 달랐다. 염색기가 전혀 없는 흑발이었는데, 머리카락 한 올 한 올이 마치 개개의 생명체처럼 말간 윤기를 퉁겨 내며, 살짝 열린 차창으로 새어 드는 바람에 하늘거렸다. 그러면서도 전체적으로는 차분하게 조화를 이루어 그 머리카락들의 하늘거림이 오르페우스의 수금 연주로 느껴질 정도였다. 머리카락들의 하늘거림의 결을 따라 옅은 향기에 가까운 체취가 내 얼굴에 스며들었고, 내 온몸의 신경들은 물속에 풀어헤쳐지는 녹말가루처럼 스르르 녹아내렸다.

그녀의 머리카락은 비듬이나 머리 냄새, 각종 두피 질환, 모발 손상 따위와는 정반대의 지점에 존재하는 천상의 것이었다. 이제까지 보아 온 어떤 샴푸 광고 모델의 머릿결보다도 눈부셨다. 각종 인공 물질을 발라 모발에 인공적인 윤기를 낸 머릿결들은 그녀의 머릿결에 비하면 하수구 거름망에 끼인 머리카락 무더기에 불과했다.

내가 원래부터 여자의 머리카락에 집착하는 성향이 있었던가? 그건 아니었다. 물론 머리카락에 민감한 편이기는 했다. 솔직히 밝히기는 좀 뭣하지만, 우리 집안은 '대머리 가문'이었다. 친할아버지부터 외할아버지, 큰아버지, 아버지에 이르기까지 모두 대머리였다. 그 위쪽의 가계로 올라가 봐도 사정은 마찬가지였다. 동네 사람들은 우리 일가친척들이 한자리에 모이면 눈이 부셔서 선글라스를 쓰고 와야 한다는, 듣는 당사자의 입장에서는 꽤 자존심 상하는 농담을 예사로 주고받곤 했다. 흔히 대머리의 원인이 되는 남성형 탈모증은 유전이 원인이다. 따라서 나 역시 예외일 수 없었다. 갓 스물이 넘어서부터 눈에 띄게 머리카락이 많이 빠지기 시작했다. 머리를 감고 나면 한 움큼씩 빠져나가서 다시 자라나지 않았다. 대머리 유전자를 가진 사람이 대머리가 되지 않는 방법은 청소년이 되기 이전에 거세를 하는 것이라고 주장하는 학자들이 있었다. 나는 대머리가 되고 싶지 않았지만, 그렇다고 내시가 되기는 더 더욱 싫었다. 결국 방법이란 다른 대머리들처럼 대머리라는 걸 보아란 듯이 드러내고 다니거나, 대머리라는 사실을 극구 감추고 다니는 수밖에 없었다. 나는 후자의 방법을 택했다.

대학을 다니면서도 나는 대부분의 시간을 모자를 쓴 채로 보냈다. 애인을 사귀면서도 가장 힘들었던 게 바로 내가 대머리라는 사실을 감추는 것이었다. 여자들은 돈이 없는 건 용납해도 대머리는 용납하지 않는다는 얘기를 아버지로부터 누누이 들어 온 터였다. 군에 입대하면서 탈모는 더 더욱 박차를 가해 진행되었다. 군인이라는 직업의 특수성상 머리를 스포츠형으로 짧게 자를 수밖에 없었는데, 그로 인해 완연한 대머리 티가 나는 머리를 만천하에 드러낼 수밖에 없었다. 군인이 군생활의 대부분을 전투모와 철모를 쓰고 보낸다는 건 그나마 위안거리였다.

사정이 그렇기는 했지만, 그렇다고 내가 여자의 머리카락에 주물숭배 같은 집착을 하는 건 아니었다. 대학 친구 중에 검정 스타킹을 신은 여자의 다리만 보면 성욕을 주체할 수 없다는 자칭 '스타킹 마니아'가 있었다. 동아리 엠티 때 모닥불을 사이에 두고 주고받은 진실 게임에서 남자의 손등에 불거진 핏줄들을 보면 성적인 흥분을 느낀다고 고백했던 동아리 후배 여자 애도 있었다. 그러나 내가 그녀의 머리카락에서 느낀 건 정신분석학에서 가리키는 페티시즘은 아니었다. 나는 그녀의 머리카락을 보며 신경들이 녹아내리는 이완을 경험했지, 말초신경들이 바짝 긴장하는 성적 흥분을 느낀 건 아니었기 때문이다.

버스가 객현리와 가까워질수록 나는 초조해졌다.

이 순간을 놓치면 영영 다시 그녀의 머리카락을 볼 수 없을 것만 같았다. 하지만 여하튼 나는 현역군인이었고 8시까지는 부대에 복귀해야 했다. 시계를 보니, 시간은 이미 7시 30분을 넘어서고 있었다. 부대 앞 버스 정류장에서 내려 걸어가면 8시 직전에 위병소를 통과할 수 있을 시간이었다. 나는 전투모를 매만지다 다시금 눌러 썼다. 마음 같아서는 그녀가 버스에서 내릴 때 따라 내리고 싶었다. 왠지 그래야 할 것 같았다. 고등학교 다닐 때 버스에서 마주친 여자를 따라 내려 집까지 쫓아갔다가 퇴짜를 맞았던 날의 기억이 떠올랐다. 하지만 철없던 시절 외모에 이끌려 여자를 쫓아갔던 것과 같은 치기로 그녀를 쫓아가야겠다는 생각이 든 건 아니었다. 그저 꼭 그래야만 할 것 같았고, 그러고 싶었다. 그래서 결국 나는 버스가 객현리 부대 앞을 지나칠 때 일어서지 않았다. 나는 그녀가 한시바삐 자리에서 일어나기를 빌었다. 버스는 내가 알지 못하는 시골 국도를 질주하며 부대로부터 점점 멀어져 갔다. 마침내 그녀가 일어선 것은 객현리에서 버스로 십 분은 족히 지나친 어느 마을 앞이었다. 나도 그녀를 따라 일어섰고, 버스는 그녀와 나를 내려놓자마자 관장을 한 변비 환자처럼 황급히 사라져 갔다.

그녀는 마을 어귀에 난 길로 걸어 들어갔고, 나는 그녀의 뒤를 따랐다. 내가 뒤를 쫓는다는 걸 아는지 모르는지, 그녀는 한 번 돌아보지도 않았다. 사방은 완전히 어두워져 있었고 어디선가 풀벌레가 울어 댔다. 마을 어귀에서도 한참 들어간 폐가에 가까운 허름한 집 앞에 이르자 그녀는 거침없이 안으로 들어가려 했다. 나는 황급히 그녀를 붙들었다.

"저기요."

그러나 그녀는 돌아보지 않았다. 얼결에 손을 뻗어, 내 손끝이 그녀의 머리카락에 닿은 순간, 나는 그녀가 뿜어 대는 맹렬한 적의를 느꼈다. 손끝이 따끔했다. 정전기 때문인 것 같았다. 나는 반사적으로 손을 오그리며 흠칫 놀라 뒤로 몇 걸음 물러섰다. 그녀가 홱 돌아서서 나를 노려보았다.

"무슨 일이시죠?"

얼음 가루가 뿜어져 나오는 느낌이 들 만큼 날이 선 말투였다. 나는 잠시 그녀를 쫓아온 걸 후회했다. 하지만 캄캄한 저녁 인적도 없는 시골에서 뒤를 따라와 머리카락을 건드리는 낯모르는 남자에게 호의를 보이는 여자가 있을 리도 없었다. 나는 마음을 가다듬었다.

"저…… 딴 뜻은 없습니다. 그냥 저도 모르게 따라왔습니다. 놀라게 해 드렸다면 죄송합니다. 그저 한 번쯤…… 마, 말을 걸어 보고 싶었습니다."

나는 나도 모르게 군대에서 사용하는 말투를 사용하고 있었다. 그녀는 한동안 나를 바라보더니, 비로소 어이가 없다는 듯 헛웃음을 한 번 픽 흘렸다.

"부대…… 들어가셔야 되는 거 아니에요?"

많이 누그러든 말투였다. 오그라들었던 마음이 비로소 한숨을 내쉬며 풀어졌다. 시계를 보니 시간은 이미 8시를 지나고 있었다. '군장 뺑뺑이'를 돌게 될 게 분명했다. 하지만 그건 아무래도 좋았다. 그녀를 다시 볼 수만 있다면.

"저…… 다시 볼 수 있을까요?"

그녀는 잠시 망설이다 물었다.

"부대가 어디신데요?"

나는 허둥지둥 주머니에서 수첩을 꺼내어 소속과 관등성명을 적어 주려 했다. 그런데 공교롭게도 볼펜이 없었다. 건빵주머니며 뒷주머니를 한참 뒤적이던 중, 내 눈앞에 하얀 볼펜이 내밀어졌다. 나는 볼펜을 받아 들고 떨리는 손으로 내 소속과 관등성명을 적었다. 그리고 적은 면을 찢어 그녀에게 내밀었다. 종이를 받아 드는 그녀에게 나는 엉뚱하게도 관등성명을 소리내어 복창하기까지 했다.

　그래도 돌아서서 뛰어가는 걸음은 여느 휴가 복귀 때처럼 무겁지 않았다. 여자들이 가장 좋아하는 남성 직업 2위가 군인이고, 1위가 민간인이라는, 군인 된 처지를 자학하는 우스갯소리도 개의치 않았다. 그녀를 다시 볼 수 있을 거라는 확신이 들었고, 그 확신은 들어맞았다.

　한데 좀 의아했던 건 다음 날 휴가 복귀 지연을 이유로 군장 뺑뺑이를 돌던 중 발견한 내 손가락이었다. 자꾸 날카로운 쓰라림이 느껴져 살펴보니, 손가락 끝에 칼로 베인 듯한 상처가 입을 벌리고 나 있었다.

"칼에만 손이 베인다고 생각하십니까? 저는 말입니다, 김 먹다가 입천장을 베인 적도 있습니다. 정말이냐고 말입니까? 정말이지 말입니다."

　군장 뺑뺑이를 돌았던 날 밤 함께 탄약고 근무를 서다 내 손가락에 난 상처를 본 후임병은 그렇게 말했다. 확실치는 않지만, 그녀의 머리카락에 닿는 순간 베였을 수도 있었다. 그리고 머리카락에 닿았을 때 따끔했던 감각이 바로 머리카락에 베인 순간의 감각일 수도 있었다.

"근데 솔직히 그 얘기 정말입니까? 에이, 구라지 말입니다."

이제 겨우 일병 3호봉인 후임병은 말끝마다 '말입니다' 를 붙이며 느물거렸다. 밖에서 나이트클럽 웨이터를 하다 왔다는 녀석은 여자에 대해서라면 박사는 안 되어도 석사급의 지식을 가지고 있어서 많은 고참들의 연애 상담원 역할을 자처했다.

군생활은 남자를 수컷으로 만드는 공정이었다.

오랫동안 이성과 접촉을 막아 둔 폐쇄적인 기숙 학교나 장기간 바다를 항해 중인 선원들 사이에서 동성애가 성행했다는 역사적 기록은 어찌 보면 당연했다. 굳이 여자 친구를 사귀지 않더라도 여자들을 쉽게 접하고 사는 민간인 생활에서는 여자에 대한 욕구가 크지 않은 법이다. 그러나 여자라고는 주말에 면회 오는 여자들을 제외하면 구경할 기회조차 드문 군생활을 하다 보면, 누구나 자연스럽게 내무반에 비치된 텔레비전에 나와 짧은 치마에 가슴팬 의상을 입고 선정적인 춤을 추어 대는 여자 댄스 가수를 보기만 해도 침을 흘리는 파블로프의 개가 되게 마련이었다. 휴가 복귀 후에는 어떤 여자와 몇 번 잠자리를 하고 들어왔는지가 화제로 떠오를 정도니 말 다한 셈이었다.

녀석은 그녀를 만난 이야기 자체를 믿지 않는 눈치였다. 신병이 자대 배치되어 소대에 막내로 들어오면 대개 사회에서 있었던 여자 경험담을 보고하길 강요받곤 했는데, 어쩔 수 없이 없는 경험담을 지어내는 경우가 종종 있었다.

"아니면 그 상황에 시커먼 군바리가 불쑥 말을 걸어 오니까 겁은 나고 혹시 뭔 일을 당할지 몰라서 그 쪽지 받아 든 걸 수도 있고 말입니다."

녀석의 추측은 그러나 억측으로 판명이 났다.

일 주일 내내 군장 뺑뺑이를 돌고 난 일요일 오전에 행정반에서 내게 면회 왔다는 방송이, 그것도 '애인 면회'라는 방송이 들려왔다. 소대원들이 모두들 오오 탄성을 내질렀다. 나 역시 믿어지지 않았다. 휴가 때 헤어진 여자 친구가 후회와 미련을 이기지 못하고 다시 나를 면회 왔을까. 그럴 리는 없었다. 외출증을 받아들고 위병소로 달려갔을 때, 대기실에는 그녀가 앉아 있었다. 대기실에 난 창으로 비치는 그녀의 머리칼을 본 것만으로도 일 주일의 피로가 싹 가시는 기분이었다. 금빛 햇살을 올올이 반사하는 그녀의 머리카락은 눈부셨다. 밝은 날 보니 더했다.

대기실에 들어서자 의자에 앉아 있던 그녀가 일어섰다. 그녀의 움직임에 따라 주변을 맴도는, 햇빛을 받은 먼지들까지도 그녀의 머리카락에서 떨어져 나온 빛 가루처럼 여겨졌다.

"그날…… 복귀는 잘하셨어요?"

"아, 네에."

그 일로 일 주일간 군장 뺑뺑이를 돌았다는 말은 하지 않았다. 사실 할 필요도 없었다. 그 대가로 충분한 보상을 받았으니까. 대기실 창 너머로 시커먼 얼굴들이 왔다 갔다 얼씬댔다. 그녀를 구경나온 후임병들이었다. 언덕 위 막사 부근의 진지에서도 '깔깔이'라 불리는 누비 내피만을 입은 상반신들이 올망졸망 머리를 내놓고 있었다.

으쓱해진 어깨로 그녀와 함께 위병소를 나서며, 나는 이미 그녀와 결혼 행진을 하는 상상을 하고 있었다.

그날 부대 앞 커피숍에서 그녀와 많은 대화를 나누었다. 면회를 온 이유를 묻자 그녀가 대답했다.

"'참 순수하다, 이 사람. 좋은 사람이다.' 하는 느낌 들었어요. 근데 그날은 날이 어두워서 얼굴이 어떻게 생겼는지 자세히 못 봤거든요. 일 주일 내내 궁금하더라구요. 그래서…… 왔어요."

밝은 날 마주한 그녀의 얼굴은 머리카락의 눈부신 생기에 비해 약간 수척해 보였다. 알 수 없는 그늘도 엿보였다. 그 그늘의 연유는 어쩌다 내가 가족에 대한 이야기를 물었을 때 밝혀졌다.

"돌아가셨어요, 두 분 다. 교통사고였어요. 벌써 삼 년 됐네요. 식구끼리 제부도를 다녀오는 길이었는데, 국도를 타고 오다 마주 오던 트럭이 갑자기 중앙선을 침범했어요. 그때 아버지가 운전을 하시고 엄마가 조수석에 타고 계셨어요. 저는 뒷자리에 타고 있었는데, 피할 틈도 없이 트럭이 달려들던 순간에 갑자기 그동안 살아왔던 날들이 영화 필름처럼 막 눈앞을 스쳐 지나가는 거예요. 그리고 좀 있으니까 체념이 되더라고요, 그 일이 초밖에 안 되는 순간에. 혹시 임사 체험이라고 들어 보셨어요? 그때 그런 경험을 했어요. 믿지 않으셔도 돼요. 경험한 저도 잘 믿기지 않으니까요. 어떻게 된 거냐면, 차가 정면충돌하고, 정신이 들어서 보니 사고 현장이 내려다보이는 거예요. 처참하더군요. 차는 전파(全破)되고 도로에는 부모님의 피와 살점이 뒹굴고……. 좀 있으니까 하늘 위로 눈부신 빛이 열리더군요. 일렁이면서 저를 끌어당기는데, 저도 모르게 그 속으로 빨려 들어갔어요. 일렁이는 빛의 통로를 통과해서 보니, 정말 환한 길이 나타났는데, 거기를 가는 사람들이 보이더군요. 얼굴은 알아볼 수 없지만 느낄 수는 있었어요. 제 부모님도 거기 계셨거든요. 그런데 그분들이 갑자기 저를 밀어내는 거예요. 넌 그래도 육신이 멀쩡하니 살 수 있다고, 가라고 그러시더라고요. 근데 그 뒤로 저를 강하게 끌어당기는 뭔가가 있었어요. 부모님이 그걸 결사적으로 막으면서 저를 밀어냈어요. 눈을 떴을 때 제일 먼저 시야에 들어온 건 병원 천장이었어요. 완전히 정신이 든 후에야 제가 사흘이나 의식불명이었고, 부모님은 사고 현장에서 돌아가셨다는 걸 알게 됐어요."

눈물이 그렁거리는 그녀의 눈을 보며, 나는 그녀의 말을 믿을 수밖에 없었다.

"제가 괜한 걸 물었네요. 죄송해요."

사과를 하니, 그녀는 곧 슬픔을 추스르고 애써 미소를 지어 보이기까지 했다.

"괜찮아요. 다…… 지난 일인걸요."

그러고 나서 창 너머를 응시하는 그녀의 눈은 여전히 괜찮아 보이지 않았다.

사고 이후로 그녀는 보험 회사에서 나온 보상금과 부모님으로부터 물려받은 구멍가게를 처분한 돈으로 생활하며, 이 시골에서 줄곧 혼자 기거한 모양이었다. 소설을 써 왔다고 했다. 매년 신춘문예에 도전했지만 매번 예심조차 통과해 보지 못했다며 그녀는 쓰게 웃었다.

커피숍을 나왔을 때는 복귀 시간이 한 시간도 남지 않은 시간이었다. 군생활에서의 외출은 오십 분간의 행군 끝에 주어지는 십 분간의 휴식과도 같았다. 그때 피워 무는 담배 한 모금처럼 달콤했고, 땀이 식기도 전에 끝나 버릴 만큼 짧디짧았다.

거리를 거닐다 복귀 시간이 임박했을 때는 한 달 동안 군장 뺑뺑이를 돌더라도 그녀와 좀 더 있고 싶다는 생각뿐이었다.

"또…… 올게요."

그녀의 말을 듣고서야 비로소 일말의 희망이 고개를 들었다.

복귀해서 복귀 신고를 하며 내무반에 들어서자 다들 난리였다. 너무 예쁘다는 둥, 그런 여자가 널 뭘 보고 면회까지 오느냐는 둥, 감당하기 벅차면 자기한테 넘기라는 둥 수많은 말들이 끊이질 않았다. 그러나 애초에 가장 큰 관심을 보였던 웨이터 출신의 후임 병은 어두운 얼굴로 아무 말이 없었다. 활동복으로 갈아입고 세면을 하고 들어오는데 녀석이 귓속말을 속삭였다.

"담배나 한 대 피우러 가지 말입니다."

그러나 담배를 피워 문 녀석은 여전히 말이 없었다. 그러다 겨우 긴 한숨으로 담배 연기를 내뿜으며 입을 열었다.

"지금 제가 하는 말 오해하지 마십시오. 이건 제 감으로 드리는 말씀이지만, 솔직히 저는 그 여자 안 만나셨으면 합니다."

그리고 녀석은 다시금 담배 연기를 길게 뿜었다. 뒤통수를 치며 무슨 소리냐고 웃으며 물어봤지만, 녀석은 표정을 풀지 않았다.

"제가 어렸을 때부터 신기(神氣)가 좀 있었거든 말입니다. 그래서 사람을 보면 그 사람이 어떤 사람인지 대충 감이 옵니다. 정말 구십구 프로는 적중합니다. 그래서 여자 꼬드기기도 참 좋지 말입니다. 얼굴만 봐도 애는 좀 헤픈 애다, 애는 좀 반항할 애다 하는 감이 오거든 말입니다. 정말입니다. 얼굴만 봐도 사람 파악이 대충은 된단 말입니다. 애는 성깔이 좆 같은 년이다, 애는 좆나 착한 애다, 하는 감이 있단 말입니다. 근데…… 아까 그 여자를 면회실 창 너머에서 봤는데 말입니다."

녀석은 또 말을 끊었다. 부대 근방의 야산에서 소쩍새가 울고 있었다. 바람이 찼다.

"그 여자…… 정말 아닙니다. 살기가 느껴진단 말입니다. 제가 윤명열 병장님 연애 잘 되는 게 배 아파서가 아니라, 윤명열 병장님을 생각해서 드리는 말씀이니까 한번 잘 생각해 보십시오. 정말입니다."

말을 끝맺기가 무섭게 돌아서는 녀석의 뒷모습에서는 찬바람이 느껴질 정도였다. 그래서인지, 영문 모를 오한으로 몸이 떨려왔다.

그날도 어김없이 열시에 취침 나팔이 울렸다. 이제는 아늑하다고 여겨질 정도로 친숙해진 침낭 속에 몸을 뉘었지만, 잠은 오지 않았다. 평소에는 아무렇지도 않던 침낭 윗부분의 기름때도 유난히 신경 쓰였다. 그녀와의 꿈결 같은 데이트보다 후임병 녀석의 귀띔이 더 큰 비중으로 머릿속을 맴돌며 잠을 방해했다. 어두운 취침등 아래 이미 소대원들은 모두 잠들어 있었다. 내무실 습도를 유지하기 위해 물을 흥건히 뿌려 둔 바닥을 조심스레 내딛는 불침번의 전투화 발소리만이 조용조용 질척거렸다. 불침번 초번초가 이번초로 바뀌고 나서도 잠은 오지 않았다. 건너 침상에서 누군가 코를 골았고, 불침번이 조용히 그의 베개를 들썩여 주었다. 내무실 너머 행정반에서는 이따금 따라라락 군용 전화기가 울리고 "통신 보안 13중대 아무갭니다." 하면서 전화 받는 소리가 들렸다. 머리를 뒤척일 때마다 버석대는 군용 베개가 거추장스러워 나는 아예 베개를 발끝으로 던져 버리고 팔베개를 하고 누웠다. 모로 누위 있다가 몸을 바로 한 후에야 잠이 온다 싶었는데, 갑자기 양 옆구리에서 이상한 한기가 느껴졌다.

침상 속에서 뭔가가 스멀스멀 기어 나오고 있었다.

정체를 알 수 없는 가느다란 실들이었다. 한두 올이 아니라, 수십, 수백이었다. 시커먼 실들은 침상을 뚫고 순식간에 자라나 내 몸뚱이를 휘감기 시작했다. 나는 소인국에 밀려 온 걸리버처럼 내 몸을 옭아매는 실들에 무방비 상태로 누워 있었다. 꼼짝할 수 없었다. 실들은 서서히 나를 압박하기 시작했다. 그 실들에 침낭이 베이고 주황색 활동복이 베였다. 이내 실들은 내 몸속을 파고들었다. 내 몸을 압박하는 실들에 피부가 베이고, 베인 자리마다 피가 배어 나왔다. 실들은 지옥에서 기어 나온 갈퀴손처럼 나의 몸을 쑥 끌어당겼다. 침상 밑으로 아가리를 벌린 연옥의 불길 속으로 서서히 몸이 가라앉았다. 그런데도 꼼짝할 수 없었다. 불침번이 물통에 물을 길어다 내무실 바닥에 뿌리는 소리가 들렸다. 불침번에게 도움을 청하고 싶었지만 몸은 이미 석고상처럼 굳어 있었다. 나는 있는 힘껏 비명을 질렀다. 그러나 그저 정신박약아의 소리 같은 신음소리만이 겨우 입 밖으로 흘러나올 뿐이었다.

"으어어어……."

다행히 그 소리를 들은 불침번이 내 어깨를 흔들어 깨운 후에야 비로소 내 몸을 옭아맸던 실들이 툭 끊어지며 자취를 감췄다.

입대 후 처음으로 겪은 가위 눌림이었다.

그녀와 결혼식을 올린 건 지금으로부터 삼 년 전의 일이다. 제대 후 일 년 만이었다. 군대를 미루고 미루다 뒤늦게 갔던 터라 제

대했을 때는 이미 내 나이 스물아홉이었다.

그 첫 면회를 시작으로 그녀는 적어도 이삼 주에 한 번씩은 꼭 면회를 왔고, 이따금 감상적인 내용의 편지를 보내왔다.

사귄 지 석 달 만에 키스를 하고 반 년 만에 같이 잤다. 처음 같이 자던 날에야 나는 비로소 그녀에게 내가 대머리라는 사실을 머뭇거리며 고백했다. 무척 곤혹스러운 일이었지만 반응은 의외였다. 이미 반 이상 벗겨진 머리를 보여 주며 이해할 수 있겠느냐고 물었을 때 그녀의 대답은 간단했다.

"귀엽네, 뭐."

그녀는 마치 대머리 남자를 사귀는 게 직업인 여자처럼 나의 대머리에 아무런 거부감을 보이지 않았다. 연인 사이의 머리카락은 자신의 빛나는 머릿결만으로도 충분하다고 여겼던 걸까?

그 후로는 평범한 연애였다. 지극히 평범한 수순으로 우리는 결혼에 이르렀다. 사돈어른들이 이 세상 사람이 아니라는 이유로 내 부모는 한동안 우리의 결혼을 반대했지만 자식 이기는 부모는 없게 마련이었다.

결혼식 날 아내는 정말 아름다웠다. 정확히 말하자면, 아내의 머리카락은 정말 아름다웠다.

결혼식 행진곡에 맞추어 통로를 걸어오는 아내의 모습을 바라보는 순간, 과거 마음속 한구석을 꺼림칙하게 자리했던 연애 박사 후임병의 경고며, 그날 밤의 가위 눌림이며, 그로 인해 빚어져 흉측한 덩어리로 굳어졌던 갖가지 해괴한 망상들이 하얗게 표백되며 속속들이 휘발되는 것을 느꼈다. 하얀 면사포에 둘러싸여 정갈하게 틀어 올려진 아내의 까만 머릿결은 여신의 머릿결 같았다.

가슴이 울렁거려 도무지 진정할 수 없었다. 저런 머릿결을 가진 여자가 내 아내가 된다는 사실이 그렇게 뿌듯하고 설렐 수 없었다.

"신랑은 신부를 아내로 맞이하여 검은 머리가 파뿌리 될 때까지 아끼고 사랑하겠습니까?"

주례 선생이 판에 박힌 주례사를 읊었을 때 나는 다시금 아내의 검은 머릿결을 바라다보았다. 그러나 아내의 그런 머릿결이 '파뿌리'가 되는 광경은 아무리 애써 봐도 상상이 가지 않았다.

사람들의 박수를 받으며 아내와 결혼 행진을 할 때가 내 인생에서 가장 행복했던 순간이다. 그날 아내와 나는 제주도로 신혼여행을 떠났다. 바다가 보이는 호텔 객실에서 보낸 첫날 밤 나는 예의 가위 눌림을 우려했지만, 그 밤 나는 오히려 아내와의 잠자리를 마친 후 꿈도 없는 단잠을 잤다. 모든 우려가 기우로 사라졌다.

적어도 그때까지는 그랬다.

아내는 평범한 여자였다.

책 읽기보다는 드라마 보기를 즐겼고, 비디오를 봐도 액션이나 스릴러, 심각한 드라마보다는 로맨틱 코미디를 좋아했다. 텔레비전 홈쇼핑에서 저렴하게 판매하는 목걸이나 세 벌에 4만 원 하는 바지를 무이자 할부 3개월에 사은품까지 딸려 구입한 것을 행운으로 생각하는 여자였고, 아파트 단지 앞에 새로 생긴 쇼핑센터의 개업 세일에 달려가 한 판에 3000원 하는 달걀 한 판을 1000원에 사 오는 걸 행운으로 생각하는 여자였다. 여느 여자들과 마찬가지로 시사나 정치적인 문제보다는 연예인들의 사생활에 관심이 많았고, 주변에 이혼한 친구들이 있으면 심적 갈등보다는 성적 갈등 때문에 이혼했으리라 생각했다. 가끔 우리 형편에는 벅찬 목걸이

나 정장을 나 몰래 카드로 구입해 말다툼을 하는 경우도 있기는 했지만, 그야말로 가끔 있는 일이었고, 그 역시 아내의 평범함을 더 두드러지게 하는 요소일 뿐이었다.

그런데 아내가 왠지 다른 여자들과 다르다는 느낌이 들 때가 있었다.

그것은 자기 머리카락에 남이 손대는 것을 유난히 질색한다는 것이었다. 나 역시 누군가 내 머리카락을 만지는 것을 싫어하긴 했다. 내가 대머리라는 사실에 평소 강한 자의식을 갖고 있다 보니 그럴 만도 했다. 입대하던 날 논산까지 동행한 친구 녀석이 작별 인사를 하며 느닷없이 짧아진 내 머리채를 움켜 쥐고 흔들었을 때, 짧은 순간이지만 나는 녀석에게 살의를 느끼기까지 했다. 하지만 그 역시 급작스런 신체의 고통에 대한 당연한 반응이었을 뿐 유별난 건 아니었다. 입대 후 나는 가끔 그때 녀석의 돌연한 행동을 떠올렸고, 어쩌면 앞으로 겪어 나갈 26개월 간 자신을 잊지 말라는 상징적인 각인(刻印)이었는지도 모른다는 결론을 내리고 오히려 녀석을 그리워했다.

하지만 아내는 달랐다. 내 손길에 자신의 머리카락이 스치는 것조차 소스라치게 놀라며 용납하려 들지 않았다. 연애 때는 몰랐던 사실이다. 물론 너무 눈부셔서 감히 만져 볼 엄두도 못 내긴 했지만, 아내가 피부도 아닌 머리카락에 그렇게 신경이 예민하리라고는 생각도 못했다.

결혼 후 서로의 살 닿음에 익숙해지던 어느 날 밤이었다.

잠자리를 갖던 중 무심결에 내가 아내의 머리카락을 어루만졌는데, 아내가 느닷없이 정색을 하며 나를 밀어냈다.

"뭐, 뭐야. 당신 왜 그래?"

적의로 이글대는 아내의 눈초리를 느끼고서야 나는 아내와 처음 마주쳐 뒤를 밟았던 날의 기억을 떠올렸다.

"부탁이야. 미안한데, 딴 건 몰라도 이것만은 지켜 줄래? 내 머리에 손대지 마."

하얀 입김이 뿜겨져 나올 듯한 냉랭한 어조로 아내는 말했다.

"왜 그래? 살다 보면 자기 부인 머리카락도 만질 수 있고 그런 거지."

나는 대수롭지 않게 넘어가면서 다시 아내를 안으려 했지만, 아내는 다시금 나를 완강히 밀어냈다.

"장난하는 거 아냐. 어릴 때부터 그랬어. 왜 그런지는 나도 몰라. 근데 정말 싫어. 누가 내 머리 만지는 거……."

아내의 진지함을 나는 도무지 납득할 수 없었다.

"그러니까 제발 주의해 줘."

아내의 퍼런 서슬에 질려 나는 알았다고 약속했지만, 난데없는 아내의 돌변을 기분 좋게 받아들일 수는 없었다.

"기분 나빴다면 미안해, 자기야. 내가 머리카락에 좀 예민해서 그래."

아내의 사과를 듣고도 마음은 풀리지 않았다. 정작 머리카락에 예민해야 할 사람이 누구란 말인가. 나는 이미 완연한 대머리로 자리 잡은 머리를 하릴없이 긁적였다. 자리에 눕자 다시 아내가 내 품에 안겨 왔지만, 다시 잠자리를 갖고 싶은 생각은 달아난 지 오래였다. 아내는 나름대로 애를 썼지만, 어느 틈에서 뇌리를 기어 나온 손가락의 상처만이 머릿속을 헤집고 다녔다. 아내와 마주친 첫날, 입을 벌렸던 상처였다. 이미 흔적도 찾아볼 수 없을 만큼 아문 지 오래인 상처였지만, 유독 그날 밤은 그 상처가 다시금 입을 쩍 벌리고 내 의식을 좀먹어 들어왔다. 결국 그날 아내는 내 달아난 욕구를 되살리는 데 끝내 실패했다.

이상한 점은 또 있었다.

사람의 머리카락은 정상인의 경우에도 하루에 100올 정도는 빠진다고 한다. 늘 청소를 해도 방바닥에 머리카락이 뒹구는 것은 바로 그런 이유 때문일 터였다. 한데 이상하게도 아내의 머리카락은 집 안 어디에서도 눈에 띄지 않았다. 늘 집 안 여기저기를 뒹구는 것은 남성형 탈모증으로 빠져 나뒹구는 약간의 곱슬기가 있는 내 머리카락들뿐, 아내의 기다란 생머리는 집 안 어디에서도 목격되지 않았다. 물론 아내의 머리카락은 늘 아내의 머리에서 눈부신 자태로 온전히 빛을 발하고 있긴 했다. 그러나 여느 사람이라면 당연히 몇 올쯤 빠져서 방바닥을 뒹굴어야 할 머리카락들이 전혀 보이지 않는다는 건 이해할 수 없었다. 그래서 어느 날, 반은 혼잣말로, 반은 묻다시피 아내에게 말했다.

"어째 집 안에 뒹구는 게 맨 내 머리카락뿐이지?"

그러나 아내의 대답은 심드렁했다.

"당신이야 머리가 많이 빠지니까 그렇지. 그리고 난 머리 빗어도 항상 욕실에서 빗고 깨끗이 뒤처리를 하잖아."

아내의 말대로 뒤처리를 한 머리카락들이 있나 싶어 욕실 변기 옆의 휴지통을 뒤적여 보기까지 했지만, 역시 휴지와 생리대 몇 개 뿐 머리카락은 한 가닥도 나오지 않았다.

문득 이런 짓까지 하고 있는 내가 한심하다는 생각이 들어 픽 웃으며 세면대로 가 손을 씻었다. 한데 배수구 틈새에 뭔가 너울거리고 있었다. 자세히 들여다보니, 세면대 배수구에 아내의 머리카락 몇 올이 걸려 있었다. 머리를 감을 때 몇 올 빠진 모양이었다. 그럼 그렇지, 역시 괜한 잡생각이었어. 묘한 안도감이 들었다.

머리카락은 배수구가 막히는 데 가장 큰 원인을 제공하는 찌꺼기였다. 언젠가 배수구가 막혀서 끝내 배관공을 부른 적이 있었는데, 결국 그가 삼십 분이 넘게 특수한 갈고리로 배수관을 헤집은 끝에 갈고리에 달려 나온 것은 지렁이처럼 뒤엉킨 수백 올의 머리카락이었다. 머리카락 사이사이에는 각종 오물이 더덕더덕 붙어 있었다. 그래서 나는 아내의 머리카락을 끄집어내기 위해 손가락을 배수구 입구에 집어넣었다. 그때 갑자기 손가락 끝에 날카로운 통증이 느껴졌다.

"악!"

나는 손가락을 감싸 쥐었다. 어릴 때 밤나무 밑에 밤을 주우러 갔다가 비탈에서 미끄러지며 뒤로 손을 짚은 적이 있었다. 그런데 손을 짚은 자리에 하필이면 단단한 밤송이가 뒹굴고 있던 터라, 손바닥 전체에 호되게 밤 가시가 박혔다. 그때 느꼈던 통증과 흡사했다. 사실 더 날카로웠다. 뼛속까지 파고드는 통증이었다. 손가락 끝을 보니, 체해서 바늘로 손끝을 땄을 때처럼 오른손 검지 지문 윗부분에 빨간 피 세 점이 배어 나오고 있었다. 거기까진 그럴 수도 있는 일이었다. 손가락에 상처를 입힐 만한 찌꺼기가 배수구 입구에 걸려 있을 수도 있었다.

한데 놀라웠던 건 손등을 돌려 보니, 같은 손가락의 손톱 밑에서도 세 점의 피가 배어 나오고 있다는 사실이었다.

"왜 그래?"

돌아보니 아내가 욕실 문턱에 서 있었다. 비명소리를 들은 모양이었다. 한데 이상했다.

그때처럼 아내의 존재가 섬뜩하고 꺼림칙하게 느껴진 건 처음이었다. 그토록 아름다웠던 아내의 머리카락에서도 왠지 서슬 퍼런 귀기가 형광등 불빛을 받은 머리카락의 윤기를 따라 흘러내리고 있었다. 나는 얼른 손가락을 감싸 쥐며 대답했다.

"면도하다 벴어. 반창고 있으면 좀 갖다 줄래?"

나는 아내에게 거짓말을 했다. 순간적이지만 아내에게 사실대로 밝히면 안 될 것 같은 예감이 본능적으로 떠올랐기 때문이다.

"많이 다쳤어? 봐 봐."

"아…… 아니, 조금. 반창고만 붙이면 될 거 같아."

아내의 모습이 사라지자마자 나는 배수구 속부터 살폈다. 그러나 걸려 있던 머리카락은 온데간데없었다.

다음으로 나는 손가락 끝에 난 상처부터 살폈다. 자세히 살펴보니 단순히 찔린 정도가 아니었다. 손끝을 뚫고 들어간 것이 살과 뼈를 지나 손톱 밑으로 튀어나온 듯했다. 관통(貫通). 그러나 손끝과 손톱 밑의 상처를 제외하고는 아무 흔적도 남아 있지 않았다.

손바닥에 밤 가시가 박혔던 어린 날에는 박힌 밤 가시를 빼느라 엄청난 곤란을 겪어야 했다. 그중 일부는 끝내 제거되지 못하고 내 신체의 일부분으로 자리 잡았다. 지금도 내 손바닥 생명선 옆에는 점으로 보이는 밤 가시 자국이 남아 있다. 그러나 손가락을 뭔가에 찔린 그날에는 손가락에 위해를 가한 증거물을 끝내 찾아낼 수 없었다. 어쩌면 머리카락과 비슷한 가는 철사 따위가 배수구 구멍에 걸려 있다가 내 손가락을 파고들었을지도 몰랐다. 그리고 흐르는 수돗물에 쓸려 내려간 것일지도.

그렇게 결론짓고 아무렇지 않게 넘어가려 했지만, 기분은 전혀 개운해지지 않았다. 여전히 마음속의 머리카락들은 내 마음 구석에 걸려 수시로 너울거리며 속 시원히 내려가지 않았다.

내 성격상의 커다란 단점은 사람에 대해서 좋고 싫음이 분명할 뿐더러 그 좋고 싫음의 기준이 결정되면 쉽게 수정되지 않는다는 것이었다. 아내에 대해서도 그랬다.

아내의 머리카락에 대해 혐오감이 생기기 시작한 건 아마도 그날부터였을 것이다.

인간이란 정말 이상한 존재다.

사랑이 등을 돌리면 증오가 된다. 호감이 뒤바뀌어 혐오가 되며 고통은 나아가 쾌감이 되기도 한다. 울음이 웃음으로 바뀌기도 하고, 그 반대가 될 수도 있다.

그날 이후로 아내의 머리카락에 대해 느꼈던 매력이 빠른 속도로 사그라졌다.

그리고 그 자리를 아내의 머리카락에 대한 혐오감이 채우기 시작했다. 그 전까지는 아내의 어떤 단점도 머리카락 하나의 눈부심으로 덮어질 수 있었다. 그러나 그 눈부심의 빛이 바래기 시작하자 아내의 모든 단점들이 툭툭 불거져 나왔다.

아내는 다른 여자보다 마른 얼굴이었고, 특히 얼굴은 광대뼈가 두드러질 만큼 살이 없었다. 눈매도 날카로웠고, 성격도 그에 걸맞게 예민하기 짝이 없었다. 아내가 싫어지기 시작하면서 그 예민함이 가장 먼저 거슬렸다. 자기 머리카락에 손을 대는 걸 질색하는 성향도 나에게는 여간 짜증 나는 일이 아닐 수 없었다. 그러나 그렇다고 병장 휴가 때 내게 이별을 고한 옛 애인처럼 아내에게 "더 싫어지고 미워지기 전에 여기서 헤어지자."고 말할 수도 없는 노릇이었다.

그러다 이상형을 만났다.

부모님이 지병으로 돌아가신 후 나는 충북 충주로 이사했다. 번잡한 도심지와는 180도 다른 한적한 시골이었다. 차를 몰고 국도에서 빠져서 겨우 차 한 대가 지나갈 수 있는 콘크리트 포장도로로 오 분은 들어가야 나오는 곳이었다. 부모님께서 물려주신 집이었다. 부모님께서 돌아가실 때만 해도 반은 한옥식, 반은 양옥식이었고 마당이 무척이나 넓었던 집을 대대적으로 밀어 버리고, 꽤 이름난 인테리어 전문가를 고용해 그 자리에 현대식 집을 지었다. 저택 정도까지는 안 되어도 팬시점에서 파는 꽃 편지지에 등장할 정도는 되어 보이는 3층 전원주택이었다.

아내와 나 모두 부모가 물려준 돈이 넉넉했기에 생활하는 데에는 지장이 없었다.

당시 나는 미술대학을 졸업하고 서양화가로 활동하고 있었고, 전국 미술 대전에서 두어 번 수상하기도 한 경력을 갖고 있었다. 그리고 아내는 여전히 되먹지도 않은 글 나부랭이를 쓰며 시간을 좀먹고 있었다. 그 무렵 나는 더 이상 아내의 글에 가능성이 있다고 생각하지 않았다. 아내의 글은 어설픈 감상주의와 치기 어린 해피 엔딩으로 점철된 연애담이 대부분이었고, 시간이 흘러도 수준이 전혀 나아지지 않았다. 여하튼 둘 다 한적한 교외에 살며 사람들과 부대끼지 않는 생활에는 동의했기에 그리로 이사하는 데에는 문제가 없었다. 시골이라고는 하지만, 차로 이십 분 정도의 거리에 대형 마트가 있었기에 생활하는 데 지장이 없었다.

그녀를 만난 건 바로 그 무렵, 작년 늦봄이었다.

봄비가 늙은이의 마른 눈물처럼 청승맞게 내리던 오후, 나는 시내 화방을 향해 차를 몰았다. 바닥난 몇몇 유화 물감과 새 붓을 사기 위해서였다.

그때 국도변에서 손을 흔드는 여자가 있었다. 그녀였다. 우산도 없이 그녀는 차를 잡고 있었다.

나는 어지간하면 국도변에서 손을 흔드는 사람을 내 차에 태우지 않는다. 그러나 그날은 예외였다. 나는 나도 모르게 브레이크를 밟았다.

"감사합니다. 휴, 가랑비에 옷 젖는 것도 쉬운 일은 아니네요."

그녀는 차문을 닫으며 마치 노래를 부르는 듯한 말투로 말했다. 기분이 상쾌해지는 목소리였다. 우산 없이 왜 도로변에 서 있었냐는 내 물음에 그녀는 대답했다.

"방금 6년째 사귀던 남자랑 헤어졌거든요. 차 안에서 헤어지자는 얘길 꺼냈더니 여기에 떨궈 주고 가네요. 매너 꽝이죠?"

그러고는 그녀는 풋 웃음을 터뜨렸다. 순정만화에나 나올 법한 웃음소리 '풋' 을 실생활에 활용하는, 그것도 아주 자연스럽게 활용하는 특이한 여자였다.

"감기 걸리실 것 같은데, 어디 따뜻한 데 가서 차라도 한잔 대접해도 될까요?"

나는 히터를 올리며 물었다. 그녀는 미백된 듯한 치아를 환하게 드러내며 내 제의를 승낙했다. '꽃섬' 이라는 카페에서 마주한 그녀는 정말 아름다웠다.

그녀를 만난 후에야 나는 아내를 만난 게 아내의 머리카락에 홀린 '콩깍지'였을 뿐이란 걸 깨달았다. 그녀는 내가 무의식중에 원하던 모든 조건을 충족하는 여자였다. 사실 모든 게 완벽했다. 단하나, 머리카락만 제외하면.

신은 공평하다는 말이 딱 들어맞는 상황인 듯하면서도, 반대로 신은 불공평하다는 말이 더 들어맞는 상황 같기도 했다. 어떻게 아내 같은 추물에게 저렇게 아름다운 머리카락을 선사하면서 아름다운 그녀에게는 저렇게 푸석한 개털을 얹어 놓을 수 있단 말인가. 그녀의 머리카락은 정말 오래된 개수대의 찌든 때를 닦고 버린 쇠수세미 같았다.

"근데 미혼이세요?"

그녀가 물었을 때 나는 나도 모르게 그렇다고 대답해 버렸다. 사실 정말 그랬으면 하는 마음이 간절하기도 했다.

그 후로 그녀와 나는 일 주일에 두세 번씩 만났다. 그녀를 만나고 돌아오거나 그녀와 잠자리를 하고 돌아온 날에는 아내와 얼굴 마주치기도 싫었다.

게다가 아내는 점점 여위어 가고 있었다. 병원에서는 아무런 이상이 없다고 진단했다. 그런데도 나날이 체내의 수분이 일정량씩 증발하기라도 하는지 점점 말라 비틀어졌다. 얼굴을 볼 때마다 썩어 들어가는 고목을 보는 기분이 들었다.

그러나 아내의 머리카락만은 늘 풍성했고 생기가 넘쳐 흘렀다. 묘한 부조화였다. 마치 뿌리는 완전히 썩어 쭈글쭈글 오그라드는데, 그 뿌리에 달려 있는 줄기는 변함없이 푸른 생기로 넘쳐나는 것 같았다.

아내에게 그녀의 이야기를 털어놓은 건, 집으로 걸려 온 그녀의 전화를 아내가 받은 날이었다.

"누구야?"

아내는 물었다. 물기 없는 말투였다.

나는 사실대로 털어놓았다. 그러면서 내심 아내가 이혼하자는 얘기를 먼저 꺼내기를 바랐다. 내 말이 끝났을 때 아내가 말했다.

"헤어져."

처음에 나는 그 말을 이혼하자는 뜻으로 알아듣고 내심 기뻐했다. 그러나 그 반대였다.

"그 여자가 누군지, 어떤 여잔지 알고 싶지 않아. 책임을 추궁할 생각도 없어. 내가 바라는 건 당신이 그 여자한테 지금 당장 전화를 걸어서, 내가 보는 앞에서 헤어지자 얘기하는 거야."

그러나 그녀와 헤어지기에는 늦은 상태였다. 이미 나는 아내보다 그녀를 더 사랑하고 있었다. 나는 절대 그럴 수 없다고 딱 잘라 말했다.

"그래?"

아내는 기가 막히는 듯 눈을 치켜 떴다.

아내의 머리카락이 형광등 불빛에 올올히 빛나며 귀기를 풍겼다.

간담이 서늘했다. 하지만 거기서 물러설 수는 없었다.

"그래. 당신이랑 이혼하는 한이 있어도 못 헤어져."

결연한 내 대답에 아내는 피식 웃었다.

"그래? 그렇단 말이지?"

아내는 연신 코웃음을 쳤다. 하지만 증오로 가득 찬 얼굴이었다. 그저 여느 여자와 다름없이 평범하기만 했던 아내의 얼굴에 그런 표정이 감추어져 있었다니 소름 끼쳤다.

한동안 코웃음을 치던 아내가 마침내 입을 열었다.

"그럼 내가 그년을 죽여 주지."

아내의 입가가 씰룩였다.

"어떻게 죽일지 알아? 면도날로 죽죽 그어서 살을 채 썰 거야. 당신이 보는 앞에서. 당신이 품었던 그년의 얼굴, 입술, 가슴, 엉덩이, 허벅지, 모두 가늘게 썰어 버릴 거야. 그리고 당신이 보는 앞에서 먹어 치우겠어."

아내의 말투는 진지하기 그지없었다. 아무리 글을 쓴다지만, 그런 섬뜩한 얘기를 나에게 하는 것부터가 정신 상태를 의심하게 할 만큼 엽기적이었다.

"내가 장난하는 것 같아? 장난인지 아닌지 보여 주지."

아내는 실실 웃으며 자리에서 일어섰다.

그때 나는 보았다. 한 올 한 올이 살아 움직이는 환형동물처럼 허공으로 쭈뼛 일어서는 아내의 머리카락을.

마치 사방에서 강한 정전기가 아내의 머리카락을 끌어당기는 것 같았다. 나는 놀라 뒤로 자빠졌다. 내 어깨에 부딪힌 화초가 바닥에 떨어지며 박살났다.

그 순간 나는 깨달았다.

아내를 죽이지 않는다면 내가 죽을 것이란 사실을.

사방으로 뻗은 아내의 머리카락들은 심해의 해초처럼 너울거

리며 살기를 뿜어 냈다. 나는 버르적거리며 뒤로 물러났다. 아내
는 서서히 나에게 다가섰다. 그리고 입을 열었다.

"너희 인간들이란…… 다 그 따위밖에 안 돼. 모든 게 순간이
지. 그 찰나의 쾌락 때문에 자신을 망치는 거야. 그게 영원히 계속
될 것 같아? 순간이야. 수컷이 사정하면서 느끼는 오르가슴은 고
작해야 30초야. 그 30초를 위해 목숨을 걸기도 하지."

낮게 가라앉아 있으면서도 노기로 가득한 목소리였다. 그 머리
카락들과 얼굴과 목소리에 이르기까지, 내 앞에 선 아내에게서 평
범했던 그녀의 모습은 사라지고 없었다. 혼란스러운 머릿속으로
연관성이 없는 무수한 단어들이 무질서하게 떠올랐다가 바스러지
기를 반복했다. 다중 인격. 염력. 정신분열. 물신숭배. 연쇄 살인.
카니발리즘. 면도날. 아귀(餓鬼). 메두사. 존속살해……. 심장이
갈비뼈를 부수고 튀어나올 듯 뛰었다. 뭔가 변명을 해야 했다. 일
단은 아내가 납득할 수 있을 만한 변명으로 아내의 비정상적 상태
를 진정시켜야 했다. 하지만 입만 달싹거릴 뿐 나는 그 어떤 말도
하지 못했다.

"죽는 건 순간일 거라고 생각하겠지? 그렇지? 하지만 아냐. 내
가 아주 천천히 죽음을 음미할 수 있게 죽여 줄 수 있어. 이 여자
의 가족도 그랬지. 사 년을 사귀어 오다 이 여자를 걷어찬 자식도
그랬고, 이 여자의 뱃속에 두 번이나 아기를 들어앉히고도 수술비
만 내밀었던 자식도 그랬어. 차라리 죽여 달라고 애원하면
서……. 설마 내가 했던 거짓말들을 다 믿은 건 아니겠지? 아니
믿었을 수도 있어. 인간은 복잡하면서도 사실 단순하니까…….
이성이니 뭐니 하는 게 인간의 전부일 것 같아? 고통을 맛보게 되

면 이성 따윈 안중에도 없게 돼. 한순간이라도 고통을 멈출 수 있다면 무슨 짓이라도 하고 싶어지지. 그 느낌을 알아? 신체가 도막도막 나면서 자신이 서서히 죽어 가는 느낌을 알아? 그걸 한번 느껴 봐."

아내는 미쳤다. 어쩌면 아내는 인간이 아닌지도 몰랐다. 여하튼 아내가 나를 죽이려 한다는 사실만은 분명했다. 아침에만 해도 된장찌개를 끓여 주고, 인기 있는 드라마에 등장하는 악녀가 너무한다며 그 인물이 실존 인물이라도 되는 듯 험담을 늘어놓고, 내 간이 안 좋아진 것 같다며 간장약을 챙기던 아내였다. 그런 아내가 머리카락을 사방으로 하늘거리며, 잔악한 표정으로 끔찍한 대사를 읊으며 다가서는 모습을 보는 건 정말이지 치떨리는 공포였다.

주변을 휘둘러보았지만, 내 몸을 방어할 무기가 될 만한 것은 눈에 들어오지 않았다. 소리를 질러도 소용없는 일이었다. 이 집을 중심으로 반경 1킬로미터 이내에 사람이라고는 아내와 나뿐이었다. 낮이라면 주변의 과수원에 배 봉지를 싸러 오는 아낙들이나 과실수에 농약을 뿌리러 오는 농부들이라도 있을 테지만, 지금은 그 모두가 돌아간 시각이었다.

"여…… 여보. 자, 잠깐만…… 잠깐만 진정해 봐. 내, 내가 경솔했던 거 같아. 잠깐 진정하고 다시 얘기해 보자고, 응?"

나는 겨우 더듬거리며 아내에게 말을 꺼냈다.

"여…… 여보? 자, 잠깐만……? 진정? 경솔? 얘기? 네가 그렇게 수습하면 이 모든 게 다 없었던 게 되고 전처럼 다시 돌아갈 것 같아?"

아내는 내 말투를 흉내 내며 냉소를 흘렸다. 그때 다시금 전화벨이 울렸다. 아내의 눈이 전화로 쏠렸다. 그 틈을 타 나는 현관으로 내달려 현관문을 부수다시피 열고 밖으로 나왔다. 그리고 현관 입구에 놓인 대여섯 개의 계단을 한 번에 뛰어내렸다. 그러나 운이 좋지 않았다. 땅에 착지하면서 발이 접질려 나는 땅바닥에 고꾸라졌다. 오른쪽 발목 관절이 어긋난 모양이었다. 아내가 현관문을 열고 밖으로 나왔다.

죽는다. 죽는다.

나는 볼썽사납게 다리를 절룩이면서도 필사적으로 뛰었다. 뒤를 돌아보니 아내는 이미 계단에서 땅으로 내려서고 있었다. 침착하면서도 신속한 동작이었다. 사방으로 뻗힌 시커먼 머리카락들이 연신 너울거렸다. 먹이를 찾아 너울거리는 히드라의 촉수처럼.

죽는다. 죽는다.

눈앞에 잡동사니를 쟁여 두는 간이 창고가 보였다. 저기라면 아내에게 대항할 만한 무기가 있을지도 몰랐다. 창고 앞에 다다른 나는 창고 문손잡이를 잡아당겼다. 그러나 창고 문은 열리지 않았다. 문손잡이 옆에는 주먹만 한 자물쇠가 채워져 있었다. 아내가 지척으로 다가왔다.

"으아아아……."

나는 미친 듯이 몸으로 창고 문을 들이받았다. 자물쇠가 걸린 경첩은 못으로 고정되어 있었다. 다행히 충격이 가해질 때마다 경첩의 못이 조금씩 밖으로 밀려 나왔다. 아내가 눈앞에 다가왔을 때 문이 벌컥 열렸다.

창고 안은 어두워서 아무것도 보이지 않았다. 나는 닥치는 대로 손에 잡히는 물건들을 아내에게 던졌다. 내가 던진 물건들이 아내의 얼굴과 몸을 강타했지만 아내는 아랑곳하지 않았다.

'빠루' 라 불리는 못뽑이 공구가 손에 잡힌 것은 눈앞에 다가선 아내가 뭔가 행동을 개시하려던 찰나였다.

나는 아내의 목을 향해 있는 힘껏 빠루를 휘둘렀다. 반원을 그리며 날아간 빠루의 구부러진 대가리가 정확히 아내의 목 왼쪽에 휘어진 주둥이를 박았다.

"컥!"

아내는 불의의 타격에 뒤로 주춤주춤 물러났다. 나는 아내의 목에 박혀 있던 빠루를 뽑아냈다. 빠루의 주둥이가 파고든 목 동맥의 구멍에서 피가 죽죽 솟구쳤다. 나는 다시금 피가 솟구치는 아내의 목을 향해 빠루를 휘둘렀다. 아내가 쓰러졌다. 아내는 목으로 피를 콸콸 쏟으면서도 창고 바닥을 북북 기었다. 쫓고 쫓기는, 죽고 죽이는 입장이 뒤바뀌었을 때 나타나는 사악한 쾌감이 온몸의 말초신경을 황홀하게 마비시켰다.

"씹할년이 뒈지려고…… 흥, 죽여 줘? 죽여 주긴 뭘 죽여 줘? 죽여 봐, 이 미친년아! 죽여! 죽여!"

나는 '죽여' 에 맞추어 아내의 목에 빠루를 휘둘렀다. 빠루가 꽂히는 자리마다 피가 솟구쳤다.

"뒈져! 뒈져! 이 개 같은 년아! 뒈져!"

아내는 창고 바닥에 길게 뻗었다. 그러나 나는 휘두름을 멈추지 않았다. 이미 구멍이 난 아내의 목을 내리치고 또 내리쳤다.

아내의 머리는 거의 몸과 분리되어 있었다. 이미 오래전에 숨이 끊긴 상태였다. 목은 폭탄이라도 맞은 듯 너덜거렸고, 분리된 머리와 몸을 간신히 피부 껍질 한 점이 이어 주고 있었다. 나는 발끝으로 아내의 머리카락을 툭툭 건드려 보았다. 살아 있는 생물처럼 낱낱이 허공에 떠올라 너울거리던 머리카락은 창고 바닥에 축 늘어져 미동도 하지 않았다. 이만 게 괜히 겁을 주었단 말이지. 나는 아내의 머리카락을 움켜 쥐고 거칠게 잡아당겼다. 그나마 몸을 이어 주고 있던 피부 껍질 한 점마저 툭 끊어졌다. 아내의 머리를 쥐어 들고 창고 여기저기를 뒤지던 나는 곡괭이와 삽을 찾아냈다. 그리고 아내의 머리를 든 채로 창고 밖으로 나갔다.

"씹할년이 뒈지려고……. 개 같은 년이……. 뒈져야 정신을 차리지."

아내의 머리카락을 움켜 쥐고 나는 미친놈처럼 혼잣말을 연신 중얼거리며 걸었다. 살아서 다행이란 생각 외에는 아무런 생각도 들지 않았다. 접질린 발목이 욱신거렸다. 아내의 머리가 땅바닥에 끌리며 듣기 거북한 소리를 냈다.

나는 집 뒤의 공터로 가서 잡초들로 덮인 흙을 삽으로 얇게 떠 내기 시작했다. 본능적으로 나는 무엇을 해야 할지 알고 있었다.

떠 낸 흙을 조심스레 곁에 내려놓고, 그 자리를 곡괭이와 삽으로 파 들어간 지 두 시간이 넘어서야 아내를 묻을 만한 공간이 확보되었다. 온몸이 땀에 젖어 옷이 들러붙었다.

나는 구덩이에서 기어 나와 아내의 머리를 구덩이 속에 집어던졌다. 그리고 남아 있는 아내의 몸을 가지러 창고에 갔다. 머리가 잘려 나간 아내의 몸은 창고에 방위 방(方) 자로 볼썽사납게 널브러져 있었다. 나는 아내의 몸을 들쳐업고 공터의 구덩이로 걸어갔다. 아내의 잘려진 목에서 흘러 나온 피가 등줄기를 타고 흐르는 뜨뜻미지근한 느낌이 불쾌했다. 피는 셔츠를 흥건히 적시고도 혁대 밑 팬티에까지 축축이 파고들었다.

구덩이에 이르러 나는 몸뚱이를 던져 넣기 위해 구덩이 속을 들여다보았다.

없었다.

아내의 머라가 온데간데없었다. 이상했다. 잘린 머리가 어른의 키를 훌쩍 넘는 구덩이를 기어 나왔을 리 만무했다. 그러나 머리는 아무리 구덩이를 샅샅이 살펴보아도 없었다. 나는 미친 듯이 구덩이 주변을 돌아다니며 수풀을 헤집고 아내의 머리를 찾아 헤맸다. 그러나 어디에서도 아내의 머리는 발견되지 않았다.

동이 트고 있었다.

우선은 사태를 수습해야 했다. 나는 아내의 머리를 찾는 일을 뒤로 미루고 몸뚱이부터 구덩이에 파묻었다. 파묻은 자리는 미리 떠 놓은 잡초 덮인 흙으로 덮었다. 창고 바닥의 피와, 아내의 몸뚱이를 묻은 자리까지 이어진 핏자국들은 깨끗이 물청소를 해야 했다. 힘들었지만, 그래도 내가 죽는 것보다는 나았다. 다만 내내 찜찜했던 건 아내의 머리가 사라졌다는 사실이었다. 어디서도 아내의 머리는 보이지 않았다. 어쩌면 내가 창고로 몸뚱이를 가지러 간 사이에 굶주린 들고양이 따위가 물어 갔을 수도 있었다. 어쩌면 구덩이 둘레의 흙이 떨어져 내려 머리가 덮여 보이지 않았을 수도 있었다. 여하튼 마음에 걸리는 건 아내의 머리가 나 아닌 다른 사람들의 눈에 띌 가능성이었다. 그렇게 되면 하릴없이 내가 살인죄를 뒤집어쓰게 될 터였다. 아내가 나를 죽이려 들었다거나, 머리카락이 사방으로 뻗어 너울거렸다거나, 아내가 내게 끔찍한 위협을 했다고 말해도 그 말을 믿을 사람은 아무도 없을 터였다.

하지만 아내의 머리가 사라지고 사흘이 지나도록 염려했던 일은 일어나지 않았다. 나는 그제야 아내의 머리를 찾아 집 주변을 헤매는 일을 그만두었다. 어차피 사흘이 지났다면 아내의 머리는 어딘가에서 구더기밥이 되어 있을 터였다.

아내를 죽인 지 일 주일이 되던 날, 나는 경찰서에 실종 신고를 냈다. 개기름이 번들거리는 경찰은 심드렁하게 신고를 접수했다.

"어느 놈이랑 바람나서 나간 거지, 뭐어……."

경찰서 문을 나설 때 경찰이 동료에게 하는 농을 나는 들었다. 누구도 나를 의심하는 사람은 없었다. 오히려 여기저기서 나를 위로하는 연락이 끊이지 않았다. 나는 비로소 자유로워진 몸으로 그녀와 재회할 수 있었다. 그녀는 눈물까지 글썽이며 보고 싶었다고, 무슨 일이 있었던 거냐며 내 품에 안겼다. 내가 유부남이든 뭐든 상관없다고 그녀는 말했다.

끝내 아내의 머리는 발견되지 않았다.

적어도 그해 여름까지는.

시골에는 밤이 더 빨리 찾아온다.

여름 끝무렵이라지만 8시가 되자 밖은 완전히 어둡다. 나는 창가에 서서 담배를 피워 문다. 몇 점의 가로등 불을 제외하면 완전히 밤에 점령된 바깥 풍경이 창문을 통해 바라다보인다. 창에 방충망이 없는 탓에 모기가 들어올지도 모른다. 시골 산모기는 도시 모기보다 드세고 독하다. 전자 모기향을 피워 놓았지만 미덥지 않다. 담배를 피우고 에프킬라를 한번 뿌려야겠다. 격렬한 사랑을 나눈 후의 담배는 맛이 텁텁하다. 입 안의 침이 말랐기 때문이리라. 침대에는 나의 그녀가 알몸으로 누워 있다. 잠이 들었을 것이다. 그녀는 섹스 후 곧잘 잠이 든다. 그 잠이 그렇게 달콤하게 느껴질 수 없다는 것이다. 생물학적으로 섹스 후에 잠이 오는 것은 자궁에 삽입된 정액을 안정적으로 보관하기 위한 생존 전략의 일환이라는 말을 어느 과학 잡지에서 읽은 적이 있다. 잠든 그녀의 얼굴이 사랑스럽다. 개털처럼 푸석했던 머릿결도 많이 좋아졌다. 코팅과 스트레이트 또는 영양 퍼머 덕분이다. 요즘은 아내가 과연 내 인생의 한 부분으로 존재했던 적이 있는지, 아내의 머리카락이 곤두서고 아내가 나를 죽이려 들었던 적이 있는지 의심스러울 만큼 아내에 대한 기억이 희미하다.

아내를 죽인 지 이미 두 달이 지났다.

그동안 경찰에서 단 한 번 형식적인 조사를 위해 집에 들른 적이 있지만, 역시 형식적인 것이었을 뿐 나를 의심하지는 않았다. 그도 그럴 것이 그 어디에서도 아내의 흔적을 발견할 수 없었던 것이다. 오늘 아침 아내의 몸뚱이를 묻은 장소에 가 보았을 때 그 자리는 이미 전혀 표가 안 날 만큼 잡초가 자라 있어 나조차도 묻은 자리를 정확히 구별해 낼 수 없을 정도였다.

그녀를 집에 데려오기 시작한 건 아내를 죽이고 난 한 달 후부터였다. 조심스럽게 그녀를 내 집으로 데려와 같이 보내는 밤은 어린 시절 부모님이 외출한 빈집에서 동생과 난장판을 벌이던 날과 같은 은밀한 즐거움이 있었다. 사라진 아내의 머리가 내내 마음에 걸리기는 했지만 아무 일도 일어나지 않았다. 그러나 나는 침실 침대 밑에 장전된 사냥총을 준비해 두었다. 혹시나 무슨 일이 있을지 몰라서였다.

등 뒤에서 옅은 향기가 느껴진다. 그녀다. 잠이 깬 모양이다. 그녀는 맨발로 내 등 뒤로 다가와 옆구리 사이로 손을 끼어 넣고 나를 껴안는다. 뭉클한 가슴이 등에 느껴진다. 기분 좋은 촉감이다. 이 순간 그녀라면, 그녀를 향한 사랑이 영원토록 변치 않을 것 같다는 예감이 든다.

"무슨 생각 해?"

그녀가 묻는다. 얼굴을 내 등에 파묻은 채로.

"너라면 내 사랑이 영원히 변하지 않을 거라는 생각 하고 있었어."

멜로드라마에나 나올 법한 신파조 대사지만, 나는 진심으로 그녀에게 말한다. 그녀 역시 말한다.

"나도……"

라고.

"자기야, 모기 있나 봐. 나 여기 물렸어."

그녀가 어리광을 부리며 자신의 팔꿈치를 가리킨다. 나는 그녀의 팔꿈치에 정성스레 물파스를 발라 주고 나서 화장대 위에 놓여 있던 에프킬라를 집어들고 방 여기저기에 뿌린다. 평소에는 불쾌하기까지 했던 에프킬라 특유의 냄새도 그녀와 함께하니 감미롭기까지 하다.

기분 좋은 밤이다. 다시금 그녀와 사랑을 나누고 싶어진다. 그런데 그녀가 갑자기 그 좋은 기분을 깨뜨린다.

"근데 무슨 소리 안 들려?"

"무슨 소리?"

"몰라. 아까부터 아래층에서 무슨 소리가 들리는 거 같아서……."

잘못 들었을 것이다. 설혹 그런 소리가 났다고 해도 길을 잃고 집 안으로 들어온 개구리나 다람쥐 따위일 것이다. 시골에 살다 보니, 간혹 산짐승들이 허술한 집의 틈새를 통해 집 안으로 들어와 헤매고 다니는 경우가 있었다. 여하튼 그냥 넘어갈 일은 아니다. 집 안으로 들어오는 산짐승은 개구리나 다람쥐만은 아니었으니까. 지난 장마철에는 공구함을 열었을 때 거기서 새카만 뱀 한 마리가 스멀스멀 기어 나온 적도 있었다. 독사였다. 그때 나는 재빨리 삽 모서리로 뱀의 대가리 밑부분을 후려쳤다. 한 번. 두 번. 세 번째에야 뱀의 대가리는 완전히 잘려 나갔다. 대가리가 잘린 뱀은 미친 듯이 몸뚱이를 꿈틀거리더니 한참이 지난 후에야 잠잠해졌다. 그때처럼 뱀이 들어왔을지도 모른다. 별다른 일이야 없겠지만 그래도 혹시 모르는 일이다. 나도 그녀처럼 아래층에서 나는 소리에 귀를 기울여 본다. 그러나 밖에서 이따금 들려오는 바람 소리 말고는 잠잠하다.

"아무 소리도 안 나는데?"

"아냐. 정말 났다니까……."

다시금 귀 기울여 보니, 아닌 게 아니라 무슨 소리가 나는 것 같기도 하다. 분명하지는 않지만 뭔가 바닥에 끌리는 소리 같다. 나는 서둘러 침대 밑에서 장전된 사냥총을 끄집어낸다.

"뭐야. 왜 이렇게 과민 반응이야?"

"혹시 몰라서……."

나는 사냥총의 안전장치를 풀고 방문을 연다. 복도에는 아무것도 없다. 아래층에서 다시금 뭔가 끌리는 소리가 난다.

"자기야, 조심해."

뒤돌아보니 그녀가 방문을 열고 얼굴을 비죽 내밀고 있다.

"빨리 문 닫고, 잠그고 있어."

나는 아래층으로 내려가는 목재 계단을 밟는다. 계단이 삐걱거리는 소리가 유독 거슬린다. 아래층은 어둡다. 계단 중간의 벽에 샹들리에 스위치가 있다. 어둠 속에서 뭔가 움직이는 것도 같다.

"누구야?"

그러나 아무런 대답도 없다.

"누구냐고!"

짐짓 거칠게 소리질러 보지만, 여전히 소리도 움직임도 느껴지지 않는다. 그저 내가 계단을 내딛는 소리만 불쾌하게 귓속을 긁을 뿐이다. 스위치까지 가는 거리가 멀다.

계단 밑에서 뭔가 튀어나올 것 같다. 원초적으로 간직되어 있던 공포심이 가슴속에서 일어 속을 울렁거리게 한다.

벽을 더듬던 손이 마침내 스위치에 닿자, 나는 다급하게 스위치를 누른다. 샹들리에 불조차 쉽사리 켜지지 않는다. 형광등을 갈아 놓았어야 했다는 후회가 든다. 샹들리에의 오래된 형광등이 불규칙하게 깜박이는 와중에 거실의 사물들이 사이키 조명 아래에서처럼 번뜩이며 눈에 들어왔다가 이내 어둠 속으로 사라진다. 그 사이 뭔가 시야를 스쳐 지나가는 것 같기도 하다. 마침내 불이 켜진다.

어둠이 사라진 거실에는 아무런 움직임도 보이지 않는다. 나는 거실로 내려가 여기저기를 둘러본다. 등 뒤로 뭔가 지나가는 소리가 들린다. 돌아본다. 그러나 아무것도 없다. 때로 인간의 감각은 아무 짝에도 쓸모 없는 환청이나 환각을 만들어 내곤 한다. 이 순간 오감 따위는 믿을 게 못 된다는 사실은 정말이지 절망이다. 그러나 그렇게 믿을 수 없는 오감에 전적으로 의지해야 할 수밖에 없다는 건 그보다 더한 절망이다. 아무 일도 아닐 것이다. 그저 길을 잃은 다람쥐나 개구리 따위가 들어온 것일 뿐이다.

그러고 보니 거실 앞으로 난 창이 좀 이상하다. 창에 쳐 놓은 커튼이 바람에 펄럭인다. 아까 나는 분명 창을 단단히 잠그고 커튼까지 쳐 놓았다. 달려가서 커튼을 젖힌다. 보니, 바람은 왼쪽 밑부분에 난 구멍을 통해 들어오고 있다. 유리창은 기묘하게 깨져 있다. 두께가 5밀리미터는 족히 되는 강화유리다. 벽돌을 집어던져도 한두 번 던져서는 흠집조차 나지 않는다. 그런데 그 유리의 왼쪽 밑부분이 깨져 있다. 아니, 정확히 말하자면 유리에 구멍이 나 있다. 축구공 하나는 족히 드나들 만한 구멍이 왼쪽 밑부분에 나 있고, 그 주변에는 잘디잔 구멍이 숭숭 나 있다. 이상하다. 이런 재질의 유리는 구멍이 생길 정도의 충격을 받으면 대개 조각조각 박살이 나게 마련이다. 그러나 구멍과 그 구멍 주위의 잘디잔 구멍들을 제외하면 유리창에는 금 한 줄조차 나지 않았다. 유리창에 이런 구멍이 나 있다는 것도 이상하고, 이런 구멍이 나는데 위층에서 아무런 소리도 듣지 못했다는 것도 이상하다. 순간, 위층에서 또다시 뭔가 끌리는 소리가 난다. 뒤이어 위층에서 방문이 열리는 소리가 난다.

"자기야, 도대체 무슨 일……."

그녀의 목소리. 그리고 다시 잠잠하다.

일이 터졌다. 나는 계단을 다급하게 오른다. 일이 터진 게 분명하다. 계단을 거의 다 올랐을 즈음 나는 발을 헛디뎌 호되게 정강이를 계단 모서리에 찧는다. 눈물이 날 정도로 고통스럽다. 그러나 마냥 괴로워하고 있을 계제가 아니다. 나는 절룩거리며 복도에 들어선다.

그녀의 모습이 보인다. 아직 아무것도 걸치지 않은 알몸이다. 한데 이상하다. 그녀는 나를 향해 선 채 입을 쩍 벌리고 있다.

"괜찮아?"

그러나 그녀는 대답하지 않는다.

"그어어어……."

그녀는 기묘한 소리를 내고 있다. 방문 앞에 선 채로. 마치 이를 닦고 입속을 헹굴 때 내는 소리를 나지막이 내고 있는 것 같다.

가까이 가서 보니 그녀의 몸 앞쪽을 뭔가가 뒤덮고 있다. 자세히 들여다보니 무수한 머리카락들이다. 머리카락들은 날이 곤두선 바늘처럼 그녀의 머리부터 등, 엉덩이, 허벅지, 종아리에 이르는 온몸을 꿰뚫고 나와 하늘거리고 있다.

머리카락들이 움직이고 있다.

그녀의 등 뒤로 아내의 머리가 보인다. 허공에 떠 있다, 아내의 머리가. 분명 아내의 머리는 완전히 죽어 움직이지 않고 있지만, 머리카락들은 사방에 가닥들을 뻗어 천장이며 천장의 전등이며 벽걸이 등을 휘감고, 이미 썩어 문드러진 아내의 머리를 지탱하고 있다.

저 망할 것이 지옥의 틈새에서 북북 기어 나온 것이다. 머리카락은 그것을 달고 있는 머리통의 양분을 쪽쪽 빨아들이기라도 했는지, 가닥가닥 이 미터는 족히 되도록 길었고 빛나는 생기로 번

득였다.

그녀의 몸을 관통한 머리카락들이 갑자기 미친 듯이 요동친다. 머리카락들에 의해 거칠게 헤집어진 그녀의 몸 전체에서 피가 새어 나오기 시작한다. 그녀는 무기력한 경련을 해 대다 끝내 바닥에 고꾸라진다.

확실히 보인다. 저 망할 대갈통. 미라처럼 쪼그라든 아내의 대갈통을 지탱하고 있는 머리카락들. 머리카락들은 단말마의 경련으로 이따금 움찔거리는 그녀의 몸에서 스륵 빠져나와 서서히 나에게로 손길을 뻗친다. 몸이 좀처럼 움직이지 않는다. 저 머리카락들을 갈가리 찢어 버려야 하는데 몸이 굳어 움직이지 않는다. 나는 꿈을 꾸고 있는 것이다. 꿈이 아니면 이런 일이 일어날 수 없다. 눈을 뜨면 아름다운 그녀가 내 품에 안겨 잠들어 있을 것이다. 내 아름다운 그녀가 저런 망할 머리카락에 꿰뚫려 너덜너덜한 고깃덩이가 될 리 없다.

하나…….

가위 눌림에서 깨어날 때 나는 심호흡을 하며 셋까지 숫자를 세고 '셋'에 맞추어 혼신의 힘을 다해 몸을 움직이곤 했다. 그러고 나면 비록 미세한 동작으로나마 몸이 움직였고, 나는 가위 눌림에서 깨어날 수 있었다.

두울…….

이게 가위 눌림이든 현실이든 간에 셋을 세고 나는 움직일 것이다. 가위 눌림이라면 깨어날 것이며, 현실이라면 저 망할 대갈통을 산산이 박살 낼 것이다.

셋.

나는 사냥총을 들어올려 머리를 향해 방아쇠를 당긴다. 탕! 요란한 소리와 함께 날아간 총알이 아내의 한쪽 눈에 명중한다. 그러나 피도 새어 나오지 않는다. 구멍이 뚫린 아내의 머리는 이미 죽은 송장 대가리가 아니었던가. 그렇다면 어떻게 해야 저 머리카락들을 잠재울 수 있단 말인가. 나는 소용없는 줄 알면서도 절박하게 방아쇠를 연이어 당긴다. 두 번째로 발사된 총알이 역시 아내의 턱에 명중했지만, 머리카락들에게는 일말의 충격도 주지 못한 모양이다. 머리카락들은 나에게 달려든다. 나는 재빨리 방문을 열고 몸을 방 안으로 날린다.

순간, 왼쪽 발목에 불에 데인 듯한 통증이 느껴진다. 통증은 점점 날카로워지면서 발목의 모든 신경들을 산산이 찢어 놓는다. 내려다보니 머리카락들이 나의 발목 부분을 꿰뚫고 나와 너울거리고 있다.

"끄아아아아!"

나는 귀청이 찢기도록 비명을 지르며 바닥에 나둥그러진다. 그래도 고통은 가시지 않는다. 발목을 꿰뚫은 머리카락들이 내 발목 속의 근육과 뼈와 힘줄 들을 휘젓는다. 이를 악물어 보지만, 죽음보다 더한 고통은 점점 더 강해진다. 머릿속이 멍해지며 웅웅 울린다. 발목을 뚫고 나온 머리카락들은 가차없이 내 종아리로 다시금 파고든다. 수십, 수백의 고통으로 종아리의 신경들이 걸레조각처럼 찢겨 나간다. 온몸이 부들부들 떨린다. 이 고통을 멈추게 해주는 게 있다면 나는 그것에 영혼이라도 바칠 것이다. 나는 낮은 포복으로 바닥을 북북 긴다. 육수처럼 배어 나오는 땀 때문에 팔꿈치가 자꾸만 미끄러진다. 질질 끌리는 소리가 들린다. 머리카락 끝에 달린 아내의 썩은 머리통이 끌려 오고 있다. 눈앞에 화장대 다리가 보인다. 나는 화장대 다리를 향해 손을 뻗는다.

머리카락이 내 다리를 끌어당긴다. 화장대 다리에 거의 미쳤던 손이 다시금 뒤로 주룩 밀려난다. 종아리를 파고든 머리카락들이 내 다리 속에서 꿈틀대며 허벅지로 쑥쑥 밀려든다. 죽는 게 차라리 나은 고통이다. 나는 손을 뻗어 화장대 다리를 붙들고 버틴다. 다리 속에 박힌 머리카락은 갈고리처럼 나의 다리 근육을 속에서 휘감아 거칠게 끌어당긴다.

"끄으으으……."

이를 악물어도 나의 것이 아닌 듯한 신음소리가 터져 나온다. 머리카락의 끌어당김은 점점 더 거세지고, 더 거칠어진다. 필사적으로 매달린 화장대가 흔들거린다. 화장대 위에 있던 물건들이 내 머리 위로 우수수 떨어진다. 더러는 바닥에 부딪혀 박살 나고 더러는 제멋대로 바닥을 뒹구는 물건들 중 눈에 들어오는 게 있다. 에프킬라와 일회용 라이터다. 인화성 물질에 대한 개념이 없었던 어린 시절 옆집 친구 녀석과 에프킬라를 가지고 내기를 한 적이 있다. 녀석의 생각은 분무되는 에프킬라가 소화기의 역할을 한다는 것이었고, 나는 그 반대였다. 결국 직접 시험해 보기로 하고, 불을 댕긴 성냥개비에 에프킬라를 뿌렸을 때 녀석과 나는 성냥불을 화염으로 탈바꿈시키는 에프킬라의 위력에 기겁을 했더랬다.

나는 이를 악물고 에프킬라를 향해 손을 뻗는다. 죽는 것 따위는 상관없다. 다만 한시라도 빨리 이 고통에서 벗어나고 싶다.

손끝에 에프킬라가 닿는다.

머리카락은 이미 내 사타구니까지 뻗어 있다. 라이터……. 라이터가 잡힌다. 부싯돌에서 불똥이 튀고 라이터에서 불꽃이 일어나는 모습이 슬로 모션으로 보인다. 나는 머리카락들을 향해 몸을 돌린다. 에프킬라에서 휘발성 약품이 뿜어져 나오고 라이터의 불꽃이 용이 뿜는 불처럼 머리카락을 향해 날아간다.

머리카락에 불이 붙자, 불은 순식간에 머리카락을 덮는다. 머리카락들은 여느 머리카락처럼 불에 그슬리지 않는다. 머리카락들은 불꽃색이 되어 사방으로 뻗쳐 아메바의 촉수처럼 너울거린다. 아름답다. 머리카락들이 긴 소매 펄럭이며 승무를 춘다. 살아 있는 머리카락들의 단말마의 발광은 황홀하기까지 하다.

정신을 잃기 전 나는 마지막으로 뒤통수가 따끔함을 느낀다.

우리가 원했던 건 그저 변함없는 사랑이었을 뿐이다.

그러나 우리의 몸 한 올 한 올에 깃들인 수천 년의 소망은 이루어지지 못했다.

사랑은 금세 불타올랐다가 이내 시들었다. 무수한 이별로 세월은 흘렀고, 그런데도 변함없는 사랑에 대한 갈망만은 사그라지지 않았다.

바람에 우리는 올올히 날린다. 새롭게 둥지를 튼 이 남자의 육신이 완벽하지는 않지만 상관없다. 인간의 육신은 유한하지만, 우리의 기다림은 영원하다.

모르는 일이다. 어쩌면 여기서 변함없는 사랑을 만날 수 있을지도. 아니, 어쩌면 영겁의 시간을 더 기다려야 할지도……

수천 년이 흘렀지만, 여전히 변함없는 건 우리의 검은 머릿결뿐이다.

구토

다른 사람, 그것은 지옥(地獄)이다.

—사르트르

누구나 싫어하는 게 있게 마련이다.

그게 사람이든 사물이든 무형(無形)의 무엇이든 간에 누구나 싫어하는 게 있게 마련이고, 나 역시 그 점에 대해서는 마찬가지다. 누군가 세상에서 가장 싫어하는 게 뭐냐고 묻는다면 나는 망설임 없이 이렇게 대답할 것이다.

"쓰레기……."

남편을 만난 건 서른이 넘어서, 그것도 중매를 통해서였다.

그 무렵까지도 나는 결혼이란 허울 좋은 제도에 전혀 흥미나 관심 따위가 없었고, 나아가 더럽고 냄새나는, 사는 것 자체에 대해서도 전혀 흥미가 없었다. 방바닥을 뒹굴다가 이따금 무위도식이란 나를 위해 만들어진 말은 아닐까 의심스러워할 만큼 그 무렵의 나는 아무것도 아니었다.

취직과는 아무 상관 없고, 게다가 인격을 수양하거나 일말의 교양이라도 쌓을 수 있는 대학과는 무관한, 전문대보다도 못한 지방 대학의 비인기 학과를 졸업한 나는 곧바로 사계절 내내 곰팡내 풍기는 나의 골방에 틀어박혔다. 골방에 틀어박혔다 하여 고시준비나 자격증 시험 준비를 한다거나, 하다못해 신춘문예라도 준비하겠다는, 통상적인 의미의 생산적인 무엇을 해야겠다는 생각은 전혀 없었고, 무엇을 위해 살아야겠다는 생각 또한 전혀 없었다. 지극히 순수한 무심무념(無心無念) 속에 나는 하루 이틀을 보냈고, 일 년, 이 년, 급기야 육 년에 가까운 세월을 보냈다.

솔직히 밖에 나가고 싶은 생각도 없었다. 세상은 너무 더러웠다.

곰팡내 풍기는 나의 골방은 그래도 깨끗한 편이었다. 대문 밖에만 나가도 세상은 오물투성이였다. 우리 집 앞의 골목 귀퉁이만 해도 불법 쓰레기 상습 투기 지역이었다. 아버지가 판자에 '여기에 쓰레기 버리는 자, 적발시 100만 원 벌금에 처함. 온 동리 주민이 지켜보고 있음.'이라는 경고문을 써서 벽 위에 달았지만 쓰레기 투기는 결코 줄지 않았다. 거리는 온통 쓰레기들로 흘러 넘쳤다. 터진 뱃속에서 흘러나오는 썩은 물들과 악취는 비단 쓰레기만의 전유물은 아니었다.

인간들의 입에서는 쓰레기보다 더 더러운 악취가 흘러나왔다. 졸업 후 나는 비디오방이란 곳에서 두 달간 아르바이트를 한 적이 있다. 밤이면 싸구려 고기를 뱃속에 잔뜩 구겨 넣은 인간들이 기름 번들거리는 주둥이를 하고 비디오방을 꾸역꾸역 찾아들었다. 그들은 하나같이 비디오방 앞 노점에서 파는, 역겨우리만치 지독한 버터 냄새를 잔뜩 풍기는 버터구이 오징어를 손에 들고 있었다. 그리고 "뭐가 재미있어요?"라고 묻는 그들의 주둥이에서는 하나같이 싸구려 갈비와 소주가 위 속에서 뒤엉켜 내는 역겨운 악취가 났다. 그들이 비디오방을 찾는 대부분의 이유는 비디오를 보기 위해서가 아니었다. 두 평 남짓한 그 어두컴컴한 공간에서 그들은 오럴 섹스를 하고, 섹스를 하고, 더러는 구토를 하고 나서 부산물들을 비디오방 바닥에 남기고 벌게진 얼굴로 자리를 떴다. 나는 구역질을 하며 바닥에 질펀한 정액을 닦고 토사물을 훔쳐야 했다. 화장실에 가 보면 생리혈로 범벅이 된 생리대가 보아란 듯이 아무렇게나 널브러져 있었다.

생각하고 싶지 않은 어떤 사건을 계기로 비디오방을 그만두고 노는 육 년 동안 나의 부모와 언니와 동생 들은 나에게 무수한 힐난의 눈초리를 보냈고, 나아가 노골적으로 '인간 쓰레기' 취급을 하기 시작했다. 나는 그러나 그들의 그러한 대접을 충분히 납득할 수 있었고, 거기에 어떤 불만도 가지지 않았다. 그들의 그러한 대접은 일반적인 식견으로 볼 때 지극히 당연했고 지극히 정상적이었다.

그러나 점점 그들은 자신들이 나에게 품고 있는 악감정을 표현하기 시작했다.

"거치적거려, 언니는. 박혀 있으려면 좀 안 보이는 데에 박혀 있어."

"애, 넌 친구도 없니? 바깥출입도 좀 하면서 살아야지. 이건 원 인간 식물도 아니고."

"넌 시집 안 갈래? 집에서 허구한날 빈둥대지 말고 시집이라도 가라. 그래야 철이 들지."

결국 그들은 나를 쓰레기 취급하기 시작했고, 그와 때를 같이 하여 나는 맞선이란 것을 보기 시작했다. 그러나 마음에 드는 남자는 단 한 명도 없었다.

세상이 아무리 물질 만능주의로 얼룩져 있다지만, 내가 뭐라 묻기도 전에 그들은 자신이 소유하고 있는 직장, 아파트, 자가용, 땅덩이, 살덩이 등에 대해 직접적으로든 간접적으로든 자랑을 줄줄 늘어놓았다. 그러나 정작 그런 자랑을 늘어놓는 입을 달고 있는 머릿속은 하나같이 휑한 바람이 불도록 허허공공이었다. 맞선을 보면 볼수록 나는 점점 더 남자에 대한 흥미를 잃어 갔다. 하나같이 역겨웠고 하나같이 악취가 났다. 어떤 남자와는 단 삼십 분도 마주 앉아 있을 수 없을 정도였다.

더러 술자리로 이어진 맞선에서 나에게 은근슬쩍 자자고 요구하는 자도 있었다. 상상이나 가는가? 오래된 재료와 화학조미료들이 뒤섞인 안주와 싸구려 술을 잔뜩 입에 처넣고, 화장실에서 토악질을 하고 나와, 벌게진 얼굴로 자신의 정력 따위에 대해 자랑을 늘어놓다 니코틴과 고춧가루 잔뜩 낀 이를 드러내고 나에게 자자고 속삭이는 입이 얼마나 역겨운지. 그것은 입이라기보다는 '주둥이'란 표현이 더 어울렸다. 내가 코웃음을 치며 거부하면 놈들은 더 역겨운 소리를 귓가에 속삭였다.

"어차피 너도 즐기고, 누이 좋고 매부 좋고 좋은 게 좋은 거 아냐?"

남편을 만난 건 안 그래도 취미 없던 맞선이라는 짓거리에 환멸을 느껴 갈 즈음이었다. 남편은 정말 볼품없는 외모를 가지고 있었다. 서른이 갓 넘은 나이에 벌써 벗겨지기 시작한 이마에 잔뜩 위축된 듯 중앙에 몰려 있는 이목구비와 비쩍 마른 체격, 그리고 작은 키. 거기다 허리까지 약간 굽어 있었다. 그런 남편인데도 이전의 맞선 상대보다 거부감이 덜했던 건 이전까지의 남자들에게서 풍기던 지독한 악취가 나지 않았기 때문이다. 게다가 남편 역시 세상에 대해 나와 흡사한 환멸을 느끼고 있었다.

"어딜 봐도 다 똑같은 여자밖에 없어요. 수십만 원짜리 화장을 하고 수백만 원짜리 옷을 두르고 독한 향수까지 뿌려 대도 전혀 향기란 게 없어요. 파트리크 쥐스킨트의 『향수』란 소설을 읽어 보셨어요? 거기선 열대여섯 살짜리 처녀들의 체취가 더없이 아름다운 향수의 재료가 되죠. 이젠 열대여섯만 되어도 귀를 뚫고 눈썹을 밀고 담배를 피우는 여중생, 여고생 애들을 보면 청순하다거나 향기롭단 생각이 전혀 들지 않아요. 그저 역겨울 뿐이죠."

파트리크 쥐스킨트의 『향수』라면 나도 읽었다. 남편은 거기 등장하는 그르누이라는 주인공을 연상시켰다. 결정적으로 내 마음을 움직인 건 남편이 가지고 있는 세상에 대한 정화(淨化) 욕구였다.

"「택시 드라이버」, 「파이트 클럽」…… 뭐 이런 영화들을 전 좋아해요. 언젠가 진정한 비가 내려 저 거리 위의 쓰레기들을 깨끗이 쓸어 버릴 것이다, 파시즘이라 욕해도 전 그런 비가 정말 내려서 세상 위의 역겨운 모든 걸 싹 쓸어 버렸으면 좋겠어요. 지방 흡입으로 끄집어낸 누런 체지방으로 만든 비누로 잔뜩 거품을 내서 깨끗이 저 쓰레기들을 쓸어 버리는 거죠."

그 말을 듣는 순간 나는 정말 세상에 게딱지처럼 덕지덕지 엉겨 붙어 있는 온갖 쓰레기들이 뿌연 비누거품 속에 덮여 버리고 깨끗한 물에 완전히 쓸려 내려가는 환상을 보는 듯한 카타르시스를 느꼈다. 그래서 그날 나는 그와 잤다.

그리고 그로부터 한 달 후 나는 그와 결혼했다. 그는 적어도 다른 쓰레기들보다는 나을 것이라는 확신이 들어서였다.

그러나 그와의 결혼 생활은 나의 확신과 달리 정말 엿 같았다.

남편은 결혼 후 내가 직장 생활을 하는 것을 원치 않았다. 물론 나 역시 원하던 바였다. 남편이 일하고 있는 전자 회사에서 벌어들이는 수입만으로도 충분히 먹고사는 데에 지장이 없었고, 따라서 나는 결혼 전 남편이 장만해 둔 24평 아파트에서 눌러 살게 되었다. 전업 백수에서 전업 주부로.

사는 데 있어 결혼 전과 달라진 건 별로 없었다. 고작해야 내 손으로 요리를 하고 청소를 하고 빨래를 하고 쓰레기를 버린다는 것 정도였다.

물론 그때는 알지 못했다. 쓰레기를 버린다는 그 단순한 일이 내 삶의 전부를 바꾸어 버리리라고는.

결혼 생활을 시작한 지 두 달이 좀 넘어 집들이를 했다. 4월 중순이었다.

남편은 몇몇 회사 동료들을 불렀고 나는 음식 장만을 했다. 원래 그다지 요리 솜씨가 뛰어나진 않았던 터라 절반은 근처 식당에서 주문했고 절반은 내가 손수 요리했다. 그리고 소주 한 짝과 맥주 한 짝을 준비했다.

8시가 좀 안 되어서 남편이 일곱 명의 회사 동료를 대동하고 아파트 현관에 들어섰다. 고요했던 아파트는 이내 왁자해졌고 나는 음식과 술을 나르느라 바빴다. 집들이 중간에는 거나하게 술이 오른 남편의 직장 동료의 성화에 못 이겨 노래까지 한 곡 불러야 했다. 12시가 가까워져 오자 모두들 흥청망청 취했고, 화장실을 자주 오갔다.

"2차 갑시다, 우리!"

얼굴이 벌게진 부장이란 사내가 호기 좋게 소리치며 일어섰고, 남편을 비롯한 나머지 사람들도 그의 의견에 동조하며 자리에서 일어섰다. 한데 그중 차 대리라 불리는 사내가 일어서며 몸의 균형을 잃었고, 그는 균형을 잡으려다 상 모서리를 짚었다. 상이 순간적인 압력에 들썩 들렸다 가라앉았고, 그 충격 때문에 상 위에 놓여 있던 음식 접시가 우르르 밀려 떨어져서 음식이 내동댕이쳐지고 접시 몇 개는 요란한 파열음을 내며 깨졌다. 그러나 술자리의 취흥이 그걸로 가라앉지는 않았다. 몇 마디의 힐난이 오간 뒤 그들은 치워 주겠다는 빈말을 몇 번 건네다 내가 마다하자 못 이기는 척 현관을 나섰다. 남편 역시 그들을 따라나섰다.

그들을 보내고 돌아서자 눈앞에 거대한 쓰레기장이 된 거실이 펼쳐졌다.

거실 한복판에 짓궂은 외계 생물체라도 한 마리 떨어져서 기다란 촉수로 반경 내의 모든 사물들을 미친 듯이 헤집어 놓은 것 같았다. 쏟아진 음식에 엎질러진 술잔에 여기저기 파편처럼 튄 고춧가루 양념에 상 밑에 주검처럼 나뒹구는 술병들에 이르기까지 정말 난장판이라는 표현이 더할 나위 없이 어울리는 광경이었다.

화장실은 더 심했다. 변기 덮개를 올리지 않은 탓에 변기 덮개 여기저기에 묻어 있는 누런 소변과, 누군가 변기를 비껴 토해 놓은 토사물이 변기 측면을 타고 흘러내려 그 역겨운 몸뚱이의 반경을 느릿느릿 넓혀 가는 중이었다. 술과 타액과 위액이 어우러져 풍기는 시큼한 악취에 나도 구역질을 하고 말았다.

남은 음식들 중 비교적 깨끗해 보이는 음식들은 밀폐 용기에 옮겨 담아 냉장실에 넣고, 상 여기저기에 널린 음식 찌꺼기들과 다시 손대기 찜찜한 음식들은 검정 비닐봉지에 몰아 담아 쓰레기봉투에 눌러 담았다. 술병들도 아파트 앞 재활용 수거함에 버리기 위해 검정 비닐봉지에 담았다. 음식 정리를 끝내고, 깨끗하게 빤 행주로 상을 훔친 후 음식 찌꺼기를 담은 비닐봉지에 털었다.

문제는 화장실이었다. 나는 고무장갑을 단단히 끼고 빗자루와 쓰레받기를 들고 화장실 문을 연 뒤, 울렁거리는 속을 겨우겨우 진정시키며 토사물을 쓸어 담았다. 토사물은 준비해 둔 비닐봉지에 한가득 담기고도 넘칠 듯 출렁거렸다. 그걸 묶고 다시금 좀 더 커다란 비닐봉지에 이중으로 담았는데도 속은 여전히 울렁거렸다. 그 봉지를 쓰레기봉투에 마저 담으려고 하니, 십 리터들이 쓰레기봉투였는데도 봉투가 이미 꽉 차서 좀처럼 다 들어가지 않았다. 나는 슬리퍼 신은 발로 쓰레기를 꾹꾹 눌렀다. 그리고 그 토사물이 든 봉지를 억지로 밀어 넣었다. 네 귀퉁이 중 세 귀퉁이가 다 쓰레기봉투에 들어갔는데 한 귀퉁이가 좀처럼 들어가지 않았다. 마침내 토사물 봉지가 모두 들어가고 쓰레기봉투 끝을 묶기 위해 용을 썼는데, 용량 초과라서 그런지 아무리 애를 써 봐도 봉투 끝은 묶이지 않았다. 겨우 묶어 놓고 나면 약이라도 올리듯 다시 스르르 풀려 버렸다. 새 쓰레기봉투를 쓸까 하다가 슬슬 오기가 생겨나서 쓰레기봉투 위로 대가리를 내민 토사물 봉지를 있는 힘껏 꾹 눌렀다.

툭.

순간 쓰레기봉투의 옆구리가 쭉 터지며 터진 구멍에서 토사물이 줄줄 새어 나왔다. 나는 다시금 구역질을 하고 말았다. 결국 새로운 쓰레기봉투에 터져 나온 쓰레기들을 옮겨 담아야 했다. 술과 타액과 위액이 뒤섞인 토사물이 고무장갑에 묻었고, 쓰레기봉투에 옮겨 묻었고, 그 때문에 쓰레기봉투는 가래침처럼 미끈거렸다. 그 봉투와 술병들을 담은 봉지를 들고 밖으로 나와 엘리베이터를 타기까지 오 분이 넘게 걸렸다.

엘리베이터에서 내려 쓰레기봉투 수거함에 미끈거리는 그 역겨운 몸뚱이를 던져 버리고, 술병을 재활용 수거함에 넣고 나자 시큼한 위액이 불쑥 치밀었다. 나는 쓰레기를 향해 위액이 섞인 침을 퉤 뱉고 돌아섰다.

엘리베이터를 타려고 와 보니, 그 사이 엘리베이터는 12층까지 올라가 있었다. 내 아파트는 603호였다. 미끈거리는 손과 거기에 들러붙어 있을 온갖 더러운 성분들을 생각하니 계단을 뛰어서라도 올라가 손을 씻고 싶었지만 6층은 계단으로 뛰어 올라가기에는 그리 만만치 않은 높이였다.

11…… 10…… 9…… 엘리베이터는 더디게도 내려왔다. 8층에서는 누군가 엘리베이터에 타는지 잠깐 멈추기까지 했다. 손에 묻은 뭔가가 벌써 내 손 안의 피부 조직으로 침투해 내 몸뚱이를 숙주로 알을 까는 듯한 참을 수 없는 찜찜함을 나는 엘리베이터 문이 열릴 때까지 참고 있어야 했다.

아파트로 돌아와 나는 미친 듯이 손을 씻었다. 몇 번을 문질러 씻어도 시원치 않아서 피부가 발갛게 부어 오를 만큼 수세미로 박박 문지르기까지 했다.

그날 남편은 새벽 3시가 넘어서야 술 냄새와 각종 악취를 벅벅 풍기며 비틀거리며 돌아왔다. 남편의 몸은 담배연기 전 내와 함께 싸구려 여자 향수 냄새까지 풍겼다. 남편은 양말도 벗지 않고 그대로 침대에 쓰러졌다. 남편의 양말을 벗기는데 발 냄새가 정말이지 지독했다.

그날 나는 처음으로 남편이 역겹다는 생각을 했다.

갓 담은 김치를 반나절만 내놓아도 보글보글 게거품이 생길 만큼 날이 더워지면서 쓰레기는 점점 더 나를 괴롭혔다.

빌어먹을 온난화 현상 때문인지 뭔지 때문에 5월부터 이미 초여름 날씨가 세상을 뒤덮었다. 인간들이 배출하는 악취들과 이산화탄소들 때문에 지구는 후텁지근하게 달아올랐고, 그 후텁지근함을 식히기 위해 만든 냉장고와 에어컨에서 배출되는 염화불화탄소 같은 온실 기체들은 역으로 오존층을 갉아먹어 온난화 현상을 가중시켰다.

5월에 접어들면서 오 리터들이로 쓰레기봉투를 바꾸었는데도 불구하고 이틀만 놓아 두면 쓰레기봉투에서는 인분 냄새보다 더한 악취가 풍겨 나오고 묽은 갈색의 썩은 물이 줄줄 흘러나왔다. 게다가 쓰레기봉투는 도대체 쓰레기를 담으라고 만들어 놓은 물건인지 쓰레기에 찢어지라고 만들어진 물건인지, 조금만 각이 진 쓰레기가 들어가도 옆구리가 쭉 찢어지며 속에 담긴 내용물을 꾸역꾸역 쏟아 냈다. 용량에 비해 조금만 많은 양을 쑤셔박아 넣어도 마찬가지였다.

둘만 사는 살림인데도 쓰레기는 며칠에 한 번씩은 꼭 버려야 할 만큼 차올랐다.

쓰레기 버리는 데에 남편은 하등의 도움이 되지 않았다.

"쓰레기는 내가 책임지고 버릴게."

결혼 초에 남편은 그렇게 약속했고, 쓰레기봉투를 집어 드는 나를 밀어내곤 했다. 그러나 결혼 생활에 익숙해지고 서로에 대한 스스럼이 불필요하다고 생각되자 남편은 슬그머니 본색을 드러냈다.

남편은 사상과 행동이 결코 일치되지 않는 인간이었다. 남편이 세상에 대해 그토록 원대한 정화 의식을 가졌는데도 정작 자기 몸뚱이 하나 깨끗이 간수하지 않는 게으른 인간이었다는 사실을, 결혼 생활이 익숙해지고 초여름이 되어 가면서 나는 차차 깨달았다.

"김 과장 그 새낄 죽여야 해. 그런 새끼는 세상에 하등의 도움이 안 되는 새끼야."

직장에서 돌아오면 남편은 직장 상사나 동료에 대한 험담부터 해 댔다. 험담을 하는 그의 입에서는 항상 니코틴에 전 냄새와 술 냄새, 그리고 특유의 구취가 한데 엉긴 굉장한 악취가 풍겨 나왔다.

"손 좀 씻고 밥 먹어."

나의 성화에도 그는 버젓이 손을 씻지 않은 채 식탁 앞에 앉았고, 밥을 먹고 나면 거리낌 없이 트림을 하고, 코를 후비고 방귀를 뀌어 댔다.

"피곤해 죽겠어. 돈 벌어 오는 게 뭐 쉬운 일인 줄 알아?"

뭐라고 한마디 할라치면 남편은 그렇게 받아치곤 했다. 땀에 전

몸에서 쉰내가 나고 땀에 젖은 겨드랑이에서 흘러나온 저급 지방
산이 암내를 만들어 내도 자신이 샤워나 목욕할 필요를 느끼지 못
하면 몸에 물 한 바가지 끼얹지 않았다. 술에 만취해 돌아오기라
도 한 날 밤이면 남편은 그 구역질나는 악취를 내 몸에 뜨겁게 풍
겨 대며 내 위로 올라와 버둥거리기까지 했다. 그럴 때마다 숨이
턱턱 막혔다.

남편은 휴일에도 결코 쓰레기봉투 한 번 내다 버리지 않았다.

"자기야, 미안한데 쓰레기 좀 밖에 내다버려 줄래?"

침대에 비스듬히 누워 텔레비전을 보고 있다가도 내가 그런 부
탁이라도 할라치면 남편은 그대로 담요를 뒤집어썼다.

골칫거리는 그뿐만이 아니었다.

언젠가 옆 호에 살고 있던 노파가 자취를 감추었다. 내 아파트
는 603호였고, 노파의 아파트는 602호, 벽 하나 차이였다. 1, 2월
에는 그나마 쇠잔한 얼굴이라도 가끔 보이더니 그 후론 도통 얼굴
을 볼 수 없네 싶었다. 한데 5월 초부터 이상하게도 베란다를 통해
솔솔 이상한 악취가 풍겨 왔다. 베란다에서 뭔가 썩어 가는 게 아
닌가 싶어서 여기저기 꼼꼼하게 뒤져 보았지만 아무것도 없었다.
맡고 있으면 묘하게 불쾌하고 소름이 돋는 악취였다. 그러다 나는
베란다 창문 밑으로 뭔가 기어가고 있는 걸 발견하고 기겁했다.
구더기였다.

그걸 물로 쓸어 버리고 베란다를 깨끗이 청소했지만, 어디선가
구더기는 또 생겨 베란다를 넘어 방 안으로 기어 들어오기까지
했다. 그리고 시간이 날 때마다 잡았는데도 아파트 안을 날아다니
는 파리의 수가 부쩍 늘었다. 그 모든 전말은 6월이 되어서야 밝혀

졌다.

"꺄아아악!"

옆 호에서 비명이 들려온 건 6월이 되고 난 어느 날 오전이었다. 미친 듯 질러 대는 비명을 견디다 못해 밖으로 나가 보니, 옆 602호의 문이 열려 있고 그 집 노파의 딸인 듯한 중년 여편네가 마스카라와 눈물이 범벅이 되어 흘러내리는 얼굴로 비명을 질러 대고 있었다. 노파는 방구석에서 유골로 남아 썩어 가고 있었다. 방 안은 시체를 파먹는 구더기 천국이었고, 노파의 벌어진 입과 원래 눈알이 있던 자리에서 구더기가 나와 꿈틀거렸다. 노파의 딸은 노파가 석 달이 넘도록 소식도 없고, 전화도 안 받아서 찾아왔다고 했다. 결국 급작스레 세상을 등진 노파는 석 달 동안 아파트 방 안에 누워 구더기 밥이 되었던 셈이다.

"워낙 살아생전에 연락을 잘 안 하시던 양반이라 그러려니 했죠."

노파의 딸은 흐느끼며 그렇게 말했지만, 나는 그 흐느낌조차 가식으로 느껴졌다. 그 여자가 흘리는 눈물은 어미를 잃은 슬픔에서 온 게 아니라, 구더기 밥이 된 어미의 육신을 보고 난 두려움에서 온 것이라는 생각이 들었다. 그 후로 모든 소문들을 뒤로 하고 한 독신녀가 602호로 이사를 왔다. 혼자 살던 노파가 죽어 석 달이나 썩어 갔던 아파트라는 소문을 못 들었을 리 만무했지만, 그 여자는 거침없이 계약을 했다는 후문이었다. 그 사건 때문에 헐값으로 나온 아파트라 그랬는지도 몰랐다.

한데 602호로 이사 온 그 여자가 문제였다.

여자는 여자대로 경우 없는 행동을 함으로써 나를 괴롭혔다. 쓰

레기봉투를 아파트 건물 앞에 놓인 쓰레기봉투 수거함에 버려야
마땅한데도 그 여자는 쓰레기로 꽉 찬 십 리터들이 쓰레기봉투를
602호와 603호 앞 복도 가운데 지점에 내다 놓고 가득 쌓이도록
쓰레기 수거함에 한 번 내다 버리지 않았다. 참다못한 내가 직접
여자가 버린 쓰레기들을 아파트 밖으로 내다 버리기도 했다. 그러
나 보아란 듯이 쓰레기봉투는 이내 다시 쌓였다. 602호 여자가 버
린 쓰레기봉투에서 죽은 핏빛 물이 흘러나와 역겨운 몸뚱이를 뒤
틀며 우리 집 현관문 앞까지 침범해 왔다. 현관문 열기가 망설여
질 지경이었다. 망설이다 현관문을 열면 아니나 다를까, 여자가
내놓은 쓰레기 썩어 가는 냄새가 코를 혹 찔렀다. 마음 같아서는
그 쓰레기를 몽땅 집어 가 602호 여자의 입에 처넣고 싶었고, 실
제로 나는 하루에도 수없이 그런 상상을 했다.

참다못해 내가 몸소 602호를 찾아간 것도 그 때문이었다.

물론 그간의 상상을 실행에 옮길 생각은 아니었다. 난 다만 무
슨 심사로 아파트라는, 이른바 말하는 '공동생활의 터전'에서 왜
나 혼자 사는 곳인 양 옆집 사람에게 불쾌감을 주면서까지 굳이
복도에 쓰레기를 내놓는지 궁금했고, 그 이유를 따져 묻고 싶었을
뿐이다.

초인종을 여러 번 눌렀는데도 안에서는 아무런 응답이 없었다.
그러나 분명 방금 전 여자가 문을 따고 들어가는 기척이 들렸으니
602호 여자가 부재 중일 리도 없었다. 퉁퉁퉁. 나는 문을 주먹으
로 두드렸다.

"계세요? 아무도 안 계세요?"

한참 후에야 초인종 아래에 부착된 스피커에서 목구멍에 지푸

라기 뭉치가 잔뜩 걸린 듯한 쉰 목소리가 퉁명스럽게 불거져 나
왔다.

"누구세요?"

"네, 옆에 603호 사는 사람인데요, 말씀드릴 게 있어서 좀 뵈려
고요."

"용건이 뭔데요?"

귀찮은 잡상인 대하는 말투였다.

"쓰레기…… 때문에요."

한참 동안 저 너머에서는 아무런 말도 없었다. 다만 인터폰의
잡음인지 여자의 목구멍에서 나오는 것인지 모를 쇳가루 긁는 소
리만이 스피커 속에서 바스락거렸다. 천식이라도 있는 모양이었
다. 마침내 자물쇠 따는 소리가 들렸다. 한두 개도 아닌 자그마치
네 개나. 문이 열리는가 싶더니, 그나마 걸쇠에 걸려서 빠끔 열리
다 멈추었다. 저녁인데 불도 켜지 않는지 안은 어두웠다.

얼굴도 알아보기 힘든 어둠 속에서 예의 지푸라기 걸린 목소리
가 새어 나왔다.

"쓰레기 뭐요?"

실제로 들으니 인터폰을 통해 들을 때보다 더 거북한 목소리
였다.

"예에, 쓰레기봉투를 원래 아파트 앞 쓰레기 수거함에 버리셔
야 하는데 집 앞에 방치하셔서 냄새가 좀 많이 나거든요."

"그래서 어쩌라고요?"

전혀 미안한 기색이 아니었다. 다시금 적의가 들끓었지만 나는
겨우 화를 억제하며 애써 부드럽게 말했다.

"쓰레기 좀 수거함에 버려 주십사 해서요."

"……."

"네?"

"알았어요."

그리고 문은 다시 쿵 닫혔다. 안에서 자물쇠 잠그는 소리가 요란하게 들려왔다. 그게 다였다. "알았어요."라니.

아무리 방귀 뀐 놈이 성내는 세상이라지만, 강력한 항의조도 아니고, 완곡한 부탁조로 한 말에 마치 선심이나 쓰는 듯한 말투와 태도는 정말 뻔뻔함의 극치였다. 그러나 다음 날에도, 그 다음 날에도 쓰레기봉투는 보아란 듯이 복도에 놓인 채 변함이 없었다. 결국 나는 경비실에 전화를 했다. 그러나 사정을 들은 경비원은 그저 귀찮다는 기색뿐이었다.

"뭐…… 냉중에 버릴라구 놔둔 거겠쥬. 거따 십 년이구 이십 년이구 쌓아 두기야 허겠슈?"

그래도 재차 내가 항의하자 경비는 마지못해 주의를 주겠다며 인터폰을 끊었다.

퇴근한 남편에게 602호 여자 얘기를 했더니, 남편도 시큰둥한 반응이었다.

"뭐, 나름대로 사정이 있어서 그러는 거겠지. 몸이 좀 불편하거나 쓰레기 냄새를 좋아하거나……. 어휴, 나 살기도 복잡한 세상에 뭘 남까지 신경 쓰고 사나, 이 사람아."

그러면서 남편은 냄새 나는 양말을 벗어 들고는 코에 들이대고 개처럼 킁킁 냄새를 맡았다. 남편이 양말을 벗은 뒤 항상 냄새를 맡는 버릇이 있다는 것도 남편이 결혼 후 드러낸 지저분한 본색

중 하나였다.

그런 남편 보기가 역겨워 나는 이제 막 악취를 풍기기 시작하는 쓰레기통에서 비닐봉지를 꺼내 들었다. 며칠 전 다듬고 버린 오징어 내장이 썩어 가는지 냄새는 더 고약했다. 오징어 내장은 상하면 가장 지독한 악취를 풍기는 쓰레기 중 하나였다. 나는 치를 떨며 쓰레기봉투에 비닐봉지를 들이밀어 넣었다. 부피가 커서 쓰레기봉투에 비닐봉지가 잘 들어가지 않았다. 손은 미끌거렸고, 위에서 자꾸만 신물이 치밀었다.

"아으, 더러워. 으휴……."

내가 주방에서 쓰레기와 씨름하는 동안에도 남편은 그저 소파에 모로 누워 텔레비전을 보고 있을 뿐이었다. 억지로 밀어 넣었던 쓰레기가 또 쓰레기봉투의 옆구리에 구멍을 내며 밖으로 쏟아져 나와 버렸다. 진득진득하게 썩어 문드러진 오징어 내장이 줄줄 흘러나와 내 앞치마 앞섶을 적셨다. 갑자기 목구멍에서 구토가 치밀어 올랐다. 화장실에 갈 새도 없이 나는 목구멍을 타고 올라온 토사물을 내 앞에 펼쳐진 쓰레기 위에 웩웩 쏟아 냈다.

"더럽게 뭐 하는 거야."

남편은 나를 흘끔 보더니 투덜거리며 리모컨으로 텔레비전 소리를 높였다. 나는 그런 남편에게 적의를 느끼며 내가 쏟아 낸 토사물을 내려다보았다. 희한하게도 내가 쏟아 낸 토사물은 거의 투명한 액체였다. 위액이 아닌가 싶기도 했는데, 놀라웠던 건 그 액체를 덮어쓴 쓰레기들이 부글거리며 흐물흐물 녹아내리는 광경이었다. 자잘한 기포가 부글거리고 희미한 연기까지 피어 오르며 쓰레기 타는 냄새를 냈다. 늘어지며 녹아내린 쓰레기는 원래 부피의

5분의 1도 안 되는 크기로 줄어들었다. 머뭇거리다 손을 대 보니 열기는 전혀 없었다. 알 수 없는 일이었다. 내 몸에서 쏟아져 나온 액체가 쓰레기를 녹이다니……. 남편을 부를까 하다 그만두었다. 이런 일은 왠지 혼자 알고 있어야 한다는 생각이 들었기 때문이다. 여하튼 쓰레기는 아주 작아졌고, 덕분에 나는 손쉽게 쓰레기를 새 쓰레기봉투에 담을 수 있었다. 내 인생의 새로운 시작이 그 구토에서 시작되었다는 건 참 재미있는 아이러니였다.

내 입에서 쏟아져 나와 쓰레기를 녹이는 그 '체액'이 정확히 뭔지는 알 수 없었다.

강한 산성액 같기도 하고 강한 알칼리성액 같기도 했다. 그게 위에서 분비되는 건지, 다른 기관에서 분비되는 건지, 이도 저도 아니면 알 수 없는 이유로 새롭게 만들어진 내장에서 분비되는 건지 알 수 없었고, 그게 왜 분비되어 입 밖으로 쏟아지는지도 알 수 없었다.

분명한 건 그게 쓰레기의 부피를 줄이는 데에는 최고의 효과가 있다는 것이었다.

아무리 커다란 부피의 쓰레기도 한데 뭉쳐 '체액'을 쏟아 내면, 이내 부글거리며 형체가 문드러지기 시작하고, 일 분이면 한데 녹아 뒤엉켜 본래의 형체를 알 수 없는 작은 덩어리로 변해 버렸다. 나는 체액이 덩어리와 완전히 융화되어 손으로 만져도 손의 단백질을 녹이지 않을 때까지 기다렸다가 말랑말랑해진 그 덩어리들을 쓰레기봉투에 차곡차곡 넣으면 그만이었다. 십 리터들이 쓰레기봉투 다섯 개에는 족히 들어갈 쓰레기들이 그 '과정'을 거치면 오 리터 쓰레기봉투에도 넉넉히 들어갔다.

그 과정을 여러 번 하다 보니, 나는 내 몸속에서 치밀어 오르는 그 체액이 아무 때나 솟구치는 게 아니요, 내 의지대로 끓어오르는 것도 아니란 사실을 알게 되었다. 생활이 만들어 낸 쓰레기가 공기 중의 미생물들과 결합하여 특유의 악취를 내며 썩어 들어갈 때, 그 쓰레기가 내 시각과 후각과 촉각을 자극하여 참을 수 없는 역겨움을 불러일으킬 때 체액은 생성되었다. 체액이 생성되는 느낌은 부신수질에서 아드레날린이 분비되는 느낌과 흡사했다. 가슴이 싸한 느낌. 그리고 잠시 후면 체액은 욕지기처럼 내 식도를 자극하며 끓어올랐고, 이내 입 밖으로 쏟아졌다.

나는 내가 그런 '과정'을 통해 쓰레기를 처리한다는 걸 남편에게 말하지 않았다.

말하고 싶지 않았고 말할 필요도 느끼지 않았다. 남편은 눈치채지 못했지만, 내 체액으로 쓰레기를 처리하면서부터 집은 좀 더 깨끗해졌다. 그와 때를 같이하여 602호 여자가 내놓던 쓰레기가 자취를 감춘 것은 한편으로 다행스러운 일이기도 하고 다른 한편으로는 아쉬운 일이기도 했다.

7월이 되면서 나는 남편에게 여자가 생긴 사실을 알았다.

악취를 뿜으며 남편이 내 위에 올라오는 일이 뜸해진 게 좀 이상하다 싶었다. 갑자기 남편이 몸 관리에 신경을 쓰기 시작했다. 헬스클럽 야간반에 티켓을 끊는가 싶더니, 면도도 샤워도 아침, 저녁으로 매일 하는 것이었다. 옷차림에도 부쩍 신경 쓰며 조그만 얼룩이라도 묻어 있는 옷은 입지 않았다.

"갑자기 왜 그래? 애인이라도 생겼어?"

나의 농담에 남편은 버럭 화를 냈다.

"내가 뭘? 난 좀 깔끔 떨면 안 돼?"

"당신, 왜 그래? 농담 한 것 같고……."

"난 뭐 만날 후줄근하고 지저분하게 살라는 법이라도 있어?"

남편은 그렇게 고함을 지르고는 소리나게 아파트 현관문을 닫고 나가 버렸다. 뭔가 있다는 예감이 들었다. 내가 받으면 말없이 끊기는 전화가 자주 걸려 왔고, 남편은 휴대 전화기가 울릴 때마다 휴대 전화기를 든 채 나를 피해 거실이나 베란다로 자리를 뜨기 시작했다. 귀가 시간은 불규칙하게 늦어지기 시작했고, 주변에 없던 약속이나 일이 자주 생겼다.

"애, 너 그 지경이 되도록 모르고 있니?"

대학 동창이 전화를 해 왔다. 앳된 아가씨와 자동차를 타고 가는 남편을 보았다는 것이다. 전부터 눈썰미 있기로 유명했던 친구였다.

그랬다. 발신 번호 추적을 통해 나는 남편에게 새로 생긴 여자가 이제 막 고등학교 1학년이 된 여고생이란 걸 알게 되었다. 원조교제였다. 그것도 지속적인.

"오빠는 댁한테 못 얻는 성적 만족을 나한테 얻고, 나는 오빠한테 용돈 좀 받는 게 뭐 큰일이라도 되나요?"

카페에서 대면한 그 계집애는 아주 당당하게 목소리를 낮추지도 않고 나에게 말했다. 기다란 속눈썹을 붙인 눈을 동그랗게 뜨고. 우습게도 계집애는 결혼 전 남편이 말한 대로 '귀를 뚫고 눈썹을 밀고 담배를 피우'고 있었다.

"너 이러고 다니는 거 부모님도 아시니?"

어이가 없어 한동안 침묵하다 그렇게 물으니 대답은 아주 간단 명료했다.

"남이사."

그리고 계집애는 일어섰다. 카페 문을 나가며 년은 나에게 들으라는 듯 툴툴댔다.

"바쁜 사람 붙잡고 별 같지 않은 게 생트집 잡고 지랄이야."

당장 쫓아나가 계집애의 머리끄덩이를 붙들고 체액을 그 면상에 쏟아 버리고 싶은 충동을 겨우겨우 억누를 수 있었던 건 당돌한 계집애에 대한 황당함보다 남편에 대한 증오심이 더 컸기 때문이다. 남편에게 묻고 싶었다. 당신이 느꼈던 환멸들이 열 살도 더 어린 계집애와 잠으로써 깨끗이 씻겨 사라지느냐고.

사고가 난 건 바로 그날 밤이었다.

새벽 3시가 넘도록 남편은 집에 들어오지 않았고, 나는 남편이 그 계집애와 뒤엉켜 뒹구는 모습이 내내 어른거려 잠을 이루지 못했다. 남편이 들어오면 짐을 쌀 작정이었다. 다른 어떤 말도 하고 싶지 않았고 어떤 힐난도 퍼붓고 싶지 않았다. 남편도 그가 결혼 전 그렇게 욕하던 쓰레기들과 다를 바 없었다. 아니, 남편 역시 쓰레기였다. 역겨웠다. 자꾸만 체액이 끓어올랐다. 참을 수가 없어서 주방으로 가서 어느 정도 쌓인 쓰레기에 채액을 모조리 토해냈다. 그 어느 날보다 양이 많았다. 혀와 입술이 다 얼얼해질 정도였다. 시간이 흐르자 입술 껍질이 녹아 벗겨졌다. 붉은 피가 둑둑 떨어졌다. 그때 전화벨이 울렸다. 병원이었다. 병원 직원은 지극히 사무적인 말투로 남편의 교통사고 소식을 알렸다.

병원으로 달려간 나는 사고 당시 남편이 몰던 차의 조수석에 그 계집애가 타고 있었다는 사실을 알았다. 계집애는 현장에서 즉사했다고 했다. 나중에야 안 사실이지만, 우스운 일은 남편의 성기가 잘린 채로 계집애의 입 속에 들어가 있었다는 것이다. 사고 상황은 쉽게 눈앞에 그려졌다. 계집애는 장난스럽게 운전중인 남편의 가랑이 사이를 파고들었을 테고, 어느 순간 남편은 절정을 보았을 것이다. 그리고 그 순간의 혼란 때문에 중앙선을 넘었을 테고 마주 오던 4.5톤 트럭과 정면충돌했을 것이다.

열 시간이 넘는 대수술 끝에 남편은 기적적으로 목숨을 건졌다.

그러나 이미 하반신은 마비된 상태였고, 죽은 신경들은 회생 불능이었다. 회생 불능이었기에 재활 치료 따위도 필요 없었다. 장마가 끝난 후 무더위가 한창이던 8월에 남편은 퇴원했다. 꼴사나운 소변 봉지를 매단 휠체어에 앉은 채로. 남편의 휠체어를 밀며 나는 남편의 정수리에 체액을 쏟아 버리고 싶었다. 내 체액에 녹아나는 남편의 두개골과 뇌를 내 눈으로 보고 싶었다. 하지만 상상을 실행으로 옮기진 못했다. 남편을 택시에 태우다 언뜻 남편의 눈에 고인 눈물을 보았기 때문이었는지도 모른다. 택시를 타고 하반신 불구가 된 남편과 아파트로 돌아가는 기분은 정말 더러웠다. 하늘도 구질구질한 비를 내리고 있었다.

간절하게 부탁했지만 택시 기사는 복잡하다는 이유로 아파트 단지 안으로 들어가지 않고, 단지 앞에 나와 남편을 내려 두고 트렁크에 든 휠체어를 내던지다시피 하고는 사라졌다. 빗줄기는 굵어져 있었다. 나는 쉰내가 나는 남편을 부축해 휠체어에 앉히고 겨우겨우 아파트 건물 안으로 들어섰다. 깨물고 있는 입술에서 피가 흐르고 있다는 사실도 나중에 거울을 보고야 알아차렸다.

아파트 현관문을 열었을 때 나와 남편을 맞은 것은 쓰레기 썩는 악취였다.

"뭔 놈의 집구석이 쓰레기밭이야!"

남편은 발작적으로 현관에 내놓은 쓰레기봉투를 집어 내던졌다. 쓰레기봉투가 개수대 모서리에 맞고 찢어지며 속에 들어 있는 쓰레기들을 쏟아냈다. 나는 현관 턱에 걸려 안으로 들어서지 못하는 남편의 휠체어를 내버려 두고 쓰레기 쪽으로 걸어가 남편이 보는 앞에서 체액을 쏟아 냈고, 쓰레기들은 원래의 형체를 잃고 부글거리며 녹아났다.

"더럽게 그게 뭔 지랄이야."

분명 내 입에서 체액이 쏟아져 나왔고, 그 광경을 뻔히 보았는데도 남편은 그렇게 중얼거릴 뿐이었다. 마치 구토하는 장면이나 사레 걸려 씹던 음식을 입 밖으로 뱉어 내는 광경을 보고 면박이라도 주는 듯한 말투였다. 남편은 으레 볼 수 없는 광경을 보고도 전혀 놀라움이나 다른 어떤 감흥이 없는 모양이었다. 남편의 눈동자는 흐렸다.

어린 시절 내 어머니가 아버지에게 달여 준다며 잉어를 한 마리 사 온 적이 있었다. 어머니는 산 채로 배를 딴 잉어를 커다란 양은 솥에 넣고 이 홉들이 소주 두 병을 들이부었다. 소주 속에서 잉어는 뻐끔뻐끔 헛숨을 들이쉬며 텅 빈 내장 속으로 소주를 들이켰다. 그때까지만 해도 잉어의 눈알은 흰자위에 까만 눈동자가 박혀 있었다. 그러나 두 시간쯤 지나 양은솥에서 김이 푹푹 새어 나올 즈음 호기심에 솥뚜껑을 열었을 때 잉어의 눈알은 새하얗게 익어

구토 233

있었다. 흰자위와 눈동자도 구별할 수 없었다. 남편의 눈은 그때 그 잉어의 새하얀 눈을 연상시켰다. 생기가 완전히 증발해 버린 눈.

그 잉어처럼 남편은 그날부터 술을 들이마시기 시작했다. 마치 자기가 계집애와 원조 교제하다 당한 사고가 쓰레기로 가득 찬 사회의 모순과 불합리함 때문이기라도 한 듯 한숨을 한스럽게 내쉬며 술을 들이마셨다. 그리고 술에 취하면 움직일 수 있는 상체의 모든 부분으로 발광하며 술병을 내던지고 접시를 깨고 소변 팩을 내던지고, 가끔은 울음을 터뜨렸다.

"내가 이런 병신이 돼서 밥이나 축내는 밥버러지가 되다니⋯⋯. 좆 같은 세상⋯⋯ 뒈져야지⋯⋯, 뒈져 버려야지⋯⋯. 살아서 뭐 해."

그렇다고 남편이 자살을 선택한 건 아니었다. 오히려 살려고 발버둥을 쳤다. 하반신이 마비된 탓에 두 시간에 한 번씩 다리를 움직여 주어야 했는데, 조금이라도 시간을 어기면 욕을 하고 난리를 쳤다.

가장 성가시고 귀찮은 일은 남편이 용변을 보아야 할 때였다. 소변은 그런대로 보았지만 대변은 일일이 관장을 해 줘야 했다. 관장을 하고 변기 위에 앉혀 주면, 남편은 나더러 빨리 화장실 문 닫고 나가라고 고래고래 소리를 질렀다. 마지막으로 남은 수치심 때문이었다.

남편의 하체는 점점 생기를 잃어 갔다. 관절은 뻣뻣해지고 신경이 죽은 근육은 힘을 잃어 쭈글쭈글해졌고, 그렇게 신경을 쓰는 데에도 군데군데 욕창이 생겨 악취를 풍겼고, 피부색도 늙은이처럼 누레졌다.

"다 네년 짓이지? 첨부터 네년이 그년을 사주해서 내 팔자를 망쳐 놓은 거지?"

열대야가 기승을 부리고, 가만히 앉아만 있어도 배를 타고 땀줄기가 흘러내리는 8월 중순이 되면서 남편은 말도 안 되는 트집을 잡으며 나를 들볶았다. 남편에게서는 악취가 났다. 구취에 몸에 밴 땀냄새에 겨드랑이 암내와 마비된 하반신에서 풍겨 나오는 곰팡내(분명히 곰팡내였다) 때문에 가까이 다가가기조차 꺼려질 정도였다.

"그래, 이제 속이 시원하냐? 나 다리 병신 만들어 놓고 나니 시원해?"

말도 안 되는 소리였지만, 남편이 불구가 된 게 나에게 시원한 일은 결코 아니었다. 오히려 사고 때문에 남편이란 존재가 더 역겨워지고 성가셔졌을 뿐이다. 남편의 오그라든 하반신을 볼 때마다 체액이 울컥울컥 치밀었다. 남편을 목욕시킬 때마다 나는 남편의 하체를 보지 않으려 애썼다. 체액으로 남편의 하체를 녹여 버리고 싶은 충동을 억누르기 위해서였다.

"저리 가! 저리 가! 이 쌍년아!"

남편은 점점 더 이상해졌다. 자기 성기를 물고 죽은 계집애가 밤마다 눈에 보인다는 것이다. 자다가도 남편은 팔을 허우적거리고 뒹굴던 소주병을 빈 벽에 내던지며 고함을 질렀다. 헛것까지 보며 거품을 물어 대는 남편은 정말 추물이 다 되어 있었다.

남편이 술에 잔뜩 취해 구토를 두 번이나 하고 요란한 신세타령을 하다 지쳐 잠든 날 밤이었다.

열대야가 극도에 달해 있었다. 샤워를 하고 나왔지만, 오 분도 지나지 않아 다시 땀이 흘러나와 민소매 티와 반바지를 적셨다. 전자모기향을 피우고 홈키파까지 뿌렸는데도 모기 한 마리가 날아들어 귀 주변에서 웽웽거리며 성가시게 했다. 팔을 저어 쫓았지만 굶주린 모기는 기어이 내 팔뚝을 물었다.

"아, 따거."

팔뚝을 내리쳤을 때 모기는 이미 달아난 후였다. 나는 방 안 여기저기를 휘둘러보며 모기의 행방을 찾았다. 그러다 침대 위에 주검처럼 널브러져 있는 남편에게까지 시선이 갔고, 거기서 모기를 찾았다.

모기는 남편의 다리를 물고 있었다. 반바지 아래로 드러난 무말랭이 같은 종아리에 주둥이를 박아 넣고 모기는 배가 불룩해지도록 피를 빨고 있었다. 남편은 미동도 없이 잠에 빠져 있었다. 쩍 벌어진 입에서 점액 같은 침이 흘러나왔다. 모기가 자신의 종아리를 빨고 있는 것을 남편은 모를 것이다. 하긴 종아리가 잘려 나간다 한들 마비된 다리가 무엇을 느낄 수 있겠는가. 그저 상체에 붙어 있을 뿐인, 저 신경이 죽어 버린 고깃덩이가 무엇을 느낄 수 있겠는가. 생각이 그 즈음에 이르자, 남편의 저 다리가 무척이나 거추장스럽고 쓸모 없는 쓰레기로 여겨졌다. 그래서 나는 남편 곁으로 다가가 모기가 피를 빨고 있는 남편의 종아리 위에 체액을 게워 냈다.

미처 달아나지 못한 모기가 이내 흐물흐물 녹아 남편의 종아리와 하나가 되었다. 남편의 종아리에 돋아난 다리털들이 체액이 흘러내리는 방향을 따라 툭툭 끊어지며 녹았고, 잠시 후 피부에 구멍이 숭숭 뚫리며 점점 벌어졌다. 커진 구멍들은 하나로 합쳐지며 피부를 체액이 흐르는 방향으로 끄집어 내렸고, 피부는 지주고 정핀이 제거된 천막처럼 스르르 아래로 벗겨졌다. 처음에 새하얗던 속살은 점점 붉어졌다. 속살에서 배어 나온 피가 부글거리며 흘러내렸고, 속살마저 녹아내리자 빨간 힘줄과 근육이 드러났다. 체액이 침투하면서 힘줄이 툭툭 잘려 나가고, 근육이 푸슬푸슬 녹아내렸다. 근육이 녹아내리자 이윽고 새하얀 다리뼈가 보이기 시작했다. 다리뼈는 쉽사리 녹지 않았다. 나는 한 번 더 체액을 게워 냈다. 다리뼈에 미세한 구멍이 생기기 시작하자 그 후로는 비교적 순조롭게 일이 진행되었다. 일단 하얀 뼈의 표면이 녹자 이내 피질골과 골수가 녹아내렸다. 뼈와 근육과 피부조직들이 녹아내려서 하나로 엉겨붙어 부글거렸다. 피비린내와 고기 타는 내가 뒤섞여 지독한 악취를 풍겼다. 나는 한동안 완전히 절단된 남편의 종아리와 발목 사이를 바라보았다.

그러나 남편은 여전히 잠에 빠져 있었다. 자신에게 무슨 일이 일어나고 있는지도 모를 터였다. 나는 좀 더 남편의 허리 아래에 매달린 쓰레기 덩어리를 깨끗이 청소해 주어야 할 필요성을 느꼈다. 그래서 다른 쪽 발부터 천천히 체액을 게워 녹여 냈다. 체액은 끝도 없이 용솟음쳤다. 도중에 내 목과 내 입 안, 그리고 내 입술까지도 약간 녹아내릴 정도였다.

한 시간 동안 나는 남편의 발과 발목과 종아리, 무릎, 허벅지, 그리고 그 계집애와 놀아났던 성기까지 완전히 녹여 냈다. 비지땀이 이마에서 뺨을 타고 흘러내려 입술로 스며들었다. 그러나 아무 맛도 느껴지지 않았다.

남편의 하체는 완전히 녹아 본래의 형체는 온데간데없었다. 침대보를 뒤덮은 시뻘건 덩어리들만이 이따금 부글거릴 뿐이었다. 속이 후련했다. 왜 진작 이것들을 청소하지 않았나 싶었다. 나는 덩어리들을 버리기 위해 쓰레기봉투를 가져와 쓸어 담기 시작했다. 남편이 갑자기 눈을 뜬 건, 원래 허벅지였던 덩어리를 쓸어 담던 도중이었다.

남편은 무심히 눈을 뜨고 나를 바라보며 말했다.

"물 좀 가져와. 목 말라."

그때까지도 남편은 자신의 하반신에 무슨 일이 일어났는지 모르고 있었다.

"근데 당신 입 주변이 왜 그래?"

"응? 뭐가?"

대답을 하는데, 지독하게 쉰 목소리가 나왔다. 무심결에 손으로 입술을 훑어 보니 입술 주변이 군데군데 녹아내려 있었다. 그리고 그 다음 순간 남편이 미친 듯이 비명을 지르기 시작했다.

"끄아아아아아아! 내 다리! 내 다리이이!"

남편은 완전히 녹아 없어진 자신의 하체를 바라보며 미친 듯이 버둥거렸다. 나는 남편을 진정시키고자 남편의 양 어깨를 잡아 흔들었다. 남편은 그러나 쉬 진정될 기세가 아니었다.

"이년아, 내 다리 어디 갔어? 내 다리이이이이이!"

고함소리는 점점 더 커졌다. 남편은 완전히 이성을 잃은 상태였다. 남편의 비명소리가 점점 거슬리기 시작했다.

어린 시절 사촌 오빠가 집에 놀러와서 어머니가 라면을 끓여 준 적이 있었다. 그날 텔레비전에서는 「보물섬」이라는 만화영화가 방영되고 있었고, 어머니가 밥상 위에 라면그릇을 올려놓을 때까지 사촌 오빠는 그 만화영화에 완전히 정신이 팔려 있었다. 한데 사촌 오빠가 만화를 보며 밥상을 향해 무심코 몸을 틀다 팔꿈치로 바로 앞에 놓여 있던 라면 그릇을 쳤고, 라면 그릇은 상 밑으로 엎어졌는데, 엎어진 곳이 바로 사촌 오빠의 발목 위였다.

"아뜨가아아아아아아!"

'뜨겁다'는 의미의 말이 비명 자체로 쏟아져 나왔다. 귀청을 찢는 듯한 새된 소리로 사촌 오빠는 비명을 질러 댔고, 어머니가 황급히 물수건을 가져와 발목을 닦아 주었지만, 이미 발목이 시뻘겋게 부어 오르고 허물이 벗겨지기 시작한 후였다.

남편은 그때의 사촌 오빠처럼 비명을 질러 댔다. 나는 괜찮다고 아무 일도 아니라고 남편을 진정시켰지만, 남편은 거품까지 질질 흘리며 비명을 질렀다. 귀청이 부르르 진동할 지경이었다. 참다못한 나는 결국 남편의 입을 향해 체액을 게워 냈다. 그러나 체액은 남편의 입이 아닌 턱 아래의 목에 쏟아졌고, 잠시 후 부글거리며 남편의 목이 녹아내렸다. 피부 조직이 녹자 속의 힘줄과 목 울대가 드러났고, 그마저 녹아내리자 기도와 식도가 녹기 시작했다.

"컥! 끄억……."

남편은 목을 감싸 쥐고 컥컥댔다. 식도와 기도가 한꺼번에 녹아내리니 그럴 만도 했다. 남편은 미친 듯이 머리를 위아래로 퉁기고 발작했다. 그러나 체액의 작용을 막을 수는 없었다. 기도가 녹아내려 몇 번인가 바람 빠지는 듯한 소리가 쉭쉭 나더니 마침내 남편은 조용해졌다. 목이 완전히 녹아내리자 남편의 머리가 몸과 분리되어 침대 밑으로 툭 떨어졌다.

남편의 덩어리들을 치우며 내내 유쾌했다. 그렇게 개운할 수 없었다. 집 안 대청소를 하고 난 기분이었다. 약간, 아주 약간이나마 세상은 깨끗해졌다. 비록 과다한 체액 분비 때문에 입술이 녹아내리고, 혀가 떨어져 나가고, 턱뼈가 삭아서 빠질 듯 덜그럭거렸지만 뭐 상관없었다. 쓰레기봉투에 담은 남편의 덩어리들을 아파트 앞 쓰레기 수거함에 버리고 돌아설 때는 정말 오랜만에 휘파람이라도 불고 싶을 만큼 상쾌했다. 물론 구강(口腔)이 녹아내려서 휘파람을 불 수도 없었지만, 여하튼 좋았다. 마스크를 쓰고 있어서 나에게 일어난 변화를 알아보는 사람은 없었다. 다음 날 쓰레기를 수거해 가는 인부들도 내가 버린 쓰레기봉투 속에 담긴 덩어리들이 원래 내 남편이었고, 한때 세상을 정화하겠다는 원대한 포부를 품었던 사람이었다는 사실을 알 수 없을 것이다.

엘리베이터에서 내려 집으로 들어가려던 나는 현관문 앞에서 동작을 멈추었다. 또다시 쓰레기로 꽉 찬 십 리터들이 쓰레기봉투가 602호와 603호 앞 복도 가운데 지점에 보란 듯이 놓여 있었다. 602호 여자였다. 어째 한동안 안 그런다 싶었다.

나는 이번에는 그냥 넘어갈 수 없다고 결단을 내렸다. 쓰레기는 버려도 버려도 쓰레기를 만들어 내는 쓰레기가 세상에 존재하는 한 또 나오게 마련이다. 해결책은 간단했다. 쓰레기를 줄이려면 쓰레기를 만들어 내는 원흉을 쓰레기로 만들면 된다. 생각이 그 즈음에 미치자, 불쾌함이 사라지고 약간의 설렘마저 일었다.

나는 602호의 초인종을 눌렀다. 지난번과 달리 602호 여자는 금방 문을 열어 주었다. 나는 슬그머니 602호 현관으로 들어섰다. 사람들이 지나다니는 복도에서 쓰레기 처리를 할 수는 없는 노릇이었다. 602호 여자와 나는 일 미터 정도의 사이를 두고 한동안 서로를 노려보았다. 602호 여자의 녹아내린 입과 여기저기 빠진 이빨을 보고 있노라니, 그 어느 때보다 강한 구토가 치밀어 올랐다.

그러나 602호 여자가 나보다 더 빨랐다. 순식간에 엄청난 양의 체액이 602호 여자의 입에서 쏟아져 나와 내 온몸을 뒤덮었다. 가장 먼저 녹아 든 건 내 눈이었다. 체액은 내 눈알을 녹이고 들어왔고 눈알 주변을 야금야금 녹여 냈다. 머리카락이 녹아 뚝뚝 끊어지고 피부 조직이 부글거렸다. 비명을 지르고 싶었지만, 성대도 녹아내려서 목소리가 나오지 않았다. 나는 602호 현관 안쪽으로 무릎을 꿇고 쓰러졌다. 녹아내린 팔의 관절이 서서히 어깨에서 끊어지며 바닥에 떨어지는 소리가 났다. 온몸이 부글거렸다. 체액이 두개골을 녹이고 내 뇌를 녹이기 시작할 즈음에는 아무런 고통도 느껴지지 않았다.

나는 쓰레기가 되었다.

옹

비디오드롬에게는 죽음을, 새 육신이여, 영원하라!
　　　　　　　　　　　　　　　—영화 「비디오드롬」 중에서

　남편은 왜소했다.

　가족성왜소증. 그게 남편이 왜소한 이유였다. 어쩌면 그 왜소함
이 나의 모성 본능을 불러일으켜 나를 그에게 끌어당겼는지도 모
른다. 취향인지 성향인지 모르지만 어릴 때부터 나는 작은 것에
관심이 갔다. 작은 강아지, 작은 인형, 작은 선물, 작은 액세서
리⋯⋯. 대학 동기였던 남편 역시 무척이나 작은 체구를 갖고 있
었다. 수강 신청을 하던 날은 아예 남편의 존재조차 몰랐고, 신입
생 오리엔테이션 때 보게 된 남편의 체구는 최소한 키가 170센티
미터는 되었던 다른 남자 동기들에 비해 턱없이 작았다. 행여 대
학에 입학하는 형에게 어떤 일이 생겨 초등학교에 다니는 남동생
이 대신 오리엔테이션에 참여한 건 아닐까 하는 의구심이 들 정도
였다. 남편의 고백에 따르면, 당시 남편의 키는 148센티미터였다.

　나를 비롯한 여자 동기 또는 과 선배들의 눈이 모두 남편에게

쏠렸다. 하지만 그건 그저 남편의 비정상적인 외모에 대한 호기심이나, 나는 저런 왜소한 몸이 아니라는 안도감에서 오는 동정심 정도에서 비롯한 것이었을 뿐, 일말의 인간적인 호감에서 비롯한 시선은 장담하건대 단 하나도 없었다, 나를 제외하고는.

"저기…… 잘 부탁합니다."

오리엔테이션 참가자가 모두 빙 둘러앉아 돌아가며 자기 소개를 할 때, 남편은 일어나 떨리는 목소리로 그렇게 말하곤 쏙 들어가 앉았다. 자기 이름조차 말하지 못했다. 게다가 목소리조차 초등학생 계집애처럼 가늘었다. 그 변성도 안 된 듯한 목소리를 듣고 어색해진 분위기를 풀기 위해 한 선배가 호기 있게 "건배!"를 외쳤고 모두 술잔을 들이켰지만, 나에게는 왠지 그 광경이 더 어색하게 느껴졌다.

학기가 시작되었고, 남편은 언제나 혼자였다.

형식적으로 술자리를 권하거나 말을 거는 동기들은 있었지만, 진심으로 남편을 가까이 하려는 동기들은 없었다. 특히 대학에 와서 누구나 적어도 한두 번은 하게 되는 미팅이나 소개팅에서 남편은 언제나 뒷전이었다. 남편은 늘 인문대 뒤의 잔디밭 벤치에 앉아 홀로 책을 읽고는 했는데, 그 모습이 무척 쓸쓸해 보였고 한동안 바라보다 보면 가슴 한편에 잔물결이 일었다. 햇살이 눈부시던 오후, 나는 벤치에 앉아 귄터 그라스의 『양철북』을 읽고 있던 그에게 캔 커피를 내밀었고, 그런 나에게 남편은 말했다.

"동정심으로 이러는 거면…… 이러지 마."

그는 그동안 나의 시선을 줄곧 느끼고 있었다고 했다. 하지만 나는 그에게 내밀어진 캔 커피를 거두지 않았다. 결국 그는 덤덤

한 얼굴로 캔 커피를 받았다. 하지만 정작 캔 커피를 받는 손은 떨리고 있었다. 작은 손이었다. 나는 그 손을 감싸쥐어 주고 싶었다.

사람들의 비뚤어진 시선 따위는 아무렇지 않았다. 다만 그로 인해 그가 상처받는 게 안쓰러웠다.

우리는 어디를 가나 연인이 아니라 누나와 어린 남동생으로 오인받곤 했고, 언제인가 눈이 어두운 호떡 장사 노파에게는 모자간으로 오인된 적도 있었다. 그와 함께 길을 걷는 나에게 남자들이 접근하는 경우도 있었다. 그들은 전혀 그를 의식하지 않았다. 물론 내 쪽에서 그들을 무시하긴 했지만, 그럴 때마다 그늘지는 그의 얼굴을 보며 가슴이 저려 왔다.

그와 사귀던 대학 시절, 이런 일이 있었다.

그와 함께 밤거리를 걷고 있을 때, 껄렁한 사내 녀석들 서넛이 우리 앞을 가로막았다. 영화나 드라마에서 수백 번은 보았음 직한 장면이었다.

"어이, 아가씨, 쌈박한데? 늦었는데 동생은 집에 보내고 우리랑 놀래?"

여드름 난 얼굴과 어설프게 스프레이로 세운 머리칼. 기껏해야 고1이나 고2로밖에 안 보이는 녀석들이 영화나 드라마에서 보아 온 동네 양아치들을 흉내 내고 있었다. 그는 당황한 얼굴이었지만, 곧 얼굴을 굳히고 짐짓 엄하게 소리쳤다.

"야, 이 녀석들아, 어따 대고 반말이야?"

그러나 가냘픈 그의 음성에 녀석들은 코웃음도 치지 않았다.

"좆만아, 너 어디 초등학교 다니냐. 누나 형들 노는데 꺼져줄래? 확 대가리를 부숴 버리기 전에……."

주먹까지 치켜 들고 을러 대는 녀석들의 서슬에 그는 주춤 물러섰다. 그들 중 한 녀석은 주머니칼을 꺼내 들고는 그의 눈앞에 흔들어 대기까지 했다.

"아가, 이걸로 네 창자 꺼내서 빨랫줄에 널어 줄까?"

"야야, 너무 겁 주지 마라. 밤에 자다 이불에 오줌 갈길라……."

낄낄대는 녀석들의 당당함에 비해 그는 잔뜩 얼어붙은 모습이었다. 참다못한 내가 나섰다.

"너희, 이 동네서 놀면 덕근이 오빠 알겠다? 용문파 넘버 투 덕근이 오빠."

역시 애송이들이었다. 예상치 못한 내 으름장에 녀석들은 적잖이 당황하는 기색이었다.

"아, 알지, 덕근이 형. 너희들도 알지?"

"어? 어……."

우두머리인 듯한 녀석이 무리를 돌아보며 묻자 다들 동조했지만 녀석들이 알 리 없었다. '용문파'는 당시 그 지역을 주름잡던 실제 폭력조직이었지만, '덕근'이란 이름은 갓 돌 지난 내 조카 이름이라는 것을.

"덕근이 오빠가 우리 친오빤데, 지금까지 나한테 찝쩍대는 새끼들치고 그 오빠한테 배때기 바람구멍 안 난 애들이 없거든?"

고등학교 때 이른바 '놀던' 친구들이 쓰던 어휘들을 조합해 허풍을 치기 시작하니 의외로 술술 흘러나왔다.

"어때, 너희들 창자에 바깥바람 좀 쐬 주고 싶으면 말해. 여기서 부르면 일 분 안에 튀어오니까……."

"미친년, 구라 까고 있네."

주머니칼을 들고 있던 녀석이 내 얼굴에 그것을 들이대고 소리 쳤지만, 당당한 내 태도에 믿어야 할지 믿지 말아야 할지 망설이 는 눈빛이었다. 나는 부디 녀석들이 떨리고 있는 내 종아리만 못 보고 넘어가기를 바라고 또 바랐다.

"이거 안 치울래? 셋 셀 때까지 안 치우면 내 얼굴엔 흠집 가고 너희들은 저승 구경 가는 거야."

내가 말해 놓고도 낯부끄러울 만큼 유치한 대사였지만, 싸늘한 내 표정에 녀석들은 기가 질린 모양이었다.

"야, 가자. 이 동네에 깔치가 얘뿐이냐?"

녀석들이 골목 모퉁이 너머로 완전히 사라지고 나서야 나는 비 로소 참았던 한숨을 토해 냈다.

"별것도 아닌 것들이 까불고 있어. 그치?"

나는 애써 명랑하게 말을 건넸지만 그는 대답하지 않았다. 자존 심이 상할 만도 했다.

"미안해……."

내가 뭐라 위로하기도 전에 그는 그렇게 말하고는 총총히 사라 져 갔다. 그리고 사흘 후 전화로 이별을 고해 왔다. 험한 세상에서 나를 지켜 줄 자신이 없다는 고백이었다.

"그렇게 자신이 없어? 나는 나 스스로 지킬 수 있어. 내가 너 그 렇다는 거 모르고 만났을 거 같아? 내가 지킬게. 내가 나 지키고 너도 지키면 되잖아?"

말할 수 없이 자존심이 상한 모양이었지만, 며칠에 걸친 나의 끈질긴 설득에 그는 마지못해 이별 선언을 철회했다. 사실 나와 헤어지면 아쉬운 건 그이긴 했다.

그 후로 많은 일들을 나 스스로 감당해야 했다.

그와 교제하는 것을 결사 반대하던 내 부모를 설득시킨 것도 나였고, 일 주일을 단식한 끝에 '결혼을 하든 나가 죽든 네 맘대로' 하라는 허락 아닌 결혼 허락을 받아 낸 것도 역시 나였다.

대학 졸업 후 그는 내 아버지의 연줄을 통해 보수가 괜찮은 중소기업 인사과에 입사했고, 내가 졸업 후 3년간 다니던 직장을 건강 문제로 그만둔 후부터 그는 여느 남자들과 다름없이 가장 노릇을 하기 시작했다.

남편은 좋은 남자였다.

체구가 왜소하기는 했지만, 얼굴은 잘생긴 편이었다. 왜소한 체구 때문인지 성격이 소심하기는 했지만 심성은 고왔고, 일상 생활에서나 잠자리에서나 나를 위한 배려를 잊지 않았다. 결혼 후 사년이 지나자 서로에 대한 열정은 식었지만, 그동안 아이가 생기지 않았는데도 나에게 짜증 한 번 내는 일이 없었고 나를 대하는 태도도 늘 한결같았다. 퇴근길에 이따금 꽃다발을 사 와 내게 안겨 주는 습관도 변함이 없었다.

물론 문제는 있었다. 속에 담아 둔 이야기를 잘 털어놓지 않는 성격이다 보니, 더러 나를 답답하게 하는 경우가 있었고, 차곡차곡 쌓여 있던 감정의 앙금들을 술의 힘을 빌어서야 터뜨리는 때가 있었다. 그러나 그런 경우는 아주 드물었기에 그다지 문제라 할 것도 없었다. 가끔 사소한 일에 필요 이상으로 집착해서 나를 피곤하게 하는 때도 있긴 했지만 그 역시 대단하진 않았다.

그러고 보니, 생각난다.

우리가 살림을 시작했던 임대 아파트에 쥐가 나와 나를 기겁하게 한 적이 있었다. 다른 건 몰라도 나는 설치류라면 질색을 했는데, 그런 나 때문에 남편은 어디에 숨어 있는지도 모르는 그 쥐를 잡기 위해 일 주일간 집요한 사냥을 벌여야 했다. 쥐덫으로 시작한 사냥은 쥐약으로 넘어갔고, 끈끈이, 고양이 등 가용한 모든 수단을 거쳐 망치로 끝을 맺었다. 그렇게 애를 써도 잡히지 않던 쥐는 남편이 벽에 행거를 걸기 위해 의자 위에 올라가 안간힘을 쓰며 못을 박던 저녁, 장롱 틈에서 포르르 튀어나왔다.

"쥐!"

내가 반사적으로 소리쳤을 때 남편이 쥐를 내려다보았고, 그의 눈에서 빛이 났다. 빛이 났던 남편의 눈빛이 면도날처럼 날카로워지는가 싶더니, 이내 남편은 의자에서 휙 뛰어내리며 먹이를 낚아채는 독수리의 부리처럼 쥐를 향해 망치를 내리꽂았다.

"찌이이익!"

쥐는 귀청을 찢을 듯한 소리를 내며 버둥거렸다. 남편의 겨냥은 약간 빗나가 있었다. 쥐는 뒷다리 부근이 망치에 완전히 으깨어져 온몸을 경련하고 있었다. 그 쥐를 향해 이를 악문 남편이 다시금 망치를 내리꽂았다. 한 번. 두 번. 세 번.

눈을 가린 내 손 틈으로 남편이 피가 뚝뚝 듣는 망치를 쥐에게서 거두는 장면이 들어왔을 때 나는 비명을 질렀다.

"놀랬어? 미안해. 이 녀석이 너 놀라게 한 게 괘씸해서 그랬어."

남편이 미소를 지으며 말했지만 나는 그게 더 소름 끼쳤다.

"우, 몰라! 빨리 그거나 치워!"

그날 밤 나는 좀처럼 잠을 이룰 수 없었고, 어쩌다 잠이 들었다가도 경기를 일으키며 깼다. 남편은 깊이 잠들어 있었지만 그날큼은 그가 무섭고 끔찍하다는 생각이 들었다. 그게 처음으로 본 남편의 어두운 일면이었다. 다행스럽게도 그런 일은 한동안 다시 일어나지 않았고, 나는 차츰 그 일을 잊어 갔다.

그러나 남편의 어두운 일면은 벚꽃이 지던 작년 늦봄에 다시금 모습을 드러냈다.

IMF 이후 크고 작은 기업들을 야금야금 잠식해 들어가던 경제 불황은 남편이 다니던 회사에까지 손을 뻗어 왔다.

대학 졸업 직후부터 근 십 년을 몸담은 직장이었다. 그러나 상황이 악화되자, 그 직장은 가차없이 남편을 정리해고의 명단에 올렸다. 먹을 게 없다고 오랫동안 길러 오던 수족관 속의 열대어를 끄집어내어 도마 위에 올리고 회칼로 머리를 내리친 것이나 다름없었다.

"우리도 어려운 선택이었어. 알잖아?"

남편이 사장으로부터 들은 말은 그 한마디뿐이었다고 했다. 그러나 정작 남편은 그에게 아무런 항의도 하지 못했다. 술에 잔뜩 취해 돌아온 그에게 나는 뒤집어엎어 버리든지, 하다못해 욕이라도 해 주지 그랬냐고 소리 소리를 질렀다. 그러나 남편은 나에게 미안하다는 말만 거듭했다. 다른 날도 그랬지만, 그날처럼 남편이 작아 보였던 날은 없었다. 나중에는 별 수 없이 남편을 위로하는 수밖에 없었다.

"그깟 회사 관둔 게 더 잘된 일인지두 몰라. 자긴 보란 듯이 훨씬 조건도 좋고 훨씬 월급도 쎈 데 들어가서 그 자식들 코를 납작하게 해 주면 되지 뭐."

그러나 그 후로 남편은 정말 보기에도 안쓰러울 만큼 이력서를 들고 땀 흘리며 새 직장을 알아보았지만 좀처럼 취직이 되지 않았다. 별다른 학벌도, 특기도, 기술도 없는 데다 신체마저 눈에 띄게 왜소한 남편을 채용하는 직장은 없었다. 두 달을 그렇게 허송세월하며 남편은 점점 생기를 잃어 갔다. 컬러로 된 표정에서 점점 흑백의 침침한 표정으로. 말수도 줄었고, 열등감 때문인지 나와 눈 마주치는 것도 꺼려했다. 남편은 점점 더 작아져만 갔다.

그렇게 그냥 있을 수는 없었다. 나 역시 직장을 알아보았다. 결혼 후 직장을 그만둔 지 오래되었기에 마땅히 이력서를 내 볼만한 곳이라고는 보험 설계 사무실뿐이었다. 운 좋게 채용이 되어 나는 보험설계사로 일하고 남편은 아파트에서 시간을 죽이는, 통상적인 부부의 위치가 뒤바뀐 생활이 시작되었다.

내가 취직을 한 후로 남편의 열등감은 더해진 모양이었다. 숫기가 없었고, 내가 등 뒤에서 부르면 깜짝깜짝 놀랐다. 아파트 밖으로도 거의 나가지 않는 듯했다. 하루 일을 마치고 아파트로 돌아와 보면 사발면 용기나 빈 자장면 그릇 따위가 구석에 밀쳐져 있고, 남편은 이 세상 사람이 아닌 사람의 표정으로 베란다에서 담배를 피우고 있기 일쑤였다. 나는 그에게 말했다.

"자기야, 그렇게 매일 시간만 죽이지 말고 자기가 할 수 있는 일을 알아봐."

그러나 남편은 비관적이었다.

"내가 할 수 있는 일? 거 좋지. 근데 하나만 물어보자."

"……?"

"내가 할 수 있는 일이 있을까? 난 내가 할 수 있는 일이 뭔지

도저히 모르겠어? 네가 알면 좀 가르쳐 줄래?"

그렇게 말하는 남편이 작다 못해 아이처럼 느껴졌다. 나는 아파트에서 홀로 낮 시간을 보내는 그를 위해 초고속 인터넷을 깔아 주었다. 그러나 남편은 거기에 전혀 흥미를 보이지 않았다. 정말 시쳇말로 세상 다 산 사람 같았다.

우산을 쓰지 않으면 옷이 축축이 젖을 만큼 가랑비가 내리던 날이었다.

보험 일은 좀처럼 체질에 맞지 않았다. 아무리 하루 종일 애를 써도 문전박대 당하기 일쑤였고 허탕치기 일쑤였다. 그래도 그날은 몇 건의 계약을 겨우 성사시키고 지친 몸으로 아파트에 돌아왔는데 남편이 컴퓨터 앞에 앉아 있었다. 그리고 나를 돌아보는데, 남편은 지금까지의 모습과는 판이하게 생기에 넘치는 모습이었다. 정확한 기억은 아니지만, 언뜻 눈에 빛이 어렸던 것 같기도 하다. 여하튼 남편은 오랜만에 밝은 모습으로 나에게 말했다.

"자기야. 이것 좀 봐."

그가 가리키는 컴퓨터 모니터를 보니, 그래픽 프로그램 포토숍 7이 떠 있었다.

"어떻게 깔았어, 이거?"

"전송받았어. 넷디스크에서. 이거 100만 원 넘게 하는 정품인데 공짜로 전송받은 거야."

"넷디스크? 그게 뭐야?"

"인터넷상으로 돈을 한 달에 1000원이나 2000원씩 내면 몇 십 메가씩 파일 저장 공간을 주고 사용자는 거기에 클럽을 만드는 건

데, 여러 개가 모이면 꽤 큰 프로그램이나 동영상 파일도 저장할
수 있어. 그 클럽에 가입한 사람은 그걸 전송받을 수 있고……."

남편은 엄마에게 그림을 보여 주며 자랑스러워하는 어린아이
처럼 나에게 그렇게 말했다. 오랜만에 남편이 생기를 되찾은 걸
보는 건 나에게도 즐거운 일이었다. 한데 이상하게도 그런 남편의
얼굴을 보는 순간, 등줄기로 서늘한 기운이 스륵 스쳤다. 하지만
나는 이내 마음을 가다듬고 그와 같이 즐거워했다.

다음 날은 늦잠을 잤다.

알람 소리를 못 들은 모양이었다. 평소 같으면 잊지 않고 7시면
먼저 일어나 나를 깨워 주던 남편이 곁에 없었다. 그랬다. 남편은
컴퓨터 앞에 앉아 있었다. 시계를 본 내가 놀라 벌떡 퉁겨 일어나
는 소리를 듣고서야 남편은 비로소 정신을 차렸다. 정신없이 출근
준비를 하려다 말고 그런 남편을 바라보며 말했다.

"날밤 샌 거야?"

"아…… 아니. 깜빡 잠들었나 봐."

"아우, 도대체 뭐 나온다고 그러고 있어?"

당장은 출근이 급했기에 나는 허둥지둥 화장도 하는 둥 마는 둥
아파트를 나섰다.

다시 아파트로 돌아온 저녁, 문을 열어 준 남편은 또 컴퓨터로
뭔가를 다운로드하고 있었다. 눈이 빨갛게 충혈되어 있었다.

"또 뭐 받아?"

내가 묻자, 남편은 겸연쩍은 듯이 머리를 긁적이며 대답했다.

"으응, 한글2002."

"한글2002? 건 벌써 깔려 있었잖아?"

"그건 한글2002고 이건 한글2002 SE야. 이게 이전 한글2002보다 훨씬 좋대. 그러니까 한글2002 SE지."

그러면서 남편은 씩 웃었다. 그러나 나는 전혀 웃을 기분이 아니었다.

"하루 종일 그거 다운만 받은 거야?"

날이 선 내 물음에 남편은 선뜻 대답하지 못하고 모니터로 눈길을 돌렸다.

"영화도 받았어. 디빅스로. 디빅스가 뭔지 알아? DVD로 나온 걸 다시 파일로 압축한 건데 화질이 끝내 줘. 볼래?"

그러면서 남편은 파일 하나를 더블 클릭했는데, 동영상 재생 프로그램이 실행되며 정말 DVD 화질에 가까운 고화질의 영화가 모니터 화면에 떠오르는 것이었다. 게다가 제목을 보니 이제 막 극장에서 개봉한 영화였다. 남편은 이내 미디어 플레이어를 종료시키더니 다시금 말했다.

"인제 영화 돈 주고 볼 거 없다니까…… 프로그램도 돈 주고 깔 필요 없고…… 내가 지금껏 왜 이걸 모르고 살았나 몰라."

나는 뭐라 한마디 하려다 입을 다물었다. 그러나 목청까지 치민 울화는 쉽게 가라앉지 않았다. 낮에 외근을 나갔다가 어느 아파트에서 새파랗게 어린 계집애에게 문전박대를 당하고 욕까지 들었던 일이 가슴에 단단하게 응어리져 있었기 때문이기도 했다.

내가 그런 일을 당하고 있는 동안 남편은 저깟 불법 복제 프로그램에 동영상이나 다운로드하며 즐거워하고 있었다는 얘기였다. 나는 주방으로 가서 냉장고 문을 벌컥 열고 생수통을 꺼내어 병째로 벌컥벌컥 들이마셨다. 한동안 그 자리에 서서 화를 삭이고 다시 방으로 갔을 때 남편은 여전히 모니터만 바라보고 있었다.

모니터 중앙에 떠 있는 다운로드 창을.

그날 밤 나는 남편에게 한마디도 하지 않고 돌아누워 잠을 청했다.

그러나 남편은 아랑곳하지 않고 자료를 다운로드했다.

딸깍, 딸깍, 드르륵드르르르…… 딸깍, 딸깍…….

컴퓨터와 마우스가 연신 내는 소리에 시달리며 겨우 잠들었을 즈음, 남편의 손이 나의 가슴을 파고들었다.

"화……났어? 미안해."

나는 그의 손을 거칠게 털어 냈다. 그러나 손은 다시 나에게 파고들어 왔다. 좀 더 집요하게. 평소와 달리 그는 완강했다. 시간이 흐를수록 점점 더. 몇 번이고 그를 밀어내다 마침내 몸을 열었을 때 나는 그가 자꾸만 켜져 있는 컴퓨터 모니터를 곁눈질한다는 걸 깨달았다.

모니터 중앙에 떠 있는 다운로드 창을.

비교적 시력이 좋은 편이었기에 나는 똑똑히 볼 수 있었다.

용량이 제법 큰 자료인지, 다운로드 속도가 느린 계정인지는 몰라도 다운로드 진척도를 보여 주는 퍼센티지 막대는 천천히 올라갔다.

2%…… 3%…… 4%…… 5%…….

이해할 수 없었던 건 그 진척도에 맞추어 남편이 점점 고조된다는 것이었다. 천천히.

17%…… 18%…… 19%…….

연신 흘끔거리는 그의 곁눈질과 다운로드 창. 나는 도무지 몰입

할 수 없었다.

형용하기 힘든 느낌이 꿈틀꿈틀 솟아올랐다. 분명 유쾌한 느낌은 아니었다. 아니, 극도로 불쾌한 느낌이었다.

고등학생 때 집을 수리하던 어느 날, 심부름을 하러 현장에 나갔다가 못이 튀어나온 각목을 밟은 적이 있었다. 못은 내가 신고 있던 슬리퍼의 밑창을 뚫고 나의 발바닥의 굳은살을 주둥이로 밀어붙이다 어느 순간, 툭 하는 느낌과 함께 내 발 속으로 쑥 들어왔다.

그때의 그 섬뜩한 이물감.

그날 남편은 그런 이물감이 되살아나게 했다.

95%…… 96%…… 97%…….

다운로드 퍼센티지가 거의 다 차오르자 남편의 호흡도 가빠졌다.

99% 다운됨. 임시 폴더로부터 'My Documents'로 파일이 모두 이동되고 나자 남편은 가쁜 숨을 내쉬며 나에게서 떨어졌다. 평소 같았다면 그는 나를 끌어안고 한동안 그 느낌을 음미하거나 곤한 잠에 빠져들었을 것이다.

그러나 그날 그는 다시 컴퓨터 앞으로 가서 자리를 잡고 앉았다. 그리고 다시 마우스를 딸깍거리며 여기저기 자료를 다운로드할 수 있는 곳을 기웃거리기 시작했다.

처음에는 어이가 없었고, 다음 순간에는 화가 났고, 그 어이없음과 화가 사라지자 불안감이 그 자리에서 도드라졌다. 이내 툭부러질 나뭇가지에 매달린 아이를 바라보는 불안감.

저놈의 다운로드 때문에 남편이 이상해지고 있었다. 그리고 그 예감은 들어맞았다.

그 다음 날도, 그 다음 날도 남편은 다운로드에 매달렸다.

온라인 게임에 몰두하는 철없는 애들도 아니고 그래도 나이 서른이 넘은 사람인데, 저러다 말겠지 했다.

그러나 아니었다. 시간이 흐르면 흐를수록 남편은 더 광적으로 다운로드에 매달렸다. 밤낮으로.

잠도 제대로 자지 않았고, 설혹 잔다 해도 컴퓨터 앞에 앉은 채 됐다.

밥도 입에 대지 않았다. 정말 허기가 져서야 겨우 국에 밥을 말아 모니터를 바라보며 허겁지겁 먹었다. 그래도 처음에는 나에게 미안한 기색을 보였다. 도대체 왜 그러냐는 힐난에 얼굴을 붉혔고 아쉬운 기색으로나마 컴퓨터를 끄곤 했다.

그러나 남편은 점점 뻔뻔스러워졌다.

"당신 도대체 왜 그래? 응? 정신 좀 차려 봐!"

참다못한 내가 그렇게 소리를 지르며 어깨를 흔들자, 남편은 내 손을 뿌리치며 도리어 나에게 고함을 질렀다.

"뭐가! 다운 좀 받는 게 뭐 어떻다고?"

"밤낮 없이 그거에 매달리니까 그러지! 우리가 지금 같이 사는 거 맞아? 도대체 왜 거기에만 매달려 있는 거야?"

그러나 남편은 아무런 대답도 하지 않고 다시 고개를 돌려 모니터를 바라보았다. 모니터 중앙에 떠 있는 다운로드 창을.

"아, 망할, 잘렸잖아? 아, 개새끼들. 오늘 올린 걸 오늘 자르냐?"

남편은 점점 짜증을 내기 시작했다. 다운로드를 처음 하기 시작할 때만 해도 자료를 하나 받고 설치할 때마다 어린아이처럼 즐거

위했던 남편이었다. 그러나 그 표정이 점점 무표정으로 바뀌었고, 다운로드에 실패할 때마다 남편은 패를 잃은 도박꾼처럼 안타까워하며 짜증을 냈다. 나는 그런 남편의 뒤편에서 멍해진 눈으로 텔레비전을 응시하고 있었다. 날이 갈수록 남편과의 대화는 급속히 줄었다. 남편이 다운로드하며 내뱉는 혼잣말이 나와 나누는 대화보다도 많았다.

"아…… 이 새끼는 누가 링크해 간다고 마우스 오른쪽 버튼은 죄다 막아 놨어. 조잔한 새끼…… 플겟(FlashGet, 분할 다운로드 매니저 프로그램)도 안 되게……."

남편은 이제 취직할 생각은 전혀 하지 않았다.

하루에도 몇 장씩 쓰던 이력서는 책상 서랍 속에 내팽개친 지 오래였고 외출도 아예 하지 않았다. 오로지 컴퓨터 앞에 앉아 다운로드에 모든 열정을 쏟고 있었다. 다운로드한 프로그램이나 게임들을 컴퓨터에 깔고 활용을 하느냐 하면 그것도 아니었고, 다운로드한 동영상 파일들을 진득이 앉아서 보느냐 하면 그것도 아니었다. 프로그램이나 게임은 설치만 하면 그걸로 끝이었고, 동영상 파일은 화질을 확인하느라 앞부분만 잠깐 보면 그걸로 끝이었다. 그 어떤 것도 다운로드 후에 활용을 하거나 사용하는 걸 나는 본 적이 없다. 남편은 그저 다운로드하는 데에만 열을 올릴 뿐이었다. 나는 행여 내가 직장을 그만두면 남편이 정신을 차릴까 싶어 직장까지 그만두고 그에게 그 사실을 밝혔다.

"나 직장 때려쳤어……."

그러나 남편은 도리어 화를 냈다.

"지금 직장을 관두면 어떻게 먹고살려고? 도대체 당신, 생각이 있는 거야, 없는 거야?"

"뭐? 정말 기가 막혀서……. 그게 지금 할 소리야? 허구한날 다운로드에 매달려서 집안 꼴이 어떻게 돌아가는지 관심도 없는 사람이 누군데? 지금 누가 누구한테 할 소리를 하고 있는 거야!"

남편에게 고래고래 소리를 질렀지만, 남편은 다운로드가 완료된 창을 보자마자 컴퓨터 앞으로 뛰어갔다. 나는 울음을 터뜨렸다. 그러나 남편은 거들떠보지도 않았다.

남편이 피곤에 겨워 쓰러지다시피 잠이 든 어느 저녁, 나는 남편 몰래 컴퓨터를 켜 보았다.

컴퓨터는 몰라보게 달라져 있었다.

운영체제부터 윈도즈98이었던 것이 '윈도즈XP'로 바뀌어 있었고, 프로그램이라고는 기본 프로그램들과 한글97뿐이었던 컴퓨터가 무수한 프로그램들로 가득 차 있었다.

윈도 하단의 '시작' 버튼을 눌러 프로그램 창을 띄우는 순간, 화면이 프로그램들로 가득 찼다. 나모 웹에디터 5, 알집, 윈집, 피시딕 클라이언트 7.5, 어도비 아크로뱃, 어도비 스트림라인, 어도비 일러스트레이터 8.0, 어도비 일러스트레이터 9.0, 어도비 포토숍 6, 어도비 포토숍 7, 드림위버 3, 드림위버 4, 블랙 아이스, 파이어웍스 4, 플래시 4, 플래시 5, V3pro2000, 바이로봇 2000, 페인트숍 프로 6.02, 페인트숍 프로 7.01, 리얼플레이어, 노턴 크래시가드, 노턴 인터넷 시큐리티, 노턴 안티바이러스 2000, 노턴 유틸리티, 아르미, 피날레2001, 케이크웍 9.0, 윈앰프, 사운드스트림 1.5, 파워 DVD, 파티션 매직 6, 마이크로미디어 오소웨어 5.2, 어도비 골라이브 5, 유리드 포토임팩트 6, 라이트웨이브 3D, 페인터

3D, 브라이스 4.0, 라이노 3D, 파티션 매직 6.0, 어도비 인디자인 1.5······.

나는 그 어떤 컴퓨터에도 그렇게 많은 프로그램이 설치되어 있는 걸 본 적이 없었다. 시스템 트레이에만 열 개가 넘는 프로그램들이 등록되어 있었다. '내 문서' 폴더를 열어 본 나는 현기증을 느꼈다. 수십 편도 넘는 동영상 파일들이 득실거리고 있었다. 폴더 하단의 용량 정보는 이렇게 표시되어 있었다.

4000.7729KB(사용할 수 있는 디스크 공간: 498MB).

스크롤 바를 내리며 그 아이콘들을 바라보고 있을 때였다. 나의 어깨를 뭔가가 갑자기 우악스럽게 홱 끌어당겼다.

"엄맛!"

외마디 비명을 지르며 돌아보니, 어깨를 끌어당긴 건 남편의 손이었다. 부쩍 여윈 손등에 유난히 핏줄들이 툭툭 도드라져 있었다. 흐릿한 남편의 눈동자 가장자리에 가지를 뻗은 실핏줄들이 유독 부풀어 올라 남편의 눈을 새빨갛게 충혈시키고 있었다.

"뭐 해? 뭐 잘못 만져서 컴퓨터 망가지면 어쩌려고?"

그러면서 남편은 나를 거칠게 밀어내고 컴퓨터 의자에 앉아 다급하게 마우스를 딸깍대며 컴퓨터에 저장된 파일들의 이상 유무를 확인하기 시작했다. 모니터 속의 무수한 프로그램들이 남편의 눈동자에 비추어졌고, 남편의 눈은 이상하게도 귀기를 띠며 희번덕거렸다. 갑자기 욕지기가 치밀어 올랐다. 입을 틀어막고 화장실로 뛰어간 나는 변기에 대고 저녁에 먹었던 걸 모두 토했다. 어린 시절 내가 살던 동네 뒤편에 쓰레기장이 있었다. 유치원에 들어가기 전 언니와 함께 쓰레기장에 놀러 간 적이 있는데, 거기서 나는 죽은 강아지를 보았다. 하얀 바탕에 중간중간 점박 무늬가 들어간 털이 보송보송한 강아지였다. 강아지는 자는 듯이 모로 누워 있었다. 나는 그렇게 누워 있는 강아지가 너무 가여워 묻어 주려고 손을 뻗어 강아지를 들어 올렸다. 그때 손가락에 뭔가 구물거리는 느낌이 전해 와서 화들짝 놀라 강아지를 떨어뜨렸다. 뒤집혀 떨어진 강아지의 이면에는 셀 수 없이 많은 구더기들이 강아지의 속살을 파먹으며 구물거리고 있었다. 나와 언니는 비명을 질렀고, 나는 그 후로 며칠을 경기에 시달리며 앓았다. 남편의 눈에 비친 모니터 화면을 보는 순간 왜 그 강아지의 뱃속이 떠올랐는지 모를 일이었다. 입을 헹구고 양치질을 한 후 화장실을 나온 나는 모로 누워 잠이 든 남편의 얼굴을 바라보았다.

다시금 욕지기가 치밀어 올랐다.

분명 남편은 정상이 아니었다.

"요즘 인터넷 중독으로 상담해 오시는 경우가 많아요."

남편 모르게 찾아간 신경정신과의 의사는 내가 남편의 증상을 대략 설명하자 그렇게 운을 뗐다.

"본인이 와서 묻기도 하고, 주변 사람들이 와서 어떻게 해야 하느냐 묻기도 하시고……. 학계에서도 이걸 점점 병으로 규정하는 추세이긴 합니다. '웨버홀리즘(Webaholism)'이라고 해서 인터넷 중독을 가리키는 용어도 생겼고……. 남편 분께서 인터넷 다운로드에 매달리느라 다른 건 모두 등한시한다는 말씀이지요?"

"네……."

"인터넷 때문에 밤을 새거나 식사를 거르는 날도 있나요?"

"자주요."

"인터넷을 자제하길 권유하거나 말려 보신 적은 있으세요?"

"네……."

"그럴 때 어떤 반응을 보이시던가요?"

"짜증을 내거나 불쾌해하는 편이었어요. 어떤 땐 그보다 심한 반응을 보이기도 하고……."

"심한 반응이라면 어떤……?"

"사탕 뺏긴 어린애처럼 토라지기도 하고, 버럭 고함을 지르기도 하고 그러더라고요."

"흠…… 남편 되시는 분을 진단해 봐야 좀 더 정확한 걸 알 수 있겠는데, 말씀대로라면 남편 분께서 어느 정도 인터넷에 중독이 된 거라고 봐야겠네요. 남편께서 직장에서 정리 해고 당하신 후로 취직이 안 되셨다고 하셨죠? 아마 심적으로는 그게 대단히 부담이 되었을 거예요. 거기에 대한 상실감과 자괴감을 다운로드를 통해 채우려는 보상 심리가 작용한 것일 수도 있습니다."

그럴 수도 있다는 생각이 들었다. 갈수록 작아지던 남편의 어깨. 남편은 그 위축감을 다운로드를 통해 보상받으려는 건 아니었을까.

"또 그런 습관이 반복되다 보면 강박화되는 경향이 있어요. 인터넷을 '정보의 바다' 라고 부르는 게 괜한 말은 아니죠. 아무리 돌아다녀도 못 들어가 본 사이트가 있고, 아무리 다운로드해도 새로운 게 계속 나온다 이거죠. 그래서 자신이 모르는 사이에 뭔가 벌어지고 있을 것 같은 느낌에 꺼림칙해서 선뜻 컴퓨터를 못 끄는 거죠. 그러다 보면 더 거기에 매달리게 되고……."

의사는 잠시 말을 끊고 뭔가 생각하는 표정으로 침묵하다 다시 입을 열었다.

"끝으로 말씀드릴 게 '저 모퉁이만 돌아서면' 증후군이란 건데⋯⋯, 바로 저 모퉁이만 돌아서면 뭔가 멋진 일이 있을 것만 같고, 그게 끝인 것 같다가도 그 모퉁이만 돌아서면 또 저쪽에 새로운 모퉁이가 보이는 게 바로 인터넷의 생리거든요. 그걸 '저 모퉁이만 돌아서면' 증후군이라고 합니다. 남편 분에게도 그런 심리가 있을 거예요. 이 자료만 받으면 뭔가 멋진 일이 있을 것 같고, 그게 끝인 것 같다가도 막상 자료를 받고 나면 더 좋은 자료가 있을 것 같다는 거죠. 그게 남편 분으로 하여금 계속 다운로드에 집착하게 하는 요인일 수도 있습니다."

의사의 말을 듣고 보니, 남편을 이해할 수 있을 것 같다는 생각과 함께 그에 대한 안쓰러운 감정이 옹굿옹굿 불거져 나왔다.

"우선은 남편 분께서 인터넷 다운로드 말고 다른 일들에 관심을 분산시킬 수 있도록 사모님께서 유도해 주시는 게 중요합니다. 당사자는 자신이 중독되었다는 사실을 자각하지 못하는 경우가 많거든요. 혹 자각을 하더라도 자기 의지로는 그 중독에서 헤어나지 못하는 경우가 대부분이고⋯⋯."

정말 그래야 할 것 같았다. 그러나 아파트로 돌아왔을 때그런 기분은 산산이 깨져 버렸다. 내가 아파트 현관에 들어서자마자 컴퓨터 앞에 앉아 있던 남편은 나에게 손을 내밀며 말했다.

"돈 좀 줘 봐, 빨리! 하드 용량이 너무 모자라서 아무래도 RW를 하나 달아야겠어!"

그렇게 말하는 남편은 정신 나간 사람으로 보였다. 며칠을 감지 않은 머리는 뒤엉켜 있었고, 면도도 하지 않아 수염은 제멋대로 자라 있었다. 그리고 그 눈빛. 초점이 흐려진 남편의 눈동자는 영락없는 마약 중독자의 눈빛이었다. 집에 돌아오기 전까지 가졌던 남편에 대한 이해심과 안쓰러움은 금세 남편에 대한 경멸과 짜증으로 돌변했다.

"당신 정말 왜 그래? 언제까지 이럴려구 그래?"

"내가 뭘……? 뭘 어쨌다고 애들한테 야단치듯 그러는데?"

남편은 도리어 화를 냈다.

"애들이 아니면 어른답게 행동해 봐. 지금 당신 꼴을 보라고……. 이게 정말 정상인지……."

"정상? 그래, 비정상이라 이거지? 이제야 슬슬 본색을 드러내는구먼. 그래, 이렇게 비정상인 놈하고 어떻게 사니, 넌? 응? 쥐 좆만 한 몸뚱어리 데리고 사느라 참 고생이 많다?"

눈알을 희번덕거리며 말도 안 되는 비약으로 흥분하는 그를 보며 나는 온몸이 굳어졌다. 남편은 여차하면 거품이라도 물 기세였다.

"지금 그 얘기가 아니잖아. 누가 당신 몸 때문에 그러는 줄 알아?"

"그럼? 그럼 뭔데? 결국 모든 게 거기에 대한 불만에서 나온 거 아냐? 내가 다른 놈들처럼 키 180에 제대로 된 직장이라도 다녔으면 내가 컴퓨터 좀 했기로서니 날 이렇게 무시하고 업신여겼겠어?"

"도대체 내가 뭘 무시하고 업신여겼다는 거야? 그런 거 아냐, 정말……. 당신이 요새 너무 인터넷만 붙들고 있으니까 하는 말

아냐. 차라리 다른 걸 해 봐. 허구한날 컴퓨터 앞에 허깨비처럼 앉아만 있는 당신을 보고 있으면 솔직히 무서워. 저러다 어떻게 되는 건 아닌가 무섭다고……."

"허깨비? 그래, 네 눈엔 인제 내가 허깨비로 보이냐? 왜, 차라리 병신이라고 부르지?"

"제발 말꼬투리 좀 그만 잡아!"

"나 원래 조잔해. 그거 몰랐어? 이런 말라비틀어진 몸뚱어리에 속이 바다처럼 넓고 깊을 줄 알고 꼬리쳤니, 넌?"

"꼬리를 왜 쳐! 난 그냥 널 보듬어 주고 감싸 주고 싶었다고!"

"아 그러셔? 그렇게 성모 마리아 같은 심성을 가지신 분께서 왜 내가 인터넷 좀 하는 건 보듬어 주고 감싸 주지 않으시나?"

"'좀'이 아니니까 하는 말이잖아. '좀'이! 도가 지나치니까 하는 말이라고……."

"진짜 도가 지나친 게 뭔지 알아? 이런 몸뚱어리로 세상에 나온 것 자체가 도가 지나친 거야. 이런 몸뚱어리로 세상에 나와 좆만한 새끼들한테 조롱받고 좆 같은 새끼들한테 멸시받으며 오그라드는 게 도가 지나친 거라고!"

극에 달한 남편의 자괴감은 모든 것에 대한 불만과 분노, 그리고 황당무계한 자기 합리화로 바뀌어 있었다.

"됐어! 더 이상 말하고 싶지 않아. 말해도 소용없고……."

나는 방으로 들어가 여행 가방을 꺼내어 가방을 싸기 시작했다.

"그래, 이제 빨아먹을 게 없단 걸 알았다 이거지?"

가방을 싸는 내 팔목을 우악스럽게 잡으며 그가 말했다.

"생각해 보니, 잘못 선택했다 이거지? 왜, 보험 하면서 새 애인이라도 생겼니? 이혼해 줄까?"

"놔, 이거 안 놔?"

팔을 비틀며 그에게 말했지만, 팔을 잡은 그의 손은 억셌다. 꿈쩍도 하지 않았다. 어디서 그런 힘이 나오는지 모를 일이었다.

"네년도 똑같아. 다를 게 없어. 날 조롱하고 멸시하던 다른 놈들과 똑같다고……. 알아? 성모 마리아인 척해도 소용없어. 딴 놈 생긴 거 맞지? 그렇지?"

"미쳤구나, 정말……. 미치지 않고선 이럴 수 없어. 제발 놔줘. 부탁이야."

눈물이 괴어 올라 그가 부옇게 보였다.

"못 놔."

북받쳐 오른 울화로 결국 나는 자유로운 한 팔로 그의 따귀를 때리고 말았다.

"쳤어?"

일순 그가 이를 악무는 듯싶더니 눈앞이 번쩍 갈라졌다. 한 번. 두 번. 세 번. 입술 안쪽이 송곳니와 부딪히며 터졌다. 나 역시 이를 악물고 거세게 그를 밀쳤다. 그는 저만치 밀려나 책장에 등을 부딪혔다. 책장에 꽂혀 있던 책들이 우르르 바닥에 쏟아져 내렸다. 나는 가방을 들고 아파트 현관으로 갔다. 그러나 이내 달려온 그에게 머리채를 잡히고 말았다. 그는 내 머리채를 움켜 쥐고 있는 힘을 다해 잡아당겼다. 나는 바닥에 가방을 떨어뜨렸다. 머리카락이 다 뽑혀 나갈 것 같았다.

머리카락이 견딜 수 있는 힘은 무려 십 톤에 이른다고 한다. 그러나 그건 어디까지나 머리카락의 주인이 머릿가죽 벗겨져 나가는 고통을 감내할 때의 얘기다. 남편은 정말 내 머릿가죽을 벗겨 내기로 작정한 것 같았다. 그는 거칠게 내 머리카락을 붙들고 주방 쪽으로 끌고 들어갔다.

"밖에 싸돌아다니지 못하게 머리를 다 잘라 주지."

언뜻 가위를 집어 드는 남편의 모습이 보였다. 나는 개수대에 손을 뻗어 더듬거렸다. 유리컵이 손에 잡혔다. 스윽. 남편의 가위에 머리카락 일부가 잘리는 느낌이 들었다. 나는 컵을 남편에게 집어던졌다.

"악!"

남편의 오른쪽 눈두덩에 부딪힌 유리컵은 모서리가 깨어지며 퉁겨 날아가 냉장고 문에 부딪혀 박살이 났다.

그 틈을 타 나는 가방을 집어 들고 현관문을 열고 밖으로 뛰어나왔다. 슬리퍼만 겨우 꿰어 신은 상태였다. 나는 엘리베이터 앞에 서서 연신 내 아파트 문을 쳐다보았다. 금방이라도 그가 가위를 들고 달려나와 휘두를 것만 같았다.

다행히 엘리베이터 문은 금방 열렸다.

나는 엘리베이터에 올랐고 다급하게 닫힘 버튼을 눌러 댔다. 엘리베이터 문이 닫히는 순간, 이를 악문 남편이 모퉁이를 지나 달려오는 모습이 보였다.

"죽어!"

이성을 잃은 남편이 가위를 칼처럼 쥐고 나에게 달려들었다.

텅.

남편이 가위를 휘두른 것보다 엘리베이터 문이 닫힌 게 더 빨랐던 건 천만다행이었다. 가위 끝은 엘리베이터 문에 부딪혔다. 엘리베이터 창 너머로 광분한 남편의 얼굴이 보였다. 그러나 나에게는 남편의 찢어진 눈두덩에서 흐르는 피가 자꾸만 눈물처럼 느껴졌다.

 그 길로 친정으로 갔다.
 친정으로 가는 버스에서 내내 눈을 뜰 수 없을 만큼 눈물이 흘러내렸다.
 모든 게 서글펐다. 한때 그렇게 좋았던 남편과의 사이가 이렇게 벌어졌다는 게 서글펐고, 남편 가슴속에 차곡차곡 쌓여 있던 앙금이 그렇게 두꺼웠다는 게 서글펐다.
 예상하고 있던 결과였지만, 겨우 도착한 친정에서는 환대를 받지 못했다.
 "그러게 부모 말 안 듣고 잘되는 거 있는 줄 알아, 이년아."
 그러나 그렇게 말하며 내 머리를 쥐어박는 어머니는 나를 안쓰러워하는 기색이 역력했다.
 친정에서 한 달을 보냈다.
 그랬건만 남편은 뻔히 내가 어디에 와 있는 줄 알면서도 전화 한 통 걸어 오지 않았다. 남편에 대한 악감정이 가라앉고 남편의 그런 행동이 그저 너무 힘들고 어쩌다 흥분해서 일어난 것이라고 이해될 즈음, 참다 못한 내가 아파트로 전화를 걸어 보았지만 며칠이 지나도록 남편은 전화를 받지 않았다.
 무슨 일인가 일어났다는 불안감이 들기 시작했다. 가슴이 일렁이며 불안감은 부풀어 올랐다. 그 불안감에 못 이겨 결국 나는 아파트로 돌아갔다.

"부부 사이는 뭐가 어째도 쉽게 못 끊는 법이다. 아무래도 여자가 달래 주면 남자는 따라오게 돼 있어. 가서 뭐 좀 해 먹이고 잘 얘기해 봐라."

고추장이며, 된장이며, 고춧가루며, 바리바리 싸서 가방에 챙겨 넣어 주며 어머니는 그렇게 말씀하셨다.

아파트 현관문을 열고 방에 들어섰을 때 남편은 여전히 컴퓨터 앞에 앉아 있었다. 방에 내가 들어섰는데도 뒤도 돌아보지 않았다. 그저 컴퓨터 모니터에 거의 얼굴을 박고 있을 뿐이었다.

"여보오……."

남편은 움직이지 않았다.

"여보!"

불안감이 다시 고개를 들었다. 온라인 게임에 중독되어 있던 청년이 과로사했다는 텔레비전 뉴스 보도가 나의 뇌리 속에서 생생하게 되살아났다. 나는 달려가 남편의 어깨를 잡아당겼다.

"여보!"

남편이 돌아보았다. 그때 나는 보았다. 눈동자가 사라지고 오직 부풀어 오른 실핏줄들만이 구더기처럼 꿈틀대며 눈알을 완전히 뒤덮은 새빨간 남편의 눈을. 남편의 이가 아래위로 달그락거리며 득득 컴퓨터 하드 긁는 소리를 냈다. 나는 비명을 질렀다.

꿈이었다. 옆에서 주무시던 어머니가 비명소리를 듣고 나를 흔들었지만, 나는 한참을 악몽 속에서 헤어나오지 못했다. 그날 날이 밝자마자 아파트로 돌아왔다. 무슨 일이 일어나고 있는게 분명했다. 심장이 벌렁거리며 불안하게 뛰었다. 분명 내가 한번도 겪어 보지 못한 무서운 일이 일어나고 있었다. 아파트 문을 열었을 때 맨 먼저 나를 반긴 것은 코를 찌르는 썩은 내였다. 나는 코를 틀어막고 방문을 열었다.

거기 남편이 있었다.

그러나 남편은 예전의 남편이 아니었다.

나는 가방을 떨어뜨렸다.

남편은 보고 있었다, 모니터 중앙에 떠 있는 다운로드 창을.

방바닥에는 신용카드 전표들과 수많은 공 시디들이 나뒹굴고 있었고, 공 시디에는 네임펜으로 갖가지 영화 제목이나 프로그램 이름 따위가 씌어 있었다. 내가 없는 동안 남편은 RW까지 구입한 게 분명했다. 방 한편에는 음식을 담았던 온갖 그릇들이 아무렇게 나 나뒹굴었다. 예전에 쓰던 컴퓨터의 본체는 책상에서 내려져 있고 새로운 본체가 책상 위에 놓여 있는 걸로 보아, 남편은 카드로 CD 레코더 뿐 아니라 새 본체까지 사들인 모양이었다. 남편의 옆에는 커다란 마요네즈통이 놓여 있었는데, 거기에는 소변이 담겨 있는 것 같았다. 오래된 소변에서 나는 지독한 지린내가 코를 찔렀다. 눈이 시릴 정도로 지독한 악취였다.

남편은 컴퓨터 앞에 앉아 있었다. 아파트 안은 마우스 딸깍거리는 소리와 CD 레코더가 돌아가면서 내는 시디 굽는 소리뿐이었다. 남편은 컴퓨터 앞에서 열심히 마우스를 클릭하며 쉴 새 없이 중얼거렸다.

"왜 이렇게 오래 걸리냐. 기어가네, 기어가. 48배속을 살걸, 괜히 24배속을 샀네, 씹할. 이번 건 설마 뻑이 안 나겠지? 이번에도 뻑 나 봐. 확 부숴 버린다."

뒷모습밖에 보이지 않았지만, 남편의 몸이 전에 없이 눈에 띄게 비대해진 것은 이내 알아챌 수 있었다.

"아, 씹할 새끼들, 받고 있는데 끊냐. 오피스xp는 웬만해서는 못 구하는 건데…… 개새끼들. 470메가나 받았는데…… 말짱 도루묵이잖아. 에이 씹할……."

그렇게 쉴 새 없이 중얼거리면서 남편은 중간중간 이상한 소리를 냈다.

처음에는 컴퓨터에서 나는 기계음인 줄 알았다. 그러나 자세히 들어 보니, 컴퓨터에서는 냉각 팬이 돌아가는 낮은 소음과 시디 굽는 소리밖에 들리지 않았다. 그 소음들에 뒤섞여 이따금 불거지는 것은 분명히 남편이 내는 소리였다.

드르르르드르르르륵…….

컴퓨터가 데이터를 처리하는 기계음. 남편은 이를 갈며 그 소리를 똑같이 내고 있었다.

"여……보……."

남편은 돌아보지 않았다. 여전히 컴퓨터를 바라보며 중얼거리면서 그 기계음을 낼 뿐이었다. 나는 좀 더 목청을 높여 남편을 불렀다.

"여보!"

나의 목소리에 남편이 놀라 홱 고개를 돌렸다.

남편의 눈에서는 빛이 났다. 모니터가 내뿜는 그 빛. 눈동자는 완전히 풀려 있고, 눈자위는 눈의 피로 때문에 새빨갛게 충혈되어 있었다. 눈에서는 진물이 흘렀고, 공허하게 벌어진 입가로 침이 흘러내렸다. 얼굴은 몰라보게 부어 있었다. 마치 누군가 바람을 불어 넣은 듯 복어처럼 부풀어 올라 있었다. 날씬했던 몸매는 완전히 망가져 바지와 티 사이로 부풀어 오른 뱃살이 비집고 나와 있었다. 더 놀라운 건 남편의 손이었다. 마우스를 움켜 쥐고 있는 남편의 손은 완전히 마우스와 엉겨붙어 있었다. 원래 한 몸이었던 것처럼.

나는 그 자리에서 움직일 수 없었다.

남편은 한동안 나를 멍하니 바라보는가 싶더니, 원래 자세로 돌아가 다시금 하던 일을 계속하기 시작했다. 구워진 디스크가 레코더에서 빠져나오자, 다시금 디스크를 밀어 넣고 실행을 해 보며 이상 없이 구워졌는지 점검했다.

"됐어. 이제 어도비 시리즈는 다 완성했고…… 노턴 시리즈를 구워 볼까나……. 그나저나 그때 오피스xp를 지우는 게 아니었는데……. 하드가 딸리지만 않았어도……."

나는 그런 남편을 바라보며 몸을 떨었다. 말라리아에 걸린 환자처럼 자꾸만 몸이 떨려 왔다. 그러다 어느 순간, 한 덩어리의 뜨거운 기운이 몸 깊숙한 곳에서 밀려 나와 머리끝까지 솟구쳤다. 나는 화가 났다. 저 지경이 된 남편에 화가 났고, 남편을 저 지경으로 만든 인터넷에, 그놈의 다운로드에 화가 났다. 참을 수 없을 만큼.

"미쳤어! 당신, 정말 미쳤어! 진짜 미쳐 버렸어!"

나는 발작적으로 소리를 지르며, 남편 앞에 놓여 있던 키보드를 잡아 내던지고 본체를 집어 들었다. 본체에 연결되어 있던 선들이 죽 딸려 올라왔다. 나는 본체를 한 번 거세게 휘둘러 선들을 빼고 끊어 버린 후 벽으로 내동댕이쳤다. 어디서 그런 힘이 솟아 오르는지 모를 일이었다. 본체는 벽에 부딪히며 요란한 소리를 내며 박살이 났고, 모니터의 화면은 확 나가 버렸다.

"어? 뭐야?"

남편은 내가 고함을 지른 것이며, 키보드며 본체를 내던진 사실 조차 모르는 사람처럼 모니터가 나가는 걸 보고서야 의아한 듯이 말했다.

한동안 정적이 흘렀다.

정적을 깬 것은 남편의 나지막한 말소리였다. 남편은 혼잣말처럼 중얼거렸다.

"이게 뭐지려고……."

갑자기 자리에서 벌떡 일어서며 남편은 나를 쏘아보았다. 남편의 그 눈. 나는 기억해 냈다. 남편의 눈은 오래전 쥐를 잡기 전 빛 나던 그 눈이었다. 나는 다음 순간 나에게 일어날 일을 알아차렸다. 그러나 몸이 말을 듣지 않았다. 남편은 마우스 쥔 손을 나에게 뻗어 왔다. 그러고는 마우스에 연결된 전선을 내 목에 친친 감아 가차없이 조르기 시작했다.

"컥!"

숨이 막혔다. 마우스의 전선이 목을 옥죄어 들며 나의 기도와 식도를 일순에 막아 버렸다.

고통스러웠다.

2%…… 5%…… 9%…… 17%…….

나는 쓰러졌고, 남편은 쓰러진 나를 올라타고 더욱더 세게 목을 졸랐다.

24%…… 35%…… 52%…… 67%…….

남편의 입가로 흘러나온 침이 나의 얼굴에 툭 떨어졌다. 눈앞이 뿌옇게 흐려지며 얼굴에 핏기가 가시는 게 느껴졌다.

고통스러웠다. 나는 손을 뻗어 남편의 얼굴을 손톱으로 긁었다. 피부가 손톱에 긁히면서 피부 조직이 벗겨져 나갔다. 하얗게 까진 상처에서 잠시 후 피가 배어 나왔다. 그러나 남편은 미동도 하지 않았다. 오로지 나의 목을 조르는 데에 혼신의 힘을 쏟고 있을 뿐이었다.

72%······ 85%······ 91%······.

고통스러웠다. 점점 몸의 힘이 빠져나갔다. 고통이 가시기 시작했다.

97%······ 98%······ 99%······.

숨막힘이 사라지고, 암흑이 내 눈을 덮었다.

나는 암흑 속에 있었다.

그러다 점점 뭔가가 나에게 다가왔다. 그것은 나의 일생이었다. 수없이 편집된 영화 속의 화면들처럼 무수한 삶의 순간들이 나의 눈앞을 스쳐 지나갔다. 일생을 나는 그 한순간에 보았다. 그리고 몸이 가벼워지는 게 느껴졌다. 눈앞이 점점 밝아졌다. 나는 공중에 떠 있었다.

나는 나와 남편을 내려다보았다. 남편은 이미 숨이 끊어진 나의 목을 계속 조르고 있었다. 그러다 어느 순간 내가 완전히 죽은 것을 깨닫고는 큰일을 해낸 어린아이처럼 말을 토해 냈다.

"다 받았다아."

천장에 빛의 통로가 열렸다.

끝없이 이어진 그 통로 끝에서 표현할 수 없을 만큼 밝은 빛이 새어 나와 나를 이끌었다. 생의 고통을 잠재워 줄 안식이 저 너머에서 나를 기다리고 있다는 느낌이 분명하게 들었다.

그러나 나는 그리로 갈 수 없었다. 남편 때문이었다.

남편은 숨이 끊어진 나를 발로 툭툭 굴려 저만치 밀어 두고 부서진 본체를 만지작거리더니, 하는 수 없다는 듯 예전에 쓰던 본체를 책상 위에 올리고, 키보드를 다시금 본체에 연결한 후 수많은 선들을 본체에 연결했다. 그리고 컴퓨터를 켰다. 부팅이 되고 인터넷에 연결되자, 남편은 입맛을 다시며 사이버 저장 공간에 접속했다.

그 순간 나는 보았다.

모니터 속에서 구물구물 흘러나와 남편의 머리를 끌어당기는 갈퀴손을.

나의 피부는 톱날에 큰 저항 없이 베어진다.

피부가 베어진 자리에서 이내 스물스물 빨간 피가 배어 나오고, 피를 보자 남편은 더 더욱 톱질에 힘을 가한다.

드르륵드르르르……

톱날이 뼈와 부딪치며 내는 마찰음이 거세다. 그러나 뼈도 이내 톱날에 베어진다. 피가 점점이 튀어 올라 남편의 얼굴에 흩뿌려진다. 나의 육신은 그렇게 잘디잘게 잘린다. 여전히 뭔가를 다운로드하고 있는 컴퓨터에서 데이터를 처리하는 기계음과 톱질하는 소음이 합쳐져서 기묘한 조화를 이룬다.

"조심해야지. 잘못하면 손상되니까……. 하나만 손상되도 복구가 불가능하니까……."

남편은 연신 중얼거린다. 그러고는 피가 뚝뚝 듣는 나의 조각들을 하나하나 정성스럽게 클린 팩에 담아 봉한다. 나의 육신은 수십 조각으로 갈라진다. 클린 팩에 담긴 저 빨간 덩어리들이 내가 살아 있을 때 영혼을 담고 살아 왔던 육신이라는 게 믿어지지 않는다.

작업이 다 끝나자, 남편은 드라이버를 가져와 내가 내던졌던 컴퓨터의 본체를 해체한다. 케이스만 남기고 본체의 부품들이 모두 비워지자, 남편은 그 빈자리에 내 몸들을 갈비 재우듯 차곡차곡 넣는다.

"분할 압축하면 충분히 다 저장할 수 있어……"

내 몸이 케이스 속에 가득 차자 남편은 만족스럽게 웃으며 케이스를 봉한다.

"헤헤, 이것 봐. 아무리 파일 크기가 커도 분할 압축만 잘하면 충분히 하드에 다 저장할 수 있다니까. 헤헤……"

남편은 만족에 겨운 웃음을 연신 터뜨린다. 그런 남편이 무섭고 또 가엾다.

이제 남편은 컴퓨터 앞에서 움직이지 않는다.

드르륵드르르르……

남편이 내는 것인지, 컴퓨터가 내는 것인지 모를, 데이터를 처리하는 기계음과 컴퓨터 냉각 팬이 돌아가는 소음만이 흐느적거리며 방을 유영하고 있다.

나의 육신이 담긴 케이스에서는 빨간 핏물이 뱀처럼 기어 나와 방바닥을 적시고 있다. 핏물이 남편의 발바닥에까지 가 닿아 남편이 신고 있는 양말을 붉게 물들이며 천천히 기어 오르고 있는데도 남편은 전혀 그 사실을 개의치 않는다. 남편의 눈은 이제 모니터에 들러붙어 있다. 달팽이의 눈처럼 남편의 눈알은 기다랗게 밖으로 빠져나와 모니터에 들러붙었고, 실핏줄들이 가지처럼 뻗어 나와 모니터를 에워싸고 엉겨붙어 있다. 그리고 컴퓨터와 연결된 USB 케이블이 뻗어 나와 주둥이를 남편의 배꼽에 꽂고 있다. 탯줄처럼.

정말 어찌 보면 남편은 뱃속에 들어 있는 태아처럼 보이기도 한다. 나는 나름대로 남편의 뒤로 가서 있는 힘껏 남편을 컴퓨터로부터 떨어뜨리려고 안간힘을 써 본다. 그러나 나는 육신이 없는 영혼에 불과하고, 나의 힘은 미약하기 그지없다.

남편과 컴퓨터가 완전히 하나로 엉겨붙었다.

어린 시절 미술 시간에 가지고 놀던 고무찰흙처럼. 색깔이 다른 두 고무찰흙을 붙여 마구 손으로 짓이기다 보면 그 둘은 하나로 뒤엉켰고, 색깔까지 중간의 어둠침침한 색으로 변해 버리곤 했다.

남편은 그 고무찰흙 같다.

남편의 피부 위로 녹아내린 컴퓨터의 부품들이 데이터를 처리하느라 이따금 드르륵드르르르 소리를 낸다. 전원이 들어와 있음을 표시하는 녹색 등은 남편의 목덜미에 들러붙어 있고, 데이터를 처리할 때마다 반짝이는 빨간 등은 남편의 구부러진 척추 중간쯤에 붙어 번뜩인다. 모니터는 남편의 뒤통수를 뚫고 나와서도 화면 중앙에 다운로드 창을 보여 주고 있다. 그 다운로드 창을 나는 응시한다. 천천히 뭔가 받아지고 있다. 그러나 연신 흘러내리는 핏물과 눈물 때문에 화면의 입자들이 번져 정확히 보이질 않는다. 남편은 도대체 뭘 다운로드 하고 있는 걸까.

남편의 옆구리 한편이 불룩해지더니 그게 점점 밖으로 자라난다. 그것은 사람의 손이다. 똑똑히 보인다. 그 손의 약지에 끼워진 반지까지도. 남편의 등이 불룩해지더니 이번에는 사람의 머리가 점점 생겨난다. 분명한 사람의 머리다. 얼굴이 녹아내려 정확히 알아볼 수는 없지만, 나이가 많지 않은 젊은이의 머리다. 그렇게 남편은 점점 비대해지고 거대해진다. 과거 왜소했던 체구는 찾아볼 수 없다.

남편은 완전히 컴퓨터와 하나가 되었다.

방의 거의 모든 공간을 남편의 몸이 가득 메우고 있다. 다운로드한 육신들의 일부가 남편의 몸 여기저기에 비죽비죽 튀어나와 힘없이 흐느적거린다. 죽지는 않은 모양이다. 나는 그 광경을 그저 멍하니 바라만 본다.

남편이 변이를 일으키기 시작한다.

거대했던 몸이 꿈틀거리며 뭔가 작업을 시작한다. 하루하루가 지나면서 남편의 몸은 점점 부피가 줄어든다. 에너지를 급격히 소모하는 것 같다. 점점 몸이 쪼그라들면서 남편은 드르륵드르르르 데이터를 처리하는 기계음을 더욱 요란하게 낸다.

남편의 몸에서 희미한 연기 같은 것이 피어오른다. 아니, 피어

오른다기보다는 일렁인다고 하는 게 정확할 것이다. 봄날 아스팔트에서 돋는 아지랑이처럼 연기 같은 것이 일렁이며 남편의 몸 주변을 맴돈다. 그게 뭔지 알 수 없지만 본 적은 있다. 모니터에서 구물구물 기어 나와 남편의 머리를 끌어당기던 갈퀴손. 그것이다.

그러나 이번에는 그 느낌이 훨씬 더 강하고 거대하다. 연기가 점점 진해지면서 남편의 몸 주변에서 소용돌이친다. 밖으로 방출하는 소용돌이가 아니라, 안으로 끌어당기는 소용돌이다. 갈퀴손이 된 연기는 나까지 거세게 끌어당긴다. 나의 영혼 정가운데를 꿰어 당긴다.

찌이이익!

나의 영혼에서 그런 소리가 나는 것도 같다. 나는 끌려가지 않으려고 몸부림을 쳐 보지만 허사다. 힘이 점점 빠져나간다. 혼이 흩어지며 연기 속으로 빨려 들어간다. 이윽고 연기는 나를 집어삼킨다. 이따금 눈앞에 분절된 신체 기관들이 희미하게 떠올랐다가 사라진다. 그리고 암전(暗箭).

그러자 처음 경험하는 기묘한 느낌이 전해 온다. 뭔가와 합쳐지는 일체감. 나를 집어삼킨 뭔가와 내가 하나가 된다.

급작스러운 속도감이 느껴진다. 빠르다. 그 어떤 무엇보다도 빠르다. 빠르게 내 몸이 수천, 수만 조각으로 분절되어 쏜살같이 날아간다. 수천, 수만 조각으로 나뉘어졌는데도 나는 하나의 몸이다. 결코 떨어지지 않는다. 나는 무수한 경로를 통해 퍼져 나간다. 이제야 뭔가 알 것 같다. 남편이 왜 그토록 다운로드에 열중했는지도 알 것 같다. 무엇이 남편을 그렇게 만들었는지도……

하지만 이제는 상관없다. 남편도, 나도, 그 연기도…… 이제는 모두 하나의 몸이기에.

　엄청난 속도감으로 질주하여, 곳곳에 나는 도착한다. 한두 군데
가 아니라, 수천, 수만, 수십만 군데다.

　그리고 나는 바라본다.
　화면 중앙의 다운로드 창을 응시하는 너의 눈을.

손

우리가 두려워하는 공포는 종종 허깨비이지만,

그럼에도 실제로 고통을 일으킨다.

—실러, 『피콜로미니』

　길지 않은 내 인생을 통틀어 가장 뚜렷하면서 가장 끔찍한 기억은 바로 녀석의 손에 얽힌 기억이다. 할 수만 있다면 나는 그 기억이 들어 있는 부분의 내 뇌를 면도날로 도려내고 싶다.

　녀석의 손은 계집애 손처럼 예뻤다.

　사실 계집애보다 더 예뻤다. 녀석의 손은 땅따먹기, 싸움질, 참외 서리, 고무줄 끊기, 병 싸움 등에 익숙하고, 땟국으로 얼룩진 동네 아이들의 시커먼 손과는 차원이 달랐다. 동네 아이들의 손과 다를 리 없는 내 손과도 역시 차원이 달랐다. 정확히는 알 수 없었지만, 녀석은 아버지의 사업이 부도를 맞아 시골로 내려온 도시 녀석이었다.

　녀석을 처음 본 날, 나는 일곱 살이었고, 쓰레기장에서 아랫동네 녀석들과 병 싸움을 하고 있었다.

동네 뒤편의 둑 너머에 저절로 생겨난 쓰레기장은 가난한 동네의 아이들에게는 쓸 만한 놀이터였다. 동네 아이들과 어울려 그곳을 뒤지다 네 바퀴가 모두 성한 장난감 미니카를 발견했을 때의 즐거움은 개구리 뒷다리를 구워 먹거나 교미하는 물뱀을 병 조각으로 그어 자를 때보다 더한 것이었다. 쓰레기장에서 주로 했던 놀이는 병 싸움이었다. 병을 주워다 번갈아 가며 병을 내리쳐서 깨지는 쪽이 지는 단순한 놀이였다. 녀석을 처음 봤을 때 나는 화가 나 있었다. 밤나무집 영식이 새끼가 주워 온 양주병에 내 병이 벌써 다섯 개나 아작 난 상태였다. 그때 쓰레기장 위로 희멀건 얼굴 하나가 불쑥 나타났다. 녀석이었다. 연탄재, 고양이 시체, 썩은 김치, 병 조각, 쓰레기들이 뒹구는 쓰레기장과 녀석의 희멀건 얼굴은 구더기와 수선화처럼 어울리지 않았다.

"너, 나 이겨?"

쓰레기장을 기어 올라가 녀석과 마주한 내가 녀석에게 처음으로 한 말이었다. 녀석은 당황한 듯 까만 눈을 동그랗게 뜨며 아무 말도 하지 않았다.

"나 이기냐고, 개새끼야."

녀석은 이런 상황을 처음 겪는 모양이었다. 괜한 걸 물었나 하는 후회도 들었지만, 이미 함께 놀던 동네 녀석들이 우리를 빙 둘러싼 후였기에 예의상 주먹 한 방이라도 날리지 않을 수 없는 사세였다.

"개새끼."

나는 괜스레 욕을 하며 녀석의 얼굴에 주먹을 날렸다. 부드럽다. 녀석의 얼굴에 주먹이 닿은 순간 든 느낌은 그것이었다. 사실 나는 아직까지도 그 부드러움을 기억한다. 여하튼 녀석은 코를 감싸 쥐고 계집애처럼 주저앉았다. 녀석이 고개를 들었을 땐, 장날 대접에 떠서 파는 선지보다 더 시뻘건 피가 녀석의 코에서 쏟아져 나오고 있었다. 코피를 터뜨린 게 처음은 아니었지만, 나는 처음으로 큰 잘못을 저지른 것 같은 죄책감을 느꼈다. 그러나 녀석은 울지 않았다. "울 엄만테 일를 거야, 씹새끼야." 같은 말을 남기고 달아나지도 않았다. 녀석은 그저 고개를 뒤로 젖히고 가만히 주저앉아 있을 뿐이었다.

그러다 녀석은 느닷없이 한 바가지의 피를 내 가슴팍에 울컥 토해 냈다. 지금 생각해 보면, 바보 같은 녀석이 나오는 족족 목으로 꿀꺽꿀꺽 삼킨 피가 어느 순간 게워져 나온 모양이었다. 그러나 그때만 해도 나는 내가 녀석을 잘못 때려서 녀석이 죽으려나 보다 겁을 먹었다. 그래서 곧바로 줄행랑을 쳤다. 그 후로 이틀간 나는 집에서 나를 잡으러 오는 경찰이나 상복을 입은 녀석의 부모를 숨죽여 기다렸다. 그러나 아무도 나를 찾아오지 않았다. 기껏 나를 찾아온 건 "영길아, 노올자!"라는 동네 녀석들의 대문 밖 외침뿐이었다.

녀석을 다시 만난 것은 구멍가게 앞에서였다.

평소처럼 나는 당시 중학생이었던 누나가 주고 간 십 원으로 십 원에 네 개를 주는 '땅콩 제리'를 사 먹고, 그러고도 새우깡이나 브라보콘 같은 고급 과자가 탐나서 가게 문틀에 매달려 안을 들여다보고 있었다. 그때 눈앞에 불쑥 하얀 손이 나타났다. 나는 기겁을 했다. 녀석이었다. 녀석은 손에 들려 있던 이십 원짜리 뽀빠이를 내게 내밀었다. 나는 녀석이 죽지 않았다는 사실에 무척 안도

하면서도 녀석이 왜 코피를 터뜨린 나에게 돌멩이는 못 던질지언
정 뽀빠이를 내미는지 이해할 수 없었다. 그러나 마다할 이유는
없었다. 나는 녀석이 행여 "줄 줄 알았지?" 하고 뽀빠이를 휙 거두
어 갈세라, 얼른 봉지를 빼앗아 들고 입구를 뜯어 내용물을 마구
입에 집어넣었다. 별사탕은 하나하나 추려서 나중에 먹으려고 남
겨 두었다. 뽀빠이를 다 먹고 난 후, 하나씩 입에 넣고 혀로 별사
탕을 입 안 여기저기 굴려 대며 녹여 먹는 맛은 그 어떤 과자도 부
럽지 않을 정도였다. 그 광경을 참을성 있게 물끄러미 바라보고
있던 녀석은 제가 가진 뽀빠이 봉지에서 별사탕을 골라 내게 내밀
었다.

　시커먼 내 손에 별사탕을 하나하나 떨어뜨리는 녀석의 손은 정
말 천상의 손이었다. 아름다웠다. 그 후로 순정만화 속에서 수금
을 켜는 미소년의 손을 볼 때마다 녀석의 손이 자연스럽게 떠오
를 정도였다. 새하얀 뼈에 투명한 가죽만 씌운 듯한 피부에 길고
가지런한 손가락과 알따란 손톱의 조화에서는 조형미마저 느껴
졌다.

　그날부터 나는 녀석과 친구가 되었다.

　도저히 안 될 것 같기는 했지만, 나는 그날부터 녀석이 시골 생
활에 적응할 수 있도록 열심히 훈련을 시켰다. 그러나 허사였다.
계집애들 고무줄 끊기를 시켜도 녀석은 어물어물하다 억센 계집
애들에게 멱살을 잡히고 울음을 터뜨리기 일쑤였고, 딸기 서리를
하다가도 제일 먼저 주인 영감쟁이에게 붙들려 따귀를 맞기 일쑤
였다.

　그러나 녀석이 나를 비롯해 동네 모든 또래 애들을 통틀어 가장

잘하는 게 있었다. 공기 놀이였다.

100원이면 스물다섯 개를 주었던 플라스틱 공기. 뚜껑을 따 보면 고추 씨 같은 쇠붙이가 토독 떨어졌던 그 공기 다섯 알이면 충분했다.

녀석은 그 어여쁜 손가락을 자유자재로 놀리며 환상적인 손놀림을 보여 주었다. 몇 판을 넘겨도 실수 한 번 하는 법이 없었다. 요즘도 나는 체조 선수권 대회에서 곤봉 체조나 후프 체조를 선보이는 선수들의 몸놀림을 보며 녀석의 손놀림을 떠올리곤 한다. 만약 공기 선수권 대회라는 게 있었더라면 녀석은 분명 우승했을 것이다.

그리고 나는 아직도 기억한다.

녀석의 집에 놀러 갔을 때 집 안 가득 빼곡이 쌓여 있던 고급 세간들. 부도를 맞고 시골로 내려온 집들이 대개 그러하듯 녀석의 집 안에는 추레한 집에 어울리지 않는 고급 세간들이 가득했다. 거기에는 흑백 텔레비전에서나 보았던 고급 소파가 있었고, 컬러 텔레비전이 있었고, 고급 전축이 있었다. 녀석이 꺼내 온 장난감은 태엽만 감아 주면 눈에서 불을 번쩍거리며 걷기까지 하는, 어른 팔뚝만 한 로봇이었다.

녀석의 어머니는 연예인 유지인처럼 예뻤다.

놀러 갔던 날 유지인을 닮은 녀석의 어머니는, 얼음을 띄운 미숫가루물을 예쁜 대접에 담아 내주었다. 설탕을 알맞게 탄 그 미숫가루물은 세상에서 가장 고소하고 가장 시원했다. 그 미숫가루물을 마시며, 유지인을 닮은 녀석의 어머니를 흘끗흘끗 훔쳐보며, 더러 공기를 가지고 노는 녀석의 하얀 손가락을 감상하며, 나는 녀석과 오래오래 친하게 지내야겠다고 다짐했던 것 같다.

물론 그 다짐이 오래 가진 못했다.

녀석은 나보다 한 살이 어렸지만, 생일이 빨랐기에 나와 같은 학년으로 국민학교에 입학했다.

운좋게 나와 한 반이 된 녀석은 여전히 나와 친하게 지냈다. 아니, 친하게 지냈다기보다는 나에게 의지했다는 편이 더 정확할 것이다. 서열 다툼으로 시비를 걸어 오는 녀석들을 막아 주고, 사내애가 공기 놀이를 한다고 놀려 대는 녀석들을 두들겨패 주는 건 내 몫이었다.

당시에는 누구나 가방 외에 따로 실내화 가방을 들고 다녔다. 요즘처럼 지퍼로 봉하는 식이 아니라, 손잡이 달린 윗부분이 실내화 넣는 입구로 트인 네모진 가방이었다. 내 실내화 가방은 메칸더 브이가 그려진 실내화 가방이었고, 녀석의 실내화 가방은 요술공주 밍키가 그려진 것이었다. 지금 생각해 보면, 녀석은 다분히 계집애 같은 구석이 있었다. 나 역시 그런 녀석의 일면을 잘 알았지만, 별 상관은 없었다. 오히려 그게 더 좋았다. 그렇다고 해서 내가 동성애적 성향을 가졌다고 오해하지는 말기를. 다만 나는 녀석을 통해 훗날 여자와의 연애라는 것의 예행 연습 정도를 경험했던 것 같기는 하다.

여하튼 학교가 끝나고 나면 나와 녀석은 손을 맞잡고 집으로 돌아오곤 했다. 녀석은 언제나 내 오른편에 섰고, 내 손을 잡기 위해 늘 오른손에 실내화 가방을 들었다. 그리고 그 예쁜 손으로 내 새까맣고 뭉툭한 손을 붙잡곤 했다. 녀석의 손은 늘 차가웠다. 무더운 날에도 맞잡으면 서늘한 느낌이 들곤 했다. 하지만 녀석의 하얀 손이 내 손을 꼬옥 붙들 때마다 온몸의 신경 한 올 한 올이 황홀함과 짜릿함으로 일렁거리곤 했다. 그 후로 이십여 년을 더 살았지만, 나는 녀석의 손처럼 아름다운, 그리고 황홀하고 짜릿한 감촉을 주는 손을 보지도, 만져 보지도 못했다.

학교를 마치고 집으로 돌아오는 길은 두 갈래였다.

하나는 중간에 '멈추자 살피자 건너자' 라는 주의문이 커다랗게 적힌 간판이 서 있는 철도 건널목이 놓여 있고, 비교적 안전한 대신 길이 빙 돌아 나서 집까지 가려면 시간이 오래 걸리는 큰길이었다. 다른 하나는 건널목이 없는 철길을 무단으로 건너는 위험을 감수해야 했지만, 대신 집까지 가는 데에 걸리는 시간을 오 분 정도 단축할 수 있는 샛길이었다. 샛길을 알게 된 후로 녀석과 나는 주로 샛길을 하굣길로 택했다. 하교 시간을 절약할 수 있을뿐더러 그 나이 또래의 치기 어린 모험심을 자극하는 것들이 도처에 널려 있었기 때문이지만, 사실 둘만의 시간을 가질 수 있다는 게 가장 큰 이유였다. 초등학교 1학년생인 꼬맹이들이 그렇게까지 돈독한 사이로 지낼 수 있을지 미심쩍을 수도 있겠지만, 어른들간의 관계에서는 필연적으로 발생하는 이해타산이 전혀 없는 순수하고 원초적인 관계였기에 더 가까운 사이가 될 수 있었으리라고 본다.

녀석과 손을 맞잡고 걷던 하굣길에 쏟아지던 햇살을 나는 지금도 기억한다. 지금은 없애 버렸지만, 그 길을 걷는 녀석과 나의 뒷모습을 동네의 어느 누나가 찍어 준 사진도 있었다. 그 사진이 지금도 기억에 또렷이 남아 있다. 그 샛길을 걸어 집으로 돌아오며 나와 녀석은 크고 작은 모험을 감행하곤 했는데, 대부분 내가 제안한 것들이었다.

하루는 철로 위에 돌을 올려놓은 적도 있었다.

녀석은 누구에게 들키면 어쩌려고 그러냐며 무척 몸 달아 했고, 나 역시 그런 조바심을 느끼면서도 레일 위에 돌을 올려놓고 있었다.

"야, 너도 해 봐. 되게 재밌어."

죄책감을 덜기 위해서였는지 나는 그렇게 녀석에게 말했던 것으로 기억된다. 그때였다. 갑자기 저 너머에서 요란한 호루라기 소리가 들려왔다. 깜짝 놀라 보니, 건널목에서 역무원 아저씨가 우리를 향해 호루라기를 불며 뛰어오고 있었다. 만에 하나 레일 위의 돌로 인해 벌어질 사고를 막기 위해서였을 것이다. 여하튼 우리는 소스라치게 놀랐고, 정말 가슴이 터질 정도로 숨이 몰아칠 때까지 줄행랑을 놓았다. 그날 나는 팔꿈치에 갈색 천을 덧댄 황토색 윗도리를 입고 있었고 녀석은 주황색 멜빵바지를 입고 있었는데, 둘 다 한동안 그 옷을 입고 다니지 못했다. 행여나 역무원 아저씨가 우리를 알아볼까 겁나서였다.

그러나 우리의 모험은 계속되었다.

한번은 철길 건너 인적이 없는 비닐하우스에 들어가 토마토를 딴 적도 있다. 그 비닐하우스는 이미 수확이 끝나 자잘한 토마토 몇 알들만 쓸모 없어 남겨져 있는 상태였지만, 어린 눈으로 보기에 그 토마토들은 무척 먹음직스러웠다. 따러 들어가자는 내 제안에 녀석은 주위를 둘러보며 망설였다.

"누가 오면 어떡해."

그러나 나는 괜찮다고 녀석을 잡아끌었다. 비닐하우스에 들어

간 우리는 우리의 주먹만 한 토마토 몇 개를 땄고, 그걸 실내화 가
방에 허둥지둥 담았다. 같은 반 계집애와 눈이 마주친 건 토마토
를 따서 밖으로 나오던 중이었다. 계집애는 우리의 행동을 아까부
터 지켜보고 있었던 모양이었다. 유난히 말 많고 밉살스러운 계집
애였다.

"이르면 죽어!"

나는 계집애에게 주먹을 쥐어 보이며 녀석과 돌아섰다. 그러나
영 찜찜한 건 사실이었다. 집으로 돌아와 보니, 과수원에 봉지를
싸러 가셨던 어머니가 일찍 돌아와 방에 모로 누워 계셨다. 나는
공연히 어머니가 안쓰러운 생각이 들어 따 온 토마토를 씻어다 어
머니께 드렸다.

"어디서 난 거냐?"

나는 건널목 너머에 사는 친구네 집에서 얻었다고 거짓말을 했
다. 어머니는 무척이나 맛있게 토마토를 드셨다. 어린 마음에 어
머니가 토마토가 드시고 싶어서 누워 계셨던 건 아닐까 생각했을
정도였다. 그런데 다음 날 학교에 가 보니, 녀석이 붉어진 눈을 하
고 교실 구석에 무릎을 꿇고 있었다. 술을 좋아해 항상 코가 빨갰
던 담임 선생은 나를 나오라고 했고, 앞으로 나온 나의 볼을 다짜
고짜 붙들고 따귀를 호되게 때렸다.

"저기 가서 무릎 꿇고 손 들고 있어!"

녀석과 나는 하릴없이 교실 구석에 무릎을 꿇고 나란히 손을 들
고 있어야 했다. 무릎을 꿇고 손을 든 채로 나는 어제 그 계집애와
눈을 마주치고서야 계집애가 담임에게 모든 걸 일러바쳤다는 사
실을 알아차렸다. 계집애는 자못 진지한 얼굴로 수업을 하는 담임

에게 시선을 고정하고 있었지만, 이따금 힐끗대는 눈초리는 '쌤통이지.' 라고 말하고 있었다. 그때 나는 난생처음으로 살의란 걸 느꼈던 것 같다.

내 마음을 진정시킨 건 바로 녀석의 손길이었다.

그렇게 벌을 서고 있던 어느 순간, 머리 위로 들려진 내 손에 녀석의 손이 살그머니 와 닿았던 것이다. 그때 살의가 슬그머니 꼬리를 감추며 누그러지기 시작했고, 녀석의 왼손이 내 오른손을 은밀하게 쥐었을 때 계집애에 대한 살의는 말끔히 녹아 없어졌다.

그 후로도 녀석과 나는 늘 붙어 다녔다.

토마토 사건 이후로 녀석과 나는 결속감이 더 강해졌고, 보아란 듯이 손을 맞잡고 다니게 되었다.

그리고 그 후로도 여전히 녀석과 나는 철길을 건너야 하는 샛길을 애용하여 등하교를 하였다. 그러다 새롭게 개발해 낸 놀이가 바로 담력 시험이었다.

규칙은 간단했다.

기차가 올 때까지 기다려 저만치 기차가 보일 즈음 최대한 버틸 수 있을 때까지 버티다 철길을 뛰어 건너기. 좀 위험하긴 했지만, 그만큼 오금이 저리는 짜릿함을 주는 놀이는 없었다. 나는 내가 즉흥적으로 개발해 낸 놀이를 녀석에게 제안했고, 내 말이라면 뭐든 믿고 따랐던 녀석은 놀이에 동참했다.

내 인생에 지울 수 없는 오점을 남긴 사건의 시작이었다.

사실 녀석은 새로운 놀이를 마뜩찮아 했다.

이유는 간단했다. 무섭다는 것이었다.

처음 그 놀이를 제안했을 때 나는 녀석의 눈에서 바로 두려움을 읽었다. 녀석은 자기 몸이 기차 바퀴에 으스러지는 게 눈앞에 떠오르기라도 하는 듯 얼어붙었다.

"무서워."

그게 한참 후에 입을 연 녀석의 대답이었다. 목소리까지 떨리고 있었다.

"병신, 무섭긴 뭐가 무서워? 평소처럼 그냥 건너면 되지."

나는 녀석을 힐난했지만, 녀석은 철길을 앞에 두고 슬금슬금 뒷걸음치고 있었다.

"하기 싫으면 관둬. 나 혼자 하면 되니까⋯⋯."

나는 아쉬울 게 없다는 듯 철길로 성큼성큼 다가갔다.

"꼭 해야 해?"

"남자는 이런 것도 할 줄 알아야 되는 거야."

나는 언젠가 동네 형이 역기를 들며 했던 말을 내 인생철학이라도 되는 양 그대로 읊었다.

"그러다가 넘어지면 어떡해?"

녀석의 말에 나는 멈칫했다.

"안 넘어지면 되지, 넘어질 걸 왜 생각하나? 자꾸 말 시키지 마. 나 혼자 할 테니까."

멀리 기적 소리가 들렸다. 열차가 까만 점으로 다가오고 있었다. 선로는 갈치처럼 햇볕을 퉁겨 냈다. 눈이 부셨다.

"진짜 할 거야?"

녀석이 등 뒤에서 말했다. 나는 대답하지 않았다. 기차가 다가오는 소리에 선로는 진저리를 치기 시작했다. 솔직히 오금이 저렸다. 하지만 녀석에게 뭔가 보여 주고 싶었다.

저만치 기차가 오고 있었다. 기차는 철길을 따라 달려오는 게 아니라 날아오는 것 같았다. 철길에 뛰어들면 기차에 부딪혀 산산조각 날지도 모른다는 생각이 들었을 때 나는 선로를 뛰어넘기 시작했다. 온몸의 내장을 울리는 기적 소리에 묻혀 녀석의 비명 소리가 들린 것 같기도 했다. 기차는 녀석과 나를 사이에 두고 맹렬하게 달려갔다.

기차가 사라졌을 때 녀석은 철길 너머에서 울고 있었다.

철길을 건너 숨을 헐떡이고 있는 나에게 다가온 녀석은 코를 훌쩍이며 말했다.

"난 네가 죽는 줄 알았어."

"병신, 죽긴 왜 죽냐. 기차가 오기 전에 건너면 되는데……."

나는 아무렇지 않게 말했다. 하지만 사실 그때 정말 나는 난생 처음으로 생과 사를 가르는 질주의 느낌이 무엇인지 체감했던 것 같다. 죽는 건 아닌가 싶은 순간을 가까스로 피해 살아나는 짜릿한 쾌감은 그 어떤 놀이 기구에서도 느낄 수 없는 강렬한 것이었다.

녀석은 한참 후에야 말했다.

"담부턴 같이 해."

녀석은 그렇게 말하고는 뭔가 더 말하려고 입을 달싹이다 말았지만, 나는 녀석이 무슨 의미로 그렇게 이야기했는지 알 것 같았다. 녀석은 나의 손을 잡았다. 땀을 쥐었던 녀석의 손은 축축했다.

그 다음 날 오후, 나는 다시금 녀석과 함께 철길 앞에 서 있었다. 기차가 오기를 기다리며 철길 앞에 나란히 서 있는 모습은 흡사 운동회 때 출발 신호를 기다리며 달리기 출발선에 선 아이들

같았다. 녀석은 꼭 쥔 주먹을 꼼지락거렸다.

"무서우면 안 해도 돼."

내가 그렇게 말했지만, 녀석은 대답이 없었다. 다만 운동화 끝으로 황톳길에 볼록 솟아 있는 차돌을 툭툭 걷어찼을 뿐이다.

좀처럼 기차는 오지 않았다.

철길은 그저 우리 앞에 죽은 뱀처럼 누워 있을 뿐이었다. 그러다 죽은 뱀이 하얀 배를 부르르 진저리 치기 시작했다. 기차가 오고 있었다. 나는 바짝 긴장했다. 녀석은 출발선에 선 달리기 선수처럼 자세를 취하고 있었다. 꼭 쥔 주먹이 떨리는 게 눈에 띌 정도로 녀석은 떨고 있었다.

뱀의 진동이 심해졌다. 기차는 뱀의 하얀 배를 죽 가르며 달려왔다. 그때 녀석이 달려나가기 시작했다. 녀석은 쫓기는 걸음으로 철길을 후닥닥 건넜다. 하지만 기차는 아직도 멀리 떨어져 있었다. 나는 여유 있게 철길을 건넜다. 녀석에게 뒷짐 진 모습이라도 보여 주고 싶다는, 유치한 과시욕 때문이었다. 철길을 다 건넌 후 나는 보았다. 녀석의 바지를 적시는 흥건한 물기를.

가끔 아이들은 어른보다 잔인하고 사악해진다.

다음 날 학교에 갔을 때 마음속에서 그런 잔인함과 사악함이 슬그머니 흉물스런 대가리를 내미는 것을 나는 느꼈다. 그 기운을 빌려 나는 아이들 앞에서 녀석이 했던 행동을 그대로, 아니 그보다 더 유치하게 재현함으로써 아이들의 웃음을 자아냈다. 바로 녀석이 보는 앞에서.

눈물까지 글썽거리는 녀석이 맘에 걸리긴 했지만, '그 다음'을 재촉하는 녀석들 때문에 나는 기어이 녀석이 바지를 적신 대목까지 재현하고야 말았다. 하지 말았어야 할 짓이었다. 그러나 아무리 후회를 해도 이미 해 버린 일이 없어지지는 않는다. 시간이란 그렇게 냉정하다.

다른 녀석 같았다면 그 자리에서 곧바로 주먹다짐이라도 하거나, 다시는 나와 상종하지 않았을지도 모른다. 그러나 녀석은 역시 달랐다.

방과 후 녀석은 다시금 내 손을 잡아 왔다. 오히려 내가 좀 머쓱했다. 하지만 녀석은 평소처럼 나를 친구로 대했고, 나도 곧 학교에서 있었던 일은 잊어 버렸다.

기찻길에 이르렀을 때 녀석은 나와 잡았던 손을 놓고 멈추어 섰다. 평소와는 다른, 결연한 표정이었다.

"하자."

녀석이 기찻길을 바라보며 그렇게 말했을 때, 나는 하마터면 그냥 집에 가자고, 오늘 학교에서는 미안했다고 녀석을 말릴 뻔했다. 햇살을 받고 선 녀석의 얼굴에서는 이상한 귀기 같은 게 흐르고 있었다. 오금이 저려 왔다. 사실 그땐 연착이니 뭐니 하는 개념을 몰랐지만, 나는 그 시간 그 철로를 지나는 기차가 무슨 일이 생겨 나타나지 않기를 바랐던 것 같다.

그러나 기차는 그날도 어김없이 나타났다.

그 속도나 기세는 다른 어느 날보다도 거세고 거침없었다. 마지못해 뛸 자세를 취했지만, 심장은 갈비뼈를 뚫고 나올 정도로 뛰고 있었다. 이내 기차는 바로 코앞에 다가와 있었다. 이대로 얼굴을 들이댔다가는 머리가 그대로 날아가지 않을까 싶을 정도였다. 그러나 그때까지도 녀석은 뛸 생각을 하지 않았다. 나는 포기할까 하다가 에라 모르겠다 하는 심정으로 선로를 건너뛰기 시작했다. 기차의 경적이 전날처럼 온몸의 내장을 울려 댔다. 철길을 다 건너고 나서 돌아보았을 때 이제 막 선로로 뛰어드는 녀석의 모습이 보였다.

기차와 녀석의 거리는 고작 십 미터 정도밖에 안 되어 보였다. 녀석이 재빨리 뛰어만 준다면 기차와 부딪치지 않을 수도 있을 터였다. 그러나 녀석은 그러지 못했다.

기차의 경적 소리가 귀청을 찢을 무렵 녀석은 선로에 다리가 걸려 앞으로 자빠졌다.

"빨리 와!"

하얀 손을 허우적대며 일어나는 녀석의 모습이 보였다.

빠아아아아앙!

나는 그때 녀석과 눈이 마주쳤다.

녀석의 눈은 공포로 가득 차 있었다. 모든 게 느린 동작으로 움직였다.

그러나 기차는 가차없이 녀석의 하얗고 연한 피부와 여린 근육과 가는 뼈를 뭉개었다. 녀석의 절반은 기차 바퀴 밑에 깔렸고, 절반은 날아갔다. 빨간 핏방울이 나의 얼굴에까지 튀었다.

기차가 굉음을 내며 지나갔을 때 녀석은 사라지고 없었다. 다만 형체를 알 수 없는 빨간 덩어리 몇 점들이 사방에 나뒹굴고 있을 뿐이었다.

때로 기억은 필요 없는 몇몇 부분들을 지워 버린다.

녀석이 어이없이 기찻길에서 사라지고 난 후 내가 어떻게 집에 돌아왔는지, 사고 수습이 어떻게 이루어졌는지는 전혀 기억나지 않는다.

다만 그 샛길을 지나는 사람들의 무단횡단로로 이용되었던 철길은 '절대 횡단 금지'라는 표지판이 달린 밧줄로 가로막혔고, 오래지 않아 그 자리에 커다란 콘크리트 벽이 세워졌다. 통로가 막힌 샛길은 자연스럽게 사라졌다.

하지만 모든 게 사라진 건 아니었다.

기차가 오고 있었다.

속도나 기세가 다른 어느 날보다도 거세었고 거침없었고, 심장은 갈비뼈를 뚫고 나올 정도로 뛰고 있었다. 이내 기차는 바로 코앞에 다가와 있었다. 이대로 얼굴을 들이댔다가는 머리가 그대로 날아가지 않을까 싶을 정도였다. 그러나 녀석은 뛸 생각을 하지 않았다. 나는 알고 있었다. 녀석이 뒤늦게 선로에 뛰어들 것이고, 곧 선로에 다리가 걸려 앞으로 자빠질 것이고, 기차에 절반이 깔리고 절반이 뭉개질 것을. 그러나 녀석은 그대로 움직이지 않았다.

나는 에라 모르겠다 하는 심정으로 선로를 건너뛰기 시작했다. 기차의 경적이 전날처럼 온몸의 내장을 울려 댔다. 내가 재빨리 뛰어만 준다면 기차와 부딪치지 않을 수도 있을 것이다. 그러나 기차의 경적 소리가 귀청을 찢을 무렵 나는 선로에 다리가 걸려 앞으로 자빠졌다.

"빨리 와!"

선로 위에 자빠진 나에게 소리친 건 어느새 저 너머로 건너가 의기양양하게 나를 바라보는 녀석이었다. 나는 하얀 손을 허우적대며 일어났다.

빠아아아아앙!

나는 그때 녀석과 눈이 마주쳤다.

녀석의 눈은 뜻모를 조소로 가득 차 있었다. 녀석은 눈가에 눈웃음을 담고 나를 바라보고 있었다.

모든 게 느린 동작으로 움직였다.

기차는 나의 피부와 근육과 뼈를 뭉개었다. 나의 절반은 기차 바퀴 밑에 깔렸고 절반은 날아갔다. 나의 빨간 핏방울이 녀석의 얼굴에까지 튀었다.

영겁 같았던 악몽에서 깨어나 비로소 정신이 들었을 때 나는 방 안에 누워 있었다. 나는 살아 있고, 죽은 건 녀석이었다.

사방은 고요했다. 목이 말랐다.

초저녁인지 새벽녘인지 분간이 가지 않았다. 가끔 그럴 때가 있다. 깊은 잠을 자다 눈을 떴을 때 시간 감각이 둔해져서 초저녁을 새벽녘으로 착각하기도 하고, 새벽녘을 초저녁으로 오인하기도 하는 것이다. 그날도 눈을 뜨지는 못했지만, 밖이 부연 초저녁이나 새벽녘일 것이라는 느낌이 들었다. 아버지가 낮게 코 고는 소리가 가까이에서 들려왔다.

어쩌면 꿈이었을지도 모른다는 생각이 들었다.

좀전에 꾼 악몽처럼 녀석이 기차 바퀴에 깔리고 날아간 게 다 꿈이고, 나는 그저 악몽을 되풀이해 꾼 것이었을지도 몰랐다. 그리고 그랬으면 하는 바람이 들었다. 목이 말랐다.

나는 눈을 뜨려고 했다. 그러나 눈이 떠지지 않았다. 하루 전까지만 해도, 아니 잠들기 직전까지만 해도 내 의지대로 감고 뜰 수 있었던 눈꺼풀이 어찌 된 영문인지 꿈쩍도 하지 않았다. 꿈쩍하지 않는 건 눈꺼풀만이 아니었다. 수족을 움직이는 신경들이 모두 끊어져 버린 듯 온몸을 꿈쩍도 할 수 없었다.

당시 나는 가위 눌림이란 것에 대해 전혀 알지 못했다. 그때까지만 해도 한번도 가위에 눌려 본 적이 없었기 때문이다.

이상했다. 눈꺼풀조차 꿈쩍도 할 수 없는 상황에서 뭔가 발밑에서 바스락거리는 소리가 났다.

나는 몸을 움직이려고 발버둥을 쳤다. 그러나 어디까지나 마음뿐이었다. 나의 온몸은 굳어 있었고, 그저 후각과 촉각과 같은 감각세포들만이 외부를 향해 활짝 열려 있었다.

내 발목에 뭔가가 와 닿았다.

차가웠다.

발목을 슥 스쳐 지나간 촉감은 내 다리를 타고 서서히 기어 올라왔다. 개미나 지네 같은 곤충일지도 몰랐다. 그러나 곤충이라고 하기에는 촉감이 부드러웠다. 그 부드러우면서도 차가운 촉감이 덜컥 무섬증을 불러일으켰다. 뱀일지도 몰랐다. 더러 창문이나 허술한 대문 틈으로 뱀이 기어 들어올 때가 있었다.

둑 밑에서 교미하던 뱀을 잡은 적이 있었다. 녀석과 함께.

둑으로 쌓은 바위틈으로 꿈틀꿈틀대며 달아나던 놈들을, 그러지 말라고 말리는 녀석에게 보란 듯이 나는 기어이 잡아당겨 끝내 몸통을 끊어 버렸다. 끊어진 뱀의 몸통의 단면으로 드러난 뱀의 연붉은 생살이 연신 꿈틀거렸다. 그러나 몸통이 끊어진 뱀은 그런 몰골로도 바위틈을 비집고 결국 자취를 감추었다.

"뱀은 죽어서도 복수를 한대. 진짜 그럼 어떡해?"

녀석은 겁먹은 목소리로 말했고, 나는 대답했다.

"좆 까. 세상에 그런 게 어딨냐?"

그때 그 뱀이 원한을 갚으려고 들어온 건지도 모른다는, 어린애다운 생각도 들었다. 하지만 역시 뱀이라 하기에는 길게 이어지는 몸통의 촉감이 없었다.

촉감은 내 샅을 지나 슬금슬금 내 배 위로 올라왔다. 눈을 뜨고 고개를 조금만 올리면 뭔지 볼 수 있을 터였다. 그러나 눈은 여전히 떠지지 않았다. 아무리 용을 써도 헛일이었다. 운동세포를 마비시키는 독이 온몸에 퍼진 것 같았다. 그러는 사이 배를 지난 촉감은 가슴을 지났고, 내 목에 이르렀다. 목을 스치는 느낌이 커다란 거미 같기도 했다. 「동물의 왕국」 같은 다큐멘터리에 나오던 다리가 두꺼운 열대독거미. 거미라면 정말 큰 놈일 것이다. 발끝이 마치 사람의 손끝처럼 느껴졌다. 놈은 내 얼굴을 잠시 기어다니다 다시금 아래로 내려왔다. 소름이 끼치도록 간지러웠다. 거미는 목을 간질이는가 싶더니 어느 순간 목을 콱 조르기 시작했다.

그제야 알 수 있었다.

내 몸을 기어 다니던 그것이 개미도, 지네도, 뱀도, 거미도 아닌 손이라는 것을.

내 목에 들러붙은 손은 내 목을 한 치의 자비도 없이 졸라 대기 시작했다.

냉혹(冷酷).

그것이었다. 손은 차갑고 무자비했다. 목의 피부를 파고드는 손톱이 느껴질 정도로 손길은 거셌다. 순식간에 숨통이 막혀 숨을 쉴 수 없었다.

"컥…… 컥……!"

나는 내가 듣기에도 안쓰러운 소리를 냈다. 숨을 쉴 수 없는 것이 고통스러웠고, 낯모르는 손이 내 목을 졸라 대는 것이 무서웠다. 입에서 거품이 새어 나왔다. 나는 버둥대며 내 목을 조르는 손을 붙들어 떼어 내려 했다. 그러나 여전히 몸이 움직이지 않았다.

"커······."

산소를 공급받지 못하게 된 심장이 갈비뼈에 부딪히며 요동쳤다. 얼굴의 감각세포들이 석류 알갱이처럼 툭툭 터지며 마비되는 것이 느껴졌다. 바위에 부딪혀 숨을 거두는 개구리의 다리처럼 내 다리가 움찔거렸다. 나와 달리 평온하게 곁에서 잠들어 있는 아버지의 코 고는 소리가 야속했다. 손을 움직여야 했다. 살려면 손을 움직여 내 목을 조르고 있는 손을 뜯어내야만 했다. 그러나 숨이 넘어가는 순간에도 손끝 하나 꼼짝할 수 없었다.

베개는 머리맡으로 밀려 가고 내 머리는 방바닥에 놓인 상태였다. 온몸이 마비된 상태에서 약간이나마 머리는 움직일 수 있을 것 같았다. 나는 본능적으로 방바닥에 머리를 쿵쿵 굴렀다. 주변에 도움을 요청하는 최후의 방법이었다.

쿵쿵······ 쿵·······.

온몸의 맥이 풀렸다. 머리를 구를 힘조차도 풀리는 맥에 스르르 녹아 사라졌다.

"애가 많이 놀랬나 보네."

뜻밖의 구원의 손길이 나를 죽음의 목전에서 구한 것은 완전히 맥이 풀려 눈동자가 돌아가던 순간이었다. 이마를 쓰다듬는 손길에 겨우 눈을 떠 보니, 어머니가 무릎에 내 머리를 뉘이고 내려다보고 있었다.

목을 조르던 손은 온데간데없었다.

온몸을 조이던 긴장이 풀리자, 나는 한순간에 모든 두려움과 고통을 서러운 통곡으로 토해 내며 어머니의 품에 얼굴을 묻었다. 어머니는 나를 위로하며 등을 다독거려 주었으나 불안감은 좀처럼 가시지 않았다.

그날부터 나는 알 수 없는 고열에 시달렸다.

어머니를 따라 읍내에 있는 의원에 가서 진찰을 받아 보았지만, 좀 많이 놀란 것 같다며 안정제 정도를 처방해 주었을 뿐 몸에 별다른 이상은 없다고 했다. 한데 진료를 받고 일어서려는데 의사가 갑자기 나를 불러 앉혔다.

"근데 목은 어디서 그런 거니?"

진료실 벽에 걸린 거울을 보니, 정말 군데군데 검붉은 피멍이 들어 있었다.

"그러고 보니까 어제 얘가 자다 막 숨을 못 쉬고 버둥대던데 이 상처 때문에 그런 거 아냐?"

어머니가 걱정스러워하며 목의 상처를 살폈다.

나는 잘 모르겠다고 했고, 의사는 사고 때 넘어지거나 하면서 다친 모양이라고 넘겨짚었다. 그러나 나는 그날 밤 두려움에 휩싸여 잠을 이룰 수 없었다.

삶의 고단함에 지친 부모님은 일찍 잠이 들었다. 나는 그들 사이에 누워 있었지만, 안심이 되지 않았다. 잠들면 안 된다는 생각뿐이었다. 다시금 온몸이 마비되고, 손이 나의 목을 조를 것만 같았다. 나무 그림자가 방 안으로 비쳐 들어 일렁거렸다.

기차가 오고 있었다.

그 속도나 기세는 다른 어느 날보다도 거세고 거침없었다. 이대로 얼굴을 들이댔다가는 머리가 그대로 날아가지 않을까 싶을 정도였다. 그러나 아직까지도 녀석은 뛸 생각을 하지 않았다. 나는 포기할까 하다가 에라 모르겠다 하는 심정으로 선로를 건너뛰기 시작했다. 기차의 경적이 전날처럼 온몸의 내장을 울려 댔다. 철길을 다 건너고 나서 돌아보았을 때 이제 막 선로로 뛰어드는 녀석의 모습이 보였다.

기차의 경적 소리가 귀청을 찢을 무렵 녀석은 선로에 다리가 걸려 앞으로 자빠졌다.

"빨리 와!"

하얀 손을 허우적대며 일어나는 녀석의 모습이 보였다.

빠아아아아앙!

나는 그때 녀석과 눈이 마주쳤다.

녀석의 눈은 공포로 가득 차 있었다. 모든 게 느린 동작으로 움직였다.

그러나 기차는 가차없이 녀석의 하얗고 연한 피부와 여린 근육과 가는 뼈를 뭉갰다. 녀석의 절반은 기차 바퀴 밑에 깔렸고 절반은 날아갔다. 빨간 핏방울이 나의 얼굴에까지 튀었다.

기차가 굉음을 내며 지나갔을 때 녀석은 내 앞에 누워 있었다. 하체는 날아갔고, 척추 아래의 살점과 내장이 너덜거리는 몰골로 녀석은 내 앞에 누워 있었다. 나는 물었다.

"괜찮아?"

괜찮을 리 없었다. 녀석은 부들거리며 단말마의 신음소리를 내고 있었다. 나는 녀석에게 몸을 기울였다. 그때 녀석이 갑자기 손을 뻗어 내 목을 붙들었다.

"컥!"

나는 중심을 잃고 녀석의 옆으로 넘어졌다. 목을 조르며 녀석은 내 위로 북북 기어 올라왔다. 그리고 내 목을 졸라 대기 시작했다.

숨이 막히고 곧 죽을 것처럼 고통스러웠다.

나는 본능적으로 내 목에서 녀석의 손을 떼어 내기 위해 녀석의 손을 붙들고 밀었다. 그러나 녀석의 손은 완강하게 내 목에서 떨어지지 않았다. 나는 손톱으로 녀석의 손을 북북 긁었다. 녀석 손등의 피부 조직이 벗겨져 내 손톱 밑에 끼는 것이 느껴졌지만, 녀석의 손은 꿈쩍도 하지 않았다.

녀석은 눈을 치켜뜨고 내 목을 졸라 댔다. 녀석의 손톱이 나의 목살을 파고들었다. 녀석의 입에서 새어 나온 침이 내 얼굴로 뚝뚝 떨어져 내렸다.

"하이고, 이거 큰일이네. 굿이라도 해야겠어."

내 신음에 잠을 깬 어머니가 나를 흔들어 깨우고 그렇게 말했다. 악몽과 가위 눌림에서 깨어났지만 악몽은 현실보다 생생했다. 얼굴에 떨어지던 미적지근한 침이 아직도 묻어 있을까 얼굴을 더듬었을 정도였다.

그 후로도 학교에 나가게 되기까지 악몽과 가위 눌림은 계속되었다.

끝내 나의 부모는 무당을 불러다 굿을 했다.

"귀신이 붙었네. 어린 귀신이 붙었어."

무당은 내 눈앞에 방울을 흔들어 대며 소리쳤다. 한쪽 눈에 하얗게 백태가 낀 모습이 흉물스런 무당이었다.

그러나 굿을 받고 방문 위에 부적을 써 붙인 후에도 악몽과 가위 눌림은 멈추지 않았다. 일 주일 만에 내 몸의 살들은 모두 깨끗이 증발했고, 아침마다 목에는 새로운 피멍이 생겨났다. 그렇게 무덤에서 기어 나온 몰골로 나는 부모에게 학교에 가고 싶다고 했다. 방 안에 누워 지독한 악몽과 가위 눌림에 시달리는 것보다는 차라리 학교에 나가는 게 나을 거라는 생각이 들었기 때문이다. 당시 부모는 애가 죽기 전에 마지막 소원이라도 말하는가 보다 생각하며 나를 학교에 보냈다고 한다.

나는 허깨비처럼 녀석이 죽던 날 메었던 가방을 메고, 녀석이 죽던 날 들었던 실내화 가방을 들고 터덜터덜 걸어 학교에 갔다. 일 주일 만이었다. 학교로 가는 길은 정말 허전했다. 늘 곁에 있던 녀석이 사라졌다는 게 그제야 실감이 났다.

'멈추자 살피자 건너자' 라는 문구가 커다랗게 씌어진 간판이 서 있는 건널목을 지나며 나는 녀석의 목소리를 들었다.

"그러다 넘어지면 어떡해."

저만치 녀석이 기차에 깔려 조각났던 선로가 보였다. 아지랑이가 꿈틀거리고 있었다. 저 어디쯤 녀석의 피와 살점이 배어 있을 것이다.

학교는 조용했다. 어느 반에선가 풍금 연주에 맞추어 동요를 부르는 소리가 들려왔다. 건물 중앙에 걸린 시계를 보니, 이미 수업 시간이 다 되어 있었다. 나는 교실로 들어가기 위해 현관에 들어섰고, 실내화 가방에서 실내화를 끄집어냈다. 이상했다. 실내화가 왠지 묵직했다. 내려다보니, 실내화에 뭔가가 들러붙어 덜렁거리고 있었다. 덜렁거리던 검붉은 덩어리는 어느 순간 무게를 못 견디고 바닥에 툭 떨어졌다. 하얗던 실내화는 검붉게 물들어 있었다.

실내화 가방에서 떨어진 것은 손목 즈음에서 잘려 나온 녀석의 손이었다.

링반데룽

링반데룽이라고 들어 봤어?

유식한 말로 환상 방황(環狀彷徨)이라고도 해. 산행을 하다 조난을 당했을 때 길을 찾아서 헤매게 되잖아. 근데 직진하고 있다고 생각하고 헤매지만 실제는 동일 지점을 빙빙 돌게 된대. 그게 링반데룽이라더라.

이해가 잘 안 돼? 쉽게 말해서 더듬이가 잘리는 거라고 보면 돼. 예를 들어서 개미를 한 마리 잡아서 더듬이 하나를 끊어. 그리고 땅에 내려놔 봐. 어떻게 될 거 같아?

방향감각을 잃은 개미는 하나 남은 더듬이로 더듬거리며 한 방향으로만 계속 움직여. 하나 남은 더듬이는 개미에게 전혀 도움이 안 되는 거지. 그렇게 개미는 원을 그리며 한자리를 계속 빙글빙글 맴돌게 돼.

죽을 때까지.

길을 잃었다.

어디로 가야 할지 난감하다. 눈앞이 새하얗다. 그도 그럴 것이 폭설이 내 머리 위로 들이붓다시피 쏟아지고 있고, 복숭아뼈 부근 까지 움쑥움쑥 파묻힐 만큼 쌓인 눈은 지금도 시시각각 불어나고 있기 때문이다. 오금이 저려 온다. 불안하다. 솔직히 말하자면 무섭다.

그렇다고 내가 산행에서 길을 잃어 버릴 만큼 등산 경험이 없는 건 아니다.

나는 어릴 적부터 산을 좋아했다. 늘 그 자리에 솟아 있는 한결 같음과, 힘을 들인 만큼 자신의 몸을 내어 주는 정직함과, 정상에 올랐을 때 폐가 표백되는 기분이 드는 공기와 함께 산 아래 풍경을 아낌없이 펼쳐 보여 주는 후덕함이 나는 좋았다. 때문에 나를 외아들로 둔 내 가족은 매년 강이나 바다보다는 산으로 피서를 가야 했다.

대학에 들어온 내가 새내기 환영회에서 의식불명이 되도록 술을 마시는 일보다 먼저 한 일도 바로 등산 동아리를 찾아가 가입한 것이었다. 인터넷에서도 '클리프 행어'라는 명패를 달고 등산 관련 커뮤니티를 운영하고 있는 나는 한반도에 솟아 있는 산 중 오를 만한 가치가 있는 산이란 산은 모조리 섭렵했다고 자부하는 등산광이었다. 그런 내가 수도 없이 올라 이제는 산세며 지리가, 사는 동네만큼이나 훤하다 믿고 있던 지리산에서 길을 잃은 건 정말 어이없는 일이었다.

계획은 단순했다.

동아리의 선후배와 동기를 포함한 대여섯이 겨울 방학과 함께

기획한 이번 산행은 지리산 무박 2일 코스였다. 성삼재에서 출발해 노고단과 벽소령을 거쳐 세석, 천황봉에서 일출을 본 후 칠선골을 통해 추성리로 하산하는 지극한 평범한 코스였다. 겨울 산행이라 여느 때보다는 위험했지만, 많이 알려진 코스니만큼 위험 부담은 덜했다. 입산 전 가장 눈여겨보게 되는 일기예보에서조차도 "북서 내지 북동풍이 불고, 곳에 따라 구름이 약간 끼는 곳도 있겠으나 대체로 맑겠다."라고 예보했으니 염려할 건 없었다.

그러나 시작부터 산행은 순조롭지 않았다.

버스에서 내려 사발면으로 요기를 하고 막 성삼재 휴게소를 출발하려던 찰나였다.

"아…… 저기, 잠깐만요……."

뒤돌아보니 여자 후배 하나가 배를 움켜 쥐고 멈추어 서 있었다. 갑자기 복통을 일으킨 모양이었다.

"망 봐 줄 테니까, 똥 싸."

평소 짓궂은 농담으로 동아리 분위기를 풀어 주던 선배 하나가 이죽거렸지만, 후배의 표정을 보니 그걸로는 해결될 일이 아닌 듯했다.

"아무래도 장염 같아요."

식은땀까지 흘리며 후배는 말했다.

"아니, 입산하기 전에 뭘 먹었기에……."

또 다른 선배가 무뚝뚝하게 퉁을 놓았지만, 어쩔 수 없는 노릇이었다. 결국 후배는 그 길로 산행을 포기하고 되돌아가야 했다.

"에이, 초장부터 재수 없게……."

이죽거렸던 선배가 투덜댔는데, 아닌 게 아니라 나도 내 앞에 우뚝 서 있는 산의 모습이 어쩐 일인지 평소 같지 않았다. 노고단을 향해 오르면서 땀이 이마에 맺힐 즈음 위를 잠깐 올려다보았는데, 그때 눈앞에서 뭔가 꿈틀 움직이는 듯한 느낌이 들었다. 좋은 느낌이라기보다는 불길한 느낌이었다.

뱀이 쥐를 덮치기 전에 일순 움찔거리는 걸 본 기분이랄까. 아닐 거라고, 아무래도 컨디션이 좋지 않은 모양이라고, 나는 고개를 털어 내듯 가로저었다. 그러나 불안감까지 털어지지는 않았다. 산행에서 그런 기분이 들기는 그날 이후로 처음이었다.

노고단 산장에 이르렀을 즈음, 나 또한 뱃속이 꿈틀 하는 복통을 느꼈다. 화장실에 다녀왔지만 영 속이 좋지 않았다. 산장 화장실의 세면대 앞에서 손목시계를 풀어 놓고 세수를 했다. 정신이 좀 깨는 느낌이었다. 나아진 기분으로 화장실에서 나와 배낭을 깔고 앉아 휴식하고 있는 일행들과 합류했다. 돼지평전에 이를 즈음, 나는 시계를 보기 위해 손목을 들었다가 손목이 비어 있는 걸 발견했다. 그제야 나는 노고단 산장 화장실에 시계를 두고 왔다는 사실을 깨달았다. 나는 일행을 가로질러 올라가서 팀장 선배에게 머뭇머뭇 말했다.

"형, 죄송한데요. 산장 화장실에 시계를 두고 온 거 같아요."

"뭐? 진짜 골고루 속 썩이는구먼. 그래서 어쩌려고?"

"그 시계가 저한텐 좀 귀한 물건이라 잃어버리면 안 되거든요."

그건 사실이었다. 그 시계는 나를 유독 귀여워해 주시던 외삼촌이 불의의 사고로 돌아가시기 몇 달 전 내게 고등학교 졸업 기념으로 사 주시던 선물이었다.

"인마, 귀한 물건을 귀하게 간수해야지……. 그래서 찾으러 가 보려고?"

"예, 아무래도 그래야 될 것 같은데……."

"아으, 자식……. 그럼 우린 명선봉 산장에서 쉬면서 기다릴 테니까 빨리 갔다 와. 알았어?"

나는 허둥지둥 올라오는 일행들을 거슬러 내려가기 시작했다. 등 뒤로 선배가 소리쳤다.

"늦으면 그냥 간다!"

시계는 내가 벗어 둔 자리에 놓여 있었다. 밖으로 나오니, 눈발이 하나 둘 흩날리고 있었다. 나는 허둥지둥 산을 올랐다. 산의 날씨는 짐작하기 어렵다. 노고단 산장을 출발한 지 얼마 되지 않아 흩날리던 눈발이 굵어지는 듯하더니 폭설로 변했다. 폭설 중의 산행이 위험하다는 것은 등산의 문외한이라도 아는 사실이지만, 그렇다고 앞서 간 일행을 두고 내려올 수는 없었다. 시계를 보니 벌써 저녁 5시를 가리키고 있었다. 사위가 어두워지기 시작했다. 나는 헤드 랜턴을 켰다. 임걸령 즈음에서 나는 허둥지둥 하산하는 사람들과 마주쳤다.

"눈 오는 게 장난이 아닌데, 웬만하면 눈 그치거들랑 가쇼. 여차하면 노고단 대피소로 대피해야 할지도 모르겠는데……."

그러나 나는 멈출 수가 없었다. 명선봉 산장까지는 빨리 가더라도 세 시간은 걸렸다. 일행이 걱정되는 건 아니었다. 보통 속도로 갔다면 일행은 지금 삼도봉쯤을 지나고 있을 테고, 폭설이 심해지면 부근의 뱀사골 대피소로 대피하면 될 터였다.

사실 문제는 나였다.

임걸령과 삼도봉 사이에서 나는 폭설을 마주쳤다. 등산로 주변에는 나 말고 아무도 없었고, 날은 시시각각 어두워지고 있었다. 어찌 되었든 삼도봉까지는 가야 뭘 어떻게 할 수 있었다. 나는 주머니에서 휴대 전화를 꺼내 들었다. 팀장 선배에게 전화를 걸기 위해서였다.

번호를 누르고 통화 버튼을 누른 후 전화기를 귀에 갖다 대려던 순간, 별안간 나의 손에서 전화기가 빠져나가더니, 돌부리에 퉁겨 등산로 밖으로 날아가 저만치 밑으로 떨어졌다. 나는 하는 수 없이 배낭을 내려 두고 등산로 밖으로 나갔다. 가파르게 깎인 비탈 즈음에 휴대 전화는 누워 있었다. 중(重)비브람화를 신고 있는데도 비탈은 눈이 쌓여 있어 몹시 미끄러웠다. 나는 조심조심 밑으로 내려갔다. 휴대 전화가 누워 있는 곳은 손을 뻗기에 몹시 위험한 장소였다. 전화기 뒤로 거의 직각에 가깝게 깎인 벼랑이 위협적으로 나를 노려보고 있었다. 나는 주위를 둘러보다 내 옆에 서 있는 나무의 늘어진 가지를 한 손으로 붙들고 한 손을 뻗어 전화기를 붙잡으려 했다. 손이 잘 닿지 않았다. 나는 좀 더 멀리 팔을 뻗었다.

툭!

나뭇가지가 나의 무게를 지탱하지 못하고 떨어져 나간 것은 순식간의 일이었다. 나의 손은 휴대 전화를 지나 허공을 휘저으며 아래로 아래로 떨어져 내렸다. 나는 허공으로 떠올랐다가 이내 데굴데굴 아래로 굴러 떨어졌다. 아찔함과 함께 나의 눈앞으로 그동안 살아온 나날들이 영화 필름처럼 빠르게 스쳐 지나갔다.

그리고 잊고 싶었던, 그러나 잊혀지지 않았던 그날의 일에서 잠시 멈추었다.

그날 나는 친구와 함께 산에 올랐다.

2년 전 겨울이었고, 날은 콧물이 버석버석 얼도록 추웠다.

날씨가 그다지 좋지 않았는데도 나와 친구가 무리한 산행을 감행한 것은 순전히 내 고집 때문이었다.

대학에 들어와 산악 동아리에서 사귄 친구였다. 친구는 말이 별로 없었고, 나의 그다지 세련되지 않은 유머에도 털털하게 잘 웃곤 했다.

언제나 친구는 말없이 나에게 다가왔다. 동아리방 책상에 누워 낮잠을 잘 때, 책을 읽고 있을 때, 친구는 등 뒤에 잠시 서 있다가 나지막이 나를 부르곤 했다.

"야……."

돌아보면 언제나 친구는 내 등 뒤에 서 있었다. 친구는 나와 마찬가지로 산을 무척 좋아했다. 그 단 하나의 공통점이 그다지 성격이 비슷하지 않았던 나와 친구를 한데 묶어 주었다. 일 년이 지나자, 친구는 산행에 누구보다도 가까운 동반자가 되었다.

누구도 못 믿을 일이지만, 그날 올랐던 산이 무슨 산이었는지 나는 기억하지 못한다. 다만 그날이 초겨울의 어느 주말이었고, 나와 친구가 흔히 등반하는 코스가 아니라 험준한 코스를 올랐던 것만은 기억한다. 나의 무모한 혈기 때문이었다. 친구는 날씨도 안 좋은데 무리는 아닌지 고려해 보라고 조심스럽게 나를 설득했지만 나는 끝까지 고집을 피웠다. 결국 내 고집이 이겼다. 그러나 보란 듯이 올라가기에도 내려가기에도 애매한 지점에서 나와 친구는 폭설에 조난을 당했고, 어느 바위 틈새로 들어가 눈을 피했다. 날은 점점 어두워졌고 점점 몸이 떨려 왔다.

"내려가자."

쏟아지는 눈발을 바라보다 이를 닥닥 부딪치며 그렇게 말한 것도 나였다.

친구는 좀 더 기다려 보자고 했고, 나는 이 산중에서 얼어 죽기는 싫다고 고집을 부렸다. 결국 또 한 번 친구는 나의 고집에 못 이겨 하산을 감행했다. 나와 친구는 갈퀴손을 세우고 쉭쉭 소리를 내며 달려드는 칼바람과 얼굴에 부딪혀 오는 눈보라를 헤치며 하산했다.

일이 생긴 건 가파른 고갯길에서였다.

눈발이 들어간 눈을 비비다 나는 발을 헛디뎠다. 정식 등산로가 아니었기에 난간이나 손잡이도 없었다. 나는 중심을 잃고 주르르 미끄러졌고, 등산로를 이탈해 벼랑 끝으로 쓸려 내려갔다.

촤아아아아…….

'좆 됐다.'

그 생각뿐이었다. 안전장치가 고장난 놀이 기구를 타는 기분이었다. 나는 뭐든 붙잡아 보려고 사방으로 팔을 허우적거렸다.

나의 몸이 미끄러짐을 멈추었을 때 나는 벼랑 끝에 걸려 있었다. 밑은 바라보기만 해도 오금이 저리는 낭떠러지였고, 내 손은 운좋게 벼랑 끝에 서 있는 나무의 늘어진 가지를 붙들고 있었다.

"야……."

위에서 친구가 나를 부르는 소리가 들렸다. 나는 다급하게 소리쳤다.

"살려 줘! 떨어지겠어!"

아닌 게 아니라, 몸이 점점 아래로 미끄러지고 있었다. 얼어붙은 눈뿐이라 발을 딛고 몸을 지탱할 만한 지형지물도 없었다. 내가 잡고 있는 나뭇가지는 금방이라도 부러질 것만 같았다.

고개를 들어 보니, 친구가 배낭을 내던지고 다급하게 내려오고 있었다.

착! 착! 착!

친구의 비브람화가 눈을 밟을 때마다 먼지처럼 일어난 눈발들이 나의 눈에 들어왔다. 차가웠다.

"야······."

친구는 나무를 붙들고 나에게 손을 내밀었다. 있는 힘껏 손을 뻗었다. 그러나 손이 닿지 않았다.

"안 닿아!"

나는 소리쳤다. 친구는 어쩔 줄을 모르다 결심한 듯 엎드렸고, 다리 사이에 나무의 밑동을 끼우고 발목을 엮어 고정한 후 나에게 손을 내밀었다. 닿을 듯 말듯하던 두 손이 어느 순간 만났다. 나의 손을 붙든 친구의 손은 따뜻했다. 그리고 믿음직스러웠다. 친구는 나의 손을 붙들고 있는 힘을 다해 나를 끌어올렸다. 친구의 이마에 툭툭 핏줄이 곤두서는 것이 보였다. 나의 몸이 점점 위로 끌어올려졌고, 살았다 싶을 즈음 나는 친구에게 미소를 지어 보였다.

한데 그 순간 친구의 표정이 굳어지는가 싶더니, 친구의 몸이 죽 미끄러지며 나의 곁을 가로질러 밑으로 떨어졌다.

밑에서 뭔가가 나의 몸을 쑥 끌어당겼다. 나는 다시금 나뭇가지를 붙들고 바둥거리며 밑을 내려다보았다. 친구가 내 다리를 붙들고 매달려 있었다.

투둑투둑······.

나와 친구의 무게를 지탱하지 못해 나뭇가지가 부러지는 소리가 들렸다. 나는 아래를 내려다보았다. 친구는 절망적인 표정으로 나를 올려다보고 있었다.

"떨어지겠어!"

나는 친구를 내려다보며 소리쳤다. 나뭇가지가 구부러지며 계속 투둑투둑 부러지는 소리를 냈다. 가슴 한편에서 뭔가 용솟음치며 솟아올랐다. 나는 죽기 싫었다. 나뭇가지가 부러지면 친구도 나도 죽는 것이다. 친구의 손을 붙들고 장렬하게 산화하던 영화 속 주인공의 모습이 눈앞을 스쳐 지나갔다. 그러나 그건 어디까지나 영화일 뿐이었다. 막상 그와 같은 상황이 닥치자 한낱 영웅심 따위는 눈발에 날려 사라져 버렸다.

나는 친구의 얼굴을 밟기 시작했다.

"제길……. 이거 봐! 이거!"

바둥거리며 나의 비브람화는 친구의 얼굴을 밟았다.

투둑투둑…….

나뭇가지가 부러지기 직전이었다. 나는 발작적으로 내 다리에 매달린 친구의 손과 팔과 얼굴을 짓밟았다. 친구의 손이 점점 미끄러져 내려갔다.

그리고 어느 순간 내 다리는 가벼워졌다.

친구가 내 다리를 잡고 있다 놓은 것인지, 아니면 놓친 것인지 확실하지는 않다. 그러나 친구가 떨어지던 순간 나는 친구의 나지막한 소리를 들었다.

"야……."

친구의 시체는 끝내 발견되지 않았다.

"야……."

나는 눈을 뜬다.

친구가 나를 부른 것 같다. 주위를 살펴본다. 어둠침침하다.

잠시 정신을 잃었던 것 같다. 그제야 휴대 전화를 주우려다 미끄러졌던 게 기억난다.

폭설은 더 굵어져 있다. 나의 몸 위로도 꽤 많은 양의 눈이 쌓여 있다.

그런데 도대체 여긴 어딘가.

나는 몸을 일으켜 주위를 휘둘러본다.

짐작으로는 수백 미터는 미끄러져 내려온 듯하다. 내가 누워 있던 이곳은 거의 평지에 가까운 비탈이다. 나는 몸을 일으킨다. 발목이 시큰거린다. 천만다행이다. 부러지거나 한 곳은 없는 것 같다. 나는 일어서서 주위를 다시금 훑어본다. 온통 눈밭이라 어디가 어딘지 분간할 수 없다. 다시 올라갈까 하다가 포기하고 나는 대피소를 찾아보기로 한다. 임걸령 부근에서 미끄러졌으니, 아래로 내려가 보면 원달리가 나올 것이고 인가도 있을 것이다. 나는 바늘 뭉치에 꾹꾹 찔리는 것처럼 시려 오는 귀를 손으로 감싸며 걸음을 내딛기 시작한다.

눈보라가 거세게 분다. 배낭 속에 두고 온 우모복이 그립다.

나는 스웨터 위에 파일 재킷밖에 입지 않은 상태다. 중비브람화를 신었는데도 발끝이 시려 온다. 십 분쯤 걸었을 때 등뒤에서 누군가 나를 부르는 목소리가 들린다. 눈보라가 쉭쉭 불어 오는 소리가 거세긴 했지만, 분명히 나는 들었다. 그 목소리를.

"야……."

"야……."

돌아보기가 망설여진다. 잘못 들은 것이라 확신하면서도 내 청각기관과 판단을 담당하는 내 뇌의 신경세포들은 자꾸만 그 소리가 실제로 내 등 뒤에서 난 소리라고 우겨 댄다. 정말 등 뒤에 누군가의 존재감이 느껴진다. 무형이 아니라 유형의 존재. 사람이 뒤에 서 있으면 아무 소리 내지 않아도 누군가 있다는 게 느껴지게 마련이다. 숨을 쉬지 않아도, 살아 있지 않아도.

늘 친구는 내 등 뒤로 소리 없이 다가와 나를 부르곤 했다.

쉬이이익!

한 줄기의 눈보라가 불어와 거세게 나를 휘감아 맴돈 후 날아간다. 그러나 나는 얼굴이 시린 것조차 의식하지 못한다. 속으로 숫자를 센다.

하나…….

친구는 결국 생사 불명으로 처리되었지만, 나는 알고 있었다. 친구가 죽었다는 걸. 나의 발목을 놓으며 떨어지던 순간, 아래로 곤두박질하며 울룩불룩 튀어나온 벼랑의 바위들에 머리와 온몸을 부딪혀 친구의 육체가 장난감처럼 부서지는 걸 나는 내려다보았다. 물론 나는 아무에게도 내가 한 일을 말하지 않았다. 나를 탓하는 사람은 아무도 없었다. 심지어 친구의 부모도.

두울…….

내가 거기서 살아 나온 것은 기적이나 다름없었다. 그토록 무력하게 매달려 있던 내가 기적처럼 초인적인 힘을 발휘해 낼 수 있었던 건 친구의 추락을 보고 난 직후였다. 몸이 떨려 오며 눈이 뒤집혔다. 살아야 해. 살아야 해. 난 저렇게 죽으면 안 돼. 저렇게 개

죽음 당할 순 없어. 살아야 해. 오로지 그 생각뿐이었다. 나는 이를 악물었다. 나의 손은 갈퀴손이 되어 단단한 얼음장에 손톱을 내리꽂았고, 허공에서 버둥대던 몸은 살겠다는 욕망 하나로 육식 동물처럼 벼랑 끝을 부득부득 기어 올랐다.

그렇게 벼랑에서 살아 올라왔을 때 나는 뿌듯한 성취감마저 느꼈다. 죽을 뻔했는데 살아났다는 성취감.

그리고 친구.

그 일은 어쩔 수 없었다는 자기 변명이 나의 양심을 뒤덮었다.

내가 아니라 누구였더라도 그렇게 했을 거야. 저 녀석과 내가 입장이 바뀌었다면 저 녀석도 분명히 나를 짓밟았을 거야.

나는 그렇게 스스로를 정당화했다. 산에서 살아 나온 후 몇 달이 지나자, 친구와의 기억은 깨끗이 지워졌다.

그리고 또 몇 달 후 나는 다시 산을 오르기 시작했다. 물론 그 전보다 훨씬 조심스러워지긴 했지만 친구의 죽음 때문에 달라진 건 별로 없었다. 나는 친구의 일을 잊어 버렸다.

그런데 지금 친구의 목소리가 나를 부른 것이다. 내 등 뒤에서.

셋!

마침내 나는 뒤로 고개를 돌린다.

아무것도 없다, 나의 뒤에는. 그저 사방을 하얗게 덮은 눈과 눈보라에 날리는 눈가루들뿐. 그럼 그렇지. 환청이었어. 나는 싱긋 웃으며 고개를 가로젓는다.

언젠가 친구들과 산이 아닌 바닷가로 여행을 간 적이 있다. 행선지는 배로 한 시간이면 도착하는 작은 섬이었는데, 도착한 모래사장에는 휴가철이 안 되어서인지 우리 일행 말고 아무도 없었다.

휑한 모래사장에 텐트를 치고 누운 그날 밤. 나와 친구들은 파도 소리에 실려 들려 오는 이상한 목소리를 들었다.

쏴아아아······. 쏴아아아······.

해변으로 밀려들었다 밀려 나가는 파도 소리에 섞여 여자의 노랫소리가 희미하게 들려오는 것이었다. 정말 희미하고 무슨 말인지 알아들을 수 없지만, 여자의 노래라는 것만은 분명히 알 수 있는 소리였다. 친구들은 서로 행여 일행 중 누군가 워크맨을 듣는 게 아닌가 하고 살폈다. 워크맨을 듣는 사람이 있으면 그 사람의 귀에 꽂힌 이어폰 밖으로 작으나마 노랫소리가 밖으로 새어 나오게 마련이었다. 그러나 아무도 워크맨을 듣는 사람은 없었다.

"그럼 저 소리는 뭐지?"

일행 중 유난히 심약한 친구가 겁먹은 목소리로 말했고, 일행은 모두 공포에 떨었다. 그러나 그뿐이었다. 우리 일행에게는 아무런 일도 일어나지 않았다. 여자의 노랫소리는 그저 희미하게 밤새도록 계속되었지만, 파도 밖으로 스멀스멀 기어 나온 뭔가가 우리 일행을 홀려 바다로 끌어들이거나 죽음에 몰아넣는 일은 끝내 일어나지 않았다.

아마도 그때 같은 환청인가 보다.

나는 생각한다. 하긴 눈보라 휘몰아치는 소리가 그날의 파도 소리만큼이나 청신경을 자극하기는 한다. 하지만 불안하다. 어디선가 친구가 내 주변을 맴돌고 있을 것만 같다. 저 나무들 사이에 몸을 숨기고 있는 건 아닐까. 몸을 숨기고 나를 바라보며 이따금 한번씩 나를 부르는 건 아닐까.

아무래도 길을 잃은 불안감과 추위 때문에 정신이 이상해진 모양이다.

나는 허리를 굽혀 흰 눈을 한 주먹 퍼 올려 얼굴에 거세게 문지른다. 뭉쳐진 눈의 결정들이 얼굴에 닿아 녹으며 냉기로 스며든다. 정신이 좀 깨는 기분이다. 나는 다시 산 밑으로 내려가기 시작한다.

무릎까지 푹푹 잠긴다. 날은 완전히 어두워져서 사물을 분간하기가 어려울 정도다. 시계를 보니 6시 21분이다. 늦었다. 겨울의 산중은 5시만 되어도 한밤중이나 다름없다. 나는 혹시나 하는 생각에 호주머니를 뒤져 본다. 파일 재킷의 주머니에서 비상용 소형 전등이 나온다. 정말 다행이다. 나는 구세주를 만난 기분이다. 전등을 켜니 그나마 눈앞이 훤해진다. 전등에 비추어지는 나무들의 모습은 평소와 달리 훨씬 기괴해 보인다. 나는 생각나는 대로 노래를 부르기 시작한다.

"모두가 아직까지 잊고 있진 않았을 거야.

하얗게 내리던 흰 눈이 있었고, 작은 꿈들이 모였던…… 우리의 아름답던 어린 날, 그 꿈속의 크리스마스.

온 세상 모두가 행복해 보였어. 반짝이던 별빛까지도.

이제는 흰 눈이 내리면 교통 걱정 먼저 하고. 꿈이란 어차피 결국에는 추억 속에나 있다 하지만…….

또다시 돌아올 크리스마스에는 아이들의 가슴으로……."

아마도 예전 고등학교 다닐 때 나왔던 보컬 그룹 'K2'의 노래였을 것이다. 「슬프도록 아름다운」이나 「잃어버린 너」 같은 히트곡보다 나는 그 노래를 더 좋아했는데, 그 점은 친구도 마찬가지였다. 친구의 기타 반주에 맞춰 나는 그 노래를 곧잘 불렀다. 끄트

머리의 가사는 항상 친구가 장식했다.

"돌아가고 싶어, 크리스마스에는……."

일순 목이 막히는 바람에 나는 노래를 잇지 못한다.

"아이들의 꿈의 세계로……."

나는 걸음을 멈춘다. 또 들렸다. 마지막 가사는 내가 부른 게 아니다. 친구가 장식하곤 했던 마지막 가사를 누군가 불렀다. 소름이 돋는다. 이 산중에 누가 나와 노래를 같이 부를 수 있단 말인가.

"누구야?"

나는 여기저기를 전등으로 비추어 보며 소리친다. 장난인가. 나와 동반했던 일행들이 나를 소리 없이 뒤쫓으며 장난을 하고 있는 건 아닐까? 장난이어도 이건 심하다. 기분이 나쁘다.

"누구야! 제기랄…… 어떤 개새끼야!"

개새끼야…… 개새끼야…….

"나와!"

나와…… 나와…….

산중으로 내 목소리가 퍼져 나가 메아리가 되어 돌아온다. 메아리가 완전히 잦아들자 눈보라 치는 소리밖에는 아무 소리도 들리지 않는다. 나는 호주머니에서 일명 '맥가이버 칼'이라 불리는 스웨덴제 군용 다용도 칼을 꺼내어 들고 날을 편다.

"어떤 새긴지 낯짝만 눈에 띄어 봐. 확 그어 버릴 테니까!"

나는 자못 위협적으로 소리쳤지만, 내 목소리는 공허하게 산을 타고 맴돌다 사라질 뿐 아무런 위안이 되지 못한다.

"아, 씹할, 미치겠네."

오금이 저려 온다. 나는 걸음을 빨리한다. 어디선가 눈 무게를 못 견딘 나뭇가지가 투둑 부러지는 소리가 난다. 버석 소리를 내며 떨어져 나갈 것 같은 귀를 양 손아귀로 어루만지며 나는 걷는다. 하얀 입김이 후욱후욱 나와 이내 찬 공기 속으로 사라진다. 눈속을 헤치고 걷기가 보통 어려운 게 아니다. 걸음을 빨리하고 싶어도 마음뿐, 앞으로 나아가는 게 버겁다.

눈을 헤치며 걷던 나는 눈 속에 파묻힌 뭔가에 걸려 넘어진다.

얼굴이 눈 속에 파묻힌다. 차갑다. 나는 벌떡 일어난다. 발끝에 걸리는 느낌이 묵직했다. 뭐였지? 나는 나를 넘어지게 한 뭔가에 천천히 다가간다. 눈 위로 뭔가 툭 튀어나와 있다. 뭐지? 전등으로 그걸 비춘다. 뭔가 반짝인다. 반지다.

그리고 튀어나와 있는 뭔가는 사람의 손이다.

나는 뒤로 자빠진다.

그리고 오래오래 그 자리에 앉아 그 손을 내려다본다. 눈이 녹아 내 엉덩이로 차갑게 스며드는 걸 느끼고서야 나는 천천히 손을 향해 다가간다. 조심스럽게. 이마 위로 땀이 맺힌다. 눈보라가 날아와 나의 이마에 부딪히고 있음에도 땀이 맺힌다. 눈보라는 이내 땀과 하나가 된다. 나는 두 손으로 그 손 주변의 눈들을 치우기 시작한다. 얼마만큼 눈이 파헤쳐졌을 때 나는 그 손과 이어진 팔목을 두 손으로 붙든다. 딱딱하고 차갑다. 나는 심호흡을 두 번 한 후, 거세게 팔을 잡아당긴다.

쑥……퍽!

눈 속에 묻혀 있던 얼굴이 눈 밖으로 튀어나와 내 얼굴과 마주

한다.

부릅뜬 그 눈은 친구의 눈이다.

비명도 나오지 않는다. 그저 "어어!" 하는 소리가 몸의 균형을 잃었을 때처럼 새어 나온다. 이 산중에 이 넓고넓은 산중에서, 하필 이렇게 길을 잃은 상황에서 친구의 눈과 마주한다는 게 도무지 어이가 없다.

그러나 잠시 후 나는 그 얼굴이 친구의 얼굴이 아니라는 걸 깨닫는다.

그 얼굴은 그저 산중에서 조난을 당했다가 얼어 죽은, 내가 전혀 알지 못하는 누군가일 뿐이다. 나는 사실을 확실히 확인하기 위해 시체의 팔을 잡아당긴다. 얼어 죽은 지 오래되지는 않은 모양인지 시체는 내 당김에 순순히 끌려 나와 눈밭 위에 전신을 드러낸다. 역시 아니다. 시체는 친구가 죽던 날 입었던 것과 전혀 다른 등산복 차림이다.

나는 시체의 팔을 확 뿌리치고 일어선다.

"씹할, 좆 같네! 왜 이러지? 왜 하필 나한테 이러지? 저 얼어 죽은 시체는 뭐고…… 저게 왜 친구로 보인 거지? 내가 미쳤나? 미친 건가? 왜 이러지? 이상하다. 이상해. 진짜 이상하네. 정말 미쳐 버리겠네……."

나는 내가 듣기에도 넋 나간 사람처럼 쉴 새 없이 중얼거리며 걸음을 옮기려다 갑자기 멈추어 선다.

화가 난다. 잘못한 것도 없는데, 나에게 이런 일들이 일어난다는 게 화가 난다. 다 저 시체 때문이다. 저 시체가 내 손에서 휴대전화기를 미끄러트리고, 저 시체가 내 다리에 매달린 친구의 얼굴을 짓밟게 했고, 저 시체가 나를 이 산중에서 길을 잃게 만들었다. 얼굴에 열이 확 뻗친다.

"저런 개 같은 새끼가……"

나는 누워 있는 시체로 다가가 시체의 얼굴을 콱콱 짓밟는다. 영하의 온도에 꽁꽁 얼어붙은 얼굴은 단단하다. 돌덩이를 밟는 느낌이다. 이를 악물고 나는 시체의 얼굴을 짓이긴다. 얼어붙은 시체의 얼굴 껍질이 벗겨진다. 시체의 코뼈와 앞니가 부러지는 느낌이 비브람화의 바닥을 통해 전해진다.

"개새끼! 개새끼! 너 같은 개새끼는 뒈져야 해."

비브람화의 우툴두툴한 바닥에 시체의 얼굴이 뭉개져도 도무지 분이 풀리지 않는다.

나는 시체 위에 올라탄다. 그리고 칼로 시체의 얼굴과 목과 가슴을 수도 없이 찌른다. 그러나 시체가 얼어붙고 경직되어 있던 터라, 정작 날이 들어가 박히는 건 부릅뜬 시체의 눈알뿐이다. 나는 숨을 헐떡거리며 주변을 두리번거린다. 마침 쌓인 눈의 무게를 견디지 못해 막 부러지려는 나뭇가지가 눈에 들어온다. 나는 나뭇가지를 잡고 부러지려는 면에 칼을 휘두른다. 그러나 막상 자르려고 하니 좀처럼 가지가 잘라지지 않는다.

"좀, 빨리 잘라져라, 제기랄!"

나는 미친 듯이 칼을 휘두르며 가지를 잡아당긴다. 마침내 가지가 끊어진다.

잔가지를 허겁지겁 칼로 쳐내고 굵직한 나뭇가지의 기둥 끝을 날카롭게 자른다. 가지가 곧은 편이어서 제법 쓸 만한 창이 된 것 같다.

나는 다시 시체에게로 다가간다. 양 다리 사이에 시체를 두고 창을 치켜들어 힘껏 내리꽂는다.

푹!

성공이다. 창은 시체의 가슴에 깊이 박힌다. 창을 빼자 기분이 상쾌하다. 나는 기분이 풀릴 때까지 창을 내리꽂는다.

그러다 어느 순간 시체의 가슴에 뻥뻥 뚫린 구멍들을 보고야 기겁해서 나는 나뭇가지를 버리고 달아난다.

고백하건대 나는 어릴 적부터 구멍을 무서워했다. 하수구, 곰보, 벌집, 벌어진 모공, 조기의 정수리에 팬 다이아몬드형 구멍, 아스팔트에 난 드릴 자국⋯⋯. 그런 것들에 나 있는 구멍들을 가만히 들여다보고 있으면 현기증과 구토가 일었다. 구멍은 나를 먹어 버릴 것만 같았다.

나는 구멍으로부터 멀리 달아나기 위해 눈 위를 힘겹게 뛴다.

내 다리가 눈을 헤집고 나갈 때마다 놀란 눈발들이 먼지처럼 피어올랐다가 가라앉는다.

한 시간 넘게 뛴 것 같은데도 여전히 나무와 하얀 눈뿐이다. 인가는 나타나지 않는다. 오금이 저린다. 이럴 땐 어떻게 해야 하나. 나는 되도록 이성적으로 생각해 보려고 애쓴다. 그러나 머릿속도 하얗게 바래 버렸다. 아마 나의 뇌도 하얗게 표백되어 버렸을 것이다. 그 어떤 판단도 내릴 수가 없다. 나는 그저 눈발을 헤치며 걷는다.

화이트홀⋯⋯.

공교롭게도 산행 전 금요일에 '인간과 우주'라는 교양과목에서 배운 게 화이트홀이었다. 블랙홀이 흡수한 모든 걸 빛의 속도로 토해 내는 화이트홀. 그 화이트홀에 들어와 있는 것 같다.

나의 눈에 뭔가가 들어온다. 나는 걸음을 빨리한다.

하얀 눈밭 위에 뭔가가 있다.

그 뭔가가 뭔지 전등으로 비추어 보고야 맥이 탁 풀린다.

시체다.

내가 만신창이로 만들어 놓은 시체다. 시체는 얼굴이 뭉개지고 온몸이 만신창이가 된 채 하늘을 바라보며 널브러져 있다.

링반데룽……. 링반데룽이다.

죽은 친구에게 나는 그 '링반데룽'이라는 말을 처음 들었다.

"링반데룽이라고 들어 봤어? 유식한 말로 환상 방황이라고도 해. 산행을 하다 조난을 당했을 때 길을 찾아서 헤매게 되잖아. 근데 직진하고 있다고 생각하고 헤매지만 실제는 동일 지점을 빙빙 돌게 된대. 그게 링반데룽이라더라."

녀석과 친해져 처음으로 설악산에 오른 날, 정상에서 담배를 나누어 피우던 중이었을 것이다. 과묵했던 녀석이 그날은 어쩐 일인지 말이 많았다.

"방향감각이 그렇게 없어질 수도 있나? 난 이해가 안 되는데……."

"이해가 잘 안 돼? 쉽게 말해서 더듬이가 잘리는 거라고 보면 돼. 예를 들어서 개미를 한 마리 잡아서 더듬이 하나를 끊어. 그리고 땅에 내려와 봐. 어떻게 될 거 같아?"

"글쎄. 엉뚱한 데로 가게 되나?"

"비슷해. 방향감각을 잃은 개미는 하나 남은 더듬이로 더듬거리며 한 방향으로만 계속 움직여. 하나 남은 더듬이는 개미에게 전혀 도움이 안 되는 거지. 그렇게 개미는 원을 그리며 한자리를 계속 빙글빙글 맴돌게 돼."

그리고 친구는 싱긋 웃으며 말을 끝맺었다.

"죽을 때까지."

나는 털썩 자리에 무너진다.

"미치겠네, 진짜……."

눈밭에 짚은 손바닥을 통해 눈밭의 냉기가 스멀스멀 내 팔을 기어 오른다. 손이 시리다. 나는 다시 일어선다.

"난 안 죽어! 내가 그렇게 쉽게 죽을 줄 알아? 죽을 거였으면 벌써 그때 죽었어!"

나는 이를 악물고 고함을 지른다.

그때 죽었어…… 죽었어…….

내 고함은 하얀 산중에 메아리가 되어 맴돈다. 나는 죽지 않는다.

또다시 걷기 시작한다. 구덩이라도 있었으면 좋겠다. 거기서 좀 언 몸을 녹이고 싶다. 벽난로의 환한 불빛이 그립다. 따스한 열기가 그립다. 식도를 타고 흐르는 뜨거운 커피 한 잔이 그립다.

시야는 어둡지만 전등 때문에 앞뒤 분간이 된다. 다행이다.

아무리 둘러봐도 주변에는 불빛 한 점 보이지 않는다. 나는 계속 걷는다. 쉬고 싶어도 쉴 수 없다. 걸음을 멈추면 졸릴 것이다. 졸리면 아무 데서나 자게 될 테고, 자면 죽는다. 죽으면 모든 게 끝이다.

"깊은 사안 속 옹달샘⋯⋯ 누가 와서 먹나요. 깊은 사안 속 옹달샘⋯⋯ 누가 와서 먹나요. 새벽에 토끼가 눈 비비고 일어나 세수하러 왔다가 물만 먹고 가지요."

나는 생각나는 대로 노래를 부른다. 혹시나 나를 부른 친구의 목소리가 들릴 것 같아 더 목청을 높인다.

"개굴개굴 개구리, 노래를 한다. 아들 손자 며느리 다 모오여서⋯⋯ 밤새도록 하여도⋯⋯."

나는 노래를 멈춘다. 그리고 전방 이삼 미터 지점의 눈밭을 전등으로 비춘다.

보인다. 뭔가가 보인다. 나는 좀 더 가까이 다가간다. 전등으로 비추어 보니, 그건 눈밭 위에 나 있는 사람 발자국이다.

발자국.

비로소 가슴속에서 희망이 희미하게 솟는다. 나는 발자국을 따라가기로 결심한다. 물론 달리 뾰족한 수가 있는 것도 아니다.

눈보라가 점점 잦아드는가 싶더니, 어느 순간 완전히 멎는다. 바람도⋯⋯.

한결 앞으로 나아가기가 수월하다. 진작 그쳤더라면 얼마나 좋았을까 생각한다. 그리고 나는 또 생각한다. 죽은 친구와 친구의 목소리와 노랫소리와 시체와, 함께 산에 올랐던 동아리 멤버들에 대해. 고작해야 몇 년 전부터 짧게는 한두 시간 전의 일인데 모든 게 아련하다.

동아리 멤버들은 지금쯤 어디에 있을까. 아마도 뱀사골 대피소쯤에서 눈이 그치기를 기다리고 있을 것이다. 이제 눈이 그쳤으니 하산 준비를 할지도 모른다. 아니다. 어쩌면 나처럼 조난을 당해 일부는 죽고 일부는 어딘지 모를 눈밭을 헤매고 있을지도 모른다. 나처럼.

어두웠던 하늘이 조금씩조금씩 밝아진다. 구름이 걷히면서 달이 얼굴을 내민다. 보름달이다.

달빛에 사방의 눈이 반사되며 푸른빛으로 빛난다. 그러나 그 어디에도 길이나 인가는 보이지 않는다. 그저 나의 앞으로 어딘가를 향해 난 발자국만 보일 뿐이다.

나는 걷는다.

발자국은 길게 나 있다.

하얗게 쌓인 눈밭의 발자국만 눈에 들어온다. 불안하다. 뭔가가 툭 튀어나와 발자국을 따라 걷는 나를 덮칠 것 같기도 하고, 나를 인도하는 발자국을 모두 하얗게 지워 버릴 것 같기도 하다. 친구가 나를 부를 것 같기도 하고, 눈밭 속 어딘가에 누워 있다가 내 다리를 걸어 넘어뜨릴 것 같기도 하다. 걸음을 빨리한다. 눈이 많이 쌓여 있어서 뛸 수는 없다. 하지만 괜찮다. 뭔가가 툭 튀어나와 발자국을 따라 걷는 나를 덮치지도 않고, 나를 인도하는 발자국을 모두 하얗게 지워 버리지도 않는다. 친구가 나를 부르지도 않고, 눈밭 속 어딘가에 누워 있다가 나의 다리를 걸어 넘어뜨리지도 않는다.

나는 또 노래를 부른다.

"하얀 눈 위에 구두 발자국, 바둑이와 같이 간 구두 발자국. 누가누가 새벽길 떠나갔나. 외로운 산기일에……"

거기까지 부르고 일순 노래를 멈춘다. 그러나 아까처럼 누군가 나의 노래를 받아 부르지도 않는다. 아마도 환청이었을 것이다.

기분이 꽤 나아진다. 바람도 멎어 추위도 덜하다. 쏟아지는 달빛에 눈밭이 새파랗게 빛을 퉁겨 낸다. 잘 갈린 칼날 위를 걷는 기분이다. 그러나 무섭지는 않다.

나는 어릴 적부터 위험한 일을 즐겼다. 동네 앞 개천 위에 놓인 100미터가량의 다리 난간 위에 올라 양팔을 벌리고 걸어 누가 오래 버티나를 놓고 동네 코흘리개들과 내기할 때 나는 언제나 이겼다. 다른 녀석들은 십 미터도 채 못 가고 오금이 저려 난간에서 슬며시 내려올 때 나는 콧노래를 부르며 난간 위를 걸었다. 가끔은 녀석들을 놀래느라 발을 헛디디는 시늉을 하기도 했지만, 정말 발을 헛디딘 적은 없었다. 다리를 모두 건넌 내가 의기양양한 얼굴로 코흘리개들을 돌아보면 녀석들은 질린 얼굴로 고개를 가로젓고는 했다.

나는 양팔을 벌리고 다리 난간 위를 걷듯 발자국 위를 그대로 밟으며 걷는다. 군대에 다녀온 한 선배가 말한 적이 있다. 어디에 지뢰가 묻혀 있는지 모르는 상태에서 지뢰밭을 맨몸으로 건너더라도 살아 나올 수 있는 방법은 앞서 걸어간 발자국을 그대로 밟으며 걷는 거라고. 나는 지뢰밭을 걷는 수색병처럼 발자국을 그대로 밟는다.

"조금만, 조금만 가면 돼. 조금만 더 가면 사는 거야."

나는 자신에게 주문을 걸듯 속삭인다. 이제야 살 길이 보이는 것 같아 숨통이 트인다. 여기 허허 눈밭 위에서 나를 인도해 주는 발자국이 한없이 믿음직스럽다.

"그러게, 죽으란 법은 없다니까……."

나는 만족스레 중얼거린다. 그러다 일순 걸음을 우뚝 멈춘다.

시체다.

그것도 아까 내가 만신창이로 만들었던 시체.

그놈의 빌어먹을 링반데룽!

그런데 이상하다. 시체는 금방이라도 일어나려는 듯 개구리처럼 납작 엎드려 있다. 분명 내가 여기서 출발할 때 시체는 얼굴이 뭉개지고 온몸이 만신창이가 된 채 하늘을 바라보며 널브러져 있었다. 한데 바뀌어 있다.

누군가 시체를 발견한 걸까? 그래서 시체를 건드리기라도 했단 말인가. 머리가 다시금 아파 온다. 게다가 저 발자국. 저 발자국은 하나로 이어져 있다. 내가 링반데룽 때문에 여길 반복해서 맴돌았다면 발자국은 하나가 아니라 여러 개가 나 있어야 한다. 그런데 빌어먹을 발자국은 여전히 하나로 이어져 있다.

미치겠다. 무슨 영문인지 모르겠고, 왜 이런 일이 나에게 일어나는지도 모르겠다.

나는 달리기 시작한다. 빨리 여기서 벗어나야 한다. 그렇지 않으면 얼어 죽기 전에 미쳐 버릴 것이다.

그러나 무릎까지 쌓인 눈밭 위를 달린다는 것은 애초에 무리다. 나는 넘어지고 엎어진다. 그러면서도 다시 일어나 눈밭을 달린다. 그러나 이내 자빠지면서 나뭇가지에 얼굴을 긁힌다. 그러나 쓰라린 줄도 모르겠다.

발자국. 저놈의 발자국은 끝없이 이어져 있다. 저게 정말 나를 살 길로 인도하는 건지 죽음으로 인도하는 건지도 모르겠다.

저만치 누군가 보인다. 언뜻 보아서는 사람이다. 등을 돌린 뒷모습이 사람 같다. 나는 그에게 다가간다.

등산복을 입은 남자다. 나는 그를 부른다.

"저······ 저기요."

그가 고개를 돌린다. 아까 내가 만신창이로 만들었던 시체다. 그는 나에게 서서히 다가온다. 나는 뒷걸음친다. 이럴 리 없다. 시체가 되살아날 리 없다. 얼굴이 짓이겨진 시체는 입으로 피를 울컥 토해 내며 나에게 다가온다.

"오, 오지 마. 오지 말라고! 이 개새끼야!"

내 고함에 시체는 아랑곳하지 않는다. 가만······ 시체는 친구를 닮았다. 아니, 자세히 들여다보니 죽은 친구다. 시체는 입을 벌려 지독히 쉰 목소리로 말한다. 사실 말이라기보다는 신음에 가깝다.

"야······."

뒤로 주춤주춤 물러서다 나는 발을 헛디딘다. 나는 중심을 잃고 주르르 미끄러져 눈 덮인 비탈길을 굴러 내려간다.

촤아아아아······.

좆 됐다.

그 생각뿐이다. 안전장치가 고장난 놀이 기구를 타는 기분이다. 나는 뭐든 붙잡아 보려고 사방으로 팔을 허우적거린다.

나의 몸이 미끄러짐을 멈추었을 때 나는 벼랑 끝에 걸려 있다. 밑은 바라보기만 해도 오금이 저리는 낭떠러지고, 내 손은 운 좋게 벼랑 끝에 서 있는 나무의 늘어진 가지를 붙들고 있다.

"야······."

위에서 친구가 나를 부르는 소리가 들린다. 나는 다급하게 소리친다.

"살려 줘! 떨어지겠어!"

아닌 게 아니라, 몸이 점점 아래로 미끄러지고 있다. 얼어붙은 눈뿐이라 발을 딛고 몸을 지탱할 만한 지형지물도 없다. 내가 잡고 있는 나뭇가지는 금방이라도 부러질 것만 같다.

고개를 들어 보니, 친구는 그저 나를 물끄러미 내려다보고 있을 뿐이다.

"떨어지겠어!"

나는 친구를 올려다보며 필사적으로 소리친다. 그러나 친구는 나를 무표정하게 내려다볼 뿐이다.

투둑투둑…….

나뭇가지가 부러지기 직전이다. 악몽, 지독한 악몽이다. 링반데룽. 헤어날 수 없는 뫼비우스의 띠. 내가 여길 더듬이 잘린 개미처럼 맴돌고, 친구의 목소리 환청을 듣고, 시체를 만나고, 그날의 일을 그대로 다시 겪게 되는 모든 게 그날 내가 저지른 일의 대가인지도 모른다.

여기서 내가 죽는 것이 뫼비우스의 띠를 끊을 수 있는 유일한 방법이라면 그것을 따를 수밖에 없다는 체념이 마침내 가슴속에 피어오른다.

그래서 나는 막 부러지려는 나뭇가지를 놓는다.

눈을 뜬다.

친구가 나를 부른 것 같다. 주위를 살펴본다. 어둠침침하다.

잠시 정신을 잃었던 것 같다. 그제야 휴대 전화를 주우려다 미끄러졌던 게 기억난다.

폭설은 더 굵어져 있다. 나의 몸 위로도 꽤 많은 양의 눈이 쌓여 있다.

　그런데 도대체 여긴 어딘가.

　나는 몸을 일으켜 주위를 휘둘러본다.

　짐작으로는 수백 미터는 미끄러져 내려온 듯하다. 내가 누워 있던 이곳은 거의 평지에 가까운 비탈이다. 나는 몸을 일으킨다. 발목이 시큰거린다. 천만다행이다. 부러지거나 한 곳은 없는 것 같다. 나는 일어서서 주위를 다시금 훑어본다. 온통 눈밭이라 어디가 어딘지 분간할 수 없다. 다시 올라갈까 하다가 포기하고 나는 대피소를 찾아보기로 한다. 임걸령 부근에서 미끄러졌으니, 아래로 내려가 보면 원달리가 나올 것이고 인가도 있을 것이다. 나는 바늘 뭉치에 꾹꾹 찔리는 것처럼 시려 오는 귀를 손으로 감싸며 걸음을 내딛기 시작한다.

　눈보라가 거세게 분다. 배낭 속에 두고 온 우모복이 그립다.

　나는 스웨터 위에 파일 재킷밖에 입지 않은 상태다. 중비브람화를 신었는데도 발끝이 시려 온다. 그런데 왠지 이상한 기분이 든다. 언젠가 이와 똑같은 상황을 겪었고, 언젠가 이와 똑같이 홀로 눈보라 속을 헤매었던 것 같다는 기분. 기시감일 것이다. 나는 피식 웃는다.

　10분쯤 걸었을 때 등 뒤에서 누군가 부르는 목소리를 듣는다.

　"야……."

공포

우리의 삶은 고통이며 공포다.
따라서 인간은 불행하다고 할 수 있다.
그러나 인간은 인생을 사랑한다.
그것은 고통과 공포를 사랑하기 때문이다.
——도스토예프스키

원고를 덮었을 때는 이미 새벽이었다.

눈이 쓰리고 머리가 아팠다. 정확히 말하자면, 전기톱으로 두개
골을 갈아 대는 것 같았다. 토비 후퍼의 난도질 영화 「텍사스 전기
톱 살인마」에 등장하는 인간 백정이 전기톱을 내 머리에 내리꽂는
환영이 잠시 눈앞을 스쳤을 정도였다.

그렇다고 소설이 뛰어난 것은 아니었다.

제목 그대로 '몸'이라는 공통분모를 갖고 있기는 했지만, 연작
이라고 하기에는 등장인물이나 이야기상에 전혀 연계성이 없었
고, 에피소드마다 어떤 식으로든 '소외된 등장인물'이 '사회 또는
타인' 사이에서 '모종의 갈등'을 겪다 '끔찍한 자멸'을 맞는 식의
구성이 뫼비우스의 띠처럼 반복되었다. 인간의 신체 변형을 다룬
다는 면도 일본 공포 만화가 이토 준지의 여러 작품과 유사점이
많아 독창성조차 결여되어 있었다. 그런데도 뭔가 있었다.

뇌세포 한 올 한 올이 「머리카락」 에피소드의 여자 머리카락들처럼 곤두서서 휘몰아치는 느낌이었다. 게다가 예전 언제인가 이런 원고를 받아 새벽까지 읽고 극도의 불쾌감을 느낀 적이 있었던 것 같다는 기시감이 더욱 불쾌감을 부채질했다.

나는 소리 나게 원고를 덮었다. 할 수만 있다면 이 원고의 겉장처럼 머릿속을 하얗게 비우고 싶었다.

그러나 여전히 불쾌한 기시감은 계속되었다. 원고를 덮은 행동조차도 기억나지 않는 언제인가 경험한 일 같았다. 목이 말라 보리차라도 한 잔 마시려고 일어서서 작업실 한편에 놓인 간이 냉장고로 걸어가려다 나는 중심을 잃을 뻔했다. 책꽂이 모서리를 붙들고 겨우 평형감각을 회복한 후에야 나는 발걸음을 뗄 수 있었다. 냉장고에서 선키스트 패밀리 주스 병에 담긴 보리차를 꺼내어 병째로 벌컥벌컥 마셔 댄 후에야 불쾌감이 약간이나마 가시는 기분이었다. 나는 책상 위에 놓여 있는 소설 원고를 바라보았다. 한데 이상했다. 분명 소리 나게 덮었던 원고의 겉장이 넘어가 '몸' 이라는 제목이 또렷하게 드러나 있었다. 작업실의 창은 닫혀 있었고, 공기의 흐름은 거의 없었다. 그렇기 때문에 아무리 가벼운 종잇장이라지만 넘어가 있을 이유는 없었다. 아무래도 잠이 부족해서 일어나는 현상인 듯싶었다. 군복무 시절 GOP에 투입되기 위해 주야간 전환 훈련을 하던 때, 한 달 터울이었던 고참은 밤을 새우고 난 아침, 막사 지붕에 앉아 있는 긴 머리의 여자를 보았다고 했다. 텔레비전 시리즈 「엑스 파일」의 한 에피소드는 월남전에서 잠을 없애는 생체 실험을 받은 병사들이 죽은 자들의 모습을 보는 악몽을 그렸다. 그런 유의 착각이었을 것이다. 신작 영화가 엎어지느냐 마느냐를 두고 며칠간 전전반측한 상태에서 난데없는 공포 소설로 밤을 새웠으니 그럴 만도 했다.

그때만 해도 그 소설이 내 삶을 송두리째 뒤바꾸리란 생각은 전혀 하지 않았다. 나는 그저 꺼림칙한 기분에 진저리쳤고, 결국에는 원고를 버리기 위해 손을 뻗었다. 한데 왼손으로 원고를 집어 드는 순간, 책상을 짚은 오른손의 엄지손톱 옆으로 날카로운 통증이 일었다.

"악!"

원고의 약간 들떠 있던 겉장의 날이 엄지손톱 옆의 피부 속을 슥 파고들었다. 섬뜩하기 이를 데 없는 고통이었다. 나는 엄지를 감싸 쥐며 비명을 질렀다. 이내 종이에 베인 자리에서 핏줄기가 새어 나와 엄지 둘레를 감싸고 돌다 뚝뚝 떨어졌다. 종잇장에 이렇게 날카로운 상처를 입는다는 것도 납득할 수 없는 노릇이었고, 하필이면 그 원흉이 사내가 건네준 원고라는 사실도 불쾌감을 극도에 이르게 했다.

경험해 본 사람은 알겠지만, 종잇장에 살을 베이는 것은 칼날에 살을 베이는 것보다 훨씬 통증이 날카롭고, 소름 끼치도록 기분이 더럽다. 그 때도 그랬다. 욕설을 중얼거리며 원고에 베인 상처를 화장지로 감싸 쥐었지만 피는 좀처럼 멎지 않았다.

좀비에게 물리면 좀비가 된다.

스멀스멀 흘러나오는 피를 바라보다 엉뚱하게도 좀비 영화의 그런 명제가 떠올랐다. 「살아 있는 시체들의 밤」으로부터 본격적으로 성황을 이루게 된 좀비 영화의 불변의 법칙은 바로 그것이다. 좀비에게 물리면 좀비가 된다. 람베르토 바바의 「데몬스」도 떠올랐다. 극장에 초대받은 일군의 남녀가 극장 안에 전시해 놓은 악마 가면을 보게 되고, 그걸 뒤집어썼다가 얼굴에 상처를 입고 좀비가 된다는 내용이었다. 갑자기 그 영화에 등장하는 악마 가면에 상처를 입었다는 착각마저 들었다. 어처구니없는 망상이었다.

원고는 발밑에 떨어져 있었다.

그것의 모서리 부분이 내 발가락에 닿아 있었다. 나는 얼른 그 원고에서 발을 떼어 냈다. 꺼림칙했다. 틀에 박힌 공포 소설이 담겨 있을 뿐인 그 종이 뭉치가 그렇게 흉물스러울 수가 없었다. 나는 발작적으로 원고를 집어 들어 책상 밑에 놓인 쓰레기통에 처넣다시피 버렸다. 그러나 그 와중에도 나는 행여 또다시 이 원고에 손이 베이는 건 아닌가 주의를 기울였다. 아예 태워 없애 버릴까 생각도 했지만, 100장이 넘는 원고를 일일이 태우기에는 너무 피곤했고 태울 장소도 마땅치 않았다.

침실로 돌아가 잠을 청했다. 그러나 잠이 오지 않았다. 잠이 지나치게 부족하면 도리어 잠이 안 올 수도 있는 법이다. 게다가 그 공포 소설 나부랭이 때문에 복잡해진 머릿속의 신경세포들은 들떠 아우성대며 쉽사리 휴식에 들려고 하지 않았다. 나는 낮게 코를 골고 있는 아내를 잡아당겼다. 아내는 잠결에 얼굴을 내 팔에 올려놓으며 품속으로 파고들었다. 그리고 다시 낮게 코를 골았다. 나는 아내의 얼굴에 내준 손으로 아내의 맨어깨를 비볐다. 부드러웠다. 한결 기분이 나아졌다. 아내는 약간 마른 편이었다. 그래서 목이 깊게 팬 옷을 입으면 빗장뼈가 선명하게 도드라지곤 했다. 나는 부드러운 피부 위로 도드라진 그 빗장뼈를 어루만지는 걸 좋아했다. 빗장뼈를 어루만지다 손을 아래로 내리뻗었다. 아내의 가슴이 그리웠다. 한데 아내의 빗장뼈 바로 아래에 뭔가 이상한 게 물컹 만져졌다. 이상한 살덩이였다. 아내의 빗장뼈 아래에 흉터가 있었던가. 그렇진 않았다. 오 년이 넘게 한 침대에서 잠을 자 왔는데 내가 그걸 모를 리 없었다. 손가락으로 더듬다 보니, 그 살덩이가 쩍 벌어지는 게 느껴졌다. 그것이 내 엄지를 집어삼켰다. 날카로운 통증이 느껴졌다. 손가락이 잘근잘근 씹히는 느낌이었다. 나는 소스라치게 놀라 손가락을 빼내려 했다. 그러나 그것은 좀처럼 손가락을 놓지 않았다. 그것의 잘디잔 이빨이 엄지 속을 파고들었다. 안간힘을 쓰고 난 후에야 나는 그것에서 엄지를 떼어 놓을 수 있었다. 일어나 스탠드를 켰다. 아내는 눈이 부신지 미간을 찌푸렸다. 아내의 빗장뼈 아래는 잠옷으로 가려져 있었다. 나는 아내의 잠옷 어깨끈을 살며시 내렸다. 그리고 그것을 바라보았다. 아내의 오른쪽 빗장뼈 아래에 작은 입이 나 있었다. 그 입이 갑자기 쩍 벌어지며 나를 확 덮쳤다.

"당신, 어디 아파?"

내 비명과 아내의 목소리 때문에 악몽에서 깨어난 것은 열 시를 훌쩍 넘긴 오전이었다. 이마가 서늘했다.

"꿈…… 꿨나 봐."

"피 나는 거 아냐?"

아내는 놀란 눈으로 내 손을 쳐다보았다. 내려다보니, 어제 원고에 베인 엄지의 상처가 다시 입을 벌리고 피를 내뱉고 있었다. 자면서 몸을 뒤척이다 엄지의 상처가 어딘가에 쓸리며 벌어진 모양이었다. 그래서 피가 다시 배어 나왔고, 그 통각이 자기 전에 읽었던 공포 소설과 혼합된 악몽으로 나타난 모양이었다.

"괜찮아. 어젯밤에 종잇장에 베였어."

"아니, 종잇장하고 씨름이라도 했대? 칼도 아니고 종이에 어떻게 그렇게 날카롭게 베여?"

아내는 그렇게 말하면서도 서랍장에서 구급상자를 꺼내 상처에 항생제를 발라 주고 반창고를 엄지에 감아 주었다.

"뭐 얼마나 다쳤다고 이렇게까지 싸매고그래?"

나는 아내의 정성이 고마우면서도 괜스레 퉁을 놓았다. 아내는 나를 흘겨보고는 이렇게 말했다.

"그러다 염증이라도 생겨서 뒤탈 나면 어쩔래?"

이상했다. 아내는 분명 나를 염려해서 한 말이겠지만 나에게는 그 말이 앞으로 내게 일어날 일을 암시하는 복선이라도 되는 듯 불길하게 들렸다. 나는 손을 뻗어 아내의 잠옷 어깨끈을 내렸다.

"왜 이래, 일어나자마자? 꿈에 예쁜 여자라도 나왔어?"

아내는 장난스레 킥킥댔다. 나는 대답 없이 아내의 긴 머리카락을 들추고, 드러나는 아내의 빗장뼈 아래를 유심히 바라보았다. 그러나 가슴으로 이어지는 하얀 피부에는 작은 점 하나가 찍혀 있을 뿐이었다. 그럼 그렇지. 나는 안도의 한숨을 내쉬며 아내의 어깨끈을 다시 올려 주었다. 그리고 그만 한 일로 안도의 한숨까지 내쉬는 내가 한심해 피식 웃었다.

"도대체 왜 이런대. 아침부터 분위기 좀 잡나 싶더니?"

"아냐, 아무것도⋯⋯."

정말 아무것도 아니기를 바랐다. 어린 시절 동생과 장독대에서 놀다 장독 뚜껑을 깬 적이 있었다. 반으로 갈라진 장독 뚜껑은 아무리 다시 짜맞추려고 해도 맞추어지지 않았다. 어머니는 무척 엄하신 분이었고, 당시 그런 실수에는 혹독한 체벌을 가하셨다. 나는 그런 어머니의 체벌이 두려워 모든 게 꿈이었기를 바랐다. 그러나 방에서 울다 지쳐 잠들었다가 다시 뚫린 창호지 틈으로 장독대를 보면 여전히 장독 뚜껑은 깨진 채였다.

모든 일은 결국 그날의 깨진 장독 뚜껑과 같았다.

그날 밤 나는 고속도로를 달리고 있었다.

하늘을 가득 메운 먹구름들은 먹이를 눈앞에 둔 육식동물처럼 으르렁댔고, 날을 세운 칼바람은 달리는 차체에 날카로운 생채기를 남기며 스쳐 지나갔다. 머리를 식히러 충주호에 다녀오는 길이었지만, 동행한 아내와 시작한 사소한 말다툼이 커져서 정작 식어야 할 머릿속은 달아올라 있었고 차 안의 공기만 냉랭했다.

착잡했다. 「엑소시스트」나 「오멘」 같은 오컬트 호러를 능가하는 영화를 만들어 보겠다고 근 일 년간 칩거하며 정열을 쏟았던 영화의 제목은 '마귀'였다. 배우 캐스팅에 크랭크인까지 된 상태에서 '마귀'는 제작사와의 마찰로 엎어졌고, 애초에 영화화를 허락했던 원작자라는 작자는 전화를 걸어 고래고래 고함을 질러 댔다. 내가 속한 제작사와 계약하는 바람에 이후 더 좋은 조건으로 영화화하자는 다른 제작사와의 계약이 물거품으로 돌아갔고, 그나마 '마귀'가 엎어지는 바람에 받게 된 물질적, 정신적 피해가 막심하다며 나와 제작사를 상대로 고소를 하겠다는 골자였다. 그쯤되고 보니, 그야말로 이놈의 프로젝트에 '마귀'라도 붙었나 싶은 의심마저 들었다.

게다가 동행한 아내는 돌아오는 길 자동차에 시동을 걸면서부터, 기다렸다는 듯 내가 '하고 많은' 장르 중 유독 돈 안 되는 공포 영화만 '물고 늘어지는' 데에 시비를 걸어 왔다.

"어떻게 생각해, 거기에 대해?"

그 시비조의 말투부터가 도무지 마음에 들지 않았다. 신경이 날카롭게 일어섰다. 간밤에 종잇장에 베인 상처가 새삼 욱신거렸다. 대답에 어조가 올라간 건 어쩌면 당연했다.

"뭐가? 당신이 뭘 잘 모르는가 본데, 가깝게는 「장화홍련」도 있고 「폰」……, 좀 멀게는 「여고 괴담」도 있잖아. 우리나라라고 호러는 장사 안 된다는 편견은 버려야 하는 거야."

"그건 당신 말이지. 남들도 그렇게 생각해? 아니지 않아? 「장화홍련」, 「폰」하고 「여고 괴담」…… 말고 또 있어? 우리나라에 내놔서 안 망한 공포가?"

"「조용한 가족」."

"그건 엄밀히 따지자면 공포가 아니잖아, 코미디지."

"당신이 몰라서 그렇지, 우리나라에도 성공한 공표 영화 많아. 「월하의 공동묘지」, 「며느리의 한」, 「여곡성」 그리고 「깊은 밤 갑자기」. 특히 그중에 「깊은 밤 갑자기」는 공포의 강도로만 말하자면 어떤 외국산 공포 못지 않은……."

"에이, 당신은 지금 수십 번 찔러서 겨우 몇 번 터진 영화들을 갖고 일반화를 하려는 거야. 「찍히면 죽는다」니, 「해변으로 가다」니, 「하피」, 「링」, 「소름」, 「여우계단」, 「아카시아」 같은 영화들이 줄줄이 망하는 거 못 봤어?"

"아직 우리나라에 제대로 된 공포 영화가 안 나와서 그런 거야. 몰라? 70년대 흥행 역사를 새로 썼던 영화 중에 두 편이 공포 영화라고.「엑소시스트」,「조스」."

"그거야 70년대 얘기지."

"90년대 막판부터 다시 공포 영화에 바람이 분 거 몰라?「스크림」이 그 시작이었잖아."

"에이, 당신이 아무리 이러니저러니해도 호러는 아직 우리나라에서 주류가 아니지. 그건 사실이잖아. 안 그래? 왜 변방에서 남들 기피하는 공포 영화만 붙들고 빌빌거려?"

"빌빌거리다니? 당신 눈에는 내가 영화판에서 애쓰는 게 아니라 빌빌거리고 있는 걸로 보여? 그래도「손톱」은 괜찮지 않았나? 지금은「반지의 제왕」으로 떵떵거리는 피터 잭슨도 시작은 스플래터 호러였어!「고무 인간의 최후」도 그렇고,「데드 얼라이브」도 그렇고……. 샘 레이미는 안 그런가?「스파이더 맨」으로 주류에 편승했다지만 그 친구 장기도 호러라고.「이블 데드」!「기프트」! 알아? 그것도 빌빌거린 거겠네?"

언성은 자연스럽게 높아졌다.

"내 말은 현실을 직시하잔 거야! 당신이 호러에 취향이 있고, 거기에 재능이 있단 거 나도 알아. 하지만 언젠가 터지려니 하고 계속 그걸 붙들고 십 년이 넘게 영화판을 돌아다녀서 남은 게 뭐 있냔 말이야. 빚 는 거밖에 더 있어?"

그쯤 되니 솔직히 할 말이 없었다. 하지만 왜 아내와 공포 영화에 대해 탁상공론이나 하고 있어야 하는지에 대해 솟구치는 회의가 머릿속을 헤집고 돌아다녔고, 울컥대며 목구멍을 올라오는 울화는 좀처럼 가라앉지 않았다.

"저 새끼는 왜 운전을 저딴 식으로 하고 지랄이야. 확 받아 버릴라……."

나는 공연히 무리하게 끼어드는 앞차에 울화를 쏟아 냈다. 그러나 마음은 전혀 가라앉지 않았다.

브라이언 드 팔머의 「캐리」를 본 후 '공포 영화'라는 심연에 빠져 '미친놈'이라는 힐난을 들으면서도 연극영화과로 전과(轉科)하고 십 년이 넘게 영화판에서 단돈 몇 백에 시나리오만 줄곧 써대다 마침내 내 이름 석 자가 '감독'이라는 칭호를 달고 오프닝 타이틀에 새겨진 것을 감격의 눈으로 지켜본 게 불과 삼 년 전의 일이다. 나는 공포 영화라는 장르가 전혀 힘을 쓰지 못하는 한국이라는 척박한 땅에서 김지운, 안병기, 윤종찬, 박재범 등과 함께 공포 영화를 찍는 몇 안 되는 감독 중 하나였다. 십만 원짜리 지하월세방에 반 년간 틀어박혀 누에가 실을 뽑듯 고통스럽게 시나리오를 쓰고, 악귀에게 살해당하는 조연으로 출연까지 했던 데뷔작 「손톱」은 흥행에서는 별 재미를 못 보았지만, '한국 공포 영화의 가능성', '한국형 공포 영화 작가의 탄생' 등의 호평을 들었다. 그때만 해도 앞으로의 전망은 밝게만 보였다. 그러나 현실은 그렇지 않았다. 그 후로 지금까지 나는 아내의 표현 그대로 '빌빌거'렸을 뿐이다.

새삼 한숨이 나왔다. 이대로 끝낼 수는 없었다. 나는 이를 악물고 거세게 가속 페달을 밟았다. 그때였다. 갑자기 내 차 앞으로 차한 대가 끼어든 것은. 끼어들 만한 여유가 있는 것도 아니었고, 방향 표시등으로 끼어든다는 의사를 알리지도 않았다. 갑자기 옆 차선에서 놈이 내 차 앞으로 끼어드는 바람에 나는 급작스럽게 브레이크를 밟아야 했다. 몸이 기우뚱하며 앞으로 쏠렸다가 뒤로 젖혀졌다. 다행히 부딪치지는 않았지만 욕이 절로 튀어나왔다.

"저런 개새끼가 돼지려고 환장을 했나!"

나는 상향등을 번뜩이며 앞서 달리는 차에게 불쾌감을 전달했다. 그러나 놈은 뻔뻔하기까지 했다. 하다못해 비상등을 두어 번 깜박이는 매너조차 보이지 않았다. 오히려 내 차 바로 앞에서 서서히 속도를 줄여 달리며 약을 바짝 올렸다. 나는 발작적으로 상향등을 번뜩였다. 그러나 놈은 전혀 개의치 않는 듯했다. 앞차선으로 차선을 변경하려고 움직이면 보란 듯이 다시 앞을 가로막았다.

"하지 마! 사고라도 나면 어쩌려고 그래?"

아내가 불안한 목소리로 나를 말렸다.

한데 낯이 익었다. 그 차의 뒷모습을 분명 언제인가 본 적이 있는 것 같았다. 망할 놈의 기시감이 고개를 들었다. 그러나 기시감만은 아니었다. 분명 나는 저 차의 꽁무니를 본 적이 있었다. 연보라색에 가까운 파스텔 색조의 구형 액센트였다. 꽁무니에 붙어 상향등을 비추니 번호판이 희미하게나마 식별되었다.

6727…….

놈이었다. 내게 원고를 주었던 놈. 김종일이라고 했던가?

놈이 왜 고속도로에서 내 앞을 가로막았는지, 놈이 나를 줄곧 미행해 왔던 건지, 아니면 지극히 낮은 확률의 우연이 실현된 것인지 따위에는 관심 없었다. 나는 그저 화가 났다.

"개새끼가 돼지려고……."

나는 놈의 액센트 꽁무니를 바짝 따라붙었다.

"하지 말라니까! 그러다 진짜 사고 나면 어쩌려고 그래?"

아내의 만류에도 개의치 않았다. 나는 놈에게 내가 화났다는 것을 알리고 싶었다. 내가 바짝 따라붙자, 놈은 내 기세에 주눅이라도 들었는지 나에게서 멀어지려는 듯 속도를 내어 앞으로 나아갔다. 나의 차는 99년식 무소였다. 제깟 구형 액센트가 아무리 달려봐야 무소보다 빨리 달릴 수는 없는 법이다. 나는 힘주어 가속 페달을 밟았다. 순간적으로 속도계의 바늘이 획 올라갔다. 무소는 액센트의 꽁무니를 들이받을 기세로 돌진했다.

"당신, 진짜 미쳤어?"

그 순간 나는 정말 미쳤는지도 몰랐다. 아내의 절규도 들리지 않았고, 대형 사고가 나리라는 가능성 따위도 안중에 없었다.

무소가 액센트에 닿을 듯 따라붙은 순간이었다. 느낌으로는 살짝 닿은 것 같기도 했다. 그 순간, 갑자기 액센트의 지붕 위로 희미한 연기 같은 것이 피어올랐다. 아니, 피어오른다기보다는 일렁인다고 하는 게 정확할 것이다. 봄날 아스팔트에서 돋는 아지랑이처럼 연기 같은 것이 일렁이며 액센트 지붕 위를 맴돌았다. 그 연기가 점점 진해지면서 액센트 주변에서 소용돌이쳤다. 안으로 끌어당기는 소용돌이가 아니라 밖으로 방출하는 소용돌이였다. 그러다 갑자기 갈퀴손이 된 연기가 순식간에 날아와 내 무소의 앞차창을 덮쳤다. 그 연기에 시야가 완전히 가려 아무것도 보이지 않았다. 브레이크를 밟자, 타이어의 생살이 아스팔트에 끌리는 소리와 아내의 비명소리가 뒤섞여 귀청을 찢었다. 내 무소의 뒤를 따르던 차들이 양쪽으로 아슬아슬하게 비껴 나갔다. 방향감각을 잃은 상태에서도 중앙분리대나 도로 가의 가드레일에 부딪히지 않으려고 나는 핸들을 이리저리 돌리며 안간힘을 썼다. 옆 차선으로 나란히 달리는 차가 없었던 것은 천운이었다.

이제 죽는구나 싶은 순간, 차는 멈추어 섰다. 아내는 그때까지도 비명을 지르고 있었다. 비상등부터 켜고 나는 좌우측을 살펴보았다. 다행히 차는 도로변의 가드레일을 불과 한 뼘 정도 사이에 두고 멈추어 서 있었다. 차문을 열고 내리니 찬바람이 얼굴을 덮쳐 왔다. 어두운 와중에도 내 차가 그어 놓은 갈지자의 활주적이 지나는 차량들의 불빛에 언뜻언뜻 비쳤다. 앞을 바라보았다. 한데 저 멀리 도로변에 서 있는 차의 브레이크 등이 보였다. 내 차와 불과 삼사백 미터밖에 떨어지지 않은 거리였다. 놈이었다. 나는 직감적으로 그게 놈이라는 것을 알아차렸다. 놈은 야비한 미소를 지으며 내가 어찌 되었는지 관찰하고 있을 터였다. 나는 놈을 향해 뛰기 시작했다. 붙들고 목을 졸라 버리리라. 목뼈를 우둑우둑 부러뜨려 버리리라. 가까이 다가갈수록 정차해 있는 차가 놈의 액센트라는 사실은 분명해졌다. 그러나 거의 다다랐을 즈음 놈의 액센트는 나를 비웃듯이 붕 출발해 버렸다. 나는 가쁜 숨을 내쉬며 멈춰 서서 멀어져 가는 놈의 뒷모습을 바라보았다. 이가 갈렸다.

내 차로 돌아가려고 발걸음을 옮기며 보니, 이성을 되찾았는지 아내가 밖으로 나오고 있었다. 내 차의 앞 차창을 덮친 연기에 생각이 미친 것은 그 순간이었다.

"나오지 마! 여보!"

나는 다시 내 차를 향해 달렸다.

아내가 내 차의 앞 차창을 덮고 있는 연기에 손을 대고 있는 모습이 보였다.

"만지지 마! 그거 만지지 말라고!"

나는 절박한 심정으로 달리며 소리쳤다. 연기가 아내를 덮쳤다.

"왜 그래, 당신?"

내가 내 차 앞에 도착했을 때 아내는 연기를 손에 들고 말했다. 나는 아내의 손에 들린 연기를 바라보았다.

"이거 봐 봐. 이게 우릴 죽일 뻔한 거야."

아내는 헐떡이며 숨을 고르는 나에게 연기를 건네었다. 나는 그것을 받아 들고 황망해졌다. 모든 전의(戰意)가 순식간에 사그라지었다.

내가 연기로 알았던 그것은 지독한 비린내가 나고 썩은 물이 뚝뚝 듣는 커다란 비닐봉지였다.

집으로 돌아가는 내내 내 손에서는 비린내가 났다. 내가 절대 입에 대지 않는 음식이 바로 비린내 나는 생선이나 해물이라는 사실을 놈은 알아차리고 있었던 걸까. 그것은 알 수 없었지만, 운전하는 내내 핸들을 붙들고 있는 손바닥을 아스팔트에라도 박박 문질러 손바닥 껍질이 벗겨지더라도 손에서 나는 빌어먹을 비린내를 지워 버리고 싶다는 충동뿐이었다. 아내에게 물었다.

"혹시 그 비닐봉지 안 버리고 짐칸에라도 넣은 거 아냐?"

아내는 아직도 충격에서 벗어나지 못한 듯 대답이 없었다. 목소리를 높여 재차 물었다.

"아까 그 비닐봉지 말고 차 안에 묻어 온 거 있었나?"

아내는 비로소 나에게 고개를 돌렸다.

"왜?"

"아니, 비린내가 자꾸 나서……."

"그건 당신이 직접 버렸잖아."

그랬다. 나는 흉물스런 그것을 가드레일 너머로 던져 버렸더랬다. 그런데도 그 악취는 남아 내 손을 뒤덮고 있었다. 악취가 손을 스멀스멀 기어 올라 온몸을 서서히 잠식해 가는 기분이었다. 돌아오는 내내 나는 빌어먹을 비린내와 보이지 않는 씨름을 해야 했다.

아파트에 도착해 지상 주차장에 주차를 하면서 비로소 지옥에서 생환한 기분이 들었다. 언젠가 비가 억수 같이 내리던 날 음주 운전을 한 적이 있었다. 만취해서 혀가 꼬일 정도였으니, 음주 측정에 걸린다면 면허 취소는 물론, 구속까지 될 수 있는 혈중알코올농도였을 것이다. 그러나 빗줄기가 억수 같았고, 대리 운전 기사방은 그 어디도 연결되지 않았고, 택시는 눈을 씻고 찾아보아도 보이지 않았다. 결국 만취한 상태에서 운전대를 잡았던 그날은 역설적이게도 술 한 방울 입에 대지 않은 날보다 훨씬 심한 긴장 상태에서 운전을 했다. 빗줄기 때문에 거의 한 치 앞이 보이지 않았고, 수막현상이 생겨난 도로 위에서 타이어가 자꾸만 미끄러지려 해서 핸들이 절로 움직였고, 이런 날도 어쩌면 음주 측정을 하는 경찰이 있을지 모른다는 불안감이 머릿속을 떠나지 않았기 때문이다. 그날 겨우 아파트 주차장에 차를 대며 나는 다시는 음주 운전을 하지 않겠다고 굳게 다짐했고, 그 다짐을 아직까지 지키고 있었다. 그런데 그날 주차를 하던 기분과 흡사했다.

한시바삐 아파트로 돌아가 비린내를 씻어 내려는 일념 하나로 아내와 아파트 놀이터를 지나는데, 한 패거리의 녀석들이 담배를 피워 물고 있는 것이 눈에 띄었다. 기껏해야 고등학생 정도로밖에 보이지 않는 녀석들이었다. 일말의 도덕심이 고개를 드는 걸 느꼈지만, 담배를 피우는 학생에게 훈계를 했다가 전신에 '담배빵'을 당했다는 괴담이 떠올랐고, 어쩌면 그 희생자가 아내가 될 수도 있다는 생각에 그냥 지나치려 했다. 그런데 그중 한 명의 목소리가 목덜미를 붙들었다.

"야."

나는 못 들은 척 아파트 현관을 향해 걸음을 재촉하려 했다.

"야! 야, 이 씹할놈아."

날이 선 패거리의 욕지거리에 나의 다리는 얼어붙었다. 돌아보니 다행스럽게도 패거리들이 노려보고 있는 건 나와 아내로부터 오륙 미터 떨어져 귀가하는 한 남학생이었다. 기껏해야 중학생 밖에 안 되어 보이는 왜소한 그 학생을 패거리는 노려보고 있었다. 하나같이 번뜩이는 도끼눈이었다. 먹이를 발견한 하이에나 떼처럼 그들은 도끼눈을 희번덕거리며 그 학생에게 슬금슬금 다가갔다.

"네가 방금 우릴 꼬나봤냐?"

패거리 중 가장 눈빛이 날카로운 녀석이 주머니칼을 꺼내 들고 날을 퉁겼다가 접었다가 하며 물었을 때 그 학생은 다리가 얼어붙었는지 움직이지를 못했다. 나와 아내는 본능적으로 그들의 행동 반경으로부터 멀어져서 걸음을 늦추고 사태의 추이를 살폈다.

"주둥이에 좆 박아 놨냐? 꼬나봤냐고 이 씹할놈아."

놈이 학생의 가슴팍을 밀쳤다. 학생은 헉 소리를 내며 뒤로 주춤주춤 밀려났다.

"눈깔을 확 도려내 벌라. 누굴 꼬나봐. 안 그래도 좆나 열 받는데……"

학생은 제발 한 번만 봐 달라는 애원의 의미인지 간절히 그들을 올려다보았다.

"어? 이 씹새끼가 또 노려보네?"

순간, 패거리 중 하나가 학생의 얼굴에 주먹을 올려붙였다.

학생은 눈을 감싸 쥐고 허리를 숙였다.

다음 순간 주먹질과 발길질이 그 학생을 향해 우르르 달려들었다.

"어떡해? 쟤들 술 취했나 봐."

아내가 내 옆구리에 붙으며 속삭였다. 술을 마셨을 수도 있고 본드를 마셨는지도 몰랐다. 요즘 아이들이라면 충분히 그러고도 남았다. 그러나 내가 그들을 중재하기에 사태는 너무 커져 있었고, 솔직히 참견을 했다가 나에게도 불똥이 떨어질 것 같다는 속물적인 생각이 들기도 해서 나는 어떻게 해야 할지 망설였다.

"신고라도 해야 하는 거 아냐?"

아내는 떨리는 목소리로 그렇게 말했지만, 나는 아내의 말이 그다지 와 닿지 않았다. 언젠가 아파트 너머 학교 운동장에서 한 학생을 집단 구타하는 광경을 목격하고 경찰에 신고한 적이 있었다. 그러나 사태가 모두 끝날 때까지 경찰은 출동하지 않았다. 모든 상황이 종결된 후에야 느릿느릿 출동한 경찰은 멀리에서도 들을 수 있게 사이렌을 울리며 슬금슬금 다가왔고, 현장에 경찰차가 도착했을 때는 모두가 달아난 후였다.

몰매는 계속되었다. 저러다 죽겠지 싶었다. 패거리는 광경을 지켜보는 아내와 나는 안중에도 없이 바닥에 엎드린 학생에게 주먹질과 발길질을 해 대고 있었다. 아파트 놀이터에는 주먹과 발이 몸을 짓밟는 파찰음만 울려 퍼지고 있었다. 그러나 아무도 나와 보는 사람이 없었다. 경비실을 돌아보았지만 텅 비어 있었고, 나와 아내 말고는 아무도 그 광경을 지켜보는 사람이 없었다. 바닥에 엎드린 학생은 그 모든 걸 몸으로 받아 내며 신음소리 한 번 내지 못했다.

"아무래도 신고를 해야겠어. 저러다 애 잡겠어."

그러다 갑자기 그 학생이 비명을 지른 건 아내가 아무래도 신고를 해야겠다면서 핸드백 속에서 막 휴대 전화를 끄집어내던 순간이었다.

"씹할, 뭐야? 이 새끼 눈깔 빠졌어!"

패거리 중 하나가 소리쳤다. 가슴이 덜컥 내려앉았다. 가로등 불빛 아래라서 분명히 보이지는 않았지만, 희미하게나마 바닥을 뒹구는 구슬 같은 게 보이기도 했다.

"내 눈! 내 누운!"

학생은 눈을 감싸 쥐고 바닥을 뒹굴며 미친 듯이 비명을 질렀고, 놀란 패거리는 주춤거리다 줄행랑을 놓았다.

"어머, 어떡해! 쟤들 그냥 도망가나 봐. 당신이 좀 어떻게 해 봐."

아내는 발을 구르며 내 팔뚝을 두드렸다. 그러나 내가 할 수 있는 일은 아내의 손을 잡아 끄는 것뿐이었다.

"들어가자."

"왜? 119에라도 신고를 해 줘야 할 거 아냐."

아내는 어이없다는 듯 나를 빤히 쳐다보며 버텼다. 그러나 내 뇌리는 이미 전에 살인 사건을 목격하고 신고했다가 도리어 살인

범 누명을 썼던 외삼촌에 대한 기억이 장악하고 있었다. 결국 무죄로 방면되기는 했지만, 그때 이후로 외삼촌은 친인척을 만날 때마다 남의 일에 절대 참견하지 말라는 조언을 입버릇처럼 되풀이하곤 했다.

아니다. 솔직히 고백하자. 사실 내가 그 현장을 외면하려 했던 것은 그 때문이 아니다. 자꾸만 전에도 이런 광경을 목격한 적이 있다는 불쾌한 기시감과 다리가 후들거리는 공포감이 가슴속에서 일어 나를 압도하고 있었기 때문이다.

"신고는 들어가서 해."

나는 거칠게 아내를 잡아끌었다. 아내는 질질 끌려오면서도 나를 노려보았다.

엘리베이터를 기다리는 동안에도 아내는 여전히 나를 노려보았다. 그리고 씹어뱉듯이 말했다.

"당신, 이제 보니 진짜 비겁하구나? 남자 맞아?"

자존심을 자극하려는 아내의 힐난 따위에는 대꾸하고 싶지도 않았다. 갑자기 비린내가 느껴졌다. 그리고 손이 가렵기 시작했다. 나는 양손을 번갈아 사용해 손목을 북북 긁어 댔다. 그러나 비린내는 가시지 않았고 가려움증도 사라지지 않았다. 엘리베이터는 여전히 12층에서 내려올 생각을 하지 않고 있었다. 내 아파트는 9층이었다. 미끈거리는 손과 거기에 들러붙어 있을 온갖 더러운 성분들을 생각하니, 계단을 뛰어서라도 올라가 손을 씻고 싶었지만 9층은 계단으로 뛰어 올라가기에 그리 만만치 않은 높이였다.

"진짜 실망이다. 만약에 당신이 저렇게 되면 어쩔래?"

아내는 연신 신경을 긁어 댔다. 11…… 10…… 9…… 엘리베이터는 더디게도 내려왔다. 8층에서는 누군가 엘리베이터에 타는지 잠깐 멈추기까지 했다. 손에 묻은 뭔가가 벌써 내 손 안의 피부 조직으로 침투해 내 몸뚱이를 숙주로 알을 까는 듯한 참을 수 없는 찜찜함을 나는 엘리베이터 문이 열릴 때까지 참고 있어야 했다. 엘리베이터가 9층을 향해 올라오는 동안 비린내와 가려움증은 더 심해졌다.

아파트로 돌아오자마자, 나는 욕실로 뛰어 들어가 미친 듯이 손을 씻었다. 몇 번을 문질러 씻어도 시원치 않아서 피부가 발갛게 부어 오를 만큼 수세미로 박박 문지르기까지 했다. 온몸을 긁어내다시피 하다 나는 욕조에 뜨거운 물을 받아 거기에 몸을 담갔다. 지독히 끔찍한 하루였다. 온몸을 노곤하게 감싸는 온수에 하루의 악몽이 오래된 수초처럼 풀어헤쳐지는 것도 같았다. 한동안 나는 그렇게 욕조 속에 누워 있었다. 온몸의 긴장이 풀리면서 깜박 잠이 들었던 것 같기도 했다. 어느 순간에 욕조 속에서 뭔가가 스멀스멀 기어 나오고 있었다.

정체를 알 수 없는 가느다란 실들이었다. 한두 올이 아니라 수십, 수백이었다. 시커먼 실들은 욕조를 뚫고 순식간에 자라나 내 몸뚱이를 휘감기 시작했다. 나는 소인국에 밀려온 걸리버처럼 내 몸을 옭아매는 실들에 무방비 상태로 누워 있었다. 꼼짝할 수 없었다. 실들은 서서히 나를 압박하기 시작했다. 그 실들이 맨살을 베고 이내 내 몸속을 파고들었다. 내 몸을 압박하는 실들에 피부가 베이고, 베인 자리마다 피가 배어 나왔다. 실들은 지옥에서 기어 나온 갈퀴손처럼 나의 몸을 쑥 끌어당겼다. 욕조 속의 물밑으로 아가리를 벌린 연옥의 불길 속으로 서서히 몸이 가라앉았다. 그런데도 꼼짝할 수 없었다. 내 몸이 가라앉으며 욕조의 물이 넘쳐흐르는 소리가 들렸다. 아내에게 도움을 청하고 싶었지만, 몸은 이미 석고상처럼 굳어 있었다. 나는 있는 힘껏 비명을 질렀다. 그러나 그저 정신박약아의 소리 같은 신음소리만 겨우 입 밖으로 흘러나올 뿐이었고, 그나마도 물속에서 기포와 함께 사그라졌다. 이대로 죽을 수는 없었다. 나는 이를 악물고 손을 뻗었다. 그러나 손은 그저 물속에서 한 뼘 정도를 움직였을 뿐이다. 이대로 죽을 수는 없었다. 산소가 사라져 가고 있었다. 온몸의 힘을 손으로 모아 뻗은 끝에 욕조 모서리를 붙들 수 있었다. 나는 얼굴을 물 밖으로 내밀려 애썼다. 그러나 얼굴마저 옭아맨 실들 때문에 얼굴을 들 수 없었다. 기포들이 입 밖으로 부글거리며 빠져나갔다. 욕조 모서리를 붙든 손에 필사적으로 힘을 주고 얼굴을 내밀려 애쓴 후에야 비로소 내 몸을 옭아맸던 실들이 툭툭 끊어지며 자취를 감추었다.

"푸헉!"

나는 비로소 물 밖으로 빠져나오면서 쿨럭이고 숨을 헐떡였다. 진정이 된 후 욕조 아래를 둘러보았지만, 실들은 보이지 않았다. 물속에 있기가 두려워졌다. 나는 허겁지겁 욕조 밖으로 나왔다. 나는 밤에 엄마를 깨우는 겁에 질린 아이처럼 아내를 불렀다. 그러나 대답이 없었다. 밖은 조용했다. 나는 물기도 닦는 둥 마는 둥 반바지와 반팔 티를 걸친 후 욕실 밖으로 나왔다. 아내는 온데간데없었다.

"여보! 여보!"

여기저기를 향해 부르며 찾았지만 어디에서도 대답은 없었다. 그러다 내 작업실에서 새어 나오는 불빛을 발견했다. 작업실 문틈으로 아내의 뒷모습이 보였다. 나는 작업실 문을 열고 들어갔다.

"뭐 해? 여기서? 신고는 했어?"

아내는 대답하지 않았다. 뭔가를 골똘히 들여다보고 있는 것 같았다. 나는 아내에게 다가갔다. 아내가 문득 나를 돌아보면서 물었다.

"당신, 이거 읽어 봤어?"

아내는 놈의 원고를 들고 있었다.

"당신, 이거 읽어 봤냐고?"

그렇게 묻는 아내의 눈빛에는 이상한 귀기마저 어려 있었다.

"그거 어디서 났어?"

아내가 들고 있는 건 분명 놈의 원고였다. 이상했다. 놈의 원고를 아내가 들고 있다는 사실이 그렇게 소름 끼치고 혐오스러울 수 없었다. 나는 아내의 손에서 원고를 빼앗으려 했다. 그러나 아내는 완강히 버텼다. 마치 맛난 막대사탕을 빼앗기지 않으려는 어린애 같았다. 군대 훈련병 시절 종교 행사에 가면 예배가 끝난 후 초코파이를 나누어 주곤 했다. 당분(糖分)에 목말랐던 훈련병들에게 초코파이는 그 어떤 부식에 비길 수 없는 달콤함이었다. 한번은 초코파이를 나누어 주던 기간병이 초코파이 하나가 남는다면서 예배석에 앉아 있던 훈련병들을 향해 초코파이를 던진 적이 있었다. 그 순간, 홈런 볼을 잡으려는 야구장의 관중들처럼 훈련병들이 일시에 초코파이를 향해 솟구쳤고, 여러 훈련병들의 손끝을 통기던 초코파이는 한 훈련병의 손아귀에 들어갔다. 품에 초코파이를 안은 훈련병이 바닥에 착지하자마자 다른 훈련병들이 그를 덮치고 덮쳤다. 그를 덮친 예닐곱 명의 훈련병들을 밀쳐 내고 기간병이 그를 끄집어냈을 때 그는 여전히 초코파이를 품에 안고 있었다. 괜찮으냐는 기간병의 물음에 그는 대답했다.

"괜찮습니다!"

그러나 이를 악문 그의 잇몸 사이로 피가 흐르고 있었다. 피가 흥건한 입속에 부서진 초코파이를 연신 밀어 넣는 그의 얼굴에서는 단순한 식탐을 넘어선 광기 같은 게 느껴졌다. 아내의 얼굴에서 나는 그날 그 훈련병의 광기를 보았다. 아내가 휴지통에 처박아 놓았던 놈의 원고를 어떻게 발견해 읽게 됐는지 알 수는 없었지만, 뭐든 아내의 관심을 다른 데로 돌려야겠다는 생각이 들었다. 그래서 아내에게 물었다.

"신고는 했어?"

그러나 아내는 여전히 원고에 눈을 묻고 동문서답했다.

"이거 정말 대박이다. 이런 걸 왜 이렇게 썩히고 있어?"

나는 아내의 양팔을 붙들고 흔들며 물었다.

"신고는 했냐고."

그러나 아내는 도리어 무슨 소리냐는 표정이었다.

"신고? 무슨 신고?"

아내는 아파트에 들어서기 전에 일어났던 일에 대한 모든 기억을 잊어버린 듯 멍한 표정이었다. 분명 아파트에 들어서기 전까지만 해도 나의 비겁함과 안일함을 노골적으로 힐난하던 아내였다. 그랬던 아내가 지금은 마치 아파트로 들어서기 전의 기억을 모두

상실한 것처럼 행동하고 있었다. 장난일지도 몰랐다. 아내는 장난을 하고 있는지도 몰랐다. 나를 조롱하고 더 힐난하기 위해 그런 연극을 하고 있는지도 몰랐다. 나는 발끈해서 소리쳤다.

"무슨 신고는 무슨 신고. 패거리한테 몰매 맞고 눈깔 빠진 애!"

"무슨 소리야? 누가 그랬단 거야?"

정말 그 일에 대해 전혀 모르고 있는 듯한 말투였다.

"아니, 아파트 들어오기 전까지 신고하자고 난리 친 건 당신이었잖아?"

울화가 목구멍까지 치밀어 오른 내 물음에 아내는 멍한 눈으로 나를 응시하며 대답했다.

"무슨 소리 하는 거야. 난 당신하고 말다툼하고 아파트 들어오기 전까지 내내 잠만 잤는데?"

아내는 고속도로에서 놈의 액센트 때문에 벌어졌던 일조차 기억하지 못하는 것 같았다. 연극을 하고 있다고 보기에는 아내의 행동이 너무나 천연덕스러웠다. 아내는 거짓말에 능숙한 여자가 아니었다. 붓던 적금을 해약해 나 몰래 신용 불량 위기에 이른 친정 동생을 도와주고 난 후 아내는 항상 내 눈치를 보았고, 돈에 관해 무슨 말이 나와도 말투가 부자연스러워지고 얼굴이 붉어졌다. 결국 아내는 그로부터 한 달 후 내가 묻지도 않았는데 그 사실을 털어놓았다. 아내가 연극을 하고 있다고 보기에 아내의 행동은 정말이지 너무 태연했다.

"그럼 고속도로에서 사고 날 뻔했던 것도 기억 안 나?"

"무슨 소리 하는 거야, 도대체……. 그런 일이 있었어야 기억이 나든 말든 하지. 당신, 꿈꿨어?"

도리어 반문하는 아내의 말에 말문이 막혔다. 고속도로에서 내 앞을 가로막았던 놈의 차, 나를 향해 덤벼들었던 연기, 아내의 비명, 타이어 끌리던 소리, 시커먼 비닐봉지, 패거리의 집단 구타 등 아파트로 들어오기 전에 일어났던 모든 일들이 여전히 생생하기만 한데, 아내는 그것들이 전혀 없었던 일이라고 말하고 있었다.

해리성 기억상실.

정신적으로 심한 충격을 받았을 경우 그 기억 일부를 완전히 잊어버리는 '해리성 기억상실'이란 게 있다는 말을 들은 적이 있다. 그랬는지도 몰랐다. 아내가 고속도로와 아파트 단지 놀이터에서 받은 충격 때문에 해리성 기억상실이 되었을 가능성도 없지는 않았다. 그러나 아무리 생각해 봐도 그 일들이 해리성 기억상실이 될 만한 정도의 일은 아니었다. 나는 다시금 아내가 들고 있는 놈의 원고를 내려다보았다. 아내는 그 물건이 소중한 보물이라도 되는 듯 품에 품고 있었다. 어쩌면 저놈의 원고에 뭔가 답이 있을지도 몰랐다. 저 원고에 뭔가 초자연적인 힘이라든가 원한, 아니면 귀신이라도 깃들여 모든 일들을 일으키는지 몰랐다.

"이거 당신이 쓴 거야?"

아내는 여전히 천연덕스러운 얼굴로 내게 물었다.

"아니, 읽어 봤으면 알 거 아냐? 거기 맨 앞장에 씌어 있잖아. 김종일 장편소설이라고……."

아내는 몰랐다는 듯 원고를 뒤적였다.

"그러네? 아는 사람이야, 이 사람?"

"그건 왜?"

"아니, 문체나 글 쓰는 스타일, 뭐 그런 게 당신이랑 상당히 비슷하기에……."

"비슷하긴 뭐가 비슷해? 나랑은 딴판인데……."

내 말투에는 점점 신경질이 담겼다. 불쾌했다. 아내의 천연덕스러움도 짜증이 났고, 이 모든 게 놈이 꾸민 일 같았다. 어디선가 놈은 이를 드러내고 야비한 미소를 지으며 나의 혼란을 즐기고 있으리라는 생각도 들었다. 개자식…….

"이리 내놔, 그거……."

"왜? 아직 다 못 읽었는데……."

"내놓으라면 내놔. 잔말 말고……."

격앙된 내 말투에 아내는 눈을 동그랗게 뜨며 물었다.

"왜 그래? 화났어?"

"그거, 그 원고 내놓으라고……."

"다 못 읽었다고 했잖아. 다 읽고 주면 안 돼?"

아내는 원고를 빼앗기지 않으려는 듯 원고를 왼쪽 옆구리에 끼우고 몸을 돌려 막았다. 마치 적의 공격으로부터 새끼를 보호하려는 어미 동물 같았다.

"안 돼. 아무래도 그거 태워 버려야겠어."

"왜 태워, 이걸? 내용도 괜찮고, 옴니버스 영화로 만들어도 괜찮을 거 같은데……."

저 망할 놈의 원고에 사람의 무의식 어딘가를 자극하고 조종하는 일종의 코드라도 숨어 있는 건 아닐까. 일순 그런 의심이 들었다. 최면이 꼭 눈앞에서 펜던트를 흔들어야 성립하는 건 아닐 터였다. 저 원고에 사람의 의식을 조종하는 모종의 명령이 숨어 있는지도 몰랐다. 나는 머리를 흔들었다. 다시금 그놈의 기시감이 고개를 들었다. 언제인가 바로 이 작업실에서 원고를 들고 있는 아내와 실랑이를 한 적이 있다는 느낌이었다.

어쨌든 저 물건을 이 세상에서 없애 버려야 속이 시원할 것 같았다. 미신 따위를 신봉하며 살아온 나는 아니었지만, 이번에는 뭔가 느낌이 불쾌하고 불길했다. 저 원고를 태워 이 세상에서 완전히 없애 버려야 그 느낌을 떨쳐 버릴 수 있을 듯했다.

"내놔, 빨리……. 더 이상 당신이랑 씨름하고 싶지 않아."

"아, 싫어!"

아내는 완강했다. 나는 우악스럽게 아내의 품속으로 손을 집어넣고, 손끝에 닿은 원고 모서리를 붙들어 거칠게 잡아당겼다. 아내는 원고를 빼앗기지 않으려고 양손으로 붙들고 늘어졌다. 필사적이었다. 나는 나대로 힘주어 원고를 잡아당기고 흔들어 댔다. 그러다 일순 아내의 눈에 악이 받치는가 싶더니, 아내가 이를 드러내고 덤벼들어 원고를 붙든 내 손을 물어뜯었다.

"악!"

아내의 이는 인정사정없이 내 손아귀를 파고들었다. 위협의 의미로 살짝 깨무는 정도가 아니라 살의를 담고 으깨는 수준이었다. 손가락이 잘려 나갈지도 모른다는 공포와 고통이 아내에게 물린 손에서 시작되어 전신을 사로잡았다. 나는 자유로운 한 손으로 있는 힘껏 아내의 뺨을 올려붙였다. 비로소 손에서 아내의 입이 떨어져 나갔다. 머리끝까지 화가 치밀었다. 나는 또 한 번 아내의 뺨을 올려붙였다. 아내는 앉아 있던 회전의자와 함께 뒤로 넘어갔다. 아내에게 물린 손에서 피가 흘러나와 손목을 타고 흘러내렸다. 뜨끈한 핏줄기의 감촉이 소름 끼쳤다. 물린 데를 보니, 아내의 앞니 치열 그대로 선명한 상처가 패어 있었고, 그 상처에서 검붉은 피가 배어 나왔다. 상처가 깊은 모양이었다. 혈관이 파열된 것 같기도 했다. 우선 응급처치를 해야 했다. 나는 상처를 움켜 쥐고 작업실 밖으로 나왔다. 구급상자는 침실의 화장대 서랍 속에 들어 있었다. 구급상자에서 우선 과산화수소수를 꺼내어 상처 부위에 부었다.

"아악!"

상처에 쏟아져 피와 만난 과산화수소는 지글거리며 상처를 소독했다. 발생기 산소가 상처를 파고드는 느낌은 물릴 때만큼이나 소름 끼치는 고통이었다. 과산화수소수로 소독하고 보니 상처가 더 뚜렷이 보였다. 상처에 항생제를 바르고 붕대를 감았다. 고통이 약간 누그러졌지만, 피는 좀처럼 멎지 않아 붕대를 붉게 물들였고, 욱신거림은 여전했다. 아직도 아내의 이가 손에 박혀 있는 듯했다. 그러나 비로소 작업실의 아내에게 신경이 갔다. 그 빌어먹을 원고에 뭐가 깃들여 있는지 몰라도 아내의 이성을 잃게 한 것만은 분명했다. 나는 거실로 나왔다. 작업실은 조용했다. 어쩌면 아내가 뺨을 맞고 넘어지며 기절했을지도 몰랐다.

작업실 문을 열고 방에 들어섰을 때 아내는 여전히 책상 앞에 앉아 있었다. 방에 내가 들어섰는데도 뒤도 돌아보지 않았다. 그저 뭔가에 거의 얼굴을 박고 있을 뿐이었다.

"여보오……."

아내는 움직이지 않았다.

"여보!"

불안감이 다시 고개를 들었다. 나는 달려가 아내의 어깨를 잡아당겼다.

아내가 돌아보았다. 그때 나는 보았다. 굶주린 육식동물이 사냥 감을 찢어발겨 씹어먹듯이 원고를 죽죽 찢어 연신 먹어 대고 있는 아내의 입을.

아내는 놈의 원고를 먹고 있었다.

원고를 죽죽 찢어 연신 입에 밀어 넣는 모습이 그렇게 게걸스러 울 수 없었다. 이내 다시 나를 등지고 아내는 원고를 먹는 데에 열 중했다. 아내는 식탐이 많은 여자도 아니고 종이를 먹을 만큼 굶 주린 것도 아니었다. 눈을 희번덕거리며 원고를 찢어 먹는 아내의 모습은 내가 그동안 보아 왔던 그 어떤 공포 영화의 장면보다 더 끔찍했다. 다리가 부들부들 떨렸다. 다시금 기시감이 떠올랐다. 언제인가 원고를 먹고 있는 아내의 모습을 본 적이 있다는 기시감 이었다. 그놈의 기시감을 담당하는 뇌의 부분이 어디인지는 모르 지만, 그 부분을 면도날로 도려내고 싶다는 충동이 들 만큼 진저 리가 쳐졌다. 당장 문제는 원고를 먹어 치우고 있는 아내를 어떻 게 처리하느냐는 것이었다. 나는 아내에게 다가갔다. 그러나 어떻 게 해야 할지 망설여져서 선뜻 행동을 할 수가 없었다.

"여보……."

나지막이 불러 봤지만 아내는 돌아보지 않았다.

"여보!"

목소리를 높여 부르자, 아내는 휙 뒤를 돌아보았다. 그리고 이 를 드러내며 나를 노려보았다. 먹이를 뜯던 육식동물이 주변에 경 쟁자가 어슬렁거리면 하는 행동과 같았다. 다시 손을 물릴 수도 있다는 생각에 나는 흠칫 뒤로 물러섰다.

아내는 미친 것 같았다. 아니면 고속도로와 아파트 입구에서 일어난 사건의 충격 때문에 일시적인 정신착란을 일으켰거나, 그 충격을 어떤 식으로든 해소하기 위해 상식적으로 이해되지 않는 저런 행동을 하는지도 몰랐다. 저런 상태에서 건드리면 무슨 짓을 저지를지 모른다는 생각에 나는 뒤로 물러섰다. 아니, 솔직히 말해 나는 그때 아내가 무서웠다. 섣불리 행동했다가는 나를 죽이려 들 수도 있었다. 원고를 빼앗으려 했을 때 아내가 내게 한 행동을 봐서는 충분히 그러고도 남았다. 내가 할 수 있는 것이라곤 그저 아내가 원고를 집어삼키다 질식사하는 일이 생기지 않기를 바라는 것뿐이었다.

나는 복잡한 머릿속과 후들거리는 다리를 진정시키기 위해 작업실을 나와 베란다로 향했다. 담배를 피워 무니, 폐부 속으로 파고드는 담배 연기에 뇌로 향하는 혈관이 수축하고 긴장이 누그러지는 게 느껴졌다. 나는 베란다 난간에 팔을 기대고 대부분의 사람들이 잠에 든 야경을 바라보았다. 야경이라고 해 봐야 보이는 건 건너편 동의 아파트 건물뿐이었지만.

이 모든 상황이 꿈이었으면 좋겠다는 생각이 들었다.

그러나 그 어린 날의 장독 뚜껑처럼 모든 일이 다시 제 궤도로 돌아오기에는 너무 멀리 왔다는 생각도 들었다. 도대체 나에게 무슨 일이 일어나는 것이며, 그 김종일이란 놈은 왜 그 원고를 나에게 건넸고, 고속도로에서 일어난 사건과 아파트 입구에서 벌어진 사건을 왜 아내는 까맣게 잊고 있는지, 아내는 왜 저토록 원고에 집착하는지 아무것도 알 수 없었다.

건너편 동의 아파트는 서너 호를 제외하고 모두 불이 꺼져 있었다. 시간이 이미 새벽 3시가 넘었으니 그럴 만도 했다. 한데 유독 한 집이 눈에 띄었다. 이렇게 동과 동이 마주 보는 아파트는 베란다 너머로 사생활이 알려지는 것을 꺼려해서 대부분 커튼을 치거나 블라인드를 치게 마련이었다. 한데 그 집은 불도 켜진 상태에 커튼도 블라인드도 눈에 띄지 않았다. 남의 사생활 훔쳐보는 데에 취미가 있는 건 아니었지만, 그렇게 눈에 띄니 시선이 갈 수밖에 없었다.

아파트 안에서는 한 여자가 베란다 가까운 벽에 몸을 기대고 쭈그리고 앉아 있었다.

여자는 실오라기 하나 걸치지 않고 있었다. 고개를 숙이고 있는 탓에 얼굴은 보이지 않았지만, 벗고 있는 윗배에 구멍 같은 게 보였다. 여자는 죽은 것 같기도 하고 죽어 가는 것 같기도 했다. 어쩌면 원한 관계에 얽혀 칼을 맞은 것일 수도 있었다. 한데 잘못 본 건지 모르지만 여자의 배에 난 구멍이 움직이는 것 같았다. 여자의 얼굴을 향해 꿈틀거리는 것 같기도 했다. 놀라운 건 아래로 드리워진 머리카락부터 그 구멍이 야금야금 집어삼키는 것으로 보인다는 것이었다. 여자는 그저 가만히 있을 뿐이었다. 조금씩조금씩 구멍은 여자를 집어삼켰다. 목뼈가 우둑거리는 소리가 들리는 것도 같았다. 어떻게 해야 하나. 다시 다리가 후들거리기 시작했다. 하루 동안 이렇게 많은 일들이, 그것도 비현실적인 일들이 일어날 수는 없었다. 나는 머리를 뒤흔들었다. 그러나 여전히 그 광경은 더 또렷이 눈에 들어올 뿐이었다.

"제기랄, 미치겠네."

나는 중얼거리며 그 집의 호수를 헤아렸다. 이번에는 정말 확인해 보리라. 내 눈앞에 나타난 광경들이 사실인지, 아니면 허상인지 알아보리라. 그 여자를 구해야겠다는 생각이나 경찰에 신고하겠다는 생각 따위는 없었다. 그저 나에게 일어나고 있는 이 모든 일들이 사실인지 허상인지 알아내고 싶다는 바람뿐이었다.

1, 2, 3, 4, 5, 6…… 9층이었다. 9층 끝에서 세 번째. 나는 다시금 층수와 호수를 헤아렸다. 9층에서 세 번째가 확실했다. 나는 베란다에서 거실로 뛰어 들어와 일순에 현관문을 박차고 뛰쳐나왔다. 엘리베이터를 타고 내려가는 시간은 무척이나 길었고, 건너편 동을 향해 뛰는 순간 역시 길었다. 그건 건너편 동의 아파트 엘리베이터를 기다리는 동안에도 마찬가지였다. 9층까지 오르는 동안 나는 영겁의 시간을 지나는 듯한 초조함을 느꼈다. 그렇게 그 아파트 현관문 앞에 섰을 때 다시금 다리가 후들거렸다. 급작스럽게 뛰었기 때문만은 아니었다. 막상 현관문 앞에 이르니, 이 현관문 너머 펼쳐지고 있을 광경을 목도할 자신이 없었기 때문이다. 그러나 이대로 물러설 수는 없었다. 나는 이를 악물고 초인종을 눌렀다. 한 번, 두 번, 세 번……. 대여섯 번을 눌러 댔지만 안에서는 아무런 기척도 없었다. 나는 현관문을 두드렸다. 한 번, 두 번, 세 번……. 그러나 여전히 안에서는 기척이 없었다. 현관문 손잡이를 돌려 보았지만 문은 굳게 잠겨 있었다. 나는 현관문을 걷어차기 시작했다. 안에서 벌어지는 일들이 어쩌면 나에게 답이 될 수도 있는데, 지금 할 수 있는 거라곤 그저 현관문을 걷어차는 것밖에 없었다.

"오밤중에 뭐 하는 짓거리야, 그게? 경우 없이……."

목구멍에 지푸라기 뭉치가 잔뜩 걸린 듯한, 중년 여자의 쉰 목소리가 퉁명스럽게 불거져 나왔다. 소리 나는 곳을 돌아보니 옆호의 현관문이 빼꼼 열려 있었다. 그나마도 중간에 걸쇠가 걸린 채였다. 여자는 그 틈을 통해 못마땅한 눈초리로 나를 노려보고 있었다. 불도 켜지 않는지 안이 어두워서 복도의 침침한 조명에 겨우 여자의 눈만이 어슴푸레하게 어둠과 구별될 뿐이었다. 현관문 너머로 여자의 목구멍에서 나오는, 쇳가루 긁는 듯한 소리가 바스락거렸다. 천식이라도 있는 모양이었다. 막상 여자의 말을 듣고 보니 딱히 할 말이 없었다.

"아…… 아니, 실은 이 집에 받을 돈이 좀 있는데 연락이 안 되어서……."

그렇게 어물어물 둘러대는데 여자가 혀를 끌끌 차며 문을 꽝 닫았다. 그러나 문이 닫히기 전 여자가 한 말에 나는 얼어붙었다.

"그 집 이사하고 빈 지가 언젠데……."

층을 잘못 알았던가. 아니면 정말 내가 본 게 착각이었던가. 알 수 없었다. 게다가 이와 같은 상황에서 중년 여자의 쉰 목소리를 들은 적이 있는 것 같다는 기시감까지 불거져 나오며 감각과 지각의 혼돈이 미칠 지경으로 소용돌이쳤다. 갑자기 불안해졌다. 얼른 이 자리를 뜨지 않으면 뭔가 큰일을 당할 듯한 위기감에 아랫도리에 저릿한 요의마저 들 정도였다. 막 돌아서는데, 뭔가 발끝에 툭 걸렸다. 쓰레기봉투였다. 쓰레기로 꽉 찬 십 리터들이 쓰레기봉투가 902호와 903호 앞 복도 가운데 지점에 보란 듯이 누워 있었다. 발끝으로 봉투를 밀고 지나치려다 나는 걸음을 멈추었다. 쓰레기봉투 사이에 뭔가 비죽 튀어나와 있었다. 자세히 들여다보니 그것은 사람의 손가락이었다.

　나는 기겁하여 뒤로 주춤주춤 물러났다. 손톱과 손가락 관절의
주름에 이르기까지 아무리 봐도 그것은 사람의 손가락이었다. 그
때 902호 현관문 뒤에서 부스럭거리는 소리가 들려 왔다. 반사적
으로 현관문 중간에 나 있는 작은 구멍에 시선이 갔다. 작은 어안
렌즈가 달려 있는 그 구멍 너머를 볼 수는 없었지만, 그 너머에서
여자가 눈을 구멍에 대고 내 행동을 내다보고 있을 것이라는 생각
이 들었다. 달아나야 한다.

　현관문 자물쇠 따는 소리가 들려왔다.

　본능은 계속 달아나야 한다고 채근했지만 정작 몸은 움직이지
않았다. 몸이 움직이지 않았던 건 겁에 질린 탓도 있겠지만, 도대
체 무슨 일이 일어나려는지 알고 싶다는 호기심 탓도 있었다. 현
관문 너머로 걸쇠 푸는 소리가 났다. 이윽고 여닫이식의 현관문은
내가 서 있는 방향으로 열리기 시작했다. 현관문이 나를 향해 다
가왔을 때 나는 보았다. 현관문 위에 달린 호수가 902호가 아니라
602호라는 것을.

　현관문 옆으로 여자가 몸을 내밀었다. 여자의 녹아내린 입과 여
기저기 빠진 이빨을 보고 있노라니 강한 욕지기가 치밀어 올랐다.
여자가 입을 쩍 벌렸다. 순식간에 엄청난 양의 체액이 602호 여자
의 입에서 나를 쏟아져 나왔다. 그러나 내가 더 빨랐다. 나는 내
쪽으로 향해 열린 현관문을 거세게 걷어찼다. 현관문 너머에 서
있던 여자가 현관문에 어깨를 강하게 부딪히며 넘어졌다.

　"끼이이이익!"

　마지막으로 연 지 수십 년은 족히 된 문을 열 때 날 듯한 마찰음

이 여자의 입에서 터져 나왔다. 고막이 터져 나갈 것 같았다. 제 몸으로 쏟아진 체액에 녹아내린 여자의 팔 관절이 서서히 어깨에서 끊어지며 바닥에 떨어지는 소리가 났다. 여자의 온몸이 부글거렸다. 나는 뒤로 주춤주춤 물러섰다.

그러나 여자는 쉽게 포기하지 않았다. 상자를 열면 튀어나오는 인형처럼 퉁겨 나오듯 벌떡 일어나 온전한 한 팔을 나를 향해 뻗고 예의 끔찍한 비명을 지르며 달려왔다. 저 쩍 벌린 입에서 다시금 체액이 쏟아져 나오면 이번에는 피할 수 없을지도 몰랐다. 나는 달아나기 시작했다. 엘리베이터로 향하는 모퉁이를 도는 순간 다시금 체액을 게우는 소리가 들렸다. 그리고 왼쪽 어깨에 뭔가가 강하게 스쳤다.

어깨의 피부를 면도날로 베는 듯한 고통이 일었다. 비명을 지르며 반사적으로 어깨를 오른손으로 감싸 쥐자, 오른손의 단백질 조직도 이내 녹아 미끈거렸다. 엘리베이터는 1층에 머물러 있었다. 여기가 9층이든 6층이든 그것은 중요하지 않았다. 엘리베이터가 올라오기를 기다리기에 시간은 너무 없었다. 나는 드라이아이스가 살 속을 파고 들어오는 듯한 통증을 느끼며 비상계단을 타고 성큼성큼 뛰어 내려가기 시작했다. 여자는 집요하게 내 뒤를 쫓았다. 고요한 아파트 안에 내가 계단을 내달리는 소리와 여자가 나를 뒤쫓는 소리만이 메아리쳤다. 4층 즈음에 이르렀을 때 다시금 머리 위로 체액을 게워 내는 소리가 들려왔고, 간발의 차이로 빗나간 체액에 계단 난간이 부글거리며 녹아내렸다. 올려다보니 여자가 위층 난간 너머에서 나를 내려다보고 있었다. 나는 좀 더 속력을 내어 계단을 내달렸다.

국민학교 때 반 대항 피구를 한 적이 있었다. 그때 나는 30킬로 그램 남짓한 체중에 운동신경도 둔한 말라깽이였다. 그랬기에 하나 둘 아이들이 떨어져 나갈 때에도 내가 끝까지 살아남으리라고는 생각하지 않았다. 그런데 공이 나를 피해 가는 건지 내가 어쩌다 보니 공을 피한 건지 모르지만, 그날은 이상하게도 좀처럼 공에 맞지 않았고 끝까지 나 혼자 살아남았다. 그날은 나를 겨냥하고 날아오는 공을 필사적으로 피하다 보니 결국 우승까지 거머쥐어 잠시나마 반의 영웅이 되었지만, 오늘은 그런 요행을 바랄 수 없을 것 같았다.

대여섯 개의 계단을 한 번에 뛰어내렸다. 역시 운이 좋지 않았다. 바닥에 착지하면서 발이 접질려 나는 콘크리트 바닥에 고꾸라졌다. 오른쪽 발목 관절이 어긋난 모양이었다. 나는 볼썽사납게 다리를 절룩이면서도 필사적으로 뛰었다.

지하 주차장 출입문 앞에 이르러서야 엉겁결에 지하 주차장까지 내려온 것을 깨달았다. 다시 올라갈까 했지만, 이미 계단을 내닫는 발소리가 지척에서 들려오고 있었다.

나는 출입문을 열고 지하 주차장으로 들어섰다. 고작해야 형광등 몇 개가 밝혀져 있을 뿐이어서 지하 주차장 안은 어두컴컴했다. 여자가 출입문을 열지 못하도록 잠그고 싶었지만, 주차장 쪽에서는 출입문을 잠글 수 없게 되어 있었다. 이런 상황에서 가장 현명한 방법은 지하 주차장 밖으로 벗어나는 것이었다. 그러나 접질린 발목이 발을 디딜 때마다 욱신거려서 달리기가 어려웠고, 여자가 이내 들이닥칠 계제라 섣불리 밖으로 향할 수도 없었다.

내가 닫아 놓았던 출입문이 벌컥 열리고 여자가 모습을 드러냈다. 끔찍한 몰골에 살의로 번뜩이는 눈빛이었다.

나는 주차장 귀퉁이에 주차된 뉴코란도 뒤에 몸을 숨기고 있었다. 여자가 나를 찾지 못하길 기대하는 수밖에 없었다.

인적이 없는 주차장에 여자의 목구멍에서 터져 나오는, 쇳가루 긁는 듯한 숨소리와 여자의 발소리만 울렸다. 맨발인데도 여자가 발을 내딛는 소리는 둔중하게 콘크리트 바닥을 울려 댔다. 미친 듯이 치밀어 오르는 가쁜 숨을 나는 가까스로 참았다. 허파와 심장이 갈비뼈를 뚫고 나올 듯이 진동했다. 귓속이 웽웽거렸다. 그러나 여기서 숨을 터뜨리면 죽는다.

"나와. 우리, 말로…… 하자."

여자의 쉰 목소리가 주차장에 울렸다. 말로 하자? 말로 할 리 없었다. 사람을 죽여 쓰레기봉투에 담아 놓고, 또 나를 죽이려 체액을 게워 내며 쫓아온 여자가 말로 할 리 없었다. 나는 몸을 좀 더 깊숙이 숨겼다. 느닷없이 직면한 이 상황에 너무도 어이가 없고 화가 났다. 나는 왜 아무 상관 없는 이 아파트를 찾았고, 왜 여자와 마주쳤던가. 그 쓰레기봉투를 그냥 지나쳤다면 좋았을 것을, 왜 나는 그 어두운 와중에도 쓰레기봉투에서 튀어나온 손가락을 봤던가. 주변을 둘러보았지만, 주차되어 있는 차들 말고 내 몸을 방어하는 데에 도움이 될 만한 어떤 물건도 보이지 않았다. 완력으로 여자를 제압할 수도 있을 것이다. 여자는 자신의 체액에 한쪽 팔을 잃은 상태라 승산이 있을지도 몰랐다. 그러나 이번에는 내 동작보다 여자의 체액이 더 빠를 수도 있었다.

"나오라니까? 괜히 시간 끌지 말고……."

여자의 쉰 목소리가 다시금 귓속을 긁어 댔다. 이마에서 땀방울이 흘러내려 눈 속으로 스며들었다. 쓰라렸다. 눈을 비비며 차 밑을 통해 보니 지나가는 여자의 다리가 보였다. 어떻게 해야 하나. 어떻게 해야 하나. 어떻게…….

"쿨럭!"

급작스럽게 기침이 터져 나온 것은 그때였다. 하필 그 순간 왜 기침이 튀어나왔는지 도무지 모를 일이었다. 나는 바닥에 얼굴을 묻고 입을 틀어막으며 다시금 차 밑으로 여자의 동정을 살폈다. 그런데 없었다. 여자의 다리는 그 어디에도 보이지 않았다. 아무리 둘러보아도 여자는 보이지 않았다.

"헤, 여기 있었네?"

머리 위에서 여자의 쉰 목소리가 들려왔다. 고개를 드니, 뉴코란도 위에서 여자의 얼굴이 나를 내려다보며 흉물스레 웃고 있었다. 여자가 내 얼굴을 향해 체액을 게워 내려는 순간, 지하 주차장 입구로 자동차 한 대가 굉음을 내며 들어오는 게 보였다. 자동차는 여자와 내가 있는 뉴코란도를 향해 거침없이 달려왔다. 나는 몸을 날려 피했고, 간발의 차이로 자동차는 뉴코란도의 옆구리를 들이받았다. 뉴코란도 위에 쭈그리고 앉아 있던 여자가 그 충격에 자동차 앞으로 떨어져 내렸다. 자동차는 보닛 위에 여자를 매단 채 급격하게 후진했다. 보닛 위에 매달렸던 여자가 관성 때문에 데굴데굴 굴러 나가떨어졌다. 그러나 여자는 이내 다시 벌떡 일어섰다.

끼이이이익!

귀청을 찢는 마찰음이, 여자를 향해 급발진하는 자동차의 타이어가 바닥에 끌리는 소리인지, 여자의 입에서 터져 나오는 소리인지 구분이 되지 않았다. 자동차는 여자를 들이받았고, 그대로 나아가 주차장 벽까지 밀어붙였다.

쿵.

"꿰에에에에……."

입을 쩍 벌리고 비명을 질러 대는 여자의 입에서 연신 체액이 흘러내렸다. 체액은 여자의 목과 가슴을 타고 흘러내리며 여자의 피부를 녹여 들어갔다. 마침내 여자의 고개가 푹 꺾였다.

"괜찮으세요?"

나는 귀에 익은 목소리에 고개를 돌렸다. 자동차의 운전석에 앉아 나를 바라보는 남자는 바로 내게 소설을 건넸던 김종일이었다. 그제야 나는 여자를 밀어붙인 자동차가 연보라색에 가까운 파스텔 색조의 액센트라는 걸 깨달았다.

"그러게 조심하셔야지. 안 그래요?"

그렇게 말하는 놈의 말투에서는 염려와 안쓰러움보다 은근한 조롱과 멸시가 묻어났다. 그는 다시금 액센트를 후진시켰다. 벽과 액센트 사이에 끼여 있던 여자가 중심을 잃은 마네킹처럼 앞으로 고꾸라졌다. 액센트는 멍하니 바닥에 앉아 있는 내 앞에 멈추어 섰다. 형편없이 우그러든 보닛에서 연기가 피어오르고 범퍼는 떨어질 듯 덜렁거렸지만 굴러가는 데에는 지장이 없는 모양이었다. 놈은 차창으로 얼굴을 내밀고 내 몰골을 딱하다는 듯 바라보다 대뜸 반말로 입을 열었다.

"내가 공포 소설을 쓰면서 가장 두려웠던 게 뭔지 알아? 내 소설이 현실이 되는 거야."

그리고 내 앞에 뭔가가 툭 떨어졌다. 내 차 열쇠였다. 이걸 어떻게 손에 넣었냐고 내가 묻기도 전에 놈은 차를 출발시켰다.

놈의 차는 유유히 지하 주차장을 빠져나갔다. 어떻게 놈이, 내가 이런 상황에 처해 있다는 것을 알아차리고 달려왔는지 알 수 없었고, 어떻게 놈이 내 아파트에 있었던 내 차 열쇠를 들고 왔는지도 알 수 없었다. 하지만 실마리는 이내 주어졌다. 놈의 차가 빠져나가기 직전, 나는 놈의 차 뒷좌석에서 입에 재갈이 물리고 포박당한 채 나를 바라보고 있는 아내의 얼굴을 보았다.

놈의 차는 아파트에서 얼마 떨어져 있지 않은 도로변에 정차해 있었다.

시동을 걸고 아파트 주차장을 빠져나오자마자 눈에 띄었다. 놈은 내 차가 나오기를 기다리고 있었던 모양이다. 차 열쇠까지 몸소 갖다 준 것으로 보아 어디론가 나를 유인하려는 속셈이었다. 놈이 노리는 게 도대체 뭘까. 아내였을까. 아내였다면 굳이 나에게 아내를 납치했다는 사실을 알릴 필요가 없었다. 놈은 왜 아내를 납치했을까. 돈 때문일까. 놈이 이 바닥의 생리에 대해 안다면, 삼 년 전 데뷔작을 만든 후로 빌빌거린 내가 지금 빈털터리라는 사실쯤은 알고 있을 터였다.

도대체 왜 이런 일들이 지금 나에게 일어나는 걸까.

분노에 차서 놈의 차를 향해 가속 페달을 밟으면서도 그 의문이 연신 머릿속을 맴돌았다.

내 차가 다가오는 게 보이자 놈은 차를 출발시켰다. 기다렸다는 듯이……. 그리고 잡아 보란 듯이 재빠르게 달아나기 시작했다. 나는 놈의 차를 놓치지 않기 위해 십여 미터를 두고 뒤쫓았다. 섣

불리 놈의 차를 따라잡거나 들이받으면 아내가 다칠 수 있었다. 그런 내 생각을 간파한 듯 놈은 차간거리를 일정하게 유지하며 달렸다.

"내가 공포 소설을 쓰면서 가장 두려웠던 게 뭔지 알아? 내 소설이…… 현실이 되는 거야."

놈의 마지막 말이 자꾸 머릿속에서 되뇌어졌다.

내 소설이…… 현실이 되는 거야…….

그러고 보니 모든 일은 놈의 소설을 읽고 난 후부터 시작되었다. 그날 밤의 악몽도, 고속도로에서 내 차를 향해 날아왔던 시커먼 연기도, 아파트 놀이터에서 있었던 폭력 사건도, 욕실에서 있었던 가위 눌림도, 건너 아파트에서 목격된 여자도, 나를 죽이려 들었던 옆 호의 여자도 모두 놈의 소설 속에 등장했던 인물이나 사건들이었다. 정말 놈의 원고에 뭔가 초자연적인 힘이라든가 원한, 아니면 귀신이라도 깃들여 소설 속의 일들이 내게 현실로 나타나는 걸까. 그럴 리 없었다.

최면.

어쩌면 놈이 나에게 최면을 걸었을지도 몰랐다.

놈과 처음 만난 날, 놈은 내게 원고를 건네며 내가 기억하지 못하는 모종의 최면을 걸었고, 소설 곳곳에 암시문들을 심어 두어서 나로 하여금 실제의 지각 자극이 없는데도 지각 경험을 하는 것 같은 환각에 빠지게 만든 것일지도 몰랐다. 내가 겪은 이 모든 사건들은 놈의 계략에 빠진 내 지각이 불러일으킨 환각에 불과한지도 모를 일이었다. 그러나 그렇다고 하기에 이 모든 상황들은 너무도 분명했고, 너무도 생생했다.

10분쯤 시내를 달려 놈은 느긋하게 교외로 빠졌다. 사려 깊게도 방향 전환을 할 때에는 미리 표시등을 켜 주기까지 했다. 마치 지리를 잘 아는 운전자가 뒤따르는 동행 운전자를 배려해 주는 것 같았다. 주행속도 역시 빠르지 않았다. 놈은 그저 시속 90킬로미터 정도를 유지하며 달렸다. 내가 뒤쫓는 걸 은근히 즐기기라도 하는 것 같았다. 더러 과속 단속 중 표지판이 나오면 규정 속도에 맞게 속도를 줄이기까지 했다. 쫓기는 자에게서 보일 법한, 아니, 보여야 마땅한 조바심은 전혀 보이지 않았다. 정작 조바심이 나는 건 나 자신이었다. 놈의 차 뒷면 유리를 통해 언뜻언뜻 아내의 얼굴이 비칠 때마다 피가 거꾸로 솟았다. 일반적인 납치범이라면 티가 나지 않도록 아내를 짐칸에 태웠을 것이다. 뒷좌석에 아내를 보이도록 태운 것도 나를 자극하기 위해 놈이 고의적으로 한 짓이 분명했다.

개자식, 불심검문에라도 걸려라.

그러나 4차선 도로가 2차선 국도로 바뀌고 인적이라고는 찾아볼 수 없는 시골길에 이르도록 경찰은커녕 과속을 막기 위해 도로변에 세워 놓는 경찰 그림판 너부렁이조차 눈에 띄지 않았다. 어두운 도로 위에 놈의 액센트와 그 뒤를 쫓는 내 무소의 질주만이 지루하게 계속되었다.

30분쯤 더 달렸을 때 안개가 끼기 시작했다.

불길했다. 언제인가 이런 상황에서 안개가 낀 어두운 도로를 달린 적이 있는 것 같다는 기시감 때문이기도 했지만, 놈이 유인하는 음습하고 깊이를 알 수 없는 심연 속으로 빨려 들어가고 있다는 불안감 때문이기도 했다.

습한 열대 정글에 서식하는 식충식물 네펜데스······.

놈은 잎 끝에 달린 주머니 모양의 포충낭으로 곤충이나 작은 동물을 유인한다. 포충낭 입구는 매우 미끄럽기 때문에 일단 발을 디디면 그 속으로 빠지게 된다. 결국 포충낭 속에 빠진 벌레는 바닥에 고인 소화액에 녹아나며 허우적대다 네펜데스에 고스란히 소화, 흡수된다. 벌레가 들어가면 포충낭 속의 내벽에서 유기산마저 분비되기 때문에 그 속에 빠진 게 무엇이든 더 이상 빠져나가는 것은 불가능하다. 나는 김종일이라는 네펜데스에게 걸려들어 깊은 포충낭 속으로 빠져 들어가는 날벌레가 된 기분이었다. 그러나 여기서 멈출 수는 없었다. 놈이 쳐 놓은 포충낭 속에서 녹아나게 되더라도 끝을 봐야 했다.

뿌연 안개는 거대한 능구렁이처럼 꿈틀거리며 야금야금 길을 먹어 들어왔다. 십여 미터밖에 떨어져 있지 않은 놈의 후미등조차 희미하게 보일 지경이었다. 안개마저도 놈의 편인 모양이었다. 비가 내리는 것도 아닌데, 앞유리에 들러붙어 시야를 뒤덮는 안개의 입자들 때문에 와이퍼를 작동시켜야 할 정도였다. 한 무더기의 안개를 통과하고 나면, 또 한 무더기의 안개가 달려들었다. 시야는 극히 좁아지고 짧아졌다.

그러다 놈을 놓쳤다.

정확히 말하자면, 별안간 놈의 차가 시야에서 사라졌다. 이상했다. 십여 미터밖에 떨어져 있지 않았던 놈의 차가 어디로 증발했는지 사방을 둘러보아도 보이지 않았다. 도로는 여전히 하나로 뻗어 있었고, 놈이 빠져나갈 만한 샛길도 없었다. 놈의 차는 순식간에 안개 속으로 증발해 버렸다. 갑자기 속도를 내어 멀리 달아났을 수도 있었다. 안개가 워낙 짙어서 멀어지는 놈의 차가 보이지 않았을 수도 있었다.

나는 불안감 속에 가속 페달을 밟았다. 안개 때문에 차선을 유지하며 달리기가 어려웠다. 내 차는 중앙선을 침범하기도 하고, 도로 가장자리 구역선을 밟기도 하면서 불안정하게 질주했다. 미치고 환장할 노릇이었다. 아내는 놈에게 납치되었고, 놈의 차는 사라져 버렸고, 안개는 짙었고, 나는 어디쯤인지도 모르는 곳을 헤매고 있었다.

헤드라이트 멀리 뭔가가 어렴풋이 눈에 띈 것은 왔던 길을 되돌아갈까 하는 망설임이 들기 시작한 순간이었다. 그 뭔가가 지척에 다가왔을 때에야 비로소 나는 그게 사람의 얼굴이라는 사실을 깨달았다. 그것도 도로에 가로누워 있는 사람의 얼굴이었다. 어린애였다. 아이는 도로에 가로누워 달려오는 내 차를 빤히 바라보고 있었다.

나는 급히 핸들을 틀며 브레이크를 힘껏 밟았다.

끼이이이익……!

도로에 타이어가 거세게 끌렸다. 가까스로 차가 멈추기는 했다. 그러나 멈추는 순간 뭔가를 밟는 느낌이 들었다.

뻥!

타이어가 터진 것 같았다. 그 요란한 소리가 내 귀청을 찢을 때도 나는 타이어가 터졌다고 생각했다. 그러나 차문을 열고 밖으로 나가 살폈을 때에야 터진 게 타이어가 아니라 다른 것임을 알아차렸다. 터진 것은 도로에 가로누워 있던 아이의 머리였다. 내 차의 앞바퀴는 정확히 아이의 머리를 밟고 멈추어 있었고, 앞바퀴 주변에 시뻘건 핏덩이들이 튀어 있었다. 머리가 터진 아이의 몸은 바위에 부딪힌 개구리처럼 부르르 경련하다 곧 경련을 멈추었다. 무수한 공포 영화를 봐 왔고, 사람이 죽어 나가는 공포 영화를 만들었지만, 실제로 사람이 죽은 걸 본 것은, 그리고 실제로 사람을 죽인 것은 처음이었다. 사람을 죽였다. 사람을 죽였다. 사람을 죽였다. 고의는 아니었지만, 어쨌든 나 때문에 사람이 죽은 것은 사실이었다. 아니, 사실 내 잘못만은 아니었다. 이렇게 안개가 짙은 새벽에 도로에 가로누워 있던 미친 녀석의 책임도 있었다. 도대체 이 녀석은 왜 하필 이 시간에, 왜 하필 이 도로에 가로누워 있었단 말인가. 어쨌든 신고를 해야겠다는 생각으로 휴대 전화를 찾기 위해 주머니를 뒤적였지만 전화기가 없었다. 당연했다. 샤워하고 막 나온 차림으로 아파트를 나왔지 않은가. 차 열쇠조차 놈이 전해 주지 않았던가.

"미치겠네. 진짜 미쳐 버리겠네."

미친놈처럼 연신 중얼대며 안절부절못하다 정신이 들자 나는 주변부터 살폈다. 나를 지켜본 사람은 아무도 없었다. 도로가 가로지른 곳은 탁 트인 들판이었지만 인적이 전혀 없는 곳이었다. 목격자는 아무도 없었다. 설령 저 멀리 어딘가에서 사고 사실을 알았다 해도 안개가 워낙 짙어서 운전자가 나였다는 사실을 알 사람은 아무도 없었다. 생각이 그 즈음에 이르자 나는 서둘러 차에 올랐다. 그리고 차를 출발시켰다.

"도로를 달리다 보면 들짐승 같은 게 뛰어들 때가 있어. 그땐 그냥 달려야 해. 그 상황에서는 네 목숨과 들짐승 목숨 둘 중에 하나를 선택해야 하거든."

운전면허를 막 딴 후 도로 연수를 도와주던 친구 녀석이 그런 말을 해 준 적이 있었다. 그 후 한 번은 고속도로를 달리다 내가 달리던 차선으로 다람쥐인지 청설모인지가 뛰어들었다. 나는 그대로 달렸고, 내 차의 타이어가 들짐승의 몸뚱이를 밟고 지나는 걸 느낄 수 있었다. 나중에 차에서 내려 행여 들짐승의 흔적이 타이어 무늬 속에 박혀 있지 않을까 살펴보았지만 아무 흔적도 남아 있지 않았다. 이번도 마찬가지일 것이다. 비록 그 아이가 들짐승은 아니지만 그래도 어쩔 수 없는 상황이었다. 그 상황에서 내가 할 수 있는 게 그 이상 뭐가 있었겠는가. 그렇게 나는 내 행동을 합리화하기로 마음먹었다.

안개는 여전히 도로를 점령하고 있었다.

내 차가 어디로 향하는지 알지도 못한 채 나는 앞으로 달렸다. 놈을 찾아내야 했다. 내가 아이를 죽이게 만든 것도 놈이었다. 생각해 보니, 차가 아이의 머리를 깔아뭉개는 상황도 놈이 내게 건넨 소설에 등장하는 것이었다. 그렇다면 방금 전에 일어난 사건도 놈이 음흉스레 꾸며 낸 계략일지도 몰랐다. 개자식, 죽여 버릴 테다. 지구 끝까지라도 쫓아가서 죽여 버리고 말 테다.

사실 놈을 지구 끝까지 쫓아가 찾아낼 필요까지는 없었다.

놈은 이내 다시 내 눈앞에 나타났기 때문이다. 안개가 좀 걷히는가 싶을 즈음, 놈의 차가 도로 맞은편에서 나타났다. 6727……. 내 차 헤드라이트에 비친 차 번호판의 숫자는 분명 놈의 것이었다. 놈의 차는 일말의 망설임도 없이 중앙선을 넘어 내 차를 향해 달려들었다. 마음 같아서는 어떻게 되든 놈의 차와 정면충돌하고 싶었다. 그러나 놈의 차에는 아내가 타고 있었기에 그럴 수도 없는 노릇이었다. 아니, 솔직히 고백해야겠다. 사실 그때 나에게는 내 목숨이 더 소중했다. 그랬기에 나는 놈의 차와 충돌하기 직전 핸들을 틀었다. 곧바로 도로를 벗어난 내 차는 야트막한 언덕을 뒤뚱거리며 내려갔다. 브레이크를 밟았지만 관성을 무시할 수 없었다. 게다가 밤이슬로 미끄러운 풀밭 위에서 브레이크는 거의 무용지물이었다.

내가 정신을 잃기 전에 마지막으로 본 것은 내 차를 향해 정면으로 달려드는 고목의 기둥이었다.

시커먼 형체가 걸어오고 있었다, 나를 향해……

형체가 가까워지자 이목구비와 신체가 점점 식별되었다. 머리카락이 곤두서서 너울거리고, 얼굴은 벗겨져 너덜거리고, 한쪽 눈알이 빠져나가 빈자리가 흉하게 패어 있었다. 그리고 온몸 여기저기에서 크고 작은 입들이 뻐끔거렸고 사람의 손과 머리가 튀어나와 허우적거렸다. 나는 놈을 피해 달아나려 했으나, 의지와 상관없이 오히려 놈에게 다가가고 있었다. 놈이 나에게 들러붙었다. 놈과 내가 하나가 되는 순간, 나는 미친 듯이 비명을 질렀다.

"가위 눌리나 봐? 하긴 사람을 죽이고 뺑소니를 쳤으니, 뭐……"

놈의 목소리가 들려왔다. 눈을 뜨자 기다란 책상에 다리를 걸치고 앉아 책을 읽고 있는 놈의 모습이 보였다. 이마가 아려 왔고 손목도 쓰렸다. 온몸을 두들겨 맞은 듯 안 쑤시는 데가 없었다. 아파트에서 여자에게 쫓길 때 삐끗했던 발목이 욱신거렸지만, 그 밖에 크게 다친 곳은 없는 모양이었다.

"어, 깨어나셨네. 괜찮으세요?"

여전히 비아냥거리는 말투였다. 나는 대답하지 않았다. 나는 목재 의자에 앉혀 있었고, 포로나 인질이 그러하듯 온몸이 청테이프로 단단히 묶여 있었다. 아려 오는 이마를 비비려 손을 들려 했지만 양팔도 의자 팔걸이에 단단히 묶여 있었다.

"그래도 그만하길 다행이지, 정통으로 부딪쳤으면 어쩔 뻔했어요. 여기가 워낙 시골이라 병원까지 가려면 가다 죽는다니까요."

그러면서 놈은 읽던 책을 책상 위에 내려놓았다. 조명이라고는 책상에 놓인 작은 스탠드 불빛뿐이어서 방 안은 마치 취조실 같은 분위기를 풍겼다. 사방이 적막뿐이라서 그런 느낌은 더했다. 여기는 놈이 만들어 놓은 소굴 같았다. 서너 평 남짓한 공간에 가구라고는 내 앞에 놓인 책상 하나뿐이었고, 하얗게 칠해 둔 벽에는 녹물이 흘러내린 자국들이 군데군데 눈에 띄었다. 근처에서 기차 지나는 소리가 나는 것으로 보아 기찻길 주변 같았다.

"여기가 어딘지 궁금하시죠? 뭐, 궁금해할 거 없어요. 별로 안 중요하니까……. 내 소설에서 주인공이 자길 따라다니던 친구를 죽였던 버려진 농가일 수도 있고, 부모님이 물려준 시골집일 수도 있죠. 그보다……."

놈은 책상에 놓았던 책을 다시 집어 들어 내게 보여 주었다.

"이 책 읽어 보셨어요?"

놈이 들고 있는 책은 『스티븐 킹 미스터리 환상 특급』이란 책이었다. 대답이 없자, 놈은 상관없다는 듯 말을 이었다.

"지금 이 책에는 두 편의 소설이 실려 있어요. 하나는 「멈춰버린 시간」이라고, 영화로도 만들어졌어요. 공포 영화 만드시니까 아시겠지만, 톰 홀랜드란 감독 들어 보셨죠? 「프라이트 나이트」하고 「사탄의 인형」은 그나마 괜찮았지만, 뒤론 영 아닌 영화만 만들었는데, 「멈춰 버린 시간」을 이 친구가 영화로 만든 스티븐 킹의 「랭골리어」도 영 아닌 영화 중의 한 편이죠. 또 하나가 「소설을 훔친 남자」라는 소설이에요. 이것도 조니 뎁 주연의 「시크릿 윈도」라는 제목으로 영화화되었더라고요. 근데 이거 읽고 아차 싶었거든요. 왜지 아세요?"

내가 그 이유를 알 리 없었다. 나는 여전히 입을 열지 않았다.

"재미있는 게 뭐냐면, 이 소설이 예전에 제가 쓰려고 했던 내용 그대로거든요. 제목도 같다니까요. 「소설을 훔친 남자」. 가끔씩은 스티븐 킹이란 작자가 그렇게 소설을 잘 써 내놓는 게 전 세계에 퍼져 있는 작가 지망생들의 아이디어를 쪽쪽 빨아들이는 초자연적인 능력이 있어서 그런 건 아닌가 싶어요."

그 말에는 공감이 갔다. 하늘 아래 새로운 게 없다는 성서의 경구대로 나 역시 그와 같은 경험을 한 적이 여러 번 있었다. 군 시절 불침번을 서며 구상했던 여고를 배경으로 한 공포 영화는 이내 박기형 감독에 의해 「여고 괴담」으로 영화화되었고, 거울 속의 내가 나를 죽인다는 애드거 앨런 포의 「윌리엄 윌슨」에서 힌트를 얻은 '도플갱어' 아이디어는 김성호 감독에 의해 「거울 속으로」로 한 발 앞서 영화화되었다.

"근데 이 소설 보고 생각나는 거 없어요?"

놈은 나를 물끄러미 바라보며 조소를 머금었다.

"내가 당신 소설을 훔치기라도 했다는 거요?"

비로소 내가 입을 열자 놈은 싱긋 웃었다. 지금 보니, 전에 보았을 때 놈의 뺨에 앉아 있던 검버섯들이 눈가와 입가에까지 번져 있었다.

"비슷해요. 정답은 아니지만……."

그리고 놈은 일어섰다. 놈에 가려져 보이지 않던 방구석이 눈에 들어왔다. 아내가 있었다. 아내는 방구석에 휴지 조각처럼 구겨져 있었다. 정신을 잃은 것 같았다.

"사람의 기억력이란 게 한계가 있다는 거 아시죠? 저기 있는 당신 부인이 어제 일을 까맣게 잊어버리고 있는 것처럼……."

놈은 내 앞에 위압감을 주듯 팔짱을 낀 자세로 서서 말했다. 놈이 도대체 무슨 말을 하고 싶은지, 왜 나를 묶어 두고 이런 짓을 하고 있는지 도무지 속셈을 알 수 없었다.

"참, 내 소설…… 읽어 보셨어요?"

"……."

"읽어 보셨죠?"

"읽어 봤소."

마지못해 대답했지만 내 목소리는 약간 떨렸다. 마음 같아서는 반말로 대답하고 싶었지만 솔직히 놈이 아내나 나에게 어떤 위해를 가할까 두려웠다.

"형편없죠? 제목 그대로 '몸'이라는 공통분모를 갖고 있기는 하지만, 연작이라고 하기에는 등장인물이나 이야기상에 전혀 연계성이 없고, 에피소드마다 어떤 식으로든 '소외된 등장인물'이 '사회 혹은 타인' 사이에서 '모종의 갈등'을 겪다 '끔찍한 자멸'을 맞는 식의 구성이 뫼비우스의 띠처럼 반복되고……. 또 있네요. 인간의 신체 변형을 다룬다는 면도 일본 공포 만화가 이토 준지의 여러 작품과 유사점이 많아 독창성조차 결여되어 있다……
이 말씀을 하고 싶으신 거죠?"

놈은 자신의 소설을 읽은 내 감상을 그대로 책 읽듯이 읊었다.

"당신, 뭐 하는 거야, 지금."

아무리 태연함을 가장하려 해도 목소리는 자꾸 떨려 나왔다.

"아뇨. 전 그냥 양 감독님께서 그렇게 생각하실 거 같아서요.
아니면 저야 다행이고요. 그래도 제 소설에 뭔가 있지 않던가요?
뇌세포를 사정없이 긁는 불쾌감. 제가 아는 누구는 그러더라고요.
내용도 괜찮고, 옴니버스 영화로 만들어도 괜찮을 거 같다
고……."

놈은 정확히 내 머릿속과, 아내가 소설을 읽고 한 말을 꿰뚫고
있었다.

"너 뭐야, 뭐 하는 놈이야, 정체가 뭐야?"

내 고함에 놈은 배시시 웃을 뿐이었다. 다리가 후들거렸다. 놈
앞에서 후들거리는 다리를 망치로 부수어 버리고 싶다는 파괴욕
이 일순 가슴속에서 솟구쳤다가 사그라졌다.

"다리가 후들거리는 건 자연스러운 일이에요. 사람이 공포를
느끼면 신체에서 반응이 오는 건 당연한 일이거든요. 그러니까 너
무 자학하지는 마세요."

놈은 내 어깨를 다독거리기까지 했다. 내가 할 수 있는 것은 놈
을 노려보는 것뿐이었다. 놈이 어떻게 내 마음속까지 꿰뚫어 읽는
지는 도저히 알 수 없었다.

"궁금하시죠? 제가 어떻게 당신 마음속까지 꿰뚫고 있는지. 그
게요……."

한동안 놈은 뜸을 들였다. 나를 안달나게 하려는 속셈 같았다. 나는 참을성 있게 놈의 말을 기다렸다.

　"답은 간단해."

　갑자기 놈이 말을 놓았다. 그나마 경어체마저 사라지자 완전히 놈의 손아귀에 들어와 옴짝달싹 못하게 된 기분이었다. 다시금 네 펜데스의 환영이 눈앞을 스쳐 지나갔다.

　"당신은…… 내 소설을 받아 들고 읽은 순간부터 내 소설 속의 등장인물이 된 거야."

　놈은 다시금 나를 바라보며 씩 웃었다. 소름 끼치는 웃음이었다.

　"아니, 당신이란 존재 자체가 내 소설이 되어 버린 거지. 당신 몸도 이미 내 소설이 되었다 이거야."

　그리고 놈은 손을 뻗어 내 어깨를 짚으며 말했다.

　"왜? 내가 거짓말하고 있는 거 같아? 그렇지? 근데 어째요? 사실인데……."

　새삼 아내에게 물렸던 상처가 가렵기 시작했다.

　"정 못 믿겠으면 당신 부인한테 물린 상처를 봐."

　놈은 나에게 다가와 아내에게 물린 상처를 감싼 붕대를 풀어 보여 주었다. 상처는 엄지손가락 바로 아래에 있었다. 어제 생긴 상처가 아물지 않고 오히려 더 커진 모양이었다. 사실 커졌다는 표현은 적합하지 않았다. 상처가 다른 것으로 변했다는 게 더 정확했다. 처음 보는 것이지만, 실은 늘 보아 오던 것이었다. 그것은 입이었다. 입이 있기 위해서는 두개골이 있어야 하고 두개골과 연결된 턱이 있어야 한다. 물론 성게나 지렁이처럼 두개골과 턱뼈가 없이도 입이 있는 동물도 있다. 하지만 그건 어디까지나 뼈가 없는 동물의 경우다. 뼈가 있는 동물은 모두 두개골과 턱뼈 사이에 괄약근으로 이루어진 입이 존재한다. 하지만 아무리 봐도 내 엄지 손가락 아래 생긴 구멍은 입이었다. 뚜렷하지는 않지만 윗입술과 아랫입술도 구분이 될 정도였다.

"멋지지?"

놈은 내 엄지 밑에 생긴 입이 제 작품이라도 되는 양 자랑스럽게 말했다.

"나한테 왜 이러는 거야? 도대체 원하는 게 뭐야?"

나는 치를 떨며 놈에게 물었다.

"아직 감이 안 와? 그렇겠지, 그럴 거야. 아, 돈은 아니야. 영화 한 편 만들고 빌빌거린 당신이 빈털터리란 사실쯤은 나도 잘 알고 있거든."

"그럼 도대체 나한테 뭘 원하는 거야?"

"그 질문에 대답해 주기 전에 당신한테 보여 줄 게 있어."

말을 마치며 놈은 돌아서서 책상 위에서 뭔가를 찾는 듯하더니, 깜박했다는 듯 이마를 짚고 잠시 골똘히 생각하는 것 같았다. 그러다 생각이 났는지 엄지와 중지를 퉁겨 딱 소리를 내고는 방문 쪽으로 걸어갔다.

"잠깐만……. 차에 두고 왔나 본데, 기다리라고……. 그리고 혹시 소리를 질러 누구한테 도움을 청할 생각이 있으면 포기하는 게 좋아. 이 집을 중심으로 반경 1킬로미터 이내에 사람이라곤 당신과 당신 부인, 그리고 나뿐이니까……. 낮엔 주변 과수원에 배 봉지를 싸러 오는 아줌마나, 과실수에 농약 뿌리러 오는 농부라도 있을 테지만 지금은 아무도 없거든."

그러고는 놈은 방을 나갔다. 멀어지는 놈의 발소리를 들으며 나는 주위를 둘러보았다. 발밑에서 약간 떨어진 바닥에 청테이프와 작은 칼이 떨어져 있었다. 놈이 나를 묶을 때 사용한 모양이었다.

"여보……! 여보!"

나는 나지막이 아내를 불렀다.

"여보, 정신 좀 차려 봐! 여보!"

절박한 심정으로 아내를 재차 불렀다. 놈이 돌아오기 전에 아내가 깨어난다면 승산이 있었다. 아내가 정신을 잃었기 때문인지 놈이 아내는 묶어 두지 않았기 때문이다.

"제발 좀…… 여보! 눈 좀 떠 봐. 제발……."

내 간절한 바람에 대답하듯 아내가 눈을 떴다. 그리고 여기가 어딘지 의아해하는 눈으로 사방을 둘러보았다. 비로소 살 길이 열리는 기분이었다. 의자에 묶인 나를 발견한 아내가 놀라 비명을 지르려 했다.

"쉿! 쉬…… 조용히 해. 말은 하지 말고…… 일어나 봐. 일어날 수 있겠어?"

내 말에 아내는 고개를 끄덕이며 일어나 앉았다.

"요 앞에 칼 보이지? 그거 들고 이리 와서 이것 좀 풀어 줘."

아내는 두리번거리다 칼을 발견하고는 내가 시킨 대로 그것을 집어 들고 느릿한 동작으로 나에게 다가왔다. 발소리가 들렸다. 놈이 돌아오는 모양이었다. 놈이 방에 들어오기 전에 몸이 자유로워져야 뭔가 할 수 있었다.

"이것 좀 잘라, 빨리……."

아내가 테이프를 향해 칼을 치켜들었다. 테이프를 자르려는 것

치고는 동작이 너무 크다 싶었다. 그 순간 방문이 열렸다. 아내는 정확히 내 오른손 손등에 칼을 힘껏 꽂았다. 칼날이 손등의 혈관을 끊고 힘줄과 뼈를 긁으며 손을 관통해 의자 팔걸이에 박혔다.

"끄아아악!"

나는 비명을 질렀다. 고통으로 눈앞이 아찔했다. 방으로 들어온 놈이 그 광경을 보더니 낄낄대며 웃었다.

"아니, 내외지간에 지금 뭐 하는 거야? 부부싸움이라도 하나?"

아내는 마치 놈의 충성스러운 수하라도 되는 양 놈의 곁에 가서 섰다. 고통과 배신감이 뒤엉킨 감정으로 나는 아내와 놈을 바라보았다.

"도대체 내가 아까 얘기할 때 뭐 들었어? 당신이 내 소설 속의 등장인물이라고 했잖아. 그럼 당신 아내는 아닐 거 같아? 당신 아내도 내 소설의 등장인물이야. 내 맘대로 주무를 수 있는 등장인물이라고."

아내와 처음 만나던 날이 생각났다. 그때도 아내는 긴 생머리였고, 실없는 내 농담에 싱그러운 웃음을 터뜨리는 여대생이었다. 사랑을 고백하던 날, 첫 키스를 하던 날, 처음으로 하나가 되던 날, 프러포즈를 하던 날, 결혼식을 올리던 날, 내 연출 데뷔작을 감격에 찬 눈으로 지켜보던 날…… 아내와 함께했던 수많은 날들이 모래성처럼 눈앞에 솟아올랐다가 산산이 부서져 내렸다. 그럴 리 없다. 아내가 놈의 마음대로 좌지우지되는 꼭두각시일 리 없다. 미쳤다. 놈은 미친 게 틀림없었다. 아내마저 최면이나 약물 따위로 제 편으로 끌어들인 게 분명했다. 칼에 관통당한 손에서 뜨뜻한 피가 흘러나와 의자 팔걸이와 팔꿈치를 적시다 바닥에 뚝뚝 떨어졌다. 상황은 점점 더 내게 불리해지고 있었다.

"내 참, 이 양반이 아직도 뭘 모르시네. 이걸 보라고!"

놈은 들고온 원고를 내게 들이밀었다. 그리고 소설이 끝난, 맨 뒷장을 펼쳐 보여 주었다.

그 순간, 도저히 믿을 수 없는 광경이 내 눈앞에 펼쳐졌다. 소설은 계속 씌어지고 있었다. 컴퓨터에 설치된 워드프로세서 화면이 아니라 분명 평범한 A4 용지로 된 원고였지만, 워드프로세서에 씌어지는 활자처럼 소설은 원고의 여백을 계속 채워 가고 있었다.

게다가 원고에 씌어지고 있는 것은 다름 아닌 지금 이 상황이었다.

현기증이 일었다.

이것 역시 놈이 꾸민 상황일 것이다. 내 눈앞에 일어나고 있는 현실이 아닐 것이다. 나는 눈을 질끈 감았다 떴다. 그러나 원고에는 계속 소설이 씌어지고 있었다. 현기증이 일고, 이걸 현실이 아니라 놈이 꾸민 상황이라고 생각하고, 내가 눈을 질끈 감았다 뜨는 부분까지 마치 동시 중계를 하듯 소설은 끊임없이 이 상황을 써 내려가고 있었다.

"그만! 그만해!"

나는 고함을 질렀다. 환각이었다. 놈이 일으킨 환각, 놈의 소설이 일으킨 환각……. 이마에서 흘러내리는 식은땀이 느껴졌다. 이건 현실이 아니야. 이건 현실이 아니야……. 나는 거세게 고개를 가로저었다.

"아직도 내가 왜 당신을 내 소설로 끌어들였는지 모르겠어?"

놈이 물었다. 비아냥거리던 투가 사라진, 진지한 말투였다.

"이건 현실이 아니야, 이건 현실이 아니야…… 꿈이야. 악몽이
야……."

나는 미친 듯이 중얼댔다.

"아직도 이게 꿈인 것 같아? 악몽인 것 같아?"

놈은 나를 바라보며 냉소했다.

"지금 이 상황이 네 말대로 악몽인지 아니면 현실인지 알려
주지."

놈의 말이 끝나자마자, 갑자기 아내가 나에게 다가섰다. 그때
나는 보았다. 한 올 한 올이 살아 움직이는 환형동물처럼 허공으
로 쭈뼛 일어서는 아내의 머리카락을. 마치 사방에서 강한 정전기
가 아내의 머리카락을 끌어당기는 것 같았다. 사방으로 뻗은 아내
의 머리카락들은 심해의 해초처럼 너울거리며 살기를 뿜어냈다.
머리카락 몇 올이 다가와 내 오른쪽 눈의 속눈썹들을 휘감았다.
그리고 내 눈을 최대한 크게 벌렸다.

"뭐……, 뭐 하려는 거야. 하지 마, 여보! 응? 하지 마!"

머리카락들이 너울거리며 오른쪽 눈을 향해 다가왔다. 마치 수
술에 사용되는 수술용 메스와 바늘처럼. 눈은 본능적으로 감기려
했지만, 속눈썹을 붙들고 있는 머리카락의 완강한 힘 때문에 감기
지 않았다.

"제발…… 하지 마! 제발……."

그러나 머리카락은 끝내 내 오른쪽 눈알을 감싸며 파고 들어왔
다. 생각보다 아프지는 않았다. 그러나 섬뜩한 이물감 때문에 소
름이 돋았다. 머리카락 몇 십 올이 뱀처럼 내 눈알을 감싸고 뒤쪽

으로 스며들어 눈알을 휘감더니, 뱀의 이빨 같은 머리카락 끝을 눈알 뒷부분에 박아 넣었다. 그리고 거세게 당기기 시작했다.

눈앞에서 거대한 폭죽이 터졌다.

나는 비명을 질렀다. 한번도 느껴 보지 못했던 고통이 오른쪽 눈 속에서 일었다.

아내의 머리카락에 감싸인 나의 오른쪽 눈알이 원래 자리를 이탈해 밖으로 튀어나오고 있었다. 눈알 뒤쪽으로 연결된 신경근들이 투둑투둑 끊어지는 소리가 내 오른쪽 눈에서 들려왔다.

"끄으아아아……!"

나는 미친 듯이 비명을 질렀다. 오른쪽 눈이 있었던 자리에서는 연신 피가 솟구치며 흘러내렸다. 아내는 내 비명에는 아랑곳없이 책상으로 걸어가 머리카락에 들려 있던 눈알을 책상 위에 올려놓았다. 내 오른쪽 눈알은 구슬처럼 책상 위를 굴렀다. 고통은 현실보다 더 지독했다.

"이제 대답해 봐. 이건 현실일까, 아니면 악몽일까?"

현실인지 악몽인지는 중요하지 않았다. 이게 빌어먹을 현실이든 악몽이든, 더 이상의 고통이 없기만을 바랄 뿐이었다. 나는 남은 한 눈을 굴려 입가에 조소를 띠고 나를 바라보는 놈과 아내를 바라보았다.

"약해 빠진 새끼. 겨우 그것 갖고 징징대기는……. 내가 전에 말했지? 내가 공포 소설을 쓰면서 가장 두려웠던 게 내 소설이 현실이 되는 거라고……. 내 뺨에 생긴 검버섯들을 봐. 이게 점점 번지고 있어. 내 소설 「얼굴」에서 주인공 얼굴을 뒤덮던 피부염처럼 말야. 생각해 봐, 이건 소설일까, 현실일까?"

나는 놈의 뺨을 뒤덮은 검버섯들을 바라보았다. 흉측스러웠다.

"자, 내가 왜 당신을 내 소설로 끌어들였는지 이제 좀 감이 잡혀?"

나는 대답하지 않았다. 고통은 여전히 계속되고 있었다. 지금 놈을 죽여 없애고 저 눈알을 들고 병원으로 간다면 봉합 수술을 받을 수 있을까.

"에이, 그런 쓸데없는 생각 하지 말고, 내가 왜 당신을 내 소설로 끌어들였는지 생각을 해 보라고."

개소리였다. 놈은 뼈와 살을 가진 내가 제 소설 속의 인물이 되었다는 과대망상을 인정하길 바라고 있었다. 나는 후회했다. 그날 놈의 원고를 받은 것을 후회했고, 놈의 소설을 읽은 것을 후회했다. 그러나 지금 이 순간에는 놈의 과대망상에 동조해 주는 수밖에 다른 방법이 없었다.

"뭔가…… 원수를…… 졌겠지."

오른쪽 뺨을 타고 흘러내리는 핏줄기의 감촉을 느끼며 나는 힘겹게 대답했다. 원수를 진 사이가 아니고서야 내게 이런 짓을 할 리 없었다. 그러나 나는 놈에게 그 어떤 몹쓸 짓도 한 적이 없었다. 놈을 만난 게 겨우 며칠 전인데, 내가 놈에게 무슨 짓을 했겠는가. 놈은 세상에 맺힌 게 많은 피해망상증 환자일 것이다. 그래서 세상을 향한 분노를 표출할 대상이 필요했을 것이다. 거기에 내가 운 나쁘게 걸려들었을 뿐이다.

"음…… 비슷해. 근데 정답은 아니야."

멀쩡한 사람의 목숨을 위협하고, 아내를 납치하고, 눈알을 뽑아 가며 기껏 묻는다는 게 고작 유치한 수수께끼였다.

"정답을 알려 줄까?"

놈이 내게 말했다.

"당신은 내 소설로 영화를 만들었어, 내 허락도 없이……. 기억 안 나?"

놈이 갑자기 웃음을 거두고 정색하며 나에게 말했다. 그러나 나는 며칠 전에 놈의 원고를 받은 것 말고 놈의 소설 따위는 본 적도 없었고, 당연히 훔친 적도 없었다.

"기억이 안 난다? 아직도 기억이 안 난단 말이지?"

놈이 아내를 바라보며 턱짓을 했다. 다시 아내가 살아 있는 머리카락들을 하늘거리며 나에게 다가왔다. 정말 인정하고 싶지 않지만 무서웠다. 아랫도리가 축축이 젖어드는 게 느껴졌다.

"가까이 오지 마! 여보! 당신이 어떻게 나한테 이럴 수 있어? 가까이 오지 마! 제발…… 제발!"

아무리 처절하게 애원해도 아내는 마네킹처럼 무표정했다. 머리카락들이 내 오른쪽 손에게 다가왔다. 그것들이 움츠러드는 내 다섯 손가락들을 휘감아 쭉 펴게 했다. 손이 떨렸다.

"제발, 여보…… 하지 마! 응? 난 당신 남편이야! 당신 남편이라고!"

머리카락이 손등에 박혀 있던 칼을 휘감아 빼내어 바닥에 내동댕이쳤다. 그리고 살아 있는 머리카락 몇 올이 내 손톱 밑으로 파고들기 시작했다. 일제 강점기 때 검거된 독립 투사들에게 일본인들이 손톱 밑에 대나무 살을 찔러 대며 고문했다는 이야기를 들은 적이 있었다. 이야기로 듣는 것과 실제로 겪는 것은 천지차이였다. 머리카락들은 다섯 손가락의 손톱 밑에 덮여 있던 여린 속살

깊숙이 파고 들어왔다. 손톱 속을 까맣게 파고든 머리카락 사이로 검붉은 피가 배어 나왔다.

"끄아아아아……!"

나는 미친 듯이 비명을 질러 댔다. 아무리 비명을 질러도 손톱 밑으로 무수한 바늘이 파고드는 듯한 고통은 멎지 않았다.

"아프지? 아프면 기억을 해 봐."

아내 옆에서 팔짱을 낀 놈이 약 올리듯 말했다.

"끄으윽, 기억이 없는데 어떻게 기억을 해 내…… 이 씹할놈 아! 차라리 날 죽여. 어차피 그게 네 최종 목적이 아니었나?"

나는 놈에게 악다구니를 써 댔다.

"진짜 당신이란 인간……, 구제불능이구나."

놈은 나를 들여다보며 혀를 찼다. 딱하다는 표정으로 나를 바라 보던 놈이 아내에게 눈짓하자 머리카락들이 손톱 속에서 빠져나 갔다. 고통은 남아 있었지만, 손톱 속을 헤집던 머리카락들이 빠 져나간 것만으로 충분히 살 것 같았다. 놈은 품속에서 또 다른 원 고 뭉치를 꺼내어 나에게 내밀었다.

"자, 이게 바로 답안지야!"

놈이 내 앞에 원고를 내밀었다. '김종일 장편소설' 이라는 부제 와 '손톱' 이라는 커다란 제목이 앞장을 차지하고 있는 원고였다.

"팔을 풀어 줄 테니까 얌전히 있어. 답안지는 검토해 봐야지?"

놈이 바닥에 떨어진 칼을 집어 들어 내 팔뚝을 팔걸이에 묶고 있었던 청테이프를 잘라 냈다. 나는 만신창이가 된 오른손을 왼손 으로 감싸 쥐고 괴로워했다.

"지금 아픔을 달래고 있을 때가 아니라니까……."

놈은 내 손에 원고를 쥐어 주었다. 나는 그것을 훑어보기 시작했다. 내 데뷔작 「손톱」과 대사, 인물 설정, 기승전결까지 너무도 흡사한 소설이었다. 그러나 나는 그 소설을 본 적이 없었다. 본 적이 있었다면 기억하고 있을 터였다. 「손톱」은 놈이 쓴 소설이 아니라, 내가 내 아이디어로 각본을 쓴 내 영화였다.

"당신이 세상에 내놓은 첫 영화, 「손톱」. 그걸 당신 작품이라고 생각하고 있지, 지금도?"

나는 놈을 올려다보았다.

"근데 그건 내 작품이었어! 내가 골방에 틀어박혀 생살을 깎는 기분으로 쓴 내 소설이라고! 그걸 몇 년 전에 썼는지 알아? 5년 전이야, 5년 전! 그때 당신은 꽤 이름난 시나리오 작가였고 나는 새파란 시나리오 지망생이었어. 내가 소설을 내밀었던 5년 전을 당신은 까맣게 잊어버렸겠지만 나는 또렷하게 기억나. 그날 내가 내미는 원고를 받아들던 당신의 손, 그 무성의한 태도도……."

놈은 잠시 말을 멈추고 혐오스러운 속물을 보듯 나를 빤히 노려보았다. 부담스러운 시선이었다.

"그렇게 무성의하게 받아 든 내 원고를 가지고 당신은 시나리오를 썼어. 그리고 영화감독으로 데뷔했지. 그것도 촉망받는 공포 영화 감독으로 말야!"

놈은 거품을 물듯 흥분했다. 침방울이 내 옷에 튈 정도였다. 놈은 잠시 흥분을 가라앉히려는 듯 식식대며 호흡을 골랐다. 나는 놈이 무슨 소리를 하는지 도무지 알 수 없었다. 나는 분명 내 머릿속에서 내 아이디어를 끄집어내어 시나리오를 썼다. 내 영화 「손톱」은 분명…….

한데 이상했다. 그때까지만 해도 완전히 망각되어 있던 기억 속에서 놈의 얼굴이 희미하게 떠오르기 시작했다.

"시나리오 작가 양정모 씨 되시죠?"

그때 놈의 얼굴은 지금보다는 많이 말라 있었다. 마지못해 그걸 받아 들었지만 읽어 보고 싶은 마음은 추호도 없었다. 다만 당시 나는 불면증을 앓고 있었고, 며칠 후 잠에 들기 전 그 소설을 읽고 나서도 그걸 영화화해야겠다는 생각은 전혀 하지 않았다. 그저 휴지통에 놈의 원고를 버렸을 뿐이고 그 후로 까맣게 모든 일을 잊어버렸다. 그런데 그로부터 몇 달 후 「손톱」의 아이디어가 떠올랐다. 그때 나는 그게 분명 내 머릿속에서 나온 것이라고 생각했고, 그에 대해 전혀 의심하지 않았다. 어쩌면 일말의 죄의식이 놈의 소설에 대한 모든 기억을 덮어 버렸을지도 몰랐다.

"흠, 뭐 어쨌든 상관없어. 내가 몇 년 간 바라 온 모든 건 이제 이루어졌으니까. 그저께 당신이 내 소설을 받아 들면서 당신은, 당신 몸은 내 소설이 되었어. 믿든 안 믿든 현실이야, 그게⋯⋯. 당신 부인이 왜 내 소설을 먹어 치웠는지 알아? 내 소설에 빠진 거야. 자기 부족의 일원이 죽었을 때 그 고기를 먹어 치워서 고인의 영혼을 내 몸 안에 내재시키게 된다고 믿는 원주민들 얘기 들어 봤어? 그거나 마찬가지라고. 당신도, 당신 부인도 내 소설이 된 거야."

나는 그를 바라보며 몸을 떨었다. 놈은 다시금 득의연한 웃음을 되찾고 있었다.

"안 믿어지지? 안 믿어질 거야. 하지만 뭐, 돌이킬 수 없는 거니까⋯⋯. 믿든 안 믿든, 미쳐 버리든 말든, 당신은 내 소설 속에서 죽을 때까지 방황하게 되어 있어. 모든 게 내가 쓴 대로 돌아가게 되어 있거든. 지금도 소설은 계속 씌어지고 있고…….”

놈이 처음 보여 주었던 원고를 재확인하듯 펼쳐 보여 주었다. 놈의 말대로 소설은 여전히 원고에 계속 씌어지고 있었다. 나는 발끈해서 소리쳤다.

“미쳐도 단단히 미쳤나 본데, 자유의지라고 몰라?”

그러나 놈은 피식 웃으며 원고에 씌어진, 방금 내가 한 대사를 보여 줄 뿐이었다.

“자유의지? 좋지…… 좋은 말이야. 그럼 어디 네 자유의지대로 해 봐.”

그러면서 놈은 내 손에 칼을 쥐어 주었다.

“자유의지대로 해 봐. 나를 찌르든 뭘 하든 마음대로 해 보라고…….”

놈은 다시 책상으로 걸어가 책상 위에 원고를 내려놓고 예의 삐딱한 자세로 앉아 느긋하게 스티븐 킹의 책을 집어 들고 읽기 시작했다. 놈이 원하는 게 도대체 뭔지 여전히 알 수 없었다. 한동안 머뭇거리던 나는 왼손으로 칼을 쥐고 허리와 발목에 감겨 있던 청 테이프를 잘라 냈다. 그리고 의자에서 일어나 놈과 아내를 남은 눈으로 바라보았다. 놈의 곁에 선 아내의 머리카락은 너울거림을 멈추고 가라앉아 있었지만, 아내의 눈은 여전히 초점이 없었다. 아내의 모습은 마치 주인 곁을 지키는 충견과도 같았다. 여전히 출혈이 잦아들지 않는 오른쪽 눈을 왼손으로 지압하며 나는 놈에게 말했다.

“그런데…… 말이야. 뭐 하나만 물어보자.”

내 말에 놈이 눈을 들었다.

"뭐?"

"내가 네 소설이 되었다고 그랬지?"

놈이 귀찮아하는 기색으로 책을 덮고 책상 위에 내려놓았다.

"그래서?"

"그럼…… 넌 뭐냐."

놈의 얼굴에 의아해하는 기색이 어렸다. 놈의 눈초리가 치켜 올라갔다.

"무슨 개소리야?"

"넌 뭐냐고. 설마…… 너도 네 존재가 현실의 김종일이라고 착각하고 있는 건 아니지?"

놈이 일어섰다. 화가 난 표정이었다.

"뭐라고 지껄여?"

이렇게 된 이상 더 잃을 게 없었다. 나는 계속 말을 이었다.

"네가 공포 소설을 쓰면서 가장 두려웠던 게 뭔지 아냐고 물었지? 그리고 그랬지. 네 소설이 현실이 되는 거라고……. 그럼 하나 물어보자. 나를 비롯한 이 모든 게 그저 네 소설이라면 내 앞에 서 있는 너는…… 볼때기에 니 소설에서 나온 피부염이 자라나고 있는 너란 존재는 뭐냐고……."

놈의 미간이 찌푸려졌다. 혼란에 빠져드는 모습이 역력했다. 그러나 나는 멈추지 않았다. 비아냥거리는 투로 나는 연신 놈에게 물었다.

"너란 존재는 대체 현실이냐, 소설이냐? 아니면 쥐뿔도 아니냐."

놈이 피식 웃으며 말했다.

"혓바닥을 안 잘라 놨더니 주둥이는 잘 놀리네. 내가 뭔지 궁금해? 난 네 목숨을 떡 주무르듯 할 수 있는 작가라고. 아직도 몰랐어?"

"어…… 그래. 그건 알겠는데, 넌 지금 뭐냐고……. 너 역시 저기 씌어지고 있는 소설 속의 등장인물밖에 더 돼?"

놈은 한참이나 나를 노려보았다. 그리고 천천히 입을 열었다.

"그거에 대해선…… 말이야. 아직 쓴맛을 덜 봐서 주둥이 나불대는 네놈을 죽여 버리고 나서 한번 생각해 보지."

말을 마치자마자 놈이 나에게 달려들었다. 나는 놈과 한 덩어리가 되어 허공으로 떠올랐다가 바닥에 나뒹굴었다. 내 몸 위에 올라탄 놈이 사정없이 내 목을 졸라 댔다. 놈의 손아귀가 목을 옥죄어 들며 나의 기도와 식도를 일순에 막아 버렸다.

고통스러웠다.

2%…… 5%…… 9%…… 17%…….

놈은 더욱더 세게 목을 졸랐다. 내 왼손에서 한 뼘 정도 떨어진 바닥에 나이프가 뒹굴고 있는 게 보였다.

24%…… 35%…… 52%…… 67%…….

놈의 입가로 흘러나온 침이 나의 얼굴에 툭 떨어졌다. 눈앞이 뿌옇게 흐려지며 얼굴에 핏기가 가시는 게 느껴졌다. 고통스러웠다. 나는 만신창이가 된 오른손을 뻗어 놈의 얼굴을 손톱으로 긁었다. 피부가 손톱에 긁히면서 피부 조직이 벗겨져 나갔다. 하얗게 까진 상처에서 잠시 후 피가 배어 나왔다. 그러나 놈은 미동도 하지 않았다. 오로지 나의 목을 조르는 데에 혼신의 힘을 쏟고 있을 뿐이다.

72%······ 85%······ 91%······.

고통스러웠다. 점점 몸의 힘이 빠져나갔다. 나는 마지막 힘을 다해 왼손을 뻗었다. 그러나 칼은 손에 잡히지 않았다.

97%······ 98%······ 99%······.

"그어어어······."

갑자기 놈의 손아귀 힘이 풀렸다. 그리고 놈은 기묘한 소리를 내기 시작했다. 마치 이를 닦고 입속을 헹굴 때 내는 소리를 나지막이 내고 있는 것 같았다. 놈의 몸 앞쪽을 뭔가가 뒤덮고 있었다. 자세히 들여다보니 그것들은 무수한 머리카락들이었다. 아내의 머리카락들은 날이 곤두선 바늘처럼 놈의 머리부터 등, 엉덩이, 허벅지에 이르는 온몸을 꿰뚫고 나와 하늘거리고 있었다. 나는 가까스로 놈을 밀쳐 내고 일어나 자신의 피조물에 온몸이 꿰뚫려 버둥거리는 놈의 몰골을 바라보았다. 아내가 잠시 이성을 되찾아 놈으로부터 나를 구한 것일까. 모를 일이다. 여전히 아내의 눈은 초점이 없었다. 분명한 건 놈이 자신의 소설에 씌어진 대로 최후를 맞게 되었다는 사실이다.

그러나 아니었다.

버둥거리던 놈이 동작을 멈추는가 싶더니 갑자기 낄낄대며 웃기 시작했다. 다음 순간 놀라운 일이 벌어졌다. 놈은 자리에서 일어서서 아내의 머리카락을 자석처럼 끌어당기기 시작했다. 놈은 그 자리에 그대로 서 있었지만, 아내의 머리카락은 놈에게 흡수되듯 놈의 몸속으로 빨려 들어갔다. 머리카락들이 놈의 몸에 박힌 채로 아내는 하릴없이 질질 끌려갔다. 놈의 등이 꿈틀대며 옷이 찢겨졌다. 그리고 파리지옥의 잎처럼 등이 쩍 갈라지더니 커다란 입이 열렸다. 바닥이 없는 수렁처럼 아내의 머리카락을 집어삼킨 놈의 입은 아내의 몸마저도 집어삼키기 시작했다. 뒤늦게 달려가 아내의 다리를 붙들었지만 소용없었다.

놈은 완전히 아내를 집어삼켰다. 아내의 몸을 씹어 삼키는 듯 꿈틀대던 놈의 몸이 점점 비대해지고 거대해졌다. 놈의 몸에서 희미한 연기 같은 것이 피어올랐다. 아니, 피어오른다기보다는 일렁인다고 하는 게 정확할 것이다. 봄날 아스팔트에서 돋는 아지랑이처럼 연기 같은 것이 일렁이며 놈의 몸 주변을 맴돌았다. 그게 뭔지 알 수는 없지만 본 적은 있었다. 놈의 차에서 구물구물 기어 나와 내 차를 향해 날아왔던 연기. 그것이었다.

그러나 이번에는 그 느낌이 훨씬 강하고 거대했다. 연기가 점점 진해지면서 내 주변에까지 소용돌이쳤다. 밖으로 방출하는 소용돌이가 아니라 안으로 끌어당기는 소용돌이였다. 갈퀴손이 된 연기는 나를 놈에게 거세게 끌어당겼다. 다시금 쩍 벌어진 놈의 거대한 입속으로⋯⋯.

나는 내가 앉아 있었던 의자를 집어던졌다. 의자가 놈의 입에 턱 걸렸다. 그러나 파리지옥의 소화액 같은 놈의 체액에 이내 녹아버렸다. 의기양양하게 놈이 다리를 어기적거리며 내게 다가왔다. 책상! 나는 이를 악물고 몸을 날려 가까스로 놈의 책상 위를 굴러 넘어갔다. 책상마저도 놈에게 질질 끌려가 부딪혔다. 다행히 책상의 부피 때문에 놈의 입은 그걸 집어삼키지도 쉽사리 녹이지도 못했다. 그 순간 나는 바닥을 나뒹구는 놈의 원고를 보았다. 나는 놈의 입을 향해 날아가려던 원고를 낚아채어 반으로 접어 호주머니에 끼워 넣었다. 놈이 거칠게 나에게 달려들었다. 나는 책상을 사이에 두고 놈의 입속으로 빨려 들어가지 않기 위해 애썼다. 뒤로 꽤 밀린 탓에 방문에 가까이 와 있었다. 나는 방문을 향해 손을 뻗었다. 책상이 와그작 소리를 내며 부서지고 있었다. 나를 끌어당기는 연기의 힘이 더 강렬해졌다. 방문 손잡이가 손끝에 닿았다. 방문이 벌컥 열리는 순간, 내 몸이 놈의 입을 향해 붕 떠올랐다. 나는 방문 손잡이를 붙들고 마지막 안간힘을 썼다. 놈은 소용돌이처럼 나를 계속 끌어당겼다. 방문의 경첩이 투둑투둑 뜯겨지고 있었다. 호주머니에 끼워 넣었던 원고마저 호주머니를 빠져나가 놈의 입으로 들어갔다. 한데 원고가 입속으로 빨려 들어간 순간 놈이 멈칫하는가 싶더니 나를 끌어당기던 힘이 사라졌다. 그때문에 나는 바닥에 내동댕이쳐졌다. 놈의 입이 닫혔다. 그러나 뭔가 잘못된 모양이었다. 놈이 다시금 입을 쩍 벌리며 괴로워하기 시작했다.

"꾸에에에에……."

놈의 몸이 벌렁거리며 부풀어 올랐다가 오그라들기를 반복했다. 쩍 벌어진 입가로 쉴 새 없이 체액이 흘러나왔다. 그리고 어느 순간, 놈의 몸이 터졌다.

뻥!

한때 놈의 몸이었던 핏덩어리들이 내 몸을 뒤덮었을 때, 나는 비명을 질렀다. 내 비명에 내가 놀랄 만큼 크고 날카로운 소리였다. 그러다 전기 나가듯 퍽 하는 소리가 고막에서 나는가 싶더니 모든 소리가 뚝 그쳤다. 내가 지르던 비명소리도, 열린 문으로 새어 들어오던 바람 소리도, 모든 소리들이 '음소거'한 텔레비전처럼 완전히 사라졌다.

한참 후에야 나는 일어설 수 있었다. 놈과 아내가 있었던 방 안은 형체를 알 수 없는 핏덩어리들로 뒤덮여 있을 뿐이었다. 나는 방문 밖으로 나섰다. 아무 소리도 들리지 않았다. 고막이 손상되었을 수도 있었고, 정신적 충격이 너무 커서 무의식적으로 소리를 거부할 수도 있었다. 그렇게 나는 '음소거' 된 세상으로 나섰다. 밖으로 나오니 새벽이 밝아 오고 있었다. 내가 잡혀 있었던 건물은 시골 산비탈에 세워진 작은 단층 건물이었다. 놈의 말대로 주변에는 과수원과 논밭뿐이었다. 나는 넋 나간 사람처럼 터덜터덜 과수원 아래로 난 논두렁길을 걷기 시작했다. 이슬에 젖은 잡초들이 발목을 스칠 때마다 선뜩한 느낌이 들었다.

"믿든 안 믿든, 미쳐 버리든 말든, 당신은 내 소설 속에서 죽을 때까지 방황하게 되어 있어. 모든 게 내가 쓴 대로 돌아가게 되어 있거든."

아무 소리도 들리지 않는 와중에 놈의 말만 머릿속을 맴돌았다. 눈앞에 논을 가로지른 기찻길이 보였다. 기찻길로 향하는 순간, 귀가 다시 들리기 시작했다. 하지만 내 귀에 들리는 소리는 지금 내 주변에서 나는 소리가 아니었다. 무슨 소리인지는 불분명했다. 잠결에 들리는 사람 목소리 같기도 하고 여러 사람들이 낮게 웅성대는 소리 같기도 했다. 하수구 속에 가득 찬 설치류들이 바글대는 소리 같기도 하고 점액질의 공장 폐수가 구물구물 흘러 내려가는 소리 같기도 했다. 분명한 건 결코 듣기 좋은 소리는 아니란 것이었다. 소리는 점점 나에게 다가오고 있었다. 먹이를 포위하고 야금야금 포위망을 좁혀 들어오는 육식동물 떼처럼……. 나는 계속 걸어 마침내 선로를 앞에 두고 멈추어 섰다.

저만치 기차가 오고 있었다.

기차는 철길을 따라 달려오는 게 아니라 날아오는 것 같았다. 철길에 뛰어들면 기차에 부딪혀 산산조각 날지도 모른다는 생각이 들었을 때, 나는 철길로 뛰어들었다. 기적 소리는 들리지 않았지만, 온몸의 내장이 울리는 것으로 보아 나를 발견한 차장이 기적을 울린 모양이었다.

기차는 가차없이 내 피부와 근육과 뼈를 뭉갤 것이다. 놈의 소설에서처럼 내 몸의 절반은 기차 바퀴 밑에 깔리고, 절반은 날아갈 것이다. 이게 소설이든 현실이든, 그 따위는 상관없었다.

기차가 굉음을 내며 지나갔을 때 나는 사라지고 없을 것이다.

내 자유의지대로…….

에필로그

"아쉽지만 여기서 접자고."

제작자의 말에 화들짝 정신이 들었다. 잠깐 졸았던 것 같다. 어찌된 일인지 귀가 멍하고 온몸이 뻐근했다. 하긴 오랫동안 고정된 자세로 앉아 있었으니 그럴 만도 했다. 우스웠다. 힘들게 준비한 영화가 엎어지고, 제작자가 그렇게 될 수밖에 없는 사정에 대해 구구한 변명을 늘어놓는 동안 감독이란 작자는 졸고 있었다니……. 잠깐이지만 꿈까지 꾼 듯했다. 내용은 전혀 기억나지 않지만, 굉장히 끔찍한 악몽이었던 것 같았다.

"다시 좋은 작품으로 만나자고!"

제작자의 빈말을 뒤로 하고 씁쓸한 기분으로 영화사를 나오는데 손끝이 미세한 바늘에 찔리는 듯 따끔거려 왔다. 왠지 뭔가 불길한 느낌이 들었다. 불행은 홀로 오지 않는다더니, 어쩌면 또 다른 불행이 나를 기다리고 있는지도 몰랐다. 어쩌면 엘리베이터가 지상으로 추락할 수도 있고 집으로 돌아가다 교통사고로 내가 죽을 수도 있었다. 누군가에게 아내가 납치될 수도 있고 누군가에게 내가 납치될 수도 있다. 산다는 건 정말이지, 한 치 앞을 모를 일이었다. 그러나 아무 일도 일어나지 않았다. 엘리베이터는 지하 주차장에서 멈추었고, 문이 열리자 나는 주차해 둔 차를 향해 터벅터벅 걸어갔다.

차문에 키를 꽂고 문을 열려고 할 때 갑자기 등뒤에서 인기척이 들려왔다.

돌아보았을 때, 사내는 두둑한 서류 봉투를 들고 내 앞에 서 있었다.

아마도 그 속에는 시나리오 공모에서 탈락했거나 영화사에서 거절당한 자작 시나리오가 들어 있을 터였다. 내가 영화감독으로 이름이 알려진 후로 시나리오 작가 지망생들이 찾아와 시나리오를 쥐어 주고 가는 일이 더러 있었다. 막 자동차 문을 열려던 나는 한동안 멈추어 서서 그를 바라보았다. 170센티미터 남짓한 키에 약간 덩치가 있는, 평범한 이십 대 후반의 사내였다. 작은 눈과 두드러진 입술 탓에 고집스러워 보이는 인상이었다. 왼쪽 뺨에 검버섯 같은 얼룩이 몇 점 앉아 있는 게 눈에 띄긴 했다. 한데 근래 유행하는 뻗친 머리와 청록빛이 나는 선글라스 스타일의 안경에 가죽 재킷, 신세대 취향의 하늘색 세로줄 셔츠와 배색을 맞춘 바지 등을 봐서는 글을 쓸 것 같지도 않은 행색이었다. 어쩌면 사내는 느닷없이 호주머니에서 망치를 꺼내 내 머리를 강타하고는 지갑을 털 수도 있고, 클로로포름이 담긴 손수건으로 내 입을 틀어막고 납치해 거금을 요구할 수도 있을 것이다. 더구나 장소가 어둠

침침한 영화사 건물 지하 주차장인 데다 자정이 가까운 시간이라 인적도 드물어 내 망상은 얼마든지 현실로 나타날 수 있었다. 그러나 사내는 나에게 불순한 용무는 없는 모양이었다. 사내는 말했다.

"영화감독 양정모 씨 되시죠?"

그는 내가 "그런……데요?"라고 어눌하게 대답하자마자, 쇠망치나 손수건 대신 들고 있던 서류 봉투를 내게 내밀었다. 사람은 누가 물건을 내밀면 반사적으로 받아 들게 되어 있다. 그때 나 역시 그랬다. 지금 생각해 보면 사내도 그 사실을 간파하고 있었던 것 같다. 사내가 내민 서류 봉투를 아무런 사고 과정 없이 받아 들고 나는 '이걸 어쩌라고?' 하는 의미로 그를 쳐다보았다. 그러나 그는 꾸벅 목례를 하고는 어떤 부탁이나 부연 설명도 없이 사라져 버렸다. 정확히 말하면, 주차되어 있던 자신의 자동차에 잽싸게 올라 시동을 걸고는 주차장을 빠져나갔다. 서류 봉투를 들고 나는 멍하니 주차장을 빠져나가는 그의 액센트 꽁무니를 바라보았다. 한데 이상한 일이었다. 언제인가 그가 지하 주차장에서 내게 말을 건넨 적이 있고, 내게 서류 봉투를 건네고 사라진 적이 있는 것 같다는 기시감이 자꾸 고개를 드는 것이었다.

모든 것은 그날 밤 시작되었다.

〈끝〉

작가의 말

처음으로 공포 소설을 쓰기 시작한 것은 2000년 봄이었다. 지금도 그렇지만 당시 나는 현실에 만연한 부조리와 폭력에 진저리를 치고 있었고, 가슴 속에 맺힌 울분과 상처들을 공포 소설로 풀어 보고자 했다. 그래서 썼던 첫 단편이 바로 「눈」이었다. 학원 강사 생활을 하며 틈날 때마다 단편을 써내려 갔고, 4년 만에 그 단편들을 한데 엮어 제3회 황금 드래곤 문학상에 응모하게 되었다.

뜻하지 않은 당선 통보 전화를 받았을 때는 하도 얼떨떨하고 믿어지지가 않아서 이게 혹시 장난 전화는 아닌가 싶어 발신 번호를 확인해 봤을 정도였다. 당선이 확실해진 후, 나는 애완견 행복이와 왈츠를 추었다. 지금의 아내는 내 전화에 울음을 터뜨렸고, 부모님들도 기쁨에 환호하셨다. 운 좋게도 내 글쓰기의 여정은 그렇게 세상에 발을 내딛었다.

지금도 세상은 달라진 게 없다. 연봉을 제외한 모든 물가가 연일 치솟고, 몰인정과 이기심은 극에 달했다. 경적을 울려 댄다는 이유로 아비 뻘 되는 버스 기사를 무차별 폭행하고, 보험금을 타기 위해 남편을 살해하고, 아내를 매장한 방구들 위에서 몇 년을 생활했다는 뉴스들이 대수롭지 않게 느껴지는 세상이다. 나는 공포 소설을 쓰면서 역설적으로 이런 세상의 어두운 일면들이 조금이나마 밝아지기를 바랐다.

한정된 지면으로는 부족할 정도로 감사드릴 분들이 많다. 우선 쟁쟁한 후보작들을 제치고 『몸』을 당선작으로 선정해 주신 심사위원님들께 감사 드린다. 그 분들의 결정이 실수가 아니었음을 보여드리기 위해 더 열심히 써야겠다. 아직 이 나라에서는 관심 밖에 있는 공포 소설에 꾸준한 지원을 아끼지 않는 도서출판 황금가지에도 감사의 말씀 전한다. 인터넷에 『몸』을 연재하는 동안 분에 넘치는 성원을 보내 주셨던 독자님들께도 감사하다는 말씀 드리고 싶다. 인터넷에 공포 소설을 연재하기 시작할 당시부터 애정어린 조언 아끼지 않았던 든든한 조력자 이종호 작가님께도 깊이 감사드린다. 비록 수록되지는 못했지만 이 책을 위해 정성스레 삽화를 그려 주었던 누이 은숙에게도 고맙다. 사랑하는 내 아버지와 어머니, 그 분들께 이 책을 바친다. 앞으로 내게 작가로서 주어지는 영광이 있다면 그건 모두 그 분들의 몫일 것이다. 끝으로 내 아내와 딸 수아에게 사랑한다는 말을 전하고 싶다.

제3회 '황금 드래곤' 문학상 심사평

총평 · 김성곤(문학 평론가, 서울대 교수)

본심에 오른 작품은 『화조풍월』, 『항해』, 『시대 세공사』, 『몸』등 네 편이었다. 각각 동양 팬터지, 해양 팬터지, SF 팬터지, 호러 팬터지로서 서로 다른 특성을 갖추고 있었다. 팬터지가 마법과 모험이라는 고정된 틀에서 벗어나 다양성을 추구하고 있다고 느꼈다.

하지만 상징과 은유만으로 주제를 담아낼 수 있는 단편과 달리 장편은 그에 걸맞도록 플롯과 스토리라인이 뚜렷해야 한다. 그런데 이번 문학상 본심에 오른 네 작품 중 어느 한 편도 그런 힘있는 서사를 담아내지 못했다는 점은 몹시 아쉬운 대목이다. 이중에서 당선작은 이견없이 『몸』으로 결정되었다. 『몸』은 서사 자체의 흡인력이라는 점에서 발군이었고, 다른 경쟁자들에 비해 많은 미덕을 지니고 있었다.

『화조풍월』은 한국을 배경으로 한 점과 우리 옛말의 구사는 좋았으나 뚜렷한 주제 의식을 담아내지 못했고 지나치게 감상적으로 흐른 서술과 산만한 구성이 가장 큰 흠이었다.

『항해』는 고등학생의 작품답지 않은 원숙함과 해양 팬터지와 성장 소설의 새로운 가능성을 보여주는 신선한 작품이었다. 그러나 극적 요소가 부족했고, 작품의 배경이나 등장 인물들이 너무 서양적이었다.

『시대 세공사』는 한국을 배경으로 미래 소설과 유토피아(디스토피아) 소설의 요소를 가미한 SF 팬터지로, 복합적인 구성과 진지한 주제 의식이 돋보였으나 설정 자체에 지나친 내공을 쏟다 보니 정작 중요한 스토리라인을 놓쳐 주객이 전도되는 오류를 범했다.

『몸』은 열 개의 에피소드로 구성된 연작 형식의 작품으로, 눈, 입, 얼굴, 귀, 머리카락, 손 등 신체의 부분 부분을 소재로 삼아 몸이 지니고 있는 그로테스크함을 포착한 점과, 일상에 잠재되어 있는 폭력에 대한 초현실적 묘사가 돋보였다.

돌발적인 반전이나 반복의 모티프들을 적절히 활용하면서 서사의 흐름을 조율해 내는 드라마투르기도 중요한 미덕이었고, 정신 분열적 상황에 빠진 인물의 1인칭 시점으로 환상과 현실을 교직하며 섬뜩한 환상들을 포착해 내는 솜씨도 좋았다. 이런 장점들에 비해, 일상에 대한 묘사가 거칠고 정제되어 있지 않다는 점은 상대적으로 아쉬운 부분이었다.

그럼에도 프롤로그의 상황과 정교하게 맞물려 들어가는 에필로그를 통해 그런 문제들을 비교적 노련하게 해결하고 있는 작가의 역량은 믿음직스러웠고, 작품 또한 상당한 수준에 올라 있다는 판단이 들었다. 또 이 작품은 주인의 통제를 벗어나 기괴하게 변형된 위협적인 몸을 은유적으로 그려냄으로써 소외된 현대인들이 비인간적인 산업사회 속 타자들과 갈등을 빚다가 파멸하는 과정의 공포를 잘 표현했다. 진지하고 무거운 주제로 팬터지 문학 장르에 새로운 가능성을 가져다줄 주목할 만한 작품이라 생각되었다.

주인공들을 각각 영화 감독과 작가로 설정해 꿈과 현실, 그리고 창작과 표절의 문제를 상징적으로 천착한 점도 높이 평가해『몸』을 당선작으로 선정했다.

심사위원평 · 서영채(문학 평론가, 한신대학교 문예창작학과 교수)

본심에서 논의된 작품은『화조풍월』,『시대세공사』,『향해』,『몸』, 네 편이었다. 당선작은 특별한 논란 없이『몸』으로 결정되었다.『몸』은 무엇보다도 서사 자체의 흡인력 면에서 발군이었고, 경쟁작들에 비해 많은 미덕을 지니고 있었다.

『몸』은 열 개의 에피소드로 구성된 연작 형식의 작품이다. 눈, 입, 얼굴, 귀, 머리카락, 손 등 부분 대상으로 독립한 몸 자체가 지니고 있는 그로테스크에 대한 포착과 일상에 잠재되어 있는 폭력성에 대한 초현실적 묘사가 돋보였다. 돌발적인 반전이나 반복의 모티프들을 적절히 활용하면서 서사의 흐름을 조율해 내는 드라마투르기도『몸』이 지닌 중요한 미덕이었고, 정신 분열적 상황에 빠진 인물의 일인칭 시점으로 환상과 현실을 교직해냄으로써 실감을 잃지 않으면서도 섬뜩한 환상들을 포착해내는 솜씨도 좋아

보였다. 또한 액자 소설이라는 틀을 통해, 에피소딕한 이야기들을 하나로 엮어냄과 동시에 공포 소설이라는 다소 낯선 장르에 대한 성찰적 기제를 마련해 둔 것도 작품 전체의 안정감에 기여했다.

이런 장점들에 비해, 일상에 대한 묘사가 거칠고 정제되어 있지 않다는 점이 상대적으로 아쉬운 부분이었다. 단순히 폭력성이나 환상에 대한 묘사가 아니라 공포나 폭력성 자체에 대한 성찰에까지 이를 수 있었더라면 좋았으리라는 생각도 해 본다. 폭력에 대한 묘사가 지나치게 앞서게 됨으로써 폭력성을 잉태하는 상황이 단순화되고 그에 따라 작품이 의거하고 있는 인간학도 마찬가지로 단순하고 소박한 차원에 머물게 되는 것이 아닌가, 밀도 있는 문체는 단순히 서사의 수단이 아니라 그 자체가 하나의 철학이 될 수 있는 것이 아닌가, 이런 점에 대한 성찰이 아쉬워 보였다.

전체적으로 네 편의 후보작을 읽으며, 이제는 장르 소설의 영역에서도 서사의 깊이가 강조되어야 할 때가 되지 않았나 하는 생각이 들었다. 묘사는 기본이다. 하지만 서사의 판을 까는 일에 지나치게 힘을 기울이다가 정작 서사 자체는 용두사미로 끝나고 마는 것은 문제가 아닐 수 없다. 『몸』의 작가는 서사 전체를 완전히 장악하고 있다는 느낌을 줄 만큼 자신의 소재를 다루는 데 능숙했다. 『몸』에서 보여준 강렬한 묘사가 향후의 작품을 통해 서사의 깊이로 심화될 수 있기를 바란다.

심사위원평 · 이종호(소설가)

상징과 은유만으로 주제를 담아낼 수 있는 단편과 달리 장편은 그에 걸맞는 플롯과 스토리라인이 뚜렷해야 한다. 그런데 이번 문학상 본심에 오른 네 작품 중 어느 한편도 그런 힘 있는 서사를 담아내지 못했다는 점은 몹시 아쉬운 대목이다. 『몸』과 『시대 세공사』를 상위에 두고 『화조풍월』과 『항해』를 그 아래에 두었다는 것을 앞서 밝힌다.

우선 『화조풍월』. 완결이 나지 않아 뚜렷한 주제 의식을 담아내지 못했을 뿐더러 지나치게 감상적으로 흐른 서술과 산만한 구성이 가장 큰 흠결이었다. 작가가 객관적 시선을 유지하지 못하면 작품은 균형을 잃고 만다. 방대한 분량에 비해 이렇다 할 스토리라인이 잡히지 않는 것이나 작중 인물에 공감할 수 없는 것도 바로 이 때문이다.

『항해』는 무난하긴 하였으나 극적 요소가 부족했다. 서사를 이끄는 힘은 사건과 갈등이다. 이 작품은 이 두 가지 모두에서 미진했다. 바다를 찾아나서는 에알키와 에알키를 데려오려는 이니스의 추격전은 처음부터 동기와 필연성이라는 면에서 설득력을 잃고 있으며, 이로 인해 여정에서 발생하는 여러 사건 또한 긴장감을 잃고 말았다. 결국 작가는 바다에 도착한 에알키가 "왜 왔지?"라고 반문하고 이니스 역시 "왜 따라왔지?"라 말하는 자가당착적 한계를 스스로 드러내고야 말았다.

『몸』과 『시대 세공사』는 나름의 장단점을 가진 작품이었으나 독자를 끌어들이는 흡인력과 작가의 목소리에 있어 한층 강렬한 호소력을 전한 『몸』에 좀 더 후한 점수를 주었다.

『시대 세공사』는 언뜻 음모 이론을 떠올리게 만드는 소재가 흥미로웠다. 비록 「나이트메어」나 「매트릭스」, 「다크시티」, 스티븐 킹의 「타로 카드」 같은 여러 영화나 소설에서 차용된 설정이 눈에 거슬렸으나 그에 못지않게 작품 곳곳에서 빛을 발한 참신한 아이디어는 단점을 상쇄시킬 만큼 만족스러웠다. 하지만 이처럼 복잡한 설정과 장치는 양날의 검이 될 수도 있다. 설정 자체에 지나친 내공을 쏟다 보니 정작 중요한 스토리라인을 놓쳐 주객이 전도되는 오류를 범하는 것이다. 덕분에 미래에 발생한 한 살인사건이 중심에 있어야 할 작품은 지나치게 작위적인 설정과 왜곡된 기억, 뒤틀린 시공간 등 그 배경을 설명하는 것만도 힘에 부쳐 보인다. 여기에 독자는 쉼 없이 주변을 두리번거리며 곤혹스럽기만 하다.

이번 문학상에서 수상작을 낼 것인가에 대해서는 다소 망설임이 있었으나, 그 수상작을 『몸』으로 선정하는 데에는 이견이 없었다. 『몸』은 문학상뿐만 아니라 국내 장르 문학에서도 쉽게 접하기 힘든 공포 소설이다. 흔히 공포는 인간에게 남은 가장 원시적 감정이며 그 영역은 현실과 환상의 경계에 있다고들 한다. 인간의 몸이라는 하나의 주제를 가지고 각기 다른 이야기를 펼쳐낸 이 연작 소설은 그런 공포의 영역을 무난히 탐구해 냈다. 인간에게 가장 친숙하면서 그 일부이기도 한 몸이 주인의 의사에 반해 제각각 다른 생명체로 진화할 때 우리는 낯선 공포를 느낀다. 그리고 그 무한한 공포에서 헤어날 수 있는 유일한 길은 스스로를 죽이는 방법뿐이다. 몸은 왜 주인을 배반하고 공포의 대상으로 돌변하는가. 작가는 우리에게 또 다른 몸이기도 한 현실의 부도덕성에서 파생된 필연적 광기와 죄의식으로 그 답을 찾고 있다. 비록 각각의 이야기를 한 그릇에 담아 내지 못해 장편으로서의 호흡이 아쉬웠고 반복적이고 전형적인 구도를 벗어나지 못한 점은 단점이었으나,

국내 공포 문학의 가능성과 작가의 잠재력에 희망을 걸어 보며 수
상작으로 올린다.

몸

1판 1쇄 펴냄 2005년 8월 10일
1판 6쇄 펴냄 2019년 7월 19일

지은이 | 김종일
발행인 | 박근섭
편집인 | 김준혁
펴낸곳 | 황금가지

출판등록 | 2009. 10. 8 (제2009-000273호)
주소 | 06027 서울 강남구 도산대로 1길 62 강남출판문화센터 5층
전화 | **영업부** 515-2000 **편집부** 3446-8774 **팩시밀리** 515-2007
홈페이지 | www.goldenbough.co.kr

도서 파본 등의 이유로 반송이 필요할 경우에는 구매처에서 교환하시고
출판사 교환이 필요할 경우에는 아래 주소로 반송 사유를 적어 도서와 함께 보내주세요.
06027 서울 강남구 도산대로 1길 62 강남출판문화센터 6층 민음인 마케팅부

© 김종일, 2005. Printed in Seoul, Korea
ISBN 978-89-8273-944-6 03810

㈜민음인은 민음사 출판 그룹의 자회사입니다.
황금가지는 ㈜민음인의 픽션 전문 출간 브랜드입니다.